Michael A. Stackpole
Der große Kreuzzug
DÜSTERER RUHM 6

PIPER FANTASY

Zu diesem Buch

Der Kampf um die legendäre Drachenkrone geht weiter: Die Barbarenhorden der Nordlandhexe Kytrin ziehen mordend und plündernd durch die Königreiche des Südens. Die Mächte des Guten haben unterdessen den Tod des prophezeiten Retters Will Norderstett zu beklagen. Ohne ihn scheint jedes Unterfangen aussichtslos, sich der grausamen Kytrin noch entgegenzustellen. Doch die Herrscher der zivilisierten Reiche geben nicht auf: Im Angesicht des bevorstehenden Untergangs versammeln sie sich, um einen Plan zu ersinnen, der die Barbarenhexe doch noch zurückschlagen könnte …

Michael A. Stackpole, geboren 1957 in Wausau/Wisconsin, studierte Geschichte an der Universität von Vermont. Der bekannte Fantasy- und Science Fiction-Autor schrieb neben seinem aufsehenerregenden Zyklus »Düsterer Ruhm« zahlreiche Romane zu Serien wie »Shadowrun« und »Star Wars«. Überdies entwickelt er erfolgreich Computerspiele. Stackpole lebt und arbeitet heute in Arizona.

Michael A. Stackpole

Der große Kreuzzug

DÜSTERER RUHM 6

Aus dem Amerikanischen von
Reinhold H. Mai

Piper München Zürich

Von Michael A. Stackpole liegen in der Reihe Piper Boulevard vor:
Zu den Waffen! Düsterer Ruhm 1 (9121)
Der große Kreuzzug. Düsterer Ruhm 6 (9126)
Die Macht der Drachenkrone. Düsterer Ruhm 7 (9127)

Deutsche Erstausgabe
November 2004

Titel der amerikanischen Originalausgabe:
»The Grand Crusade 1«, Bantam Spectra/Random House, Inc.,
New York 2003

Umschlagkonzept: Zero, München
Umschlaggestaltung: Nele Schütz Design, München
Umschlagabbildung: Ciruelo via Agentur Schlück GmbH
Karte: Erhard Ringer
Gesamtherstellung: Clausen und Bosse, Leck
Printed in Germany ISBN 3-492-29126-0

www.piper.de

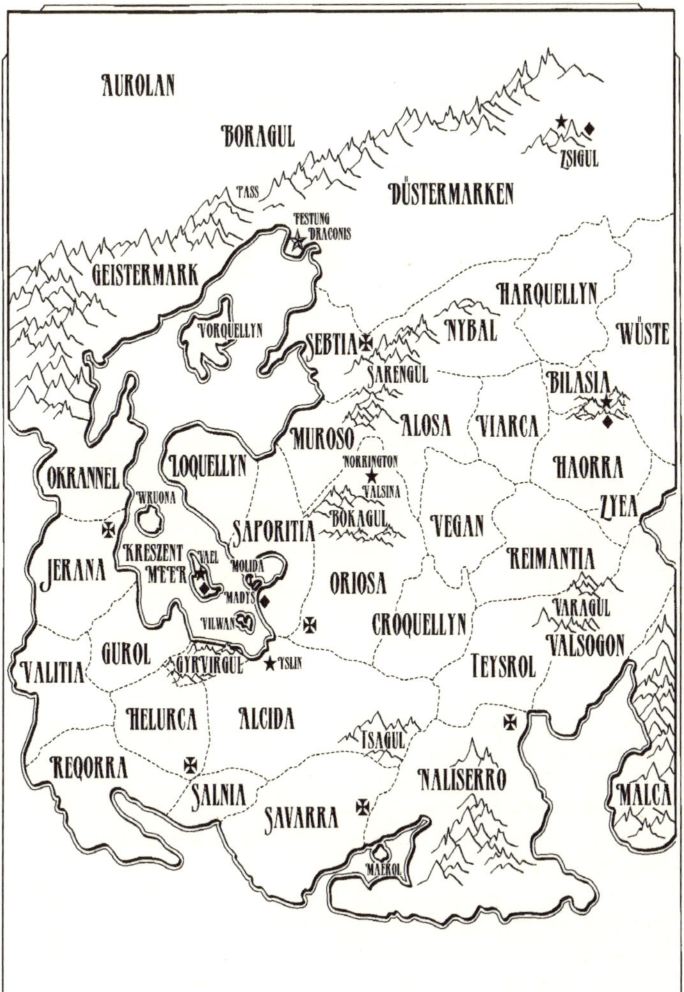
AUROLAN
BORAGUL
PASS
DÜSTERMARKEN
ZSIGUL
FESTUNG DRACONIS
GEISTERMARK
HARQUELLYN
VORQUELLYN
SEBTIA
NYBAL
WÜSTE
SARENGUL
BILASIA
MUROSO
ALOSA
VIARCA
LOQUELLYN
NORRINGTON
VALSINA
HAORRA
OKRANNEL
WRUONA
SAPORITIA
BOKAGUL
VEGAN
ZYEA
KRESZENT MEER
VAEL
MOLIDA
REIMANTIA
JERANA
MADYS
ORIOSA
VARAGUL
VILWAN
CROQUELLYN
VALSOGON
GUROL
VALITIA
GYRVIRGUL
YSLIN
TEYSROL
HELURCA
ALCIDA
TSAGUL
REQORRA
NALISERRO
SALNIA
SAVARRA
MALCA
MAEROL
SPRIJSA
DRACHEN
TANQUI

Für Stephen King

Autoren lernen schreiben, indem sie lesen – und seine Arbeit ist eine unübertroffene Schatzkammer an Charakteren, Dramen und Dialogen. *Und* er verfasst dazu noch Bücher über das Schreiben, die mir schon geholfen haben, noch bevor ich zum ersten Mal etwas veröffentlicht habe. Danke.

Was bisher geschah . . .

Die Horden Kytrins dringen immer weiter in den Süden vor. Während Prinz Ermenbrecht auf der Flucht aus der zerstörten Festung Draconis durch die von Aurolanen eroberte Zwergenkolonie Sarengul irrt, gelingt es den urSreiði von Bokagul mit Hilfe von Will Norderstett und seinen Gefährten, einen Angriff zurückzuschlagen. Doch als Hilfe für die Menschenreiche des Südens fallen die urSreiði damit aus. Sie müssen ihre eigene Heimat beschützen.

General Markus Adrogans führt den Feldzug unterdessen in Okrannel weiter und kann durch geschickten Einsatz aller Kräfte die Aurolanen stetig weiter zurückdrängen, bis er schließlich Swarskija einnimmt, die Hauptstadt des Reiches. Bei all dem trifft er jedoch auf erstaunlich geringen Widerstand, und als ihm im Hafen der Stadt, die Nefrai-kesh persönlich erst kurz zuvor verlassen hat, auch noch einsatzbereite Draconellen in die Hände fallen, muss er sich fragen, ob Kytrin Okrannel bewusst aufgegeben hat.

In Muroso sehen sich Will, Kräh, Entschlossen und die übrigen Gefährten trotz aller Anstrengungen einem übermächtigen Feind gegenüber. Obwohl es Kjarrigan gelingt, den ehemaligen Vilwaner Adepten und jetzigen Sullanciri Neskartu zu töten und obwohl Kräh und Entschlossen die Nachschublinien des Feindes erfolgreich sabotieren, ist das Ende Murosos abzusehen. Doch zumindest gelingt es ihnen, Prinz Ermenbrecht vor seinen Verfolgern zu retten. Und dann gewinnt der Hüne Dranæ seine Erinnerung zurück und erweist sich als Drache in Menschengestalt.

Dravothrak, so sein Drachenname, bleibt nicht der einzige Drache, dem die Gefährten begegnen, denn sie werden auf die

Dracheninsel Vael zitiert, um sich vor einer Versammlung der Drachen gegen Nefrai-laysh einzusetzen, der die Drachen auf Kytrins Seite ziehen will. Während dieser Diskussion offenbart sich auch Kjarrigans Mentor Rymramoch als ein Drache, dessen Körper im Tiefschlaf liegt, während der Herzstein, der seine Seele enthält, eine menschengroße Holzpuppe steuert. Und Bok, sein scheinbar verwilderter urSreiði-Diener, stellt sich als hochintelligenter Magiker und Kytrins Vater heraus. Doch all das verblasst vor einem dramatischen Schicksalsschlag, der den Kampf gegen Kytrin zum Scheitern verurteilen könnte, obwohl er ein Eingreifen der Drachen verhindert: Um den Mord an einem der Drachen zu vereiteln, stürzt sich Will in einen Lavasee und stirbt.

Prolog

Die schneidende Kälte des Winters drang durch die Mauern der Villa, die König Swindger von Oriosa in Narriz bezogen hatte. Sie strahlte durch die verschiedenen Steine, die man beim Bau benutzt hatte. Jedoch war kein Luftzug zu spüren, und tatsächlich heulten draußen auch keine Winterwinde. Die Dunkelheit war mit einer unnatürlichen Stille hereingebrochen, und Swindger konnte spüren, wie sich mächtige Omen zusammenbrauten.

Irgendetwas war dort draußen geschehen, etwas zugleich Furchtbares und Wundervolles. Die Möglichkeiten rasten ihm durch den Kopf, er sortierte sie, wog sie ab, nutzte sie als Hebel, um andere Teile dessen zu bewegen, was man als die Welt bezeichnete. Alles zu seinem Vorteil. Früher oder später. Obwohl er und sein Reich sich in einer äußerst schwierigen Lage befanden, wie er sich bedauernd eingestand.

Die Fürsten der wichtigsten Staaten der Welt hatten sich nach Narriz begeben, in die Hauptstadt Saporitias, um sich der Gefahr einer Eroberung durch Kytrins Aurolanenhorden zu stellen. Im fernen Okrannel war es gelungen, die Truppen der Nordlandherrscherin vernichtend zu schlagen. Doch im Süden schien ihr Vormarsch durch Sebtia und Muroso gnadenlos und übermächtig. Sebtia war schnell gefallen, Muroso stand kurz davor. Sarengul, die urSreiði-Kolonie nördlich von Oriosa, war ebenfalls besetzt. Alles sah danach aus, dass sein Reich diesem Eroberungszug als Nächstes zum Opfer fallen würde, und König Augustus von Alcida hatte gedroht, aus dem Süden in Oriosa einzumarschieren, um nicht im eigenen Land gegen Kytrin kämpfen zu müssen. Das hatte er getan, um Swindger unter Druck zu setzen, und Oriosas König hasste ihn dafür.

Aus zwei Gründen hatte er jedoch nachgegeben. Zum Ersten hatte er lange auf des Messers Schneide getanzt. Oriosa hatte insgeheim eine neutrale Politik verfolgt und aurolanischen Truppen einen Unterschlupf für Überfälle in Richtung Süden geboten. Swindger konnte sein Handeln auf ein Dutzend verschiedene Weisen erklären, und er erlaubte sich niemals, an den einen Grund zu denken, auf dem sie alle aufbauten: die Todesangst, Kytrin könnte ihn ebenso ermorden lassen wie seine Mutter.

So wenig einigen meine Herrschaft gefallen mag, mein Tod würde alles noch schlimmer machen. Swindger hob die Hand und rückte die Halbmaske aus grünem Leder vor den Augen zurecht. Er hatte auf seinen Ältesten einmal große Hoffnungen gesetzt – Ermenbrecht. Er war stark gewesen – weit stärker als sein Vater, was Swindger offen zugestand – und ein brillanter Militärtaktiker. Wenn er den Einsatz Orioser Truppen gegen Kytrin zugelassen hätte, so hätte er Ermenbrecht an ihrer Spitze sehen wollen.

Ermenbrecht jedoch hatte sich schon vor Jahren mit seinem Vater entzweit und war stattdessen nach Norden zur Festung Draconis gezogen. Dort war er zum stellvertretenden Kommandeur der Feste aufgestiegen. Unglücklicherweise war Festung Draconis das erste Opfer von Kytrins neuem Sturm auf den Süden gewesen, und Ermenbrecht war bei der Verteidigung ums Leben gekommen.

Das ließ Swindger nur seinen zweiten Sohn, Lüdwin. Sein jüngerer Erbe war fett, verweichlicht, zaghaft, geradezu kindlich, was die Realitäten des Lebens betraf. Er hatte sich erboten, Oriosas Soldaten gegen Kytrin zu führen, und das war das erste und zugleich letzte Mal gewesen, bei dem er so etwas wie Rückgrat gezeigt hatte. Sowie aber sein Vater ihm die Bitte abgeschlagen hatte, war der Prinz davongelaufen. Es gab viele Gerüchte über seinen Verbleib. Swindger hoffte, dass das verbreitetste von ihnen stimmte und sein Sohn sich davongemacht hatte, um in Muroso zu kämpfen. *Dort wird er sterben – und ein weiteres Problem hat sich erledigt.*

Einen Augenblick lang war er selbst davon überrascht, wie kaltblütig er seinen Sohn aufgab. Er drehte den Siegelring an der Rechten und aktivierte mit einem kaum hörbaren Flüstern die darin ruhende Magik. Nach dem Tod seiner Mutter hatte er den Ring herstellen lassen, damit der ihn vor feindseligen Absichten in seiner Umgebung warne. In Yslin hatten einige der Magiker von Vilwan den Zauber verfeinert und verstärkt.

Er fühlte so etwas wie einen Nadelstich, als der Zauber zum Leben erwachte. Er stählte sich gegen die erste Spur des Zorns, denn den hatte er schon oft zu spüren bekommen, besonders bei Beratungen mit den anderen Monarchen. Sie hassten ihn, weil sie wussten, sein Land würde als Letztes in Kytrins Hand fallen. Und doch, hätten sie ihrem Zorn offen Luft gemacht, wäre er ganz zu Kytrin übergelaufen. Dann hätte die Macht Oriosas das Ende ihrer Reiche noch beschleunigt.

Diesmal jedoch erreichte ihn keine Warnung vor feindseligen Gedanken, und das passte ihm gut. Ihm war klar, seine Mitmonarchen betrachteten ihn als verschlagen und heimtückisch – sie erwarteten von ihm, dass er sie an Kytrin verriet, weil sie ihm nicht zutrauten, sich ihr entgegenzustellen. Dazu war er zu schwach. Aber sie wussten nicht, dass er sich ihr widersetzen konnte, ohne dass sie etwas hätte dagegen tun können.

Der zweite Grund, warum er König Augustus hinsichtlich Tarrant Valkener – einem alten Feind, der sich inzwischen Kedyns Krähe schimpfte – nachgegeben hatte, war dieser: Augustus hatte ihm ein Fragment der Drachenkrone überlassen. Swindger hatte es eilig versteckt, so dass nur er allein wusste, wo es zu finden war. Ohne diesen Teil der Krone konnte Kytrin das Artefakt niemals vollständig zusammensetzten, und damit war ihr die ultimative Macht verwehrt, die es seinem Träger verlieh.

Der Ring wurde heiß. Swindgers Blick zuckte nach links und rechts, dann blieb er in der hintersten Ecke des Zimmers hängen. Dort hatten sich Schatten gesammelt, und in diesen

Schatten bewegte sich etwas. Die Bewegung ängstigte ihn mehr als die schwache Feindseligkeit, die er durch den Ring fühlte, denn sie war ganz und gar unnatürlich.

»Wer ist da?« Swindger ließ seine Stimme nicht wanken und versuchte, ihr einen befehlenden Klang zu geben. Der Versuch schlug fehl, er wusste es. Der einzige Trost dabei war, dass nur er und der geheimnisvolle Besucher Zeugen dieses Fehlschlags wurden. »Zeige dich.«

Eine kleinwüchsige Gestalt schlurfte aus den Schatten. Dass sie sich überhaupt bewegen konnte, überraschte Swindger. Es war faszinierend zu sehen, welche Verwundungen sie zeichneten. Trotz der Kälte trug der Mann kein Hemd, was es leicht machte, die schrecklichen Wunden an Brust und Hüfte zu sehen: als hätte ihn etwas geradewegs durchbohrt. Der linke Arm hing kraftlos herab, die Schulter war zermalmt und trug Spuren einer entsetzlichen Bisswunde. Schließlich baumelte der Kopf der Kreatur noch hin und her, als wäre das Genick gebrochen.

Aber mit derartigen Verletzungen dürfte sie sich niemals bewegen können.

Feuer loderte in dunklen Augenhöhlen auf und offenbarte Swindger ein Gesicht, das er Jahrzehnte zuvor einmal gekannt hatte. Das Gesicht grinste ihn an, dann füllte die Stimme – diese unverwechselbare Stimme – den Raum mit ihrem Spott.

»Swindger, Swindger, König in Not,
Oriosas Herrscher, doch solche Angst vor dem Tod.«

Eisige Tentakel legten sich um die Eingeweide des Königs, krampfhaft hielt er sich aber aufrecht. »Boleif Norderstett.«

»Der war ich einst,
doch ist das vorbei.« Der Sullanciri deutete eine Verbeugung an. Sein Kopf fiel mit dem nassen Knacken gebrochener Knochen nach vorne.

»Nefrai-laysh heiß ich heute,
ich bin so frei.«

Swindger blähte die Nasenflügel. »Ist deine Herrin so

unverschämt, ihren Herold hierher zum Rat der Könige zu schicken?«

Nefrai-laysh griff sich ins blonde Haar und zog seinen Kopf nach oben, um Swindger ins Gesicht zu schauen.

»Du ahnst die Hälfte nicht,
du unglücksel'ger Wicht.« Er wirbelte herum und seine kraftlose linke Hand flog vor der Zimmerecke entlang, aus der er gekommen war.

»Sie persönlich ist hier,
um zu sprechen mit dir.«

Ein goldener Lichtfunke leuchtete in der dunklen Ecke auf, dann wuchs er zu einem flammenden Oval – wie eine Flamme, die man an einen Pergamentbogen hält. Swindger hob die Hand vors Gesicht, um die Augen gegen die Helligkeit zu schützen, doch einen Pulsschlag später war das Licht verschwunden.

Aus der Ecke kam eine Frau von atemberaubender Schönheit auf ihn zu, groß und stark, mit wogendem goldenen Haar, das ihr in Locken über die Schultern fiel. Sie trug weiße Kleidung und Fellstiefel, die Art von Bekleidung, die Swindger in ihrem Reich erwartet hätte, einschließlich des weiten Umhangs, der Pelzmütze und des weichen, weißen Schals, der ihre untere Gesichtshälfte verbarg.

Kytrin war stark und charismatisch genug, um heute bereits ein Bild dessen zu sein, was Prinzessin Alexia von Okrannel eines Tages werden würde, fand er. Doch fast im selben Augenblick, da er dies dachte, wusste er bereits, dass er sich irrte, denn aus den blau-grünen Farbwirbeln in Kytrins Augen leuchtete eine Bösartigkeit, derer er Alexia nicht für fähig hielt.

Alexia könnte feurig hassen, niemals jedoch so kalt und unmenschlich.

Kytrin blieb sechs Schritte vor ihm stehen, und der Ring sandte Swindger Wogen von Schmerz den Arm herauf, die ihn taumeln ließen. Die Knie gaben nach, und Nefrai-laysh versetzte ihm einen schnellen Tritt in den Hintern, der den König zu Boden warf. Swindger knurrte, weigerte sich aber aufzuschreien.

Kytrin schaute an ihm vorbei zu ihrem Herold. »So behandelt man keinen wertvollen Verbündeten.« Sie bewegte beiläufig die Hand und hinter Swindger schlug etwas auf den Boden. Das Geschepper, das dem Aufprall folgte, ließ ihn vermuten, der Sullanciri wäre gegen den kleinen Beistelltisch geprallt, auf dem ein Silbertablett mit Brot und Käse stand – das Abendbrot, das Swindger nicht angerührt hatte.

Die Imperatrix des Nordens lächelte auf ihn herab, während sie Glacélederhandschuhe auszog, so weiß wie die zarte Haut, die darunter sichtbar wurde. »Endlich begegnen wir einander, König Swindger. Du warst ein wertvoller Verbündeter, auch wenn dein sonstiger Wert in Frage steht.«

Die Worte waren kühl, besaßen aber eine Schärfe, die Swindger Entsetzen eingeflößt hätte, wären sie von entsprechender Feindseligkeit begleitet gewesen. Davon jedoch zeigte ihm der Ring nichts an. »Ich weiß nicht, was ich getan haben soll, Euch zu verärgern.«

Hinter ihm schabte und schepperte es. Offenbar rappelte Nefrai-laysh sich wieder auf.

»Ich kam hierher von Vael.
Mein Auftrag dort schlug fehl.
Doch hörte ich, während ich war alldort,
von einem Kronfragment an diesem Ort.«

»Lügen.«

Bevor sein Leugnen verklungen war, schlug ihm Kytrin mit den Handschuhen ins Gesicht. Er spürte den Schlag, der aber nicht so schmerzhaft war, wie er ohne die Maske gewesen wäre. »Es gibt keinen Grund für dich, mich zu belügen, König Swindger. Ich bin kein dummes Weib. Du hast den Stein gefunden, du hast ihn in Sicherheit gebracht, und ich bin dir dankbar, dass du ihn den Dieben entwendet hast, die ihn aus Festung Draconis entfernten. Dies hat mir in dieser Angelegenheit viel Zeit erspart. Mehr noch, du kannst und wirst zweifelsohne beanspruchen, dass du mich nicht von dem Fragment in deinem Besitz in Kenntnis setzen konntest, da ich immer mit dir in Verbindung getreten bin und dir keine Möglichkeit gab, mich zu erreichen. Du wirst jede Schuld von dir weisen, und ich kann deine Behauptung nicht ohne weiteres entkräften.«

Swindger hob die linke Hand an die Wange. »Warum habt Ihr mich geschlagen?«

Sie schälte den Schal beiseite und schenkte ihm ein frostiges Lächeln. »Weil ich es kann. Weil du ohne Macht bist, mich daran zu hindern, und weil du dir der Hoffnungslosigkeit deiner Lage bewusst werden musst. Obwohl mein Adjutant ein Wrack ist, wäre es ihm ein Leichtes, deinen Kopf vom Körper zu trennen wie eine Weintraube vom Stiel.«

Der König setzte zu einem Einwand an, doch Nefrai-layshs rechte Hand packte ihn im Nacken und drückte zu. Nicht zu fest, aber auch keineswegs sanft, und fest genug, um Swindgers Worte zu einem Quieken zu verzerren. Er zitterte am ganzen Leib und verlor die Kontrolle über seine Blase. Warme Nässe strömte ihm die Schenkel hinab.

Kytrin betrachtete ihn einen Augenblick, dann rümpfte sie die Nase. »Trotz deines Verrats, Swindger, habe ich beschlossen, dich nicht zu bestrafen. Stattdessen werde ich dich belohnen, wie du es dir in deinen wildesten Träumen nicht ausmalen könntest.«

Er blickte zu ihr hoch. »Und wie werdet Ihr das tun?«

»Ganz einfach, Hoheit. Ich werde dich zu einem meiner Sullanciri machen.«

Der Schauder, der ihn bei dieser Eröffnung schüttelte, befreite ihn fast aus Nefrai-layshs Griff. »Das würdet Ihr im Austausch gegen das Fragment tun?«

»Nein, nein. Du missverstehst mich. Ich sagte, ich werde dich belohnen. Ich *werde* dich zu einem Sullanciri machen. Falls du dich der Verwandlung öffnest, wird es eine reiche Belohnung sein. Falls nicht, werden der Prozess und sein Ergebnis schmerzhafter ausfallen.«

»Ihr könnt mich gegen meinen Willen verwandeln?«

Sie lachte, und in seinen Ohren klang darin tatsächlich ein Hauch von Wärme mit. »Ich kann Drachen meinen Willen aufzwingen. Die Vilwaner und andere Magiker mögen einen großen Tanz um die Bereitschaft eines Subjektes aufführen, Magik zu wirken, aber das ist wirklich nur eine Frage der Bequemlichkeit. Einen sich widersetzenden Willen zu brechen ist nicht einfach, aber schwieriger ist es, etwas Totes wiederzubeleben und zum Handeln zu bewegen. Ich könnte mich deiner auch auf diese Weise bedienen, aber du wärst mir nicht annähernd so nützlich.«

Kytrins Lächeln wurde breiter. Sie trat näher und ging neben ihm in die Hocke. »Außerdem wusstest du von Beginn an, worum es mir geht: um Herrschaft. Ich bin so weit gekommen, weil du mir keinen Widerstand entgegengesetzt hast. In meiner Welt wirst du noch größer sein, als du es jetzt schon bist. Der König meiner Sullanciri stammt aus deinem Volk. Ich bin dir dankbar, und die Macht, die ich dir geben werde, wird unfassbar sein.«

Etwas in diesen Worten ließ Zweifel in Swindger aufkommen. »Der Norderstett der Prophezeiung stammt ebenfalls aus meinem Volk. Er wird Euer Untergang sein.«

Kytrin schnaubte verächtlich und richtete sich wieder auf. »Der legendäre Norderstett ist kein Problem mehr. Du hast doch den Wunsch, auf der Siegerseite dieser Auseinandersetzung zu stehen? Du hast den Wunsch, diejenigen im Staub winseln zu sehen, die dich verachten? Als mein Helfer wirst du entscheidenden Anteil daran haben, König Swindger. Die Macht, die ich dir verleihen werde, das Wissen, das ich dir geben werde, wird sie gegeneinander hetzen und ihr Bündnis zerschmettern. Mein Sieg wird auch dein Sieg sein.«

Der Orioser Monarch dachte einen Augenblick nach, und dann noch einen. Er hatte keinen Erben. Er besaß ein Reich, das von Feinden umgeben war, ganz gleich, ob Kytrin siegte oder verlor. Ohne den Norderstett würde sie siegen, und er würde Macht erlangen, eine Macht, die ihm gestattete, all jene zu bestrafen, die ihm feindlich gesinnt waren.

Swindger bewegte die Schultern und befreite seinen Hals aus Nefrai-layshs Hand. Er setzte sich auf. »Ich bin Eure Kreatur, Allerhöchste Imperatrix, wie ich es immer war. Bedient Euch meiner nach Eurem Belieben, auf dass ich Euren Wünschen umso besser dienen kann.«

»Sehr schön, Swindger von Oriosa.« Die Aurolanenherrscherin nickte ernst und streckte die Hand aus, um seine Wange mit kalten Fingern zu tätscheln. »So sei es.«

Als ihre Haut die seine berührte, erfuhr Swindger von neuem allen Schmerz, den er vergessen geglaubt hatte, und ebenso all jenen, den er in Zukunft noch erleiden würde. Er brannte und fror, fühlte die Würmer an seinem Fleisch nagen, die schneidenden Treffer der scharfen Schwerter und verächtlichen Blicke und das Seelen zermalmende Wissen, dass er letztlich zum Opfer des Verrates werden und alles umsonst gewesen sein würde.

Aber noch während ihn all das aufwühlte, verspürte er eine Freude. Die Angst, die ihn im Gleichgewicht gehalten hatte, die ihn Kytrin gegen den Rest der Welt hatte ausspielen lassen, die Angst vor dem Schicksal seiner Mutter, sie war fort. Wie ihr Blut zerfloss sie zwischen seinen Fingern, und als sie ganz verschwunden war, wurde er als Dunkler Lanzenreiter wiedergeboren.

Sephi, eine schlanke, dunkelhaarige junge Frau – kein Kind mehr, aber nur gerade eben nicht – versteckte sich im dunklen Türbogen des Zimmers, in dem sich der König und seine Besucher aufhielten. Sie war ein Mitglied des königlichen Haushalts, eine Position, auf die man sie zur Belohnung für ihre Rolle bei der Identifizierung Krähs als Tarrant Valkener erhoben hatte. Der König hatte diese Belohnung genehmigt, auch wenn der Vorschlag nicht von ihm gekommen war, sondern von seinem Adjutanten, Kabot Marstamm. Der widerliche Speichellecker wollte Sephi zur Bettgefährtin, und indem er sie an den Hof holte, waren sie sich weit näher gekommen, als es Sephi auch nur ansatzweise recht war.

Doch sie hatte die neue Rolle aus Hingabe an Will Norderstett auf sich genommen, den Norderstett der Prophezeiung, der Kytrin vernichten würde. Nachdem sie Kräh an die oriosischen Behörden verraten hatte, hatte sie die Spionagefertigkeiten, die sie zuvor für Oriosa eingesetzt hatte, im Dienste des Norderstett benutzt. Teilweise hatte sie dies als Wiedergutmachung für die Schwierigkeiten getan, die sie Kräh bereitet hatte. Aber zum größeren Teil, weil sie davon überzeugt war, dass Will die einzige Chance für den Sieg über Kytrin darstellte.

In Wills Diensten hatte sie den König beobachtet und Geheimnisse ausspioniert, die sie dem Norderstett in ihren Briefen mitteilte. Wie viele ihrer Botschaften ihn in Muroso tatsächlich erreicht hatten, wusste sie nicht, aber sie hatte sie gewissenhaft abgeschickt, sie Reitern und Soldaten mitgegeben, die an die Front zogen. Und sie spionierte weiter, blieb weiter im königlichen Haushalt, ungeachtet der Gefahr einer Entdeckung.

Dies jedoch war eine zu wichtige Nachricht, um sie einem Brief anzuvertrauen. Sephi beugte sich vor, die Hände flach auf dem kalten Steinboden. Was sie durch das Schlüsselloch sah, hielt sie völlig im Bann. Ein Sullanciri war dort im Raum erschienen, und dann Kytrin persönlich. In Gedanken machte sich Sephi bereits Vorwürfe, dass sie nicht längst losgerannt war, um die saporischen Autoritäten zu alarmieren.

Natürlich war ihr klar, dass das nichts genützt hätte. Niemand hätte ihr eine derartige Geschichte geglaubt. *Nur König Augustus würde es glauben, und er ist hier in Narriz.* Sie wusste, sie musste zu ihm, damit er eingreifen konnte. Doch sie brauchte noch einen Augenblick, um sich zu sammeln, denn was Kytrin soeben gesagt hatte, ließ ihr den Atem stocken.

Der legendäre Norderstett ist kein Problem mehr. Die Worte hallten durch Sephis Geist. Sie dachte an Wills lächelndes Gesicht. Sie konnte seine Stimme hören. Es war ihr unmöglich zu glauben, er könnte wie sein Vater und Großvater auf

Kytrins Seite übergelaufen sein. *Und sie hat es mit solcher Endgültigkeit gesagt. Er muss tot sein.*

Sie kniff die Augen fest zusammen, um diese Möglichkeit auszuschließen, denn sein Tod bedeutete das Ende der Welt. Tränen sammelten sich in ihren Augen und fielen herab, zerplatzten kalt auf ihren Händen. Sie rollte sich zu einem Ball zusammen und rang um Beherrschung. Schließlich hob sie die Hand und wischte die Tränen fort.

Er ist nicht tot. Sie glaubt *nur, dass er es ist. Es wäre nicht das erste Mal, dass sie sich irrt.*

Der Gedanke zauberte ein Lächeln auf ihr Gesicht. Die Tränen versiegten, dann jedoch gefror ihr Lächeln, als sie das Tropfen weiter hörte. Sie wusste, es waren keinen Tränen, aber sie hatte auch keine Ahnung, was es sonst sein könnte.

Sie öffnete die Augen.

Ein Mann ragte über ihr auf. Seine Miene war düster und kalt, und er starrte durch eine bestialische Maske, die sie fast zu erkennen glaubte, auf sie herab. In den Augen, die sie musterten, lag weder Wärme noch Zuneigung, stattdessen fühlte sie eine tiefe Neugier. Weiße Schlieren bewegten sich durch die blauen Augäpfel, ganz ähnlich den Wolkenstreifen an einem Sommerhimmel. Die Bewegung beschleunigte sich, und für einen Augenblick war sie das Einzige, das sich an der Gestalt regte.

Dann *tropfte* es wieder.

Die Maske war mehr als nur eine Maske. Sie ging nach oben hin fließend über in eine Kapuze, die wiederum zu einem Mantel wurde. Sie war um den Hals der Gestalt befestigt, indem die Arme der Kreatur, die diese Haut ursprünglich einmal getragen hatte, verknotet worden waren. Im schwachen Licht sah Sephi genug Knochenplatten, um sie als Panqhaut zu erkennen.

Ein Erschauern später begriff sie: Es war Lombos Haut. *Und wenn sie Lombo erschlagen hatten, konnte auch der Norderstett tot sein.*

Sie richtete sich auf und begegnete dem kühlen Blick des Sullanciri. »Euer Enkel Will ist tot?«

Nefrai-kesh nickte ernst. »Er starb als ein größerer Held, als irgendeiner von uns es je sein wird.«

Sephi ließ den Kopf hängen und schlug die Hände vors Gesicht. Sie gestattete sich ein Schluchzen, dann sprang sie in den Gang. Sie wäre entkommen, doch Nefrai-kesh bewegte seinen Mantel und das lose Stück Haut, das einmal Lombos Schwanz gewesen war, stieß ihr die Beine unter dem Leib weg. Sie schlug hart auf, knallte mit der Stirn auf den Boden, rollte zur Wand.

Nefrai-kesh kam herüber und ließ sich auf ein Knie herab. Seine Rechte tätschelte ihre Wange, dann strich er ihr eine dunkle Haarlocke hinter das Ohr. »Auch du wirst einen würdigen Tod sterben. Wärest du weniger neugierig gewesen, hättest du überleben können.«

Sephis Augen wurden schmal. »Ich habe für Euren Enkel spioniert.«

Der Sullanciri lächelte. »Er hatte loyale Mitstreiter. Er war ein wahrer Norderstett.«

»Das ist er noch immer. Der größte.«

Nefrai-kesh stutzte einen Augenblick, dann sagte er ernst: »Wenn du das glaubst, Kind, bist du eine Närrin.« Seine Hand glitt durch ihr Haar und schloss sich um ihren Hals unmittelbar unter dem Kopf. Seine Finger spannten sich und ihr Genick brach. »Und doch, ein Teil von mir hofft, dass du Recht hast.«

Kapitel Eins

Prinzessin Alexia von Okrannel hob die behandschuhte Hand über die Augen, als der grüne Drache, auf dem sie ritt, den rechten Flügel senkte und träge einen Kreis flog. Unter ihnen lag dünn von Schnee bestäubt Narriz. Die Stadt breitete sich in mehreren konzentrischen Halbkreisen vom Hafen im Westen her aus. König Fidelius' Schloss stand auf dem höchsten Punkt der Stadt. Die geraden weißen Türme ragten hoch zum Himmel empor. Die bunten Fahnen und Wimpel, die auf den Turmspitzen wehten, verliehen dem Anblick eine Realität, die jede Hoffnung zerschlug, es könne alles nur ein Traum sein.

Unter ihr wogte, wenn mächtige Muskeln die Flügel bewegten, sanft die Drachenhaut. Obwohl die Luft in dieser Höhe eisig war, strahlte der Körper des grünen Drachen eine solche Wärme aus, dass ihr unter dem langen roten Mantel recht heiß wurde. Und diese Wärme teilte sie gern mit Kräh. Sie drückte sich an ihn, dann drehte sie sich um und küsste ihn auf die narbige rechte Wange.

Er lächelte und die braunen Augen lachten. »Womit habe ich das verdient?«

»Ich will nur sichergehen, dass du weißt: Ich liebe dich und stehe zu dir, ganz gleich, was dort unten geschieht.«

Er drückte sie. »Danke.«

Der Drache wandte den Kopf zu ihnen um. »Perrine kreist um den Hof der Burg. Wir sind willkommen.«

Entschlossen, ein Vorqælf mit scharfen ælfischen Zügen, spitzen Ohren und gänzlich silbernen Augen, verzog hämisch den Mund. »Wohl kaum willkommen, Dravothrak. Man wird uns dulden, bis wir unsere Neuigkeit verkünden, und dann wird man uns hassen. Wir teilen ihnen mit, dass die Hoffnung verloren ist, und danach werden die wenigsten noch den Mut zum Weiterkämpfen haben.«

Prinz Ermenbrecht von Oriosa rückte die schwarze Maske vor seinem Gesicht zurecht. »Sie wissen, dass sie dich nicht an der Landung hindern können, Dravothrak, deshalb akzeptieren sie mit vorgetäuschter Großzügigkeit, was sie nicht vermeiden können.«

Die Worte des Prinzen waren von einer Grimmigkeit, die beinahe dem Tonfall entsprach, den Alyx von Entschlossen gewohnt war. Der Vorqælf kämpfte seit eineinviertel Jahrhunderten erfolglos darum, seine Heimat aus Kytrins Klauen zu befreien. Will Norderstett war der Schlüssel zu ihrer Niederlage gewesen und sein Tod auf Vael schien das Schicksal der freien Staaten des Südens zu besiegeln. Sie hatte nie damit gerechnet, einmal auf einer Versammlung der Fürsten der Welt erscheinen zu müssen, um ihnen zu bestätigen, dass die Hoffnung in der Tat verloren war.

Wieder blickte sie sich zu Kräh um. »Ich wünschte, du würdest es mir überlassen, zum Rat zu sprechen.«

Ermenbrecht nickte bekräftigend. »Oder mir. Sie werden es besser aufnehmen, wenn es ihnen einer von uns sagt.«

Kräh schüttelte den Kopf, sein Bart strich über Alyx' Wange. »Erstens und vor allem stand Will unter meiner Obhut. Ich hätte für seine Sicherheit sorgen müssen, und auch wenn ich euch zustimme, dass er den Zeitpunkt seines Ablebens selbst gewählt hat, und es eine edle und gute Wahl war, die er traf, lastet sein Tod doch am schwersten auf mir. Zweitens – und ihr wisst alle, dass ich Recht habe – wird König Swindger mir auf jeden Fall die Schuld geben, selbst wenn Wills Geist erschiene, mich freispräche und Swindger einen Idioten schimpfte. Solange Ihr euren Vater nicht erdrosselt und seinen Platz einnehmt, gibt es nichts, womit sich verhindern ließe, dass man mich beschuldigen wird.«

Die haselnussbraunen Augen des Prinzen loderten. »Wer sagt, dass ich ihn nicht erdrosseln kann?«

Kräh hob den Kopf. »Ich sage es. Der dritte Grund, warum ich die Nachricht überbringen muss, ist schlichtweg der, dass wir alle wissen: Wer immer es tut, wird verteufelt werden und niemand wird ihm jemals wieder vertrauen. Angesichts der Debatten, die jetzt unumgänglich sind, kann es sich keiner von euch erlauben, ausgeschlossen zu werden. Alexia und Ihr, Hoheit, besitzt das militärische Können, das Kytrins Horden aufhalten wird.«

Entschlossens verächtliche Miene verzog sich zu einem bitteren Lächeln. »Du hast kein Argument vorgebracht, warum ich nicht zu den erhabenen Majestäten sprechen sollte, mein Freund.«

»Du meinst, abgesehen davon, dass du nicht den geringsten Zweifel daran lässt, wie sehr du sie und ihre Versammlungen verachtest?« Kräh lachte. »Das ist eine Versammlung der Menschen, Entschlossen, und sie würden es nicht gerade begeistert aufnehmen, von jemandem abgekanzelt zu werden, der alt genug ist, ihre Urgroßeltern gekannt zu haben. Darüber hinaus wirst du ihre Hilfe brauchen, wenn du Vorquellyn befreien willst. Jetzt zu ihnen zu sprechen, würde dieses Ziel gefährden. Hier braucht man Diplomatie.«

Dravothrak öffnete das Maul zu einem reptilischen Grinsen. »Ich werde sie nicht abkanzeln, aber ihr werdet mir gestatten, ihnen den Ernst der Lage vor Augen zu führen?«

Alyx nickte. »Wie wir es besprochen haben.«

Der Drache nickte zweimal, dann faltete er die Flügel zusammen und stürzte aus dem Himmel. Ihre Mäntel, Schals und Decken flatterten im Flugwind. Die Kälte biss Alexia in die Wangen und ihre Augen tränten. Sie klammerte sich an den ledernen Reitharnisch und beobachtete durch den Tränenschleier, wie das Schloss immer größer wurde.

Dann breitete Dravothrak plötzlich die Schwingen wieder aus und flatterte energisch. Sein Kopf hob sich, der Schwanz senkte sich, die mächtigen Beine fingen den Aufprall der Landung auf. Schnee wirbelte rings um sie auf, als wären sie inmitten eines Schneesturms gelandet. Dann stieß der Drache einen Flammenstoß aus, der das weiße Gestöber in Dampf verwandelte.

Alyx und die anderen glitten im Nebel von Dravothraks Rücken, begleitet von einem Chor aus Schreien und Flüchen. Perrine sank durch den Dunst zu ihnen herab. Die Gyrkymsu war seit frühester Kindheit Alexias Begleiterin. Sie setzte leichtfüßig auf und faltete die Vogelschwingen ein. Sie war groß und schlank wie eine Ælfe, am ganzen Körper jedoch mit Daunen und Federn bedeckt, deren Muster an einen Falken erinnerte. Jetzt lächelte sie und nahm ihre Schwester in die Arme.

»König Augustus hat, als ich ihm von deiner bevorstehenden Ankunft berichtete, die gekrönten Häupter einberufen. Es gab ziemliches Gemurre, aber dieses Schauspiel hat ihnen die Sprache verschlagen. Gut gemacht, Dranæ.«

Dravothrak, der inzwischen die Gestalt eines großen, muskulösen Menschen mit dunklem Haar und dichtem Vollbart angenommen hatte, neigte den Kopf. »Freut mich, dass es Wirkung gezeigt hat.« Er befestigte den roten Umhang am Hals und wickelte sich im Stoff ein, um seine Blöße zu bedecken.

Alyx starrte in den Nebel, der sich langsam lichtete, und machte vage Gestalten aus, die sich darin bewegten. »Wohin?«

Bevor Peri antworten konnte, surrte eine kleine grüne humanoide Kreatur mit vier Armen, vier durchsichtigen Flügeln, zwei Beinen und zwei langen Fühlern über Facettenaugen heran und umkreiste die Gruppe. »Hier entlang. Qwc weiß. Komm, komm, schnell, schnell.« Einen Augenaufschlag später war er wieder verschwunden und nur eine gespenstische Wirbelspur zeigte die Richtung an.

Die Prinzessin hakte sich bei Kräh unter und sie folgten dem Sprijt. Dranæ und Ermenbrecht schlossen sich ihnen an, Entschlossen und Peri bildeten die Nachhut der kleinen Gruppe. In ihrer Winterkleidung und gerüstet für den Kampf boten die Gefährten einen deutlichen Kontrast zu ihrer Umgebung. Die Posten auf den Mauern und in den Korridoren waren zwar bewaffnet, doch war deutlich zu erkennen, dass Saporitia seine besten Truppen nach Nordosten an die Grenze zu Muroso verlegt hatte. Die Soldaten hier waren alle entweder alt oder noch sehr jung, und so mancher von ihnen wirkte noch immer kreidebleich, nachdem er einen Drachen im Schlosshof hatte landen und dann in Feuer und Dampf verschwinden sehen.

Die Gefolge der versammelten Monarchen waren auf eine Weise herausgeputzt, die der Lage, in der sich die bekannte Welt befand, überhaupt nicht angemessen war. Alyx unterdrückte ein Schaudern, als sie sich vorstellte, wie ganze Haushalte damit beschäftigt waren zu planen, ihre Garderobe am vorteilhaftesten einzusetzen. Während Könige und Königinnen sich berieten, würden ihre Stäbe gegeneinander antreten, Vorteile ausnutzen und Konzessionen erzwingen. Die Gesetze der Politik verlangten von ihnen, in die Zukunft zu blicken, über Kytrin hinaus, und sich so vorteilhaft wie möglich zu platzieren, selbst wenn sich dieses Manövrieren als genau das herausstellen sollte, was es Kytrin ermöglichte, die Welt zu erobern.

Vor ihnen hing Qwc an jeder Gangkreuzung in der Luft und verscheuchte die Höflinge, die gekommen waren, sie zur Ratskammer zu eskortieren. Manche zogen sich bereits auf eine sirrende Aufforderung hin zurück, doch mindestens einer hatte die Hände ins Gesicht gekrallt. Der Sprijt hatte dem Mann einen erstickenden Netzklumpen ins Gesicht gespuckt, und Alyx' Entsetzen verwandelte sich in Schadenfreude, als sie in dem violett angelaufenen Gesicht Kabot Marstamm erkannte, König Swindgers Adjutanten.

Marstamm, dessen Gesicht noch immer von weißen Fäden bedeckt war, drohte vor Wut zu platzen. Ermenbrecht hielt ihn jedoch mit einem scharfen Befehl davon ab. »Verschwinde, Hund. Er sollte sich glücklich schätzen, dass der Sprijt sich herabließ, ein Nichts wie ihn zur Kenntnis zu nehmen.«

Marstamms fleischige Miene wurde kreidebleich. Er stieß einen erstickten Laut aus, dann machte er auf dem Absatz kehrt und stürzte davon, die Treppe hinauf, zu der Qwc deutete. Der Kammerherr rutschte vor lauter Eile zweimal aus und schrie auf, als er sich das Schienbein anschlug, rannte aber weiter, ohne langsamer zu werden.

Ermenbrecht lachte. »Er sah aus, als hätte er einen Geist gesehen.«

Alyx drehte sich zu ihm um und zog die rechte Augenbraue hoch. »Du weißt, man hält dich für tot.«

»Ich weiß. Hätte er sich nicht freuen sollen, mich zu sehen?«

Entschlossen knurrte nur.

Sie stiegen die breiten Steinstufen bis zum zweiten Absatz hinauf. Der kurze, nach Osten führende Korridor öffnete sich zu einem großen Saal mit Kuppeldecke und farbenfrohen Wandmalereien, die Szenen verschiedener Festivitäten darstellten. Durch drei große Fenster in der Rückwand strömte helles Tageslicht, vor dem viele der Funktionäre in den hinteren Bankreihen nur als Silhouetten zu erkennen waren. Aber weiter vorne, wo die Monarchen und ihre wichtigsten Berater an Tischen saßen, über denen die Banner ihrer Reiche hingen, konnte Alyx ohne Probleme die Gesichter erkennen.

Sie erkannte auch die Mimik dieser Gesichter, deren Palette beim Anblick von Ermenbrecht zunächst von Schock bis zu verhaltener Freude reichte. Dann verdüsterten sich manche recht schnell. Andere folgten. Köpfe wandten sich zur Seite, um mit ihren Begleitern zu sprechen. Hälse reckten sich, Häupter wippten, schließlich erhob sich ein Raunen, das den Saal erfüllte.

König Fidelius, ein kleiner Mann mittleren Alters, mit schütterem grauen Haar und einem verkümmerten linken Arm, öffnete die gesunde Hand zur Begrüßung. »Prinzessin Alexia. Es tut gut, Euch zu sehen. Hätten wir eher gewusst, dass Ihr kommt, so hätten wir ein angemessenes Willkommen arrangiert. An Eure Freunde erinnere ich mich aus Yslin, mit Ausnahme des Mannes im roten Mantel und diesem hier, bei dem es sich, wenn mich meine Augen nicht trügen, um Prinz Ermenbrecht von Oriosa handelt.«

Alyx nickte und legte Schal und Mantel ab. »Ich danke für die freundliche Aufnahme, Hoheit, und ebenso dafür, wie schnell Ihr Euch alle hier einfandet. Wir überbringen Nachrichten von größter Bedeutung. Dies ist Kedyns Krähe, er hat sich bereitgefunden, unseren Bericht vorzutragen.«

Kräh löste sich von ihr und trat etwas vor. Er hatte ein Vierteljahrhundert damit zugebracht, an der Seite von Entschlossen einen eigenen kleinen Krieg gegen Kytrin zu führen. Narben bedeckten seinen Körper, alte Verwundungen plagten ihn, doch obwohl der Schmerz über Wills Tod schwer auf ihm lastete, ließ er die Schultern nicht hängen und hielt den Kopf erhoben. Er bewegte sich mit der Kraft eines jüngeren Mannes, geboren aus der Überzeugung, dass er Kytrin aufhalten würde, koste es was es wolle. Der Anblick dieser Kraft trieb Alyx ein Lächeln auf die Lippen.

Sie war stolz auf ihn, und so liebte sie ihn nur noch mehr.

Kräh zog langsam die Fäustlinge von den Händen und knöpfte den Schaffellmantel auf. »Meine Fürsten und Fürstinnen, ich überbringe eine ernste Nachricht. In Yslin habt Ihr einen Knaben kennen gelernt, Will Norderstett. Er war die Erfüllung der Norderstett-Prophezeiung. Er unterstand meiner Obhut und meinem Schutz. Gemeinsam mit mir und meinen Begleitern leistete Will viel Gutes, von Vilwan und Port Gold bis Festung Draconis, Meredo und Muroso. Tausende können seinen Mut und Kampfgeist bezeugen. Gestern sprach Will vor dem Kongress der Drachen auf Vael für die Menschheit. Er hielt eine hervorragende Rede. Die Drachen allein, so sagte er, sollten die Wächter der Drachenkronenfragmente sein. Er debattierte einen Sullanciri ins Patt, und als ihm die Drachen zustimmten, versuchte der Sullanciri einen von ihnen zu ermorden. Will konnte diesen Mord verhindern, bezahlte aber mit seinem Leben dafür.«

Krähs Stimme verkrampfte sich zu einem Krächzen, seine Hände ballten sich zu Fäusten. Alyx streckte die Hand aus, legte sie ihm auf die Schulter. Sie fühlte ihn zittern und drückte ihn.

Langsam erhob sich König Swindger am Tisch Oriosas. Er richtete sich auf eine Weise auf, die Alyx irgendwie *falsch* erschien, auch wenn sie nicht genau hätte sagen können, weshalb. Er bewegte sich wie ein Mensch, aber da war noch etwas anderes. Etwas Böses, das sich auch in der vor Gift triefenden Stimme ausdrückte.

»*Der* Norderstett *ist tot?* Welchen weiteren Beweis braucht es noch, dass du tatsächlich ein Verräter bist, ein Helfershelfer Kytrins? Vor einem Menschenalter hast du unsere Helden verraten, und jetzt hast du Will Norderstett verraten.« Swindger deutete mit bebendem Finger auf Alyx. »Entfernt Euch von ihm, Prinzessin. Sich in seiner Nähe aufzuhalten, bedeutet Gefahr. Ihn einen Freund zu nennen, heißt eine Natter an Eurem Busen zu nähren.«

Alyx setzte zu einer Erwiderung an, doch Kräh öffnete eine vernarbte Faust und legte sie auf ihre Hand. Er schenkte ihr einen Blick voller Liebe und Vertrauen. Dann verhärtete sich seine Miene und er drehte sich zu den Monarchen um.

»Jetzt *reicht* es, König Swindger.«

Swindgers Augen weiteten sich und er breitete die Arme aus. »Du wagst es? Du wagst es, mir zu drohen, hier, jetzt? Du *bist* ein Abgesandter des Bösen!«

Kräh schnaufte. »Womit drohe ich Euch, König Swindger? Ich habe kein Schwert. Fühlt Ihr noch immer den Biss meiner Ohrfeigen? Ist es Eure Scham, die Euch verletzt, und Eure Erinnerung daran, die Euch Angst macht? Euch beherrscht Angst, und sie hat alle hier angesteckt. Ich habe Euch nie gemocht – und Ihr habt mich nie gemocht, so ist der Gang der Welt. Doch diese Abneigung darf nicht zum Untergang der Welt führen.«

Er schaute an Swindger vorbei. »Seit fünfundzwanzig Jahren gibt es zwei Strategien, mit Kytrin und der Gefahr umzugehen, die sie für die Südlande darstellt. Die eine war defensiv und Festung Draconis war ihr herausragendstes Beispiel. Sie wurde durch Oriosas stillschweigende Bereitschaft ins Gegenteil verkehrt, dem Druck Aurolans nachzugeben. Bildet Euch nichts auf Eure Standhaftigkeit ein. Ihr alle habt Euch diese Strategie mehr oder weniger zu Eigen gemacht. Allein dass Ihr hier sitzt, statt an der Spitze Eurer Armeen nach Muroso zu marschieren, beweist, dass Ihr glaubt, diese Strategie könne

Erfolg haben. Entschlossen und ich hingegen haben Krieg gegen sie geführt. Wir haben sie Truppen und Heerführer gekostet. Ihre Pläne durchkreuzt. Wir haben ihren Vormarsch gebremst. Es mag uns nicht gelungen sein, sie aufzuhalten, aber wir sind nur zu zweit. Als Teil unseres Krieges suchten wir den Norderstett. Wir haben ihn aus den Elendsquartieren Yslins geholt, haben ihn auf seine Rolle vorbereitet, haben ihn dabei beobachtet, wie er sie angenommen und sich wacker geschlagen hat.« Krähs Stimme klang gepresster, zugleich aber auch tiefer. »Einer von Euch hat ihn als Gossenbastard und Hurenbalg abgetan, doch er hat sich seinen Platz in den Geschichtsbüchern verdient. Als junger Bursche noch hat er in gestandenen Männern den Mut geweckt, für ihn zu kämpfen und sogar zu sterben, und viele haben dies auch getan, alle im Widerstand gegen Kytrin. Sein Tod hat uns die Neutralität der Drachen gewonnen. Das Volk der Drachen wird nicht für Kytrin in die Schlacht ziehen.«

Swindger rümpfte die Nase. »Ein besserer Mann hätte sie für unsere Seite gewonnen.«

»Sei still!« Krähs Ausbruch sorgte für erstaunte Gesichter, die es schon lange nicht mehr gewohnt waren, Befehle entgegenzunehmen. »Ihr alle spielt nur belanglose Scharaden. Es wird Zeit, dass Ihr ernsthafte Entscheidungen trefft, und das könnt Ihr nicht, indem Ihr Euch in Pose werft, auch nicht ohne Neuigkeiten, und Neuigkeiten sind es, die ich für Euch habe.« Er drehte sich um und deutete auf Dranæ. »Dieser unser Begleiter ist Dravothrak, ein Drache in Menschengestalt. Er ist unser Verbündeter, wie auch Kytrin ihre Verbündeten hat. In den Bergen Sarenguls hat er einen ihrer Drachen getötet. Es gibt noch andere Drachen, die bereit sind, uns zu helfen.«

König Fidelius rieb sich das Kinn. »Was verlangen sie für diese Hilfe?«

Dranæ nickte langsam. »Dasselbe, wonach Ihr strebt. Die Vernichtung der Drachenkrone.«

Am vilwanischen Tisch stand eine Frau in schwarzer Robe auf. »Was ist mit Adept Lies? Ist er ebenfalls gefallen?«

Kräh schüttelte den Kopf. »Nein, er ist auf Vael geblieben, um Unterricht in Drachenmagik zu erhalten.«

Sie riss die Augen auf. »Mit wessen Erlaubnis?«

»Seiner. Meiner. Was spielt das für eine Rolle?« Krähs Hände ballten sich wieder zu Fäusten. »Hat überhaupt jemand hier zugehört, was ich gesagt habe? Ihr fragt nach Erlaubnissen, nach Verbündeten, bildet euch ein, ihr könntet euch mit Belanglosigkeiten beschäftigen, die Zeit nach Kytrin vorbereiten. Aber Kytrin ist die Aufgabe, die ihr zu lösen habt. Vor gut fünfundzwanzig Jahren ist es euch nicht gelungen, die Bedrohung durch sie zu beseitigen, und all die Jahre über war ich bereit, die Schuld dafür auf mich zu nehmen. Doch damit ist es vorbei. Wenn die Welt überleben soll, werdet ihr schon mehr leisten müssen als herumsitzen und intrigieren.«

Er stieß mit ausgestrecktem Finger nach Nordosten. »Ein aurolanischer Heerwurm marschiert auf uns zu. Er hat Sebtia verschlungen. Und ist dabei, sich Muroso einzuverleiben. Er ist in Sarengul eingefallen und hat Bokagul angegriffen. Oriosa wird ihn nicht aufhalten. *Ihr* müsst es tun.« Krähs Schultern sackten etwas herab. »Will Norderstett hat die Verantwortung für die Rettung der Welt übergenommen. Sein Handeln hat Kytrin geschwächt und verwundbar gemacht. Wenn Ihr der Hexe jetzt die Zeit lasst, sich davon zu erholen und wieder zu erstarken, so habt Ihr ihn verraten. Ihn, Eure Völker und Euch selbst. Denn jede Sekunde, die Ihr zögert zu handeln, ist eine Sekunde, in der sie stärker wird, und eine Sekunde, in der sich die Chance sie aufzuhalten, verkleinert.«

Er zog die Schultern nach hinten und hob den Kopf, dann drehte er sich um und stampfte aus dem Saal. Die Wachen an der Tür machten keinen Versuch, ihn aufzuhalten, trotz des gezischelten Befehls von Swindger. Alyx folgte ihm und Entschlossen war an ihrer Seite. Hinter der Tür schlug Kräh im kurzen Flur mit der Faust gegen die Wand.

Entschlossen grinste und legte ihm die Hand auf die Schulter. »Irre ich mich, oder hattest du behauptet, das erfordere Diplomatie?«

Kräh knurrte, dann legte er die Stirn an den kalten Stein und lächelte. »Ja, eigentlich hatte ich das so gedacht, aber dann habe ich mir gesagt: Wenn sie mich schon hassen, dann sollen sie wenigstens Grund dazu haben. Nach dem letzten Krieg gegen Kytrin habe ich sie gewarnt, dass es dazu kommen würde. Es hat gut getan, sie daran zu erinnern. Ob es auch genutzt hat, weiß ich allerdings nicht.«

Alyx streichelte seinen Arm. »Ich habe sie beobachtet. Augustus hat gelächelt und meine Urgroßtante nicht. Das betrachte ich beides eindeutig als Vorteile. Königin Carus von Jerana und König Fidelius haben dir zugehört, und beide sind wichtige Entscheidungsträger. Du hast sie alle daran erinnert, dass man Swindger nicht trauen kann, und er hat wenig getan, das zu entkräften. Es hat ihnen gefallen, Ermenbrecht zu sehen.«

Kräh drehte sich um und stützte sich kraftlos an die Wand. »Dann besteht noch Hoffnung, so gering sie auch ist. Das ist gut.« Er hob die Hand und tätschelte ihr die Wange. »Du und Ermenbrecht, ihr werdet den politischen Kampf führen müssen. Auf diesem Feld bin ich nutzlos.«

Alyx verzog das Gesicht. »Du bist niemals nutzlos. Ich werde deine Hilfe brauchen.«

»Oh, ich werde dir helfen, so gut ich kann.« Einer von Krähs Mundwinkeln zuckte belustigt. »Ich werde Swindger ablenken. Während du die gekrönten Häupter um dich scharst, werde ich meine Memoiren schreiben, mit allen Einzelheiten des letzten Feldzugs gegen Kytrin. Ich hoffe, der Versuch, sich die Schrift zu verschaffen, wird ihn beschäftigt halten.«

Entschlossen nickte, und der weiße Haarkamm auf seinem Schädel bewegte sich wie in einem Windzug. »Ganz gleich, was sie von dir halten, Kräh, die Fürsten wissen, dass es ihr Tod wäre, nichts zu unternehmen. Das wird sie anspornen. Mit etwas Glück können Ermenbrecht und die Prinzessin sie einen – und wir werden diese Geißel der Welt ein für alle Mal erledigen.«

Kapitel Zwei

Kjarrigan Lies saß im Schneidersitz auf dem Steinboden und betrachtete eingehend die nahtlose Silberkugel in seinen Händen. Er spiegelte sich in der polierten Oberfläche, doch durch die Krümmung des Silbers war sein Gesicht um eine fette Nase gestaucht und wurde mit wachsendem Abstand immer kleiner. Bis seine Ohren kaum mehr als Knospen waren. Er sah bemerkenswert hässlich aus, doch obwohl er über ein normales Maß an Eitelkeit verfügte, verblasste jeder Gedanke an sein Aussehen zur Belanglosigkeit. Die optische Verzerrung der Kugel kümmerte ihn nicht, denn ein anderer Aspekt ihres Wesens hielt seine ganze Aufmerksamkeit gefangen.

Die Kugel verzerrte nicht nur das auf sie fallende Licht, sie schien einen ebensolchen Effekt auf Magik zu haben. Der erste Zauber, den der füllige Magiker auf die Kugel gewirkt hatte, hatte deren Verzauberung bestätigt, die Energie, die er in den einfachen Diagnosezauber gesteckt hatte, war allerdings sehr schnell aufgesogen und zerstreut worden. Es hatte sich angefühlt, als wäre sie eine dünne Wolke gewesen, die von einem nicht spürbaren Wind zerfasert wurde.

Seine Gedanken rasten. Sie drehten sich sowohl um das Rätsel der Silberkugel wie auch um andere Ereignisse der jüngsten Zeit. Will Norderstetts Tod schmerzte noch immer. Kjarrigan hatte in Will nicht nur einen Freund verloren – den einzigen gleichaltrigen, den er besaß –, er hätte auch in der Lage sein müssen, diesen Tod zu verhindern. Er hatte nicht eingegriffen, und obwohl Will gewusst hatte, was er tat, als er sich opferte, nagte dieses Versagen an Kjarrigan.

Allerdings hatte Will im Sterben Kjarrigans neuem Meister

das Leben gerettet, einem Drachen namens Rymramoch. Rymramochs Körper lag in der Kongresskammer, tief in Vael, aber das Bewusstsein des Drachen bereiste die Welt mit Hilfe einer komplexen Holzpuppe. Bis zu der Konfrontation mit einem Sullanciri in der Kammer hatte Kjarrigan keine Ahnung gehabt, dass Rymramoch mehr als nur ein ungewöhnlich mächtiger Magiker war.

Der Drache hatte seine Reisen mit Boks Hilfe zurückgelegt, eines haarigen urZreð mit malachitgrüner Haut. Der hatte sich als ausgesprochene Überraschung entpuppt. Wie alle Mitglieder seiner Rasse war auch Bok ein Gestaltwandler. Doch Kjarrigan hatte unter dem Eindruck gestanden, er sei kaum mehr als ein Tier. Dies war zum Teil auf den Einfluss einer gängigen Legende zurückzuführen, der zufolge ein aus der Zwergengemeinschaft ausgestoßener urZreð außerhalb seiner Artgenossen allmählich wahnsinnig wurde. Die matriarchalischen urSreiði hielten Männer für schwachsinnig, und während des Aufenthalts in Bokagul hatte Kjarrigan wenig gesehen, was dieser Einschätzung widersprach.

Bok – oder genauer gesagt Loktu-bok Jex – hatte sich jedoch als Jahrhunderte alt, äußerst gebildet und weit gereist erwiesen. Zudem war er in der Lage, beachtliche Zauber zu wirken. Seine Magik hatte die Puppe animiert, in der Rymramochs Bewusstsein ruhte – und Kjarrigan hatte nicht das Geringste davon bemerkt. Und als wäre die plötzliche Verwandlung Boks vom Haustier zum zivilisierten Diener noch nicht genug gewesen, hatte der Zwerg Kjarrigan noch erklärt, er sei Kytrins Vater.

»Deine Gedanken schweifen ab, Adept Lies.« Rymramoch neigte den Kopf. Die in eine prächtige rote Robe mit schlangenartigen Mustern in Goldstickerei gekleidete Puppe deutete mit behandschuhter Hand auf die Kugel. »Konzentriere dich auf die Kugel. Ergründe ihre Geheimnisse.«

Kjarrigan nickte und verdrängte alles aus seinem Geist, was nicht unmittelbar mit der gestellten Aufgabe zusammenhing. Wieder sprach er den Diagnosezauber: mit dem gleichen

Resultat. Er hatte bestätigt, dass die Kugel irgendwie verzaubert war. Darüber hinaus aber hatte er nichts Nützliches herausgefunden. Er bemerkte jedoch, dass sein Zauber diesmal anders zerfleddert worden war. Die Energie wirbelte in einem neuen Muster davon.

Sie fließt, so ähnlich wie urSreiði-Magik. Er änderte seine Vorgehensweise und statt eines menschlichen Diagnosezaubers wählte er einen Spruch, den ihm eine urSreið-Lehrerin beigebracht hatte. Der Zauber floss ihm aus den Händen und hüllte die Kugel in einen dunklen Mantel. Gelegentlich zuckten dünne silberne Linien wie winzige Blitze durch das Schwarz, dann löste sich der Zauber auf.

Der urSreiði-Spruch lieferte Kjarrigan auch nicht viel Neuigkeiten, nur dass Bok die Kugel verzaubert hatte. Dessen Zauber schien aber zu wenig mehr geeignet als dazu, andere Magik zu überdecken. Dem pummeligen Magiker war klar, dass es harte und langwierige Arbeit erfordern würde, diesen Zauber zu entfernen, und er hatte keine Zeit zu verschwenden.

Außerdem beschäftigte ihn eine Idee.

Kjarrigan machte sich daran, einen Spruch im urSreiði-Stil zu formen. Er stellte ihn sich vor wie Rauch, der von einer erloschenen Kerze aufstieg. Er ließ magische Energie in diesen Hauch eines Zaubers fließen, um ihm Leben einzuhauchen, dann senkte er den dünnen Spruchfaden in den Abschirmzauber. Kjarrigans neuer Zauber floss über Boks Magik, zunächst nur über die Oberfläche. Doch dann drang er immer tiefer durch die schützende Schicht. Die winzige Energiemenge, die er auf den Spruch anwandte, war zu gering, um Boks Zauber auszulösen, und so trieb der Faden langsam tiefer, in den Schutzmantel hinein, bis er schließlich die Kugel erreichte.

Das Fließen seines Zaubers hatte Kjarrigan gefallen. Es hatte einem Kitzeln auf der rechten Handfläche geglichen. Als der Spruch jedoch die Kugel berührte, verwandelte sich dieses Kitzeln in einen stechenden Schmerz, als wäre der Kugel ein langer Stachel gewachsen, der sich geradewegs durch Kjarrigans Hand bohrte. Eine Woge der Erschöpfung schwappte über ihn hinweg und für einen Augenblick wurde die Welt um ihn herum düster. Kjarrigan wankte und kippte zur Seite. Die Kugel glitt ihm aus der Hand und fiel auf den Boden.

Kjarrigan sah die Kugel hüpfen und sich drehen, sich zu einer dicken Scheibe stauchen, dann zu einem hohen Zylinder dehnen und schließlich zu einer wogenden Sturmwolke sammeln. Eine Sekunde lang erstarrte alle Bewegung, ein kreischendes Heulen erklang, dann explodierte die Silberkugel und formte sich in der Gestalt eines Kriegers neu. Obwohl die Figur keine zwei Hände hoch war, wirkte sie äußerst detailliert, bis hinab zu der Art, wie sich das lange Haar des Mannes über den Schultern bewegte.

Es dürfte sich nicht bewegen. Kjarrigan schüttelte den Kopf, um klar zu werden. Die Einzelheiten der Figur verblassten erst kurz, dann aber, als er sich wieder konzentrierte, traten sie erneut scharf hervor. Tatsächlich wirkte die Gestalt vertraut, und nach kurzem Überlegen erkannte Kjarrigan, dass sie nach einem Standbild Prinz Kirills von Okrannel, Alexias Vater, geformt war, die Kjarrigan in Festung Draconis gesehen hatte.

Die kleine Figur verbeugte sich vor ihm, dann verwandelte sie sich zurück in eine Silberkugel.

Kjarrigan hebelte sich zurück in eine sitzende Haltung. »Was ist das?«

Rymramochs Kopf neigte sich zur Seite, dann bewegte die Puppe die Hände – und die Kugel schwebte zu ihr hinüber. »Kaum mehr als ein Spielzeug, das wir benutzen, um unsere magischen Fähigkeiten zu üben. Bok hat einen Schutzzauber darüber gelegt, aber den hast du schnell genug durchdrungen. Möglicherweise hat das Artefakt einen gierigen Eindruck auf dich gemacht, aber wenn ein Drache es benutzt, nimmt er seinen Energiehunger kaum wahr.«

Die Finger der Puppe schlossen sich und sanken in die Kugel. Kjarrigan bemerkte einen Hauch von Magik, dann öffnete sich die Hand wieder. »So, das sollte funktionieren. Die Kugel hilft bei der Konzentration. Die Figur, die du erzeugt hast: etwas, an das du dich erinnerst?«

»Sie basierte auf einer Statue, die ich in Festung Draconis gesehen habe, ja.« Kjarrigan bewegte die Schultern. »Was soll ich mit dem Ding machen? Nur Figuren modellieren?«

»Nein, nein, erheblich mehr.« Die Puppe warf ihm die Kugel wieder zu. »Als du Boks Zauber durchdrungen hast, hast du Kontakt zu der Kugel hergestellt. Die Magik in ihr hat dir die Kraft entzogen, die sie brauchte, um zu wirken. Das war anstrengend, habe ich Recht?«

Kjarrigan nickte. »Jeder Zauber benötigt Energie, um zu wirken. Man muss sich vorsehen, damit man sich nicht überanstrengt und zusammenbricht.«

»Weil dein Körper die Energie erzeugt, die du benutzt, um einen Zauber zu sprechen.«

»Exakt.« Kjarrigan antwortete sofort, erkannte aber, dass er die vilwanische Standardantwort gegeben hatte. Obwohl er gelernt hatte, seinen Lehrern derartige Weisheiten vorzubeten, hatte er insgeheim Zweifel an dieser Quelle der Magik entwickelt. Das Problem dabei war: Auf Vilwan glaubte niemand daran, dass Magik auch anders gelingen könnte.

Die Puppe verschränkte die Arme. »Du bist dir der Schwachstelle in deiner Beschreibung bewusst, oder?«

Der junge Mann legte die Stirn in Falten. »Ihr scheint sie für offensichtlich zu halten. Aber für mich ist sie das nicht.«

»Erlaube mir, es dir zu erklären. Würdest du nach draußen gehen und den Berg dort hoch und zurück ins Tal laufen, so würdest du dabei eine Menge Energie verbrauchen, richtig? Anschließend wärst du erschöpft.«

»Natürlich.«

»Und was würde noch geschehen?«

Kjarrigan dachte kurz nach, dann klopfte er sich mit der Linken auf den Bauch. »Ich würde etwas von dem hier verlieren.«

»So ist es, und trotzdem hast du, der mächtigste Magiker, den die Menschheit seit Jahrhunderten hervorgebracht hat, in Navval eine nahezu ununterbrochene thaumaturgische Schlacht geschlagen, ohne eine Unze an Körpergewicht zu verlieren. Wie ist das möglich?«

Kjarrigan setzte zur Antwort an, dann runzelte er die Stirn. »Die Energie kommt gar nicht aus mir?«

Die Puppe verschränkte die Arme hinter dem Rücken. »Es ist dir möglich, die Energie für Zauber selbst zu erzeugen, aber du solltest sie niemals direkt zu deren Einsatz benutzen. Das ist der entscheidende Irrtum der Vilwaner Lehre, und man hat dich dort entsprechend gut über deine Grenzen aufgeklärt. Deine Lehrer haben dir allerdings nicht gesagt, dass sie zwar studiert haben, wie viel Energie ein Körper erzeugen kann, menschliche Magiker jedoch schlicht und ergreifend selbst mehr Energie benutzen können.«

Der junge Mann runzelte die Stirn. Er wusste von Rymramoch, dass die Lehren der Vilwaner Schule sich nach den Tagen Kajrûns, des Schöpfers der Drachenkrone, verändert hatten. Kajrûn war von Vilwan gekommen, und um zu verhindern, dass die Fürsten der Welt die Vilwaner Magiker vernichteten, hatten diese sich entschlossen, ihre Schüler zu behindern. Aufgrund der Bedrohung durch Kytrin hatten sie Kjarrigan verbotenes Wissen beigebracht – und er war weit über das Können jedes anderen auf der Insel hinausgekommen, doch selbst *diese* Ausbildung war fehlerhaft.

»Falls das zutrifft, was Ihr sagt, gibt es eine andere Quelle der Energie.«

»Nein, es ist die Quelle der Magik.« Die Puppe gestikulierte, und die Silberkugel floss wie Wasser durch Kjarrigans Finger, um auf dem Boden eine Pfütze zu bilden. »Das einfachste Bild der Magik ist das eines Flusses, obwohl sie weit gewaltiger und vielfältiger ist als ein Wasserstrom. Sie besitzt Strömungen und Strudel, kalte Ströme und warme, süße, verschmutzte und stehende Bereiche. Sie durchdringt die ganze Welt, alle Welten, ist an einigen Stellen schwach, an anderen überaus stark. Hier ist sie eher stark, und die bloße Anwesenheit genügt, sie aufzusaugen, so wie ein Stück Stoff Luftfeuchtigkeit aufsaugt. Es ist diese ätherische Feuchtigkeit, die den Menschen die zusätzliche Energie liefert.«

»Aber warum ermüden wir, wenn sie um uns herum ist?«

»Warum wird jemand durstig, der an einem Fluss wohnt?« Die Puppe lachte. »Die Energie, die du verbrauchst, ist die Energie, die du darauf verwendest, die Magik in deine Sprüche umzuleiten. Es gab bereits Gelegenheiten, Kjarrigan, bei denen du ohne nachzudenken Magik aufgesogen hast, und die Energie kam wie von selbst. Mit Alter Magik ist das leichter und wahrscheinlicher, aber dass du überhaupt dazu in der Lage bist, beweist deine natürliche magische Begabung.«

Kjarrigan schüttelte den Kopf. »Heißt das, ich kann unbegrenzt zaubern, weil ich diesen Fluss der Magik anzuzapfen imstande bin?«

»Das habe ich nicht gesagt, und schon mancher Narr unter den Magikern ist an diesem Irrtum zugrunde gegangen.« Rymramoch schüttelte den Kopf. »Du hast doch Flüsse gesehen. Was geschieht mit den Steinen in ihrem Bett?«

»Sie werden glatt geschliffen.«

»Sie werden *zu Nichts* abgeschliffen.« Mit einer kurzen Fingerbewegung verwandelte die Puppe die Silberpfütze zurück in eine Kugel. »Ein Drache steht im Verhältnis zur Magik wie Granit zu Wasser, aber du bist Sandstein. Stürze dich unbedacht hinein und du zerschmilzt zu Schlamm. Immerhin, du *bist* in der Lage, Dinge zu erreichen, die jenseits der Möglichkeiten der übrigen Menschheit liegen, und vielleicht sogar denen der Ælfen und urSreiði. Sie würden sogar die Oromisen erstaunen, aber nicht mich, nicht einen Drachen.«

»Oromisen?« Kjarrigan schüttelte den Kopf. »Was sind Oromisen?«

»Nicht was. Wer.« Die Puppe legte die Fingerspitzen beider Hände aneinander, dann folgten die Handflächen. »Vor ewiger Zeit gab es die Magik, und in ihrem Fluss existierte Leben. Teil dieses Lebens waren Drachen, wenn auch in einer Gestalt, die wir heute kaum erkennen würden. Aber als wir das Bewusstsein erlangten, suchten wir nach einem Fixpunkt im Strom der Magik. Wir versuchten Buchten zu erschaffen, hatten jedoch wenig Erfolg, denn wir sind Geschöpfe aus Feuer und Luft, und zwei Elemente sind zu wenig für ein Universum. Die Oromisen sind Geschöpfe aus Wasser und Erde. Sie wollten ebenfalls eine Bucht erschaffen, und wo ihre Magik und unsere sich überschnitten, hatten wir Erfolg. Die Drachen und Oromisen formten ein Bündnis und gestalteten dieses Universum ebenso wie diese Welt. Später kamen die Ælfen, denn ihr Element ist das Holz und notwendig, um die anderen zu verbinden. Drachen und Oromisen hießen sie mit wohlwollender Gleichgültigkeit willkommen und leisteten keinen Widerstand, als sie unsere Welt urbar machten.«

Kjarrigan schaute auf die Kugel. »Könnt Ihr sie zu einem Oromisen formen?«

»Nein, denn ich war noch längst nicht geschlüpft, als die Oromisen die Sonne zuletzt auf ihren Gesichtern spürten. Falls Sie Gesichter hatten.« Die Puppe zuckte die Achseln. »Was ich dir jetzt erzähle, sind Legenden. Ich kenne sie nur aus viertem, fünftem Flügel.«

»Wie alt seid Ihr?«

»*Sehr* alt. Ich erinnere mich an den Krieg, in dem wir den urSreiði Vareshagul abnahmen. Ich habe in diesem Krieg gekämpft und den weitaus größten Teil der Kolonie versenkt. Vael hier ist der einzige Rest. Seitdem wohne ich hier. Und trotzdem sind die Oromisen für mich nur eine Legende. Sie sind die Albträume, die unseren Schlaf stören. Und dass ein Drache Albträume haben kann, sollte dir Warnung genug sein.«

Kjarrigan schauderte. »Aber ich habe niemals von ihnen gehört.«

»Das liegt daran, dass es zwischen Drachen und Oromisen zu einem Krieg um die Welt kam. Die Oromisen sind Schöpfer und Bastler. Sie erschufen Maschinen und Kreaturen. Die Kryalniri, die du in Bokagul und Muroso gesehen hast, ähneln stark den Wesen, die sie auf die Ælfen ansetzten, um sie beschäftigt zu halten, während wir kämpften. Noch viele andere Kreaturen sind ihr Werk, nicht wenige davon durchaus alltäglich und sogar beliebt. Katzen zum Beispiel. Vor dem Krieg erschufen sie viel, und noch weit mehr formten sie für den Kampf um.«

»Aber was ist mit den Göttern, die die Welt erschufen?«

Rymramoch schüttelte den Kopf. »Als die Menschheit Äonen nach der Zeit der Oromisen entstand, suchte sie nach Erklärungen. Götter bieten sich an, wenn man keine andere Erklärung findet.«

»Aber Entschlossen hat gesagt, unsere Götter seien nur blasse Schatten der Alten Götter, von denen er weiß.«

»Auch Entschlossens Wissen ist nicht fehlerlos, und selbst die Ælfen erinnern sich nicht mehr so recht an die Oromisen. Sie wissen jedoch, dass da etwas war, und ihre Fähigkeit, Götter zu erfinden, steht jener der Menschen in nichts nach.«

»Dann gibt es keine Götter?«

Rymramoch lachte. »Nun, das ist unter Drachen Grund für hitzige Debatten. Erzeugen Glaube und Verehrung eine Wesenheit, aus der ein Gott entsteht? Gibt es noch andere Eindringlinge, die in unsere Welt gekommen sind und diese Rolle übernommen haben? Wir wissen es nicht – und auch nicht, wie man es herausfinden könnte. Jedenfalls spielten die Götter, *falls* es sie gibt, im Krieg gegen die Oromisen keine Rolle. Die Drachen vertrieben die Oromisen von der Oberfläche der Welt und tief in ihr Herz. Dort sind sie von Drachenmagik auf ewig eingekerkert, aber sie ahnten, was ihnen bevorstand. In einer ihrer letzten Handlungen erschufen sie die urSreiði. Die Zwerge gründeten unter der Leitung mächtiger Häuptlinge ihre eigenen Reiche und gruben sich tief in die Erde. In ihrem Bemühen, ihre Herren zu befreien, türmten sie gewaltige Gebirge auf, wo immer sie erschienen. Die Drachen erklärten auch ihnen den Krieg, und die letzte große Schlacht war die um Vareshagul.«

Die Puppe zupfte einen losen Faden aus dem linken Ärmel der Robe. »Bis zu dieser Zeit waren die urSreiði ein Patriarchat, und ihre starken Männer hielten sich einen Harem. Um ihre Art zu retten, stellten sie ihre komplette Gesellschaftsstruktur auf den Kopf. Starke urZreð wie Bok werden aus Angst verbannt, sie könnten den Zorn der Drachen wieder über die urSreiði bringen.«

Kjarrigan schüttelte den Kopf. »Aber wenn Bok eine derartige Bedrohung ist, was tut er dann hier? Warum ist er Euer Freund?«

»Weil Bok weder dumm noch ein Diener der Oromisen ist.« Die Stimme Ramochs wurde schärfer. »Als ich ihm vor Jahrhunderten begegnete, erkannte ich schnell, dass er eine entscheidende Rolle dabei spielen würde, die Dinge zurechtzurücken. Ich habe die Hoffnung, dass wir das mit deiner Hilfe diesmal wirklich erreichen können.«

Kapitel Drei

Alyx nahm das gefaltete Blatt entgegen, das der Vilwaner Signalmagiker ihr gebracht hatte, und nickte dankend, bevor sie die Türe ihrer Kammer hinter ihm schloss. Unwillkürlich erinnerte sie sich an das letzte Mal, als sie einen Brief in der Hand gehalten hatte. Will Norderstett hatte ihn ihr in Caledo gebracht und sie gebeten, ihn vorzulesen. *Er wirkte besorgt und* so *erwachsen.*

Sie betrachtete die unversiegelte Seite des gefalteten Pergaments. Ihr Name war in klarer Schrift darauf zu lesen, und ebenso deutlich der Name Markus Adrogans. Es überraschte sie, dass Adrogans ihr hierher nach Narriz schrieb, und das so kurz nach ihrer Ankunft. Das konnte nur bedeuten: Ihre Ankunft hier war so überraschend, dass die jeranische Delegation Adrogans augenblicklich darüber informiert hatte. Entweder das, oder Adrogans hatte bereits ein ausgezeichnetes Spionagenetzwerk aufgebaut. Tatsächlich bezweifelte sie weder die eine noch die andere Erklärung, sie vermutete jedoch, dass letztere der wahre Grund für dieses Schreiben war.

Bei dem Brief handelte es sich offensichtlich um die Niederschrift einer Arkantafalbotschaft, und die Verwendung dieser Methode verlieh ihm etwas Dringendes. Sie hatte flüstern hören, dass Adrogans Swarskija eingenommen und Okrannel befreit hatte. Sie bezweifelte, dass er ihr die Botschaft geschickt hatte, um damit zu prahlen. Aber ganz konnte sie es auch nicht ausschließen. Bescheiden war Markus Adrogans ganz sicher nicht.

Doch sein strategisches Genie rechtfertigt sein Selbstbewusstsein.

Sie drehte den Brief um und brach das Siegel. Dann öffnete

sie den Bogen. Die Schrift dessen, der die Nachricht übertragen hatte, passte weder zu deren Inhalt noch zum Absender. Die enge Schrift trug zur Unwirklichkeit des Textes bei und ließ sie verunsichert und traurig zurück.

Liebe Prinzessin Alexia,
mit tiefstem Beileid bin ich gezwungen, Euch vom Tode Eures Cousins Herzog Michail in Kenntnis zu setzen. Er zeichnete sich im Feldzug zur Befreiung Okrannels durch beispielhaften Einsatz und vorbildlichen Mut aus. Ohne seinen Erfolg könnte ich diese Nachricht nicht hier in Swarskija verfassen, denn ich stünde noch vor den Toren der Drei Brüder.
Die Einnahme der Drei Brüder haben wir ausschließlich ihm und seinen Bemühungen zu verdanken. Er war nicht nur bei der Vorbereitung der Operation von entscheidender Rolle, er bestand auch darauf, die Truppen beim gefährlichsten Angriff selbst zu führen. Er nahm Waralorsk ein und tötete den aurolanischen Kommandeur, eine Heldentat, bei der er selbst tödlich verwundet wurde.
Wir haben ihn dort beigesetzt, am Schauplatz seines größten Triumphes.
Im Sterben bat er mich, Euch mitzuteilen, dass Träume Wahrheit werden können. Er lässt Euch ausrichten, Ihr mögt an Eure Träume glauben.
Ihr solltet wissen, dass der Name Eures Cousins auf unseren Lippen lag, als wir Swarskija stürmten und die aurolanischen Besatzer überwältigten. Wir haben Eure Heimat in seinem Namen befreit.

In Trauer und Respekt,
General Markus Adrogans
9. Tau
Swarskija, Okrannel

Nachdem sie den Text zweimal gelesen hatte, klappte Alyx das Papier langsam wieder zusammen. Sie erinnerte sich lebhaft an Mischa. Preiknosery Eisenschwinge hatte sie in Gyrvirgul als seine Tochter aufgezogen. Erst mit siebzehn Jahren war sie nach Okrannel gefahren und hatte ihren Cousin dort getroffen. Auf Beschluss des Kronrats – der Versammlung okranscher Adliger, die das Leben der Exilanten regelte – musste jedes adlige Kind eine Nacht auf Heimatboden verbringen, und seine Träume in jener Nacht galten als prophetisch.

Sie lächelte. Mischa war aufgewacht und hatte ihr von seinem Traum erzählt. Er war besonders stolz darauf gewesen, denn er war im Traum älter, ein kräftiger junger Mann und der Sieger in einer Schlacht, in der er die Festungen der Drei Brüder aus der Hand der Aurolanen befreit hatte. Er hatte gewusst, dass er ihr eigentlich nichts von seinem Traum hätte verraten dürfen, und sie hatte nie zu irgendjemandem darüber gesprochen.

Und weil er darauf bestanden hatte, hatte sie ihm auch von ihrem Traum erzählt. Später hatten sie beide ihre Träume dem Kronrat beschrieben. Man hatte sie festgehalten und studiert, um ihren Platz in der großen Überlieferung festzulegen, die ohne jeden Zweifel beweisen würde, dass Okrannel eines Tages seinen Platz unter den Reichen der zivilisierten Welt wieder einnehmen würde. Das Buch der Träume war zu einem Mythos unglaublicher Bedeutung geworden. Es ging sogar so weit, dass viele Okraner sagten: »Es steht im Buch der Träume«, wenn sie die Wahrheit einer Aussage unterstreichen wollten.

Sie schüttelte den Kopf. »Aber von deinem Tod stand nichts darin, Mischa.«

Alyx ging zur anderen Seite des Turmzimmers und hätte den Brief beinahe impulsiv in das kleine Kaminfeuer geworfen. Doch das Gefühl des Pergaments in der Hand war das einzig fassbare Bindeglied, das ihr zu ihrem Vetter blieb. Sie hatte ihn zuletzt auf der Ebene vor Swojin gesehen, unmittelbar bevor sie und die anderen in ihrer kleinen Gemeinschaft nach Port

Gold abgereist waren, um den Piraten von Wruona ein Fragment der Drachenkrone zu entreißen. Er war bester Laune und absolut siegessicher gewesen. Es fiel ihr nicht schwer sich vorzustellen, dass seine Männer ihm begeistert in die Schlacht gefolgt waren.

Sie fragte sich, ob Mischa noch leben könnte, wenn sie dabei gewesen wäre, aber sie verscheuchte den Gedanken auf der Stelle. Adrogans begegnete Problemen zwar anders als sie, aber er war ein Feldherr, der seine Truppen nicht sinnlos verschwendete. Die Überlegung, ob sie Mikhail hätte retten können, entwertete sein Können und Opfer. Er war ein fähiger Krieger und Kommandeur gewesen, und Waralorsk zu befreien, war eine beachtliche Leistung. Die Feste war nie zuvor gefallen, und irgendwie war Alyx überzeugt, dass sie jetzt, da sein Geist über ihr wachte, auch nie wieder fallen würde.

Sie strich mit dem Daumen über das rote Wachs des gebrochenen Siegels, setzte sich neben das Feuer und schloss die Augen. Es dauerte einen Augenblick, bis sie es sich bequem gemacht hatte, dann stahl sie sich zur Kommunion der Drachen fort. Jedes Mal, wenn sie dies zuvor getan hatte, war sie auf einem Berggipfel aufgetaucht, von dem aus sie durch eine Höhle zu einem unterirdischen See musste. Diesmal fand sie sich sofort am Kai wieder, neben dem dunklen Boot, das sie auf die Insel bringen würde, auf der sich die Mitglieder der Kommunion versammelten.

Obwohl sie sich weit näher an ihr Ziel gewünscht hatte, erschienen vor ihr in der schwarzen Wasseroberfläche goldene Lettern. *Für das Wohl aller Welt bleiben die Geheimnisse im Inneren Geheimnisse im Äußeren.* Unwillkürlich trat ein Lächeln auf ihre Lippen. Die Warnung stand auf dem Torbogen über dem Eingang der Höhle, und da sie diesen Eingang diesmal nicht passiert hatte, erschienen sie hier, um sie daran zu erinnern. Was immer sie in der Kommunion erfuhr, sie konnte es, zurück in der realen Welt, niemandem mitteilen, obwohl sie sich daran erinnerte und ihr Handeln entsprechend ausrichtete.

Das Boot, in das sie stieg, war einem Drachen nachgebildet, mit einem stolzen Kopf hoch am Bug. Am Ruder stand ein metallener Bootsmann mit dem Kopf eines Drachen. Sie nickte ihm zu. »Maroth, befördere mich.«

Langsam glitt das Boot hinaus auf den schwarzen See. Das Wasser erinnerte an einen sternenlosen Nachthimmel, was sie als passendes Omen für den Tod ihres Cousins betrachtete. Sie weigerte sich allerdings, es als *böses* Omen zu verstehen, auch wenn Kytrins Truppen mit der Gewalt eines alles zertrümmernden Sturms nach Süden preschten. Die Nordlandhexe würde selbst die Sterne vernichten, falls sie die Gelegenheit dazu bekam, dessen war sich Alyx sicher. Und in Narriz begannen gerade erst die Verhandlungen. Sie war keineswegs zuversichtlich, dass die Fürsten der Welt sich darauf einigen würden, ihr eine Streitmacht entgegenzuwerfen, die nötig war, um sie aufzuhalten.

Eine Insel schälte sich aus der Dunkelheit. Beim letzten Besuch der Prinzessin in der Kommunion hatte sie der Anblick an eine Burg ähnlich der Festung Draconis erinnert. Doch seitdem hatte sich vieles verändert. Die Insel machte einen primitiveren Eindruck. Hohe Bäume ragten über zerborstenen Türmen auf und Findlinge schienen zertrümmerte Festungen zu verspotten. Schnee trieb über den Boden, bewegt von Windböen, die sie zwar nicht fühlte, wohl aber hörte. Alyx fragte sich, ob die Insel diese neue Form angenommen hatte, weil ihr ein anderes Mitglied seinen Willen aufgezwungen hatte. Oder ob andere Schichten fortgeschält worden waren und eine urtümlichere Gestalt enthüllt hatten.

Das Boot glitt an einen kleinen Steg und sie stieg eine grob behauene Steintreppe empor. Sie ging bis hinauf zu einer Lücke in einer niedrigen Mauer, dann hinab in eine verschneite Senke. Hundert Schritte weiter erreichte sie einen Kreis aufrechter Steine, in dessen Mitte zwei Personen standen. Einen von ihnen, den Schwarzen Drachen, hatte sie schon früher gesehen. Den anderen erkannte sie sofort, obwohl er nur als Schatten zu sehen war.

Sie strahlte übers ganze Gesicht. »Vater Eisenschwinge!« Alyx warf die Arme um den Gyrkymu und hoffte, die Kommunion erlaube ihr, ihn auch tatsächlich bei der Umarmung zu spüren. Ihr Wunsch erfüllte sich, sie spürte seine erwidernde Umarmung.

Der Gyrkymu lachte hell. »Es tut gut, dich hier zu sehen, meine Tochter. Dir geht es auch nach all deinen Abenteuern noch gut?«

»Ja, und Peri auch. Wir sind in Narriz und hoffen, dass die Reiche im Kampf gegen Kytrin zusammenstehen.« Sie löste sich, dann wandte sie sich um und verneigte sich vor dem Schwarzen Drachen. »Und Euch, mein Onkel, geht es hoffentlich auch gut.«

Der Mann mit dem Drachenkopf erwiderte die Verbeugung. »Besser als zuvor. Ich unterhielt mich hier mit Preiknosery über Dinge, die er erfahren hat und die Auswirkungen auf deine Zukunft haben könnten. Während du fochtest, haben er und andere Gyrkyme Neuigkeiten gesammelt.«

Alyx lächelte ihren Adoptivvater an. »Was hast du erfahren?«

Der ältere Gyrkymu lächelte entspannt. »Ich habe viel über die Welt gelernt. Erinnerst du dich, Tochter, wie ich dir beigebracht habe, die Jahreszeiten zu lesen? Insbesondere, erinnerst du dich, wie ich dich lehrte zu erkennen, ob ein glutheißer Sommer bevorsteht, der große Dürre bringt?«

Sie nickte. »Die Tiere, die im Winter aus dem Gebirge ins Tal ziehen, kehren nur zögernd zurück. Sie bleiben in der Nähe des Wassers. Die Vögel wandern eher, andere Tiere ändern ihre Bewegungsmuster. Hast du das gesehen?«

»Hier im Norden hat der Winter seinen Griff noch nicht gelöst, aber im neuen Jahr wird er es tun.«

»Am Monatsende.«

»So ist es. Weiter südlich bereiten sich die Tiere auf einen heißen und trockenen Sommer vor.«

Alyx nickte nachdenklich, und der Schwarze Drache lächelte. »Du hattest Recht, Preiknosery, sie erkennt die

Bedeutung. So groß der Vorteil war, den Kytrins Horden im Winter genossen, weil sie aus einem arktischen Land stammen, so groß wird der Nachteil sein, mit einem heißen Sommer zurechtzukommen. Das wird dir helfen.«

»Und dafür bin ich dankbar. Jetzt heißt es zuschlagen. Es bleibt nur zu entscheiden wo und womit. Dieser letzte Punkt wird schwieriger werden, da wir nicht wissen, was die Fürsten beschließen werden.«

Preiknosery kratzte sich mit einer Kralle am Hals. »Unsere Augen haben auch bei den Menschen viel gesehen. Winter und Schnee behindern das Fortkommen, trotzdem marschieren Truppen. In Alcida ist die Bewegung am stärksten, doch auch an anderen Orten regt es sich.«

»Kompanien? Bataillone? Regimenter?«

»All das, doch nicht alles davon marschiert gegen Kytrins Truppen.« Der Gyrkymu runzelte die Stirn. Besonders im Osten beziehen die Soldaten an Grenzen und Gebirgspässen Stellung. Alosa, Vegan, Reimantia und Teysrol betrachten sich als Bollwerke gegen eine Ausbreitung der Gefahr nach Osten. Und zugleich postieren sie zusätzliche Truppen an ihren Ostgrenzen, um opportunistische Angreifer abzuschrecken.«

Alyx seufzte. »Und im Westen?«

»Die Reiche, die Adrogans geholfen haben, Okrannel zu befreien, sind durch den Sieg ermutigt und schicken Soldaten nach Osten. Aber es ist ein weiter Weg.«

»Zu Wasser könnten sie Saporitia schnell erreichen.«

Der Schwarze Drache schüttelte den Kopf. »Es ist gerade so, wie du es dir vorstellst, Tochter. Die Reiche des Westens haben gekämpft und gesiegt, und auch wenn sie Geschmack am Siegen gefunden haben, sie fühlen sich durch die Befreiung Okrannels sicher. Falls Kytrin Saporitia erobert, bevor sie eintreffen, können sie sich ihr in Alcida entgegenstellen. So wie König Augustus damit drohte, in Oriosa zu kämpfen, sehen sie die Möglichkeit, auf seinem Boden zu kämpfen. Falls man ihnen jedoch für schnelleres Eintreffen Konzessionen zugestünde, würden sie sich auch mehr beeilen.«

Sie schloss die Augen. »Genau wie Kräh gesagt hat: Sie spielen Politik und lassen sich den möglichen Sieg entgehen.« Alyx öffnete die Augen und schaute zu Preiknosery auf. »Was ist mit urSreiði und Ælfen?«

»Von den Ælfen wissen wir nichts. Wir sind in ihren Heimstätten nicht willkommen, daher beobachten wir sie nicht. Aber die urSreiði sind Freunde der Gyrkyme. In Sarengul wird gekämpft und Heere werden ausgehoben. Varagul soll ein Regiment durch Reimantia und Vegan schicken, um bei der Befreiung Sarenguls zu helfen. Bokagul hebt ebenfalls ein Heer aus.«

Der Blick ihrer violetten Augen wurde stechend. »Hast du etwas von den Orioser und Murosoner Truppen gehört, die in Sarengul kämpfen?«

Der Gyrkymu schüttelte den Kopf. »Dort herrscht Chaos, einige unserer Kundschafter sind nie zurückgekehrt. Ich vermute, sie starben über Muroso.«

»Und Muroso fällt?«

»Ich befürchte es. Caledo war noch nicht gefallen, als ich zuletzt nachsah, ich vermute jedoch, inzwischen ist es so weit. Flüchtlinge strömen nach Bokagul und Saporitia. Die Aurolanen haben viele niedergemacht, und auch der Winter hat einen Blutzoll gefordert.« Der Gyrkymu verzog das Gesicht. »Besonders beunruhigend ist die Tatsache, dass Kytrins Heere ungeachtet aller Verluste stark bleiben. Die Geistermarken und Okrannel haben gute Ernten eingefahren, so dass ihre Horden versorgt sind. Die Vorräte der Festung Draconis tragen das ihre bei. Sebtia und Muroso haben versucht, Nahrungslager zu vernichten, bevor sie dem Feind in die Hände fielen, doch die Aurolanen sind so rasch über sie hergefallen, dass diese Maßnahmen wenig erfolgreich waren.«

Alyx schaute sich zum Schwarzen Drachen um. »Keine Nachricht von Kommunikanten aus Sebtia und Muroso?«

»Nein, und das ist besonders beunruhigend.«

Sie nickte. Prinzessin Dayley von Muroso war ein Mitglied der Kommunion. Zuletzt hatte Alyx sie in der murosonischen

Hauptstadt Caledo gesehen. Natürlich war es denkbar, dass Dayley keine Zeit gehabt hatte, die Kommunion aufzusuchen, Alyx befürchtete jedoch eher, dass sie tot war. *Und falls sie tot ist, dann hat ihre Familie vermutlich dasselbe Schicksal ereilt.*

Sie seufzte. »Die Lage außerhalb von Muroso ist auch nicht erfreulicher. Will Norderstett ist auf Vael gestorben. Er hat sich geopfert, um das Leben eines Drachen zu retten, aber alles, was uns das eingebracht hat, ist eine halbwegs neutrale Haltung der Drachen. Sie werden sich nicht als Gruppe für oder gegen Kytrin stellen, aber Einzelne unter ihnen können sich für eine Seite entscheiden und tun dies auch. Wir haben einige mächtige Verbündete unter ihnen, aber Kytrin verfügt über mehr.«

Der Schwarze Drache umfasste seinen Leib mit den Armen. »Der Norderstett ist tot.« Seine Stimme war ein heiseres Flüstern, das Alyx einen Schauder über den Rücken jagte.

Sie kaute kurz auf der Unterlippe. »Wir wissen nicht, ob Will *der* Norderstett war oder ob dieser Titel jetzt einem anderen zufällt. Eine murosonische Prinzessin trägt Wills Kind unter dem Herzen und einer seiner Halbbrüder kämpft bei den Orioser Freischärlern in Sarengul. Deswegen habe ich nach ihnen gefragt.«

»Ich werde sehen, was ich in Erfahrung bringen kann, Tochter.«

»Danke, Vater Eisenschwinge.« Alyx schüttelte den Kopf. »Wir haben schon fast erwartet, dass jeder seinen eigenen Norderstetterben hervorbringt, und das Schlimmste ist, König Swindger hat bereits einen. Falls diese Erben zur Bildung verfeindeter Fraktionen führen und dann ernsthaft Truppen ins Feld führen sollen, wird Kytrin die Südlande Stück für Stück erobern.«

Der Schwarze schüttelte den Kopf. »Das wäre eine absolute Katastrophe. Könnte es vielleicht doch sein, dass der Norderstett überlebt hat?«

Sie zitterte. »Nein. Ich sah ihn mit eigenen Augen sterben. Und mit ihm starb auch die Hoffnung der Welt.«

Der Schwarze legte ihr die Hand auf die Schulter. »Das stimmt nicht. Noch kann Kytrin die Drachenkrone nicht wieder zusammensetzen, also hat sie ihr Ziel auch noch nicht erreicht. Wenn sie erst alle Fragmente in ihrem Besitz hat und die Krone neu schmieden kann, braucht sie keine Heere mehr. Das darfst du nie vergessen. Wir müssen ihre Horden aufhalten, doch solange die Krone vor ihr sicher ist, gibt es noch Hoffnung.«

»Ich höre, was Ihr sagt. Ich wünschte nur, ich könnte daran glauben.« Alyx' Augen wurden schmal. »Die Politik wird uns nicht die Mittel gewähren, die wir benötigen, um sie aufzuhalten.«

»Um die Politik werden sich andere kümmern, Tochter.« Der Schwarze Drache lächelte sie an. »Dich hat Preiknosery hier ausgebildet, Armeen zu führen. Das tust du ausgezeichnet. Die Hoffnung der Welt ruht jetzt auf deinen Schultern. Solange du bereit bist zu tun, wofür du ausgebildet bist, solange du jede Gelegenheit nutzt, die man dir bietet, wirst du erfolgreicher sein, als du dir je erträumt hast.«

Kapitel Vier

Ich sehe, du lebst noch.«

Prinz Ermenbrecht war überrascht, die Stimme seines Vaters zu hören, doch er strich mit dem Wetzstein weiter gleichmäßig über die Schwertklinge. Er zog ihn noch zweimal über das Metall, dann hob er die Waffe und ließ das Lampenlicht über die Schneide spielen. Sie war noch nicht scharf genug. Also legte er sie wieder auf das Leder, das seine Beine schützte, und arbeitete weiter.

»Verdammt, Ermenbrecht! Sieh mich an! Ich hielt dich für tot!«

Diesmal wandte der Prinz den Kopf und schaute hoch. Da stand sein Vater. Am Tag zuvor in der Ratskammer hatte Ermenbrecht seinen Vater nach über fünf Jahren zum ersten Mal wiedergesehen. Er wirkte älter, hatte weiße Strähnen in Haar und Bart. Die grüne Maske verbarg die Falten, doch die Verzierungen auf dem Leder wirkten wie Pockennarben. Im Alter war er etwas kleiner geworden und seine Stimme besaß eine Schärfe, die an Hysterie grenzte. Knochige Finger verkrampften sich um den Türpfosten.

Gelassen erwiderte Ermenbrecht: »Du magst geglaubt haben, ich sei tot, aber hat es dich auch gekümmert?«

Haselnussbraune Augen loderten unter der Maske. »Ich bin dein Vater. Wie kannst du so etwas auch nur fragen?«

»Ganz einfach, Vater.« Ermenbrecht hob das Schwert und deutete mit der Spitze auf Swindgers Gesicht. »Du hast keine Kerben für einen verlorenen Sohn in deine Maske geschnitten.«

Swindgers Kinnmuskeln erschlafften kurz, aber schnell wurden seine Augen schmal. »Meine persönlichen Gefühle müssen hinter der Staatsraison zurücktreten. Hätte ich diese Kerben geschnitten, so hätte jeder gewusst, dass ich dich für tot halte, und das Volk hätte die Hoffnung verloren. Ich durfte meine private Trauer nicht öffentlich machen.«

»Nein? Und wie ist es mit deiner persönlichen *Freude* darüber, mich lebend wiederzusehen?« Der Prinz rieb wieder mit dem Wetzstein über die Klinge. »Marstamm sah aus, als hätte ich eine Knochenhand aus dem Grab gestreckt und ihn an der Kehle gepackt. Du schienst auch erschrocken. Keine Begrüßung, keine Handbewegung, nichts hattest du für mich übrig. Das Einzige, was dich interessierte, war, dass dein Feind Kräh die Kammer betreten hatte und ich offenbar zu seinen Verbündeten zählte. Würdest du irgendetwas für mich empfinden, so hättest du gestern Nacht hier in dieser Tür gestanden.«

Der König hob den Kopf und seine Nasenflügel weiteten sich. »Ich bin der König. Ich habe erwartet, dass du zu mir kommst.«

»Das kann ich mir denken.« Ermenbrecht legte das Breitschwert beiseite und stand langsam auf. Obwohl er kaum größer als sein Vater war, besaß er die Muskulatur eines Kriegers im besten Alter. Swindger wirkte neben ihm wie eine aus Besenstielen und Lumpen gebastelte Vogelscheuche. Er schob den Stuhl an den Tisch, legte den Lederlappen auf das Schwert und breitete die Arme aus. »Wolltest du eine Umarmung, Vater? Oder wolltest du nur, dass ich komme und dir sage, es sei ein Fehler von mir gewesen, den Markgraf Draconis zu unterstützen und deine Vorgehensweise sei offensichtlich die klügste aller möglichen?«

Beim Angebot einer Umarmung gruben sich die Finger des Königs in den Türpfosten. Als er jedoch die darauffolgende Frage hörte, lockerte sich der Griff. Er richtete sich auf und ließ die Andeutung eines Lächelns um seine Lippen spielen. »Nein, ich verzichte auf eine Umarmung. Ich hätte mir gewünscht, deine Erfahrungen hätten dir geholfen und dich mit Weisheit gesegnet. Als ich dich allerdings in Krähs Gesellschaft sah, wusste ich, dass diese Hoffnung vergeblich war.«

Der Prinz durchquerte das kleine Palastzimmer und goss Rotwein aus einem Steingutkrug in einen grob getöpferten Becher. Er bot seinem Vater nichts an, deutete beim Trinken aber auf den Krug. Der Wein vertrieb den Geruch nach Waffenöl, löschte den Geschmack des Widerwillens ob Swindgers Anwesenheit aber leider nicht aus. »Nur um dir noch mehr Grund zu geben, Kräh zu hassen: Ohne ihn wäre ich nicht mehr am Leben. Ich schätze, das Leben des Kronprinzen zu retten lässt sich kaum als Hochverrat auslegen.«

Sein Vater schnaubte abfällig. Er kam ins Zimmer, nahm sich jedoch keinen Wein. »Das Überleben von Oriosa ist die Hauptsache. Wäre es dazu nötig, diese Tat als Verrat auszulegen, ließe sich ein Weg dazu finden.«

»Ich bin sicher, Marstamm würde sich mit Begeisterung darauf stürzen.«

Swindger schüttelte den Kopf. Er ging an dem kleinen Tisch, auf dem der Wein stand, vorbei und trat vor den Kamin. Er streckte die Hände zum Feuer aus und rieb sie. »Du bist ohne Zweifel ein brillanter Heerführer. Dathan Cavarr war ein guter Lehrer. Für eine verlorene Sache, wie du mir zustimmen wirst, aber trotzdem ein guter Lehrer. Deine Reise von Festung Draconis bis hierher beweist deine Findigkeit und deinen Mut. Leider ist dein kriegerisches Können in der politischen Arena wertlos, und ein Reich zusammenzuhalten ist eine rein politische Aufgabe.«

Einen Pulsschlag lang wollte Ermenbrecht den Weinbecher nach seinem Vater werfen. Er sah schon fast, wie der Becher traf und zerplatzte, sah das Gemisch aus Blut und Wein auf die Wand spritzen und langsam zu Boden laufen. All das sah Ermenbrecht kristallklar vor sich, und das Einzige, das ihn abhielt, war das Wissen, dass der Becher nicht annähernd so hart war wie der Schädel seines Vaters.

Stattdessen schluckte er, senkte den Becher und lächelte. »Welch ein Glück für dich, dass man zum Regieren keinen Mut braucht.«

Wieder schnaubte sein Vater. »Oh, ich weiß sehr genau, was

du von mir hältst, Ermenbrecht. Prinzessin Alexia hat mir deine Nachricht aus Festung Draconis überbracht, in der du mich aufforderst, nicht länger als Feigling zu leben. Was auch immer du nicht verstehst, was auch immer du nicht in deine militärischen Begriffe fassen kannst, du bezeichnest es stets als Feigheit. Die Tatsache bleibt jedoch: Sebtia und Muroso sind untergegangen, mein Reich aber nicht.«

»Fragt sich nur, für wie lange.«

»Jeder Schlag des Herzens ist ein Geschenk. Eine Gelegenheit.«

Ermenbrecht blinzelte. »Eine Gelegenheit für was, Vater? Was glaubst du, wird sich hier ereignen? Kytrin wird um Frieden betteln und du wirst einen Vertrag aushandeln, der Oriosa ewigen Ruhm einträgt? Hast du vor, zurück nach Meredo zu reiten, ein Heer auszuheben und sie zu zermalmen?«

»Ich? Mach dich nicht zum Narren. Ich kenne meine Grenzen.« Swindger schleuderte ihm einen schrägen Blick zu. »Du kennst die deinen nicht, zumindest was die Politik betrifft, und dein Bruder, wo immer er auch steckt, hat keine Ahnung von den seinen… die beträchtlich sind.«

Der Prinz gestattete sich ein Lächeln. »Ich bin ihm begegnet.«

»Deinem Bruder?«

»Ja.«

»Wo? *Wo?*«

Während sein Vater einem Herzanfall nahe schien, genehmigte sich Ermenbrecht noch einen Schluck Wein. »In Sarengul. Er hatte den Norderstett aus Meredo begleitet. Er ist bei den Orioser Freischärlern.«

Swindger schüttete sich einen Schluck Wein ein und kippte ihn hinunter. »Er hatte immer wieder Glückssträhnen, aber es endete jedes Mal böse für ihn. Diesmal wird es nicht anders sein.«

Ermenbrecht schüttelte den Kopf und stellte den Becher ab. »Das glaube ich nicht. Er war mehr er selbst – sein *altes* Selbst, aus der Zeit, bevor unsere Mutter starb –, als seit langem. Er hat Gewicht verloren und Narben gewonnen. Was aber wichtiger ist, man respektiert ihn.«

»Pah. Speichellecker, die ihn umschwärmen, weil sie sich einbilden, sein Hintern würde eines Tages auf dem Thron sitzen.« Der König wischte sich mit dem Ärmel den Mund. »Sobald sie dich gesehen haben, haben sie ihn ohne Zweifel vergessen.«

»Du irrst dich.« Fast hätte Ermenbrecht »Vater« hinzugesetzt, doch der Mann, der hier vor ihm stand, wirkte weder väterlich noch auch nur mitfühlend. Eine Sorge um Lüdwin hätte er verstanden, ebenso wie Stolz oder Erstaunen, aber spöttische Verachtung war nicht die Haltung eines Vaters für ein Kind, das seinen Platz im Leben gefunden hatte, wie spät auch immer.

»Ihr habt *mir* vorgeworfen, meine Grenzen nicht zu kennen, Hoheit. Ihr mögt die hohe Politik verstehen, Ihr wisst jedoch nichts von der Politik einer Kompanie im Feld. Dort bestimmt Leistung, ob ein Mann aufsteigt oder fällt, denn alle Titel und Schätze daheim bedeuten auf dem Schlachtfeld nichts. Auch wenn Lüdwin unter einem angenommenen Namen reist, die Leute wissen, wer er ist. Deinetwegen hatten sie keine Achtung vor ihm, und er hat seiner Sache keinen guten Dienst erwiesen, indem er das Leben eines nutzlosen Stutzers führte, während er sich in Oriosa befand. Lüdwin mag naiv genug sein zu glauben, seine Kameraden hätten ihn nicht erkannt, aber immerhin mögen sie ihn und respektieren ihn für das, was er geleistet hat. Er ist kein großer Krieger, doch er besitzt Mumm und Durchhaltevermögen.«

»Durch-hal-te-ver-mö-gen?« Swindger artikulierte jede Silbe des Wortes einzeln, dehnte sie und betonte sie mit wachsender Ungläubigkeit. »Der Bengel hat in seinem ganzen Leben noch nichts durchgehalten.«

Ermenbrecht hob den Kopf. »Er hat es bei Euch ausgehalten, oder?«

Einen Moment lang stierte ihn der König mit offenem Mund an, dann drehte er sich wieder zum Kamin um. »Na schön, die Kämpfe in Sarengul könnten Lüdwins große Chance sein. Ich vermute, dieser Schwachkopf von einem Norderstett ist auch bei ihm?«

»Wills Halbbruder? Ja. Lüdwin hat ihn mir gezeigt. Sie sind dicke Freunde.«

»Gut. Das stärkt die Loyalität zum Thron. Aber es ist bedauerlich, dass sich ein Norderstett in Sarengul aufhält.« Der König zuckte die Achseln. »Aber das habe ich vorhergesehen und seinen kleinen Bruder aus Meredo hierher befohlen. Es ist wichtig, dass wir *unseren* Norderstett präsentieren können.«

»Will ist tot. Es gibt keinen anderen Norderstett.«

»Jetzt bist du es, der sich irrt, mein Sohn.« Swindger wedelte etwa in Richtung der Ratskammer. »Praktisch jeder König, jede Königin und jeder Duodezfürst mit Anwandlungen wird einen Norderstett vorführen oder zumindest behaupten, einen vorführen zu können. Wenn ich nur behaupten könnte, deine Mutter hätte mit Kenvin Norderstett geschlafen. Hmmm. Möglich wäre es, und ich könnte dein Überleben auf der Reise hierher in den Süden als Beweis dafür anführen, dass du der Norderstett bist.«

Ermenbrecht starrte ihn an. Er war sprachlos.

Der König schüttelte den Kopf. »Nein, das wäre zu durchsichtig. Besser, ich halte mich an den echten Norderstett.«

»Ich begreife Euch nicht.« Ermenbrecht fuhr sich mit gespreizten Fingern durch das lange braune Haar. »Eine Horde aurolanischer Truppen überrollt Muroso und ist auf dem Weg hierher, und Ihr treibt Spielchen um Macht und Einfluss? Das wird ihr Heer nicht aufhalten!«

»Nein, mein Sohn, das wird es nicht. Aber es wird uns die Truppen verschaffen, um dann genau das zu tun. Du scheinst nicht zu verstehen, wie dumm diese Leute sind. Sie waren bereit, Truppen in Marsch zu setzen und zu unterstützen, weil ihnen die Norderstett-Prophezeiung einen Sieg versprach. Jetzt sind sie verunsichert. Sie stehen kurz davor, in Panik auszubrechen. Sie geraten außer Kontrolle, und es ist klar, in welche Richtung sie stürzen werden. Auf Oriosa. Bisher wären sie nie auf den Gedanken gekommen, uns anzugreifen, aus Angst, den Norderstett damit zu verärgern. Aber nun sind wir das Reich, das den Norderstett verloren hat. Kräh, mögen die Götter ihn verwesen lassen, ist ein Oriose und hat ihn nicht gerettet. Ich habe nichts getan, um ihn zu beschützen. Sie werden sich auf unser Land stürzen, wenn ich ihnen keinen anderen Köder präsentiere. Der Streit um den wahren Norderstett wird sie beschäftigen, und die Unterstützung für ihre Kandidaten lässt sich mit Regimentern erkaufen.«

So verhasst ihm der Gedanke auch war, Ermenbrecht musste seinem Vater zugestehen, dass diese Argumentation in sich stimmig war. Die nicht an der Frontlinie gelegenen Staaten würden auf einer Bezahlung für ihre Truppen und Vorräte bestehen. Man würde sie zur Hilfe überreden müssen, solange ihre eigene Sicherheit nicht unmittelbar bedroht war. Und wenn sich Unsicherheit ausbreitete, konnten ganze Dynastien einer Revolution zum Opfer fallen. Mit Gold und Machtversprechen ebenso wie durch Angriffe ihrer Sullanciri konnte Kytrin die gegen sie aufgebaute Allianz wieder zerschlagen.

»Werden genügend Truppen zusammenkommen, um Kytrin aufzuhalten?«

Der König schnaubte. »Darauf weiß ich keine Antwort. Wie du selbst festgestellt hast, mein Wissen um militärische Belange ist begrenzt. Mich interessiert vor allem Oriosas Überleben. Entweder greift Kytrin unsere Heimat an oder andere werden sie unter sich aufteilen. Eine mögliche Lösung bestünde natürlich darin, dass du ein Heer in den Kampf führst und Kytrin zermalmst.«

Der Prinz stutzte. »Was hast du gesagt?«

Der König wärmte sich die Hände am Kaminfeuer und rieb sie. »Du hast mich gehört. Du könntest Oriosa gegen Kytrin in die Schlacht führen. Mit deinem Können und der Entschlossenheit unseres Volkes wären wir unschlagbar. Erst säuberst du unser Land von aurolanischen Einheiten – ich weiß, wo sie sich aufhalten –, dann rückst du gegen Kytrin vor. Würde dir diese Aufgabe zusagen?«

Ermenbrecht dachte kurz nach. Eine Armee von Oriosen wäre in der Tat eine gewaltige Streitmacht. Er schätzte, dass seine Heimat drei Regimenter ausgebildeter Soldaten und das Doppelte an Partisanen aufstellen konnte. Das bedeutete fast zehntausend Mann unter Waffen, mehr als genug, um Kytrin einen vernichtenden Schlag zu versetzen, besonders, wenn er ihre Flanke traf und ihre Horden in Muroso und Saporitia einschloss.

In Gedanken sah er das Heer vor sich, sah die Bataillone sich formieren. Beherzte Infanterie im Zentrum, schwere und leichte Reiterei an den Flanken. Auf ein Wort würden Trompeten gellen und die Truppen sich in Bewegung setzen. Sie würden sich auf irgendeinem Sommerfeld in den Kampf stürzen und die Aurolanen vor sich hertreiben.

Die Vorstellung gefiel ihm so gut, dass er fast auf das Angebot seines Vaters eingegangen wäre. Aber irgendetwas an dem Lächeln des älteren Mannes und der ruhigen Art, wie er sich am Kamin die Hände wärmte, warnten Ermenbrecht davor zuzustimmen. Er blinzelte mehrmals, dann lächelte er, als er sich an eine Kleinigkeit beim Kongress der Drachen erinnerte.

»Ich wäre bereit, das anzunehmen, Vater, doch mein Preis wird Euch sehr teuer erscheinen. Dennoch, falls Ihr bereit sein solltet, ihn zu akzeptieren...«

Der König wandte den Kopf und musterte für eine Weile seinen Sohn. »Und was ist dein Preis? Meine Abdankung? Du willst die Krone?«

»Nein, Hoheit, nur einen Teil davon.« Ermenbrecht grinste. »Ich möchte das Fragment der Drachenkrone in Eurer Hand.«

Er hatte einen weiteren Wutausbruch erwartet, doch offenbar ließ sich Swindger das Angebot ernsthaft durch den Kopf gehen. Manch anderer hätte jetzt Mut gefasst, aber nicht Ermenbrecht. Er hatte den unangenehmen Verdacht, dass er soeben in eine lange vorbereitete Falle seines Vaters gegangen war.

»Für mein Land würde ich alles tun, Ermenbrecht. Nicht wenige würden sagen, ich habe bereits viel zu viel getan. Verlangtest du die Königswürde, könnte ich das akzeptieren, weil ich weiß, du würdest alle dir zur Verfügung stehenden Möglichkeiten nutzen, um Oriosas Sicherheit zu garantieren. Ich glaube, jetzt würdest du dasselbe tun. Der Besitz dieses Fragments, von dem nur König Augustus weiß, ist meine letzte Garantie für die Sicherheit unserer Heimat. Sollte jemand eine Invasion Oriosas vorschlagen, werde ich damit drohen, das Fragment Kytrin zu übergeben.«

»Das kannst du nicht.«

»Wäre es die einzige Möglichkeit, mein Land zu retten, würde ich es tun.« Der König drehte sich zu seinem Sohn um. »Zum Glück ist es *nicht* die einzige Möglichkeit. Tatsächlich besitzt du die Mittel, unsere Sicherheit dauerhaft zu gewährleisten, und im Gegenzug erhältst du das Fragment.«

»Lass hören.«

Swindgers Stimme sank zu einem heiseren Flüstern herab. »Gib mir das Geheimnis des Feuerdrecks und der Draconellen.«

»*Was?*«

»Komm schon, du hast Jahre in Festung Draconis verbracht. Du hast Draconellenbatterien befehligt. Du benutzt eine Draconette. Hätten wir Feuerdreck und diese Waffen, würde niemand wagen, uns anzugreifen.«

»Das kann ich nicht.«

»Natürlich kannst du es. Du warst ein loyaler Untergebener des Markgrafen Draconis, das verstehe ich. Er war der Meinung, andere würden das Geheimnis des Feuerdrecks verantwortungslos einsetzen, aber dies sind schlimme Zeiten.« Die Stimme des Königs wurde noch leiser. »Es gibt Gerüchte, dass der jeranische General Markus Adrogans in Swarskija Draconellen und eine Feuerdreckmanufaktur erbeutet hat. Ein Reich besitzt das Geheimnis bereits, ein Reich mit imperialen Absichten und einem großen Feldherrn. Wenn du das Geheimnis nicht mit mir teilst, werden wir uns einer neuen und noch gefährlicheren Bedrohung gegenübersehen, nachdem wir Kytrin besiegt haben.«

Diese Nachrichten über Adrogans waren beunruhigend, doch Ermenbrecht verdrängte sie. »Ich kann das Geheimnis nicht mit dir teilen, da ich es nicht kenne.«

»Was? Hat der Markgraf Draconis dir nicht vertraut? Er war neidisch auf dich, war es das? Er hat das Geheimnis für sich behalten, weil er wusste, eines Tages würdest du seinen Platz einnehmen.«

»Nein, Vater, er hat mir nicht misstraut. Er hat mir mehr Vertrauen entgegengebracht, als du es jemals getan hast.« Ermenbrecht zuckte die Achseln. »Er wollte, dass ich es lerne, aber ich habe es aus verschiedenen Gründen vor mir hergeschoben. Der Befehl, mich einzuweihen, ist nie ergangen, und von denen, die das Geheimnis kennen, wird es keiner ohne den Befehl des Markgrafen Draconis offenbaren.«

Der König ballte die Fäuste zu winzigen Knochenbällen. »Du bist ein Narr. Das größte Geheimnis der Welt, und du schiebst vor dir her, es zu erfahren!«

»So wie du vor dir herschiebst, dich Kytrin entgegenzustellen?«

Die Fäuste öffneten sich langsam, und ein leises Lachen löste sich aus der Kehle seines Vaters. »Falls das ein Fehler war, verschlimmerst du ihn. Das wird dich deine Heimat kosten.«

»Ich werde mein Möglichstes tun, das zu verhindern. Aber da ist noch ein Punkt, Vater.«

»Ja?«

»Ich will dieses Fragment der Drachenkrone. Wir dürfen nicht riskieren, dass es Kytrin in die Hände fällt.«

Die Nasenflügel seines Vaters blähten sich verächtlich. »Es ist sicher. Sie wird es nicht bekommen.« Er machte eine Pause. »Es sei denn, du glaubst, ich würde es ihr aushändigen.«

»Was ich glaube, spielt keine Rolle, Vater. Ich weiß nur, dass ich es ihr nicht übergeben werde.«

Swindger schüttelte den Kopf. »Es ist sicher. Ich gebe es dir nicht.«

»Und falls ich es für nötig erachte, es mir zu holen?«

Die Augen des Königs wurden schmal. »Du würdest dich

gegen mich auflehnen? Du würdest ein Heer gegen mich führen?«

»Es würde nicht viel erfordern, denn es gibt nicht viele, die bereit wären, für dich zu kämpfen. Die meisten sind von Marstamms Schlag, und ein strenger Blick genügt, ihn tödlich zu verwunden.«

»Ich hätte es kommen sehen müssen. Ja, natürlich.« Swindger deutete mit zitterndem Finger auf ihn. »Erhebe die Waffen gegen mich – und du wirst den Tag verfluchen, an dem du geboren wurdest. Niemand nimmt mir mein Reich. Du glaubst, ich könnte nicht kämpfen, aber da irrst du dich.«

Der König wirbelte herum und stürmte aus dem Zimmer. Die Türe ließ er hinter sich offen stehen. Ermenbrecht starrte ihm nach, dann setzte er sich wieder an den Tisch. Er nahm Schwert und Wetzstein und schüttelte den Kopf.

»Nicht annähernd scharf genug.«

Kapitel Fünf

Der Besuch seines Vaters beunruhigte Prinz Ermenbrecht. Der Gedanke, ein Orioser Heer gegen Kytrin zum Sieg zu führen, gefiel ihm, doch sein Vater hatte deutlich zum Ausdruck gebracht, dass es ein Rebellenheer hätte sein müssen. Das hieß, sie hätten nicht allein gegen Kytrins Horden gekämpft, sondern auch gegen Loyalisten, die sich ihnen in Swindgers Namen entgegenstellten. Die Vorstellung, in einem Bürgerkrieg oriosisches Blut zu vergießen, stieß ihn ab.

Doch diese Gedanken führten in düstere Gefilde. Falls sein Vater das Fragment der Drachenkrone als Faustpfand benutzen konnte, um von seinem Sohn das Geheimnis des Feuerdrecks zu erhalten, wie konnte er es Kytrin gegenüber benutzen? Sie könnte zu dem Geschäft bereit sein, das Ermenbrecht zurückgewiesen hatte. Tatsächlich lag es mit Sicherheit in Kytrins strategischem Interesse, Oriosa mit Draconellen und Feuerdreck zu versorgen. Ohne Feuerdrecknachschub, den sie dann jederzeit abschneiden konnte, waren die Waffen nutzlos. Doch bis dahin würden die Oriosen wohl jedes Heer in den Staub treten, das in ihr Land einmarschierte, und das kam Kytrin gerade recht.

Ermenbrecht wusste nicht, wie weit sein Vater ins feindliche Lager gewechselt war. Er hatte immer den Eindruck gehabt, dass die Allianz des Königs mit Kytrin informell und überwiegend passiver Natur war. Sein Vater hatte eine Menge Wissen über die aurolanischen Truppen in seinem Reich gesammelt und einen Teil davon sogar alten Freunden wie König Augustus zur Verfügung gestellt, um sie zu beschwichtigen. Er hatte ja sogar ihm selbst angeboten, ihn wissen zu lassen, wo er zuschlagen musste, um Oriosa von Kytrins Einheiten zu befreien.

Das ließ vermuten, dass er nicht ganz ins aurolanische Lager übergelaufen war. Zudem deutete der Versuch, sich Feuerdreck zu verschaffen, Unbehagen mit Kytrin an. Er schien ihr nicht zu vertrauen. Möglicherweise, nein, zweifellos spielte er beide Seiten gegeneinander aus. *Und dieses Spiel treibt er zu* seinem *Besten, nicht zu dem Oriosas, dessen bin ich mir sicher.*

Ermenbrecht machte sich keine Illusionen über seinen Vater oder über das, wozu er fähig war. Doch er wusste auch, der Mann bevorzugte heimliche Manipulationen an Stelle des direkten Handelns. Er hatte Kräh den Prozess gemacht, statt ihn einfach umbringen zu lassen. Das erklärte sich wohl zum Teil aus dem Wunsch, seinen Feind zu brechen und zu erniedrigen, aber vor allem war König Swindger nicht der Mensch, der sich auf einen Mord einließ. Er wusste sehr genau, wie verhasst er bei vielen war, und hatte kein Verlangen, ihnen den Beweis für seine Heimtücke zu liefern.

Es war ein offenes Geheimnis, dass man ihn weithin für den Mörder seiner Frau, Königin Morandus, hielt. Ermenbrecht war sechzehn gewesen, als Nefrai-kesh seine Großmutter tötete, und zwei Jahre später war er zum ersten Mal auf die Festung Draconis geschickt worden, um bei seiner Tante und dem Markgrafen Draconis zu leben. Seine Mutter pflegte ihn dort zu besuchen und in Rautruds Gesellschaft schien sie Frieden zu finden. Sie liebte es, in einem kleinen Segelboot aufs Meer hinauszufahren, wo sie sich den Wind häufig stundenlang durch die Haare wehen und von der Gischt das lachende Gesicht baden ließ.

Ermenbrecht war am Tag ihres Verschwindens nicht bei ihr gewesen, er hatte sie jedoch viele Male zuvor begleitet, die Hand am Ruder. Der Bericht über ihr Ende klang glaubhaft. Sie hatte am Bug gesessen, das Boot glitt in einer leichten Brise über die Wellen, die linke Hand hing ins warme Wasser. Königin Morandus hatte gesungen, und auch wenn der Rudergänger das Lied nicht erkannt hatte, er hat doch berichtet, dass sie glücklich geklungen habe.

Im einen Augenblick war sie noch dagewesen, im nächsten musste sie davongewirbelt sein, als hätte etwas ihre Hand gepackt und sie ins Meer gerissen. Zum Schreien hatte sie keine Zeit mehr gehabt. Nur das Lied war abrupt verstummt. Der Rudergänger hatte das Boot sofort beigedreht und das Segel gerafft. Er hatte das Gebiet abgesucht, das Boot mit einem Ruder lange über der Stelle kreisen lassen, an der sie verschwunden war. Doch er hatte keine Luftblasen gesehen, keine Leiche, weder Stofffetzen noch Blut. Viele, die sich auf dem Kreszentmeer auskannten, hielten es für möglich, dass ein Kaiserhai vom Glitzern des Eherings angelockt worden war und sie sich geholt hatte. Die einfachen Leute jedoch gingen häufig davon aus, dass der Rudergänger Blut an den Händen und den Ring in der Tasche hatte.

Ihr Tod hatte Ermenbrecht schwer getroffen, aber noch weit schwerer traf ihn die Gleichgültigkeit seines Vaters gegenüber ihrem Schicksal. Der Prinz hatte mit einer Urne voll Meerwasser als Andenken nach Oriosa zurückkehren wollen, aber sein Vater hatte es nicht gestattet. Swindger hatte erklärt, er wolle sich so weit wie möglich vom Meer fern halten und sei ganz gewiss nicht bereit, auch nur einen noch so winzigen Teil davon in sein Reich zu lassen, aus welchem Grunde auch immer.

Auch auf Ermenbrechts Bruder hatte der Tod der Mutter eine tiefgreifende Wirkung gehabt. Obwohl er bei ihrem Tod zwanzig Jahre alt gewesen war, hatte Lüdwin Festung Draconis fünf Jahre keinen Besuch abgestattet. Als er schließlich gekommen war, hatte er einen großen Teil der Zeit damit zugebracht, aufs Meer hinauszustarren. Er hatte sich jedoch geweigert, das Boot zu sehen, das seine Mutter so geliebt hatte – was Ermenbrecht nachvollziehen konnte –, geschweige denn, damit hinauszufahren – was er allerdings nicht verstand. Jedes Jahr am Todestag seiner Mutter fuhr er selbst hinaus und opferte Tagostscha, dem Weirun des Meeres, damit die sterblichen Überreste seiner Mutter behütet blieben. Sie hatte das Boot geliebt, und er hatte dafür gesorgt, dass es in bestem Zustand erhalten blieb. Jetzt fragte er sich unwillkürlich, was seit dem Fall der Festung Draconis aus ihm geworden war.

Diese und ähnliche Gedanken gingen Ermenbrecht durch den Kopf, während er sich warm anzog, einen Schal ums Gesicht schlang und den Palast verließ. Jeder Oriose hätte ihn als Landsmann erkannt, vermutlich aber nicht als Prinzen, denn er trug eine schwarze, kaum verzierte Maske. Er trug sie zu Ehren der in Sarengul kämpfenden Freischärler und fühlte sich damit wohler, als er es je mit seiner Lebensmaske getan hatte.

Er wanderte durch die verschneiten Straßen von Narriz, wollte sich in ihnen verlieren. Keine schwierige Aufgabe, da die Stadt wie zufällig gewachsen war. Trampelpfade und Viehwege waren zu kurvenreichen Straßen geworden, auf beiden Seiten von Häusern gesäumt. Der Schnee lag über allem, aber Wagenräder und Hufe hatten braunen Matsch daraus gemacht, der diese Farbe eher dem Dung als der Erde verdankte. Ermenbrecht versuchte, den großen Pfützen möglichst auszuweichen, auch wenn ihn der Ölzeugumhang gut vor Nässe und Schmutz schützte.

Er war klug genug, die Hafengegend zu meiden, die ihre eigenen Gesetze kannte. In einem ehrlichen Zweikampf fürchtete Ermenbrecht niemanden, doch im Revier der Seeleute konnte eine Landratte wie er einen solchen nicht erwarten. Er lachte bei dem Gedanken, irgendein besoffener Matrose könnte schaffen, was Kytrins Schnatterern, Dracomorphen, Kryalniri und Drachen nicht gelungen war. Aber er wusste wohl, dass eine derartige Ironie des Schicksals die Götter belustigte – und das machte sie möglich.

Er hielt sich also an die Mittelstadt abseits vom Hafen, die neuer als die Küstenstriche der Stadt, jedoch älter als die Landgüter der Handelsherren war. Obwohl er ein Prinz war, hatte er einen Großteil seines Erwachsenenlebens unter Soldaten zugebracht, und fühlte sich daher im gemeinen Volk wohl.

Seine ziellose Wanderung führte ihn zu einer großen Taverne, die sich *Zum galoppierenden Hengst* nannte. Er stellte fest, dass auf den Schildern über den Eingängen im Norden und Westen der Name unterschiedlich geschrieben stand – in beiden Fällen falsch. Das Lokal schien gut besucht, und aus zwei Kaminen stieg Rauch auf. Also trat er ein und stieg die drei Stufen hinab in den Hauptraum. Dabei zog er vorsichtshalber den Kopf ein, um nicht gegen einen Balken zu stoßen.

Auf der anderen Seite des überfüllten Schankraums lag eine zweite Treppe, die in den ersten Stock führte. Durch den Nordeingang kommende Gäste gingen dort hinüber und nach oben. Sie sahen nach Familien aus, also etwas besser gekleidet und wohlhabender als die raubeinigere Gesellschaft im Erdgeschoss. Ermenbrecht blieb lieber unten, wo es genügend Schatten gab, in denen er unerkannt sitzen konnte.

Er ging an der linken Wand entlang zu dem riesigen offenen Kamin in der Nordwand. Rechts von ihm lag hinter einigen ungeordnet aufgestellten Tischen die Theke, die sich wie eine Insel im Herzen des Raums erhob. An den Wänden standen Bänke – und die Dekoration, soweit man überhaupt davon sprechen konnte, bestand aus Tauenden, verschiedenen Tierfellen, mysteriösen Knochen und mindestens einem Vylænkopf. Zumindest im Halbdunkel der Taverne sah es so aus, als habe er einem Vylæn gehört, obwohl es auch der Kopf eines Bärenjungen hätte sein können, allerdings eines sehr seltsamen Bärenjungen, mit spitzen Ohren und einem Knochensplitter im rechten Ohrläppchen.

Bevor der Prinz allzu weit kam, legte sich ein eiserner Griff um seinen linken Oberarm. Seine Rechte zuckte abwärts und umfasste den Griff des Dolches, den er in einer Unterarmscheide trug. Er drehte sich zu demjenigen um, der ihn aufgehalten hatte, den Dolch immer hinter sich versteckt, falls es nötig sein sollte, ihn zu benutzen.

Entschlossen betrachtete ihn unter halb geschlossenen Lidern. »Wie Ihr das Messer gezogen habt, das war gut, aber hätte ich selbst Euch eines in die Nieren stechen wollen, Ihr würdet Euch längst am Boden winden.«

»Folgst du mir, Entschlossen?«

Der Vorqælf schüttelte den Kopf. Dann deutete er mit der Linken auf einen kleinen runden Tisch in einer Ecke. Obwohl die Taverne überfüllt war und ringsum Männer standen oder hockten, waren an diesem Tisch vier Hocker frei, und ein halb leerer hölzerner Bierkrug stand vor dem Platz in der Ecke. »Ich bin schon eine Weile hier, aber falls Ihr vorhabt, weiter so unvorsichtig zu sein, sollte ich Euch möglicherweise folgen.«

»Darf ich dir Gesellschaft leisten?«

»Bitte.«

Ermenbrecht wartete, bis sich Entschlossen wieder gesetzt hatte, dann ließ er sich auf dem Platz rechts neben dem Vorqælfen nieder, die Wand im Rücken. Er fragte leise: »Inwiefern bin ich unvorsichtig?«

»Aus mehreren Gründen. Eure Abstammung macht Euch zu einem Ziel für diejenigen, die Euch für tot hielten und entsprechende Pläne schmiedeten.«

Der Prinz grinste und winkte einer Kellnerin. Er deutete auf Entschlossens Bier und sie nickte. »Das soll wohl ein Witz sein. Der Einzige, der im Traum daran dächte, Nachfolger meines Vaters zu werden, so mein Bruder und ich tot wären, ist Kabot Marstamm, und mein Vater wird das Königreich niemals seiner Obhut überlassen. Außerdem wagt er es nicht, mich anzugreifen.«

»Er selbst nicht, aber vielleicht seine Hintermänner. Ihr wisst, dass er schwach und lenkbar ist. Wäre dem nicht so, Euer Vater würde ihn nicht behalten. Seit er hier angekommen ist, hat sich Marstamm mit Repräsentanten verschiedener Adelsfamilien getroffen. Personen, die nach Macht dürsten, könnten den Sturz deines Vaters planen, und Eure Anwesenheit hier stiehlt ihrer Marionette die Sonne.« Der Vorqælf runzelte die Stirn. »Warum schaut Ihr mich so seltsam an?«

Ermenbrecht lehnte sich zurück und räusperte sich, als die Kellnerin das Bier vor ihm abstellte. Er warf ihr eine Silbermünze zu und sie schnappte sie aus der Luft. Der Prinz nahm einen Schluck Bier und verstand, warum Entschlossen so wenig getrunken hatte. »Es liegt wohl daran, dass dein Interesse an Orioser Politik mich überrascht, Entschlossen. Bei deiner Vorgeschichte hätte ich nicht erwartet, dass du dich um Dinge kümmerst, die wenig oder gar nichts mit der Befreiung deiner Heimat zu tun haben.«

Entschlossen verzog das Gesicht und trank einen Schluck Bier. Das half nun wirklich nicht, seine Miene aufzuhellen. Er schaute den Prinzen an und nickte. »Es gab eine Zeit, Hoheit, als diese Einschätzung zutreffend war, aber das Schwert an meiner Seite änderte dies. Will hat es mir gegeben. Es ist eine uralte ælfische Waffe namens Syverce. Es stammt aus einer Heimstatt, die es nicht mehr gibt und ist eine Klinge von großer Bedeutung. Dass es mich als Träger hinnimmt, sagt mir, dass ich jetzt eine größere Verantwortung trage als nur die Befreiung meiner Heimstatt. Diese Geißel namens Kytrin muss vernichtet werden, und würdet Ihr Euch mit dem Dolch eines Meuchelmörders im Rücken in Eurem Blut winden, käme dies dem Feind sehr gelegen.«

Der Oriose staunte darüber, wie gelassen Entschlossens breite Schultern die offensichtlich große Last trugen. »Aber es sind nicht so sehr oriosische Mordbuben, die dir Sorgen machen, oder? Du glaubst, Kytrin hat Agenten hier?«

»Ich *weiß*, dass sie hier Agenten hat. Genau wie alle anderen.« Entschlossen lachte trocken und schaute sich in der Menge um. »Hier gibt es Männer, die für die Kupferpfennige auf den Augen eines Toten ihre Kinder verkaufen würden. Ausländisches Gold für Erkundigungen anzunehmen, ist dagegen nichts. Aber die machen mir weniger Sorgen als die ganz normalen Leute.«

Ermenbrecht blickte sich um. Die Kundschaft der Taverne schien ihm in keiner Weise ungewöhnlich. Sie war möglicherweise ein wenig grobschlächtig, obwohl der Bursche, der in den Eimer kotzte, mit dem ihm die Bedienung das Bier gebracht hatte, sich den Mund mit Schwung am Ärmel abwischte. Für die Augen des Prinzen war es eine ganz normale Ansammlung von Tavernenkunden, hauptsächlich Menschen, ein paar Vorqælfen wie Entschlossen und zwei urSreiði am Kaminfeuer. Die Zwerginnen hatten ihre Gesichter in grottenhässliche Fratzen geformt, was sie zuverlässig vor Belästigungen schützte, solange der Möchtegern-Liebhaber nicht zu besoffen war, um noch zu erkennen, was er sah.

»Ich sehe keine Gefahr hier.«

»Das werdet Ihr, wenn die Nachricht erst die Runde macht. Sie wird aus den vertraulichen Beratungen durchsickern.« Entschlossens Stimme blieb leise. »Am Anfang wird es fast zufällig sein. Man wird von Eurer Anwesenheit hören und von der Abwesenheit unseres Freundes. Ich habe wenig Zweifel, dass die Monarchen sagen werden, er sei auf Vael geblieben. Aber schnell genug wird irgendjemand eine unbedachte Bemerkung aufschnappen oder jemand kommt zu dem Schluss, dass er sich zusätzliche Macht verschaffen kann, indem er seinen Tod offenbart. Sobald das die Runde macht, werden die Leute die Hoffnung verlieren. Manche werden sich in den Kampf stürzen, anderen wird jeder Mut schwinden, und wieder andere werden vor Wut schäumen. Ihr Zorn wird sich gegen Euch und Kräh richten, und sogar gegen Prinzessin Alexia und mich.«

Ermenbrecht wollte widersprechen, aber dann schaute er sich die Gesichter, die sie umgaben, noch einmal an. Viele waren fröhlich, lachten und wirkten beinahe unbeschwert, aber andere waren düster und misstrauisch. Manche waren sogar nervös. Diese Nervosität wirkte gefährlich. Sie konnte eine dumme Bemerkung oder ein zufälliges Anrempeln zum Auslöser für eine Schlägerei machen. Der Tod des Norderstetts konnte genau die Provokation sein, die eine solche Menge zur Raserei trieb.

»Wieder einmal unterwerfe ich mich deiner Klugheit.« Ermenbrecht trank von seinem Bier, um den sauren Geschmack im Mund zu vertreiben. »Du kommst also hierher, um die Leute zu beobachten und ihre Stimmung einzuschätzen?«

»Nein, das ist nur Zeitvertreib.« Der Vorqælf schaute hoch und seine Augen leuchteten auf. »Ich bin auf Beute aus – und hier ist sie.«

Bevor er ausgesprochen hatte, war Entschlossen schon auf den Beinen. Er glitt hinter eine andere Gestalt, fast von seiner Größe, die in einen dunklen Mantel gehüllt war. Obwohl sich Entschlossen dicht hinter der Gestalt hielt, bemerkte Ermenbrecht das Aufzucken eines Dolches in ihrem Rücken. *Exakt dort, wo bei einem Menschen die Nieren sitzen.*

Die Gestalt im Mantel senkte den Kopf, dann drehte sie sich um und kam herüber an den Tisch. Entschlossen bellte etwas auf ælvisch, und der andere Vorqælf, ein Mann mit langem schwarzem Haar und hellblauen Augen, setzte sich auf einen Platz, auf dem er dem Rest des Schankraums den Rücken zukehrte.

Entschlossen setzte sich ebenfalls. Er lächelte kalt. »Ihr erinnert Euch, dass ich sagte, alle haben ihre Leute hier?«

»Ja.«

»Dieser da arbeitet für General Markus Adrogans.« Die silbernen Augen des Vorqælfen wurden schmal. »Ich habe auf ihn gewartet, weil es Zeit wird, dass wir uns ausführlich unterhalten.«

Kapitel Sechs

König Swindger fand das Gespräch mit seinem Sohn ganz und gar nicht zufrieden stellend. Von Ermenbrecht das Geheimnis des Feuerdrecks zu erhalten, war von Anfang an unwahrscheinlich gewesen, so viel war ihm auch klar, doch dass der Prinz es nicht einmal kannte, war eine gewaltige Enttäuschung gewesen. Swindger konnte nicht ausschließen, dass Kytrin ihn irgendwann verraten würde, obwohl sie ihn zu einem Sullanciri gemacht hatte. Er hätte sich an ihrer Stelle ebenso verhalten. Also musste er für diesen Fall vorsorgen. Wenn er im Besitz der Formel für Feuerdreck gewesen wäre, hätte sie sich einen Verrat zweimal überlegt, und zugleich hätte ihm das die Macht verliehen, Ermenbrecht im Zaum zu halten. Jetzt war diese Möglichkeit verloren – Dank eines Sohnes, der Besseres mit seiner Zeit anzufangen wusste, als sich das bedeutendste militärische Geheimnis der Welt anzueignen.

Swindger wanderte durch seine Räume des Gutshauses, das er von dem Orioser Händler Spilfair geliehen hatte. Er machte sich keine Illusionen über Kytrins Vertrauenswürdigkeit. Er hatte mit eigenen Augen gesehen, was aus der Blauen Spinne geworden war. Der viel besungene Dieb, der es geschafft hatte, ein Fragment der Drachenkrone aus Jerana zu entwenden, war in ein Spinnenmonster verwandelt worden. Das hatte sie ihm zur Strafe dafür angetan, dass er dieses Fragment an Prinzessin Alexia und ihre Begleiter verloren hatte. Die Blaue Spinne war ein Sullanciri geworden und als abartige Parodie seines früheren Ichs gestorben.

Sogar Swindger war jetzt ein Sullanciri, wenn Kytrin ihm auch nicht verraten hatte, welche Kräfte er besaß und er sich nach der Umwandlung nicht anders fühlte als zuvor. Die Imperatrix hatte angedeutet, er sei ihre Geheimwaffe und hatte ihn ermutigt, weiter genauso zu handeln, wie er es seit Jahrzehnten tat, seit sie den Tod seiner Mutter befohlen hatte. Die unausgesprochene Botschaft war deutlich: Falls er versagte, würde er ebenfalls sterben, und sein Status als Dunkler Lanzenreiter würde keine Rolle dabei spielen.

Er blieb stehen und schmunzelte über die Ironie, dass er einen Weg suchte, Kytrin zu entmachten, während nicht einer der in der Stadt versammelten Monarchen ihm einen derart waghalsigen Plan zutraute. Sie sahen die Nordlandherrscherin als Gefahr für ihre Reiche, aber für ihn war sie eine weit persönlichere Bedrohung. Sie hätten ihm alles zugetraut, um sein Land zu retten, doch sie unterschätzten, wozu er im Stande war, um seine eigene Haut zu retten.

Entweder ich finde einen Weg sie aufzuhalten, oder ich mache mich so nützlich, dass sie nicht auf mich verzichten kann. Der Gedanke ließ ihn laut auflachen. *Natürlich wird sie auf mich verzichten, aber wenn sie zögert, gewinne ich zusätzliche Zeit, einen Weg zu ihrer Vernichtung zu finden.*

Als der Widerhall seines Lachens verklang, hörte er ein leises Klopfen von der Tür her. Bevor er antworten konnte, öffnete sie sich und Kabot Marstamm steckte den Kopf ins Zimmer. »Hoheit, Ihr habt Besuch.«

Swindgers Nasenflügel blähten sich. »Sehe ich aus, als wäre ich in der Stimmung, mich mit Besuchern abzugeben?«

»Nein, Hoheit, aber…«

Der König spießte den Adjutanten mit einem Blick auf, unter dem ihm der Kopf hätte zerplatzen müssen. Dass der Mann sich nicht augenblicklich zurückzog, ließ darauf schließen, dass es sich bei dem Besucher um jemanden von Bedeutung handelte. *Nur zwei Personen können diese Aufmerksamkeit verdienen.* Swindger zögerte nur einen Augenblick, dann nickte er. »Schick Er die Hexe herein.«

Marstamm öffnete die Tür ganz, und Großherzogin Tatjana von Okrannel trat ein. In dicke Winterkleidung gehüllt wirkte die alte Vettel wie eine übergroße Puppe, die schlampig gefertigt war. Er hätte erwartet, sie würde jeden Augenblick unter dem Gewicht der Gewandung zusammenbrechen, das Feuer in ihren eisblauen Augen kündete jedoch von grenzenloser Kraft.

Swindger zwang sich zu einem Lächeln. »Es ist wie immer eine Freude, Großherzogin.«

»Nicht einmal Euer widerwärtiger Adjutant lügt so gekonnt.« Tatjana drehte sich zu Marstamm um, der augenblicklich verschwand. Die Tür klickte hinter ihm ins Schloss. »Der Kerl ist eine Kröte, und ehrgeizig dazu.«

»Ich weiß. Und wie eine Kröte wird er sich aufblasen und alle Aufmerksamkeit auf sich ziehen, bevor ihn jemand zertritt.« Swindger drehte die rechte Hand und betrachtete eingehend die Nägel der einwärts gekrümmten Finger. »Wenn Ihr in einer solchen Nacht hier erscheint, muss das einen besonderen Grund haben.«

»In der Tat, Hoheit.« Tatjana ging zu einem der beiden Lehnstühle, die vor dem Kamin standen. Der goldene Lichtschein, den das Feuer auf ihr Gesicht warf, konnte es auch nicht hübscher machen. »Habt Ihr noch etwas von dem Wein, den Ihr mir in Yslin serviert habt?«

»Allerdings. Glaubt Ihr wirklich, unser Gespräch wird ihn wert sein?«

»Ich hoffe, dass Ihr zu dieser Ansicht kommen werdet, Hoheit.«

»Ich habe meine Zweifel.« Swindger trat an eine Kommode und füllte zwei Kristallkelche. Dann brachte er ihr einen davon. »Ich erwarte beinahe, dass Ihr Euch jetzt, nachdem Euer Reich befreit ist, aller Verbindungen zu mir lossagt und unsere früheren Geschäfte vergessen sind.«

Tatjana nahm den Wein und schüttelte den Kopf. »Nein, Hoheit, jetzt ist die Zeit, unsere Allianz zu stärken. Es stimmt zwar, dass meine Heimat von der aurolanischen Unterdrückung befreit ist, doch es gibt keine Garantie, dass Kytrin nicht mit zusätzlichen Truppen angreift und Markus Adrogans wieder vertreibt. Was wir so schnell gewonnen haben, könnten wir ebenso schnell wieder verlieren.«

Swindger nippte an seinem Wein und runzelte die Stirn, der Jahrgang war jedoch gut genug, die Falten wieder zu glätten. »Ich gebe zu, ich bin verwirrt, Großherzogin. Vielleicht wärt Ihr so gut, mich aufzuklären, wie Ihr die gegenwärtige Lage seht.«

Die Greisin lehnte sich zurück und ließ sich zufrieden den Wein schmecken, dann schenkte sie ihm ein Lächeln, das zu überlegen ausfiel, um ihn zu beruhigen. »Die Situation ist ganz einfach, Hoheit. Meine Agenten halten sich seit Jahren in Okrannel auf, um zu kundschaften und zu beobachten. Und im Fahrwasser von Adrogans' Armee sind noch mehr von ihnen durchs Land gereist. Was ich von ihnen hörte, ist beunruhigend. Es scheint, dass Kytrin Okrannel in den letzten fünfundzwanzig Jahren als Kornkammer benutzt hat. Das Land hat gute Ernten eingebracht, und der größte Teil davon wurde nach Aurolan gebracht, um beim Aufbau ihrer Armee zu helfen. Zusätzlich sollen beträchtliche Mengen nach Vorquellyn verschifft worden sein, wo sie mit dieser Unterstützung neue Kreaturen erschaffen konnte, die Kryalniri. Sie ersetzen die Vylænz und sind äußerst gefährlich.«

»So sagt man.«

»In unseren Beratungen gehen wir davon aus, dass sie auch noch andere neue, noch gräulichere Kreaturen entwickelt haben könnte, die nur darauf warten, losgelassen zu werden. Und vermutlich besitzt sie sie in solcher Zahl, dass sie wieder in Okrannel einmarschieren kann, wann immer sie will.«

Swindger schwenkte den Wein im Glas. »Falls das stimmt, sind wir alle verloren.«

»Nicht, wenn wir so bedacht vorgehen, wie Ihr das in der Vergangenheit bereits getan habt.« Sie beugte sich wieder vor. »Sebtia und Muroso sind verloren oder so gut wie verloren. Die Unterwerfung Murosos war kostspielig für Kytrin, vor allem durch das Eingreifen eines Drachen. Wir können davon ausgehen, dass Saporitia ihre Truppen und Vorräte weiter reduzieren wird, doch wir wissen beide, die Saporiten waren noch nie große Krieger.«

Der König nickte. »Sie haben keine Truppen geschickt, um bei der Befreiung Okrannels zu helfen.«

Tatjanas Augen funkelten. »Allerdings nicht.«

Swindger schnaufte. »Oriosa auch nicht.«

Die okransche Adlige neigte leicht den Kopf, doch ihr Lächeln verblasste nicht einmal andeutungsweise. »Aber Ihr habt den Norderstett geschickt, Hoheit. Er war wertvoller als alle Regimenter, die Ihr hättet ausheben können.«

»Treffend ausgedrückt, Großherzogin.« Swindger trank noch etwas Wein, dann trat er näher an den Kamin. Bis Tatjana den Raum betreten hatte, war ihm nicht kalt gewesen. »Ihr geht also davon aus, dass Kytrins Armee auch durch Saporitia brechen wird?«

»Ja, und damit wird sie Alcida erreichen. Augustus ist hier die Schlüsselfigur, und Ihr seid mit ihm befreundet. Er kennt meine Nichte Alexia und vertraut ihr. Er wird ihr gestatten, das Heer anzuführen, das er zusammenziehen wird.« Sie stellte den Weinpokal mit der Linken auf den zerbrechlichen Beistelltisch. »Unter denen, die sich hier versammelt haben, sind nur Augustus und Königin Carus in der Lage, die Staaten zusammenzubringen, die notwendig sind, um Kytrin zu vernichten. Mehr noch, Saporitia ist eine Falle. Mit Oriosa und Bokagul im Osten und Loquellyn im Nordwesten werden Kytrins Truppen in ihrer Bewegungsfreiheit stark eingeschränkt sein. Ihre Nachschublinien werden überdehnt und ihre Truppen verwundbar sein.«

Er nickte. »Sie wird ausbluten und immer neue Einheiten nach Saporitia in Marsch setzen. Diese Truppen können natürlich Okrannel nicht angreifen. Ihr habt Gelegenheit, Euer Land gegen ihre Rückkehr zu befestigen.«

»Ihr seid mir voraus.«

»Aber was ist mit Adrogans, Großherzogin?«

Tatjana hob den Kopf. Sie schien verwirrt. Es was das erste Mal, dass Swindger diesen Ausdruck auf ihren Zügen sah. »Er hat Okrannel erobert. Er hat es befreit. Man wird ihn belohnen und mit Ruhm überschütten.«

»Ja, aber Okrannel einem jeranischen Imperium einzuverleiben, würde ihm noch mehr Ruhm eintragen, meint Ihr nicht?« Der König lächelte, als sich ihr Gesicht verdüsterte. »Habt Ihr das Gerücht nicht gehört, dass Adrogans jetzt das Geheimnis der Draconellen besitzt? Damit kann er ein Imperium erobern. Valitia und Gurol werden sich gegen diese Möglichkeit schützen müssen, was bedeutet, dass Alcida und unsere Allianz alle Hoffnung auf Unterstützung aus dem Westen aufgeben können.«

Er beobachtete, wie sie mühsam um Beherrschung rang. Großherzogin Tatjana war so auf die Befreiung ihrer Heimat konzentriert gewesen, dass ihr der Gedanke überhaupt nicht gekommen war, der Befreier könne sich weigern, das Land wieder abzugeben. »Falls sich derartige Gerüchte als wahr erweisen, wäre das entsetzlich. Es könnte tatsächlich das Ende des Bündnisses bedeuten. Ein Ende mit Schrecken.«

»Nur, falls Adrogans diese Waffen gegen uns wendet statt gegen Kytrin.«

Tatjana stieß ein verächtliches Grunzen aus. »Ihr habt ihn doch kennen gelernt. Er ist eingebildet und hält sich für besser als alle anderen. Könnt Ihr euch wirklich vorstellen, dass er diese Waffen nicht gegen uns einsetzt?«

Der König kehrte an die Kommode zurück und füllte sein Glas noch einmal. »Ich kann mir vieles vorstellen, Großherzogin. Ich vermute, Ihr seid gekommen, um Euch meine Unterstützung für eine Strategie zu sichern, die Kytrins Truppen weiter nach Süden lockt. Da Ihr zu denen gehört, die mich für eine von Kytrins Kreaturen halten, wart Ihr auch bereit, mir als Preis für meine Kooperation etwas von Bedeutung anzubieten. Ihr verfügt über keine Truppen, mit denen Ihr mich zwingen könntet, Euren Wünschen zu folgen. Was habt Ihr anzubieten?«

Sie lächelte auf eine Weise, die ihm Gänsehaut verursachte. »Ich biete Oriosa eine Möglichkeit zur Erlösung.«

Das überraschte Swindger. »Wenn Ihr dazu in der Lage seid, haben Euch die, die Euch eine Hexe nennen, weit unterschätzt. Eure Macht könnte sich mit der Kytrins messen.«

»Ich beanspruche nichts dergleichen für mich, doch ich kann Euch Erlösung anbieten, Euch und Eurem Land.« Sie nahm den Weinkelch wieder auf und betrachtete ihn. Das Licht des Kaminfeuers funkelte in den rubinroten Tiefen der Flüssigkeit. »Es ist alles Teil der Prophezeiung. Alles scheint ineinander verwoben. Seht Ihr, in den Zeiten bevor mein Großneffe auf Festung Draconis fiel, führten wir viele bedeutungsvolle Diskussionen. Er wusste ebenso gut wie Ihr, dass der Krieg damals nicht zu gewinnen war, was Euch veranlasste, Baron Norderstett nicht in den Norden zu folgen. Deshalb versuchtet Ihr, das Schwert Temmer aus der Hand von Boleif Norderstett zu retten. Ihr müsst wissen, mein Neffe Kirill besaß nahezu dieselbe Gabe der Prophezeiung wie ich, und er wusste, Ihr wart der Schlüssel zu Kytrins Niederlage. Schließlich ist Norderstett nur der Name für ein Lehen, und als König Oriosas habt Ihr jedes Recht, es an Euch zu ziehen. Ihr seid der Norderstett, mein Fürst. Ihr oder Euer Sohn.« Sie hob den Finger, um seine Antwort abzuwehren. »Und so habt Ihr unter erheblicher Gefahr für Eure persönliche Sicherheit eine Falle für Kytrin vorbereitet, habt Jahrzehnte der Häme und Zweifel erduldet. Ihr habt Euch niemandem anvertraut, sondern Euer Teil geleistet. Ihr habt Kytrin gestattet, Kundschafter aus Eurem Reich auszuschicken, aber Ihr habt andere über ihre Stärke unterrichtet. Es war das Schwerste, was Ihr je getan habt, das Versprechen einzuhalten, das Ihr Kirill vor dessen Tod gabt. Doch Ihr habt es eingehalten, und das wird Kytrins Untergang sein. Eure Rolle wird noch offenbar werden. Als ein Beweis für dieses Bündnis wird das Dokument gezeigt werden, das die unmündige Alexia mit Eurem Sohn Ermenbrecht vermählte, und unsere Dynastien werden sich vereinigen. Die beiden Reiche, die die Welt gerettet haben, werden zu einem einzigen verschmelzen, und beider Ruhm wird neu erstrahlen.«

Die schiere Waghalsigkeit des Planes entgeisterte ihn, aber

zugleich erkannte er, dass ihr Vorhaben durchaus gelingen konnte. Es war eine Lüge grandiosen Umfangs, und es waren nur unbedeutende Dokumentfälschungen notwendig, um die Beweise unwiderlegbar zu machen. Der Verräter Valkener war durch Balladen vernichtet worden und der Held Kräh durch sie gemacht, also reichte es, Barden und Bänkelsänger zu bestechen, damit sie sangen, was gewünscht wurde, um das gemeine Volk zu überzeugen. In der Erleichterung der Welt über Kytrins Ende würde so mancher Held zur Legende werden, und Swindger konnte sich mit Leichtigkeit seinen Platz unter ihnen sichern: als der Mann, der getan hatte, was nötig war, um die Welt zu retten.

»Es ist ein mutiger Plan, Großherzogin, und brillant zugleich. Das muss ich Euch lassen.« Swindger nickte langsam, dann ging er mit der Karaffe zu ihr hinüber und schenkte nach. »So, wie Ihr ihn darlegt, habe ich kaum etwas zu verlieren. Saporitia zum Schlachtfeld werden zu lassen, bewahrt mein Land vor diesem Schicksal. Sollte sich durch irgendwelche unglückseligen Zufälle Eure Vision einer siegreichen Zukunft als falsch erweisen, wird es ohne Bedeutung sein, wo die Schlachten stattfinden. Es gibt keinen Grund für mich abzulehnen.«

Sie trank und schloss die Augen, um den Wein und ihren Triumph zu genießen. Ihre Züge wurden dabei keineswegs sympathisch, aber doch etwas weniger zurückweisend. »Dann sind wir uns einig?«

»Unter einer Bedingung.«

»Die wäre?«

»Ihr werdet Adrogans' Besitz von Draconellen aufwerfen müssen. Ihr werdet darauf drängen müssen, dass er ihr Geheimnis teilt. Ich kann das nicht tun. Ich schätze, würdet Ihr das Gerücht erwähnen und feststellen, dass uns eine Offenbarung des Geheimnisses ermöglicht, Kytrin endlich als ebenbürtiger Gegner gegenüberzutreten, so wird die Botschaft am deutlichsten ankommen. Stellt sich das Gerücht als falsch heraus, ist nichts verloren. Die Enttäuschung wird sich nur in

Entschlossenheit verwandeln, noch verbissener zu kämpfen. Und stimmt es, dann werden wir die Verhandlungen so lenken, dass die Truppen Draconellen erhalten, die sich dem Kampf stellen.«

Sie nickte nachdenklich und trank erneut. »Einverstanden. Ich muss sagen, das Gerücht verunsichert mich. Doch Euer Vorschlag wird die Wahrheit ans Licht bringen. Würdet Ihr es ansprechen, man würde Heimtücke wittern und der Schaden wäre angerichtet.«

»Dann sind wir uns einig.« Ein Lächeln trat auf Swindgers Gesicht. »Und glaubt nicht, ich hätte Euer verstecktes Motiv nicht erkannt.«

Tatjana hob den Kopf. »Was meint Ihr, Hoheit?«

»Die Vereinigung unserer Dynastien. Ihr erwartet, dass Orioser Gold in den Wiederaufbau Okrannels fließt.«

»Das würde ich mir erhoffen, ja.«

»Gut, denn wenn wir Teile Saporitias von den Aurolanen befreien, könnten wir unter Umständen eine internationale Zone im Süden benötigen, die den Hafen von Sanges umfasst. Es würde den Handel zwischen unseren Ländern befördern, wenn ich über einen Seehafen verfügte.«

»Das würde den Untergang des saporischen Herrscherhauses erfordern, da sie niemals damit einverstanden wären.«

»Ich bin sicher, wen auch immer die Befreier auf den Thron heben, um das Land durch die Nachwehen jener Tragödie zu führen, er würde seinen Verbündeten diese Belohnung gerne gewähren.«

Die alte Fürstin nickte. »Falls uns Kytrin das nicht glaubt, so gibt es Mittel und Wege, es zu arrangieren.«

»Ich werde mir den Stammbaum ansehen. Möglicherweise finde ich einen akzeptablen Zweig des Hauses, eine Tochter, die man mit Lüdwin verheiraten kann. Das würde die Sache in der Familie halten.«

»Das würde es.« Tatjana kippte den Rest ihres Weines wie eine Gossenhure in einer Hafenspelunke. »Ich weiß Eure Zeit und Gastfreundlichkeit wie immer zu schätzen, Hoheit.«

»Zu schade, dass Ihr schon gehen müsst, Großherzogin.«

Sie stand auf und lachte. »Mit welcher Ehrlichkeit Ihr Eure Lügen ummantelt. Werden sie jemals erkennen, dass Ihr weit gefährlicher seid, als Kytrin es je sein könnte?«

Er lächelte. »Nein, das werden sie nicht. Aber das ist auch gut so. Es erlaubt ihnen, nachts zu schlafen.«

»Und während sie das tun, mache ich mich an die Arbeit.« Tatjana beugte den Kopf vor ihm. »Lebt wohl, König Swindger. Gemeinsam werden wir der Welt eine Zukunft garantieren, wie sie uns gefällt.«

Kapitel Sieben

Prinz Ermenbrecht musterte den Vorqælfen, der ihm gegenübersaß. Er war kleiner als Entschlossen und schlanker von Statur, doch er besaß das schmale Gesicht eines Ælfen, einschließlich der spitzen Ohren, die durch einen Vorhang aus dünnem schwarzem Haar ragten. Die strahlend blauen Augen hatten keine Pupille, was seinem Anblick etwas Unheimliches verlieh, wenn auch nicht so stark ausgeprägt wie bei Entschlossen. Ermenbrecht sah keine Tätowierungen auf der Haut, der Vorqælf trug allerdings auch lange Ärmel und hatte sein Hemd unter einem dicken Schaffellmantel hoch geschlossen. Er trug sogar Handschuhe, man konnte also auch weder Ringe noch sonstigen Schmuck erkennen.

Entschlossen zischte den Mann auf ælvisch an, und Ermenbrecht verstand genug von dieser Sprache, um einzelne Worte aufzuschnappen. Entschlossens Tonfall füllte einige Lücken und erweckte bei dem Prinzen den Eindruck, dass er voller Wut und Verachtung für sein Gegenüber war. Der andere Vorqælfe blieb unbewegt und verriet keinerlei Gefühl. Dann schüttelte er langsam den Kopf und antwortete bedächtig genug, dass Ermenbrecht ihn gut verstand.

»Ich habe nicht versucht, mich vor dir zu verstecken, Entschlossen. Ich kam erst gestern in Narriz an und habe mich nach meinem Eintreffen sofort zu unseren Brüdern und Schwestern hier begeben. Ich habe nach dir gefragt, doch man teilte mir mit, du habest keinen Kontakt zu ihnen. Ich habe nicht nach dir gesucht, aber ich weiche dir auch nicht aus.«

Entschlossen knurrte, dann sprach er ebenfalls langsamer. »Nennst du dich noch immer Mechanisch?«

»Es erscheint mir tatsächlich weiter passend, denn ich habe ein praktisches Wesen.«

»Du hast Kytrin gedient. Ich habe es nicht vergessen.«

»Ich auch nicht, aber jetzt habe ich einen besseren Herren.« Der Vorqælf hob den Kopf. »Ich habe Adrogans gut gedient. Ich war Verbindungsmann zwischen den Nalisker Bergläufern und den Schwarzfedern. Ich habe sie in der Vorhut der Armee vom Hochland bis Swarskija begleitet. Sie hatten keinen Anlass zur Beschwerde.«

Entschlossen kniff die Augen zusammen, sagte aber nichts.

Ermenbrecht nutzte die Gelegenheit zu einer Frage. »Ich habe Gerüchte gehört, dass Adrogans über das Geheimnis von Feuerdreck verfügt. Stimmt das?«

Mechanisch musterte ihn kalt. »Das geht dich nichts an.«

Entschlossens Hand schloss sich auf der Stelle um Mechanischs rechten Unterarm und drückte zu. »Es geht uns etwas an, also beantworte die Frage.«

Der andere Vorqælf versuchte, seine Züge unter Kontrolle zu behalten, doch die Anspannung um die Augen herum verriet den Schmerz. »Na schön. Wir segelten allesamt in der Nacht davon, in der Swarskija fiel. Wir kamen an einem Schiffswrack vorbei, aus dem man Draconellen barg. Soweit ich weiß, hat man auch eine Werkstatt zur Herstellung von Feuerdreck gefunden. Mehr weiß ich nicht, denn wir wurden geradezu hastig auf den Weg geschickt und Tagostscha beförderte uns mit ungewöhnlicher Schnelligkeit ans Ziel.«

Ermenbrecht nickte Entschlossen zu und sein Begleiter lockerte den Griff, ohne jedoch Mechanischs Arm freizugeben. »Wie blutig war die Schlacht? In welchem Zustand sind Adrogans' Truppen?«

»Nicht annähernd so mitgenommen, wie zu erwarten gewesen war. Adrogans hat den Feldzug brillant geplant und ausgeführt, aber die aurolanischen Besatzer leisteten kaum Widerstand. Überall, wo wir einen gewaltigen Blutzoll hätten bezahlen müssen, brachen wir mühelos durch. Zunächst glaubten wir, es läge an der Abwesenheit Nefrai-keshs, doch bei der Verteidigung Swarskijas war er zugegen. Man vermutet, ein großer Teil seiner Truppen und Draconellen wurden zu den Kämpfen in Sebtia verlegt, weil der Feind nicht erwartet hatte, dass wir so schnell vor Swarskija stehen würden. Aber selbst der Feuerdreck kam nur ungeschickt zum Einsatz. Adrogans' Truppen sind in ausgezeichneter Verfassung und jederzeit zu einem neuen Feldzug in der Lage.«

Ermenbrecht nickte und blickte zu Entschlossen hinüber. »Mit Draconellen könnte er sich ein Imperium erobern. Wir wissen beide, dass man in den Beratungen genau das unterstellen wird, und das wird die Monarchen in zwei Lager spalten. Könnte es sein, dass Kytrin ihm Swarskija deshalb so schnell überlassen hat?«

Bevor Entschlossen antworten konnte, klopfte Mechanisch mit einem Finger auf den Tisch. »Eben diese Sorge hat Adrogans dazu bewegt, uns alle, die wir hierher kamen, zur Verschwiegenheit zu verpflichten. Er sagte, er wisse nicht, ob das ein Trick Kytrins ist, wir sollten aber nach derartigen Gerüchten die Ohren offen halten. Er wird nicht zugeben, über Feuerdreck oder Draconellen zu verfügen, weil er nicht daran schuld sein will, dass die Allianz zerbricht.«

Entschlossen nickte nachdenklich. »Ein weiser Mann, aber ich frage mich, mit welchem Ziel. Er könnte sich ein Imperium erobern, oder wird er Kytrins Geschenk nehmen und es gegen sie einsetzen? Für welchen Weg wird er sich entscheiden?«

Mechanisch zuckte die Achseln. »Ich bin kein Hexer, ich kann seine Gedanken nicht lesen, aber ich würde auf Letzteres wetten. Er ist ein stolzer Mensch, und der bloße Gedanke daran, dass Kytrin ihm Swarskija überlassen hat, macht ihn wütend. Er hat Okrannel befreit, das stimmt, doch ich glaube, er würde lieber als der Sieger über Kytrin in die Geschichte eingehen.«

Der Prinz trank etwas Bier und gestattete dem bitteren, holzigen Geschmack, seinen Mund zu füllen, bevor er schluckte. Er schüttelte sich, dann schaute er Entschlossen in die silbernen Augen. »Wieso beschleicht mich der Eindruck, dass die

Völker in diesem Krieg letztlich tun, was sie wollen, während die Monarchen zaudern?«

»Weil du bei klarem Verstand bist.« Die Nase des Vorqælfen bebte. »Hast du eine Arkantafal, um dich mit Adrogans in Verbindung zu setzen?«

»Ja.«

»Gut. Du wirst mir erlauben, sie zu benutzen, wenn ich das verlange.«

Mechanisch zögerte kurz, dann zuckte er die Achseln. »Wie du wünschst. Noch etwas?«

»Abgesehen davon, dass du mir mitteilst, was du ihm übermittelst?« Erneut drang Verachtung in Entschlossens Worte. »Als ich dir in Okrannel das Leben schenkte, hast du versprochen, mit mir zu teilen, was du auf Vorquellyn gesehen hast.«

»Du musstest fort, noch bevor Swojin fiel.«

»Also wirst du dein Versprechen hier erfüllen. Jetzt.«

»Hier?« Mechanisch senkte die Stimme und lehnte sich vor. »Was ich zu berichten habe, ist nicht für fremde Ohren bestimmt.«

Entschlossen spießte ihn mit einem Blick von arktischer Kälte auf. »Der Prinz hier ist bereits Teil unseres Zirkels. Sieh dich um. Wer sollte dich hören? Glaubst du, die Leute hier verstehen, was wir sagen?«

Der schwarzhaarige Vorqælf nickte zögernd. »Im letzten Vierteljahrhundert hat man mich dreimal nach Vorquellyn gebracht. Es ist ein schrecklicher Ort geworden. Nicht die Heimstatt, die wir verloren haben, sondern ein grausames Land. Als hätte man die ganze Insel mit Feuer überzogen und danach nur Unkraut gesät. Stinkende Flechten überwuchern alles, außer den Gegenden, wo von Schutt überladene Flüsse zu stehenden Sümpfen gestaut sind. Es gibt Wildnisgebiete, durch die Kreaturen von unsäglicher Widerwärtigkeit streifen. Ihre Schreie zerschneiden die Nacht und ihr Blut verschmutzt die wenigen Straßen, die noch passierbar sind. Wo einst Schönheit und Heiterkeit herrschten, sind jetzt das Aufblitzen von Fängen, das Reißen von Fleisch und das gequälte Aufschreien todgeweihter Opfer Alltag geworden.«

Mechanischs Worte waren schon schlimm genug, aber der Ton seiner Stimme erfüllte sie mit zusätzlicher Qual. Ermenbrecht spürte, wie ihm ein Kloß in den Hals stieg, als die Stimme des Vorqælfen brach. In seinen Worten hörte er Hinweise darauf, was Oriosa erwartete, falls Kytrin siegte.

Entschlossen blieb unbeeindruckt. »Deine Sentimentalität ist rührend, nützt mir aber nichts. Was an deinen Besuchen zu Hause war es, das dir so wichtig erschien?«

»Es ist nicht mehr mein Zuhause. Es ist für niemanden von uns mehr ein Zuhause.« Mechanischs Stimme wurde tief und wütend. »Meine erste Reise fand nach dem letzten Krieg statt, nach dem Fall Swojins. Viele von uns wurden nach Vorquellyn geschafft, aber unsere Familien behielt man zurück, um unsere Gefügigkeit sicherzustellen. Auf dieser Reise wurden viele von uns misshandelt. Vor dem Rückzug wurden einige Orte mit großen Schutzzaubern gesichert, einschließlich der Corijesci. Weißt du, wovon ich rede?«

Ermenbrecht schüttelte den Kopf. »Ich habe diesen Begriff noch nie gehört.«

Mechanisch tippte sich mit einem Finger unter das rechte Auge. »Vorqælfen haben einfarbige Augen, weil wir nicht an unsere Heimstatt gebunden sind. Trotz unseres Alters haben wir die Augen von Kindern. Zu einem bestimmten Zeitpunkt in unserer Jugend – die im selben Alter beginnt wie bei euch, aber bis zu fünfzig Winter dauern kann – werden wir zu einem Corijes gebracht und dort in einem Ritual an unsere Heimstatt gebunden. Es ist möglich, dass das Land uns ablehnt, aber eine derartige Ablehnung ist der Stoff von Legenden.«

»Du redest zu viel, Mechanisch.« Entschlossen schüttelte den Kopf. »Die Corijesci sind spirituelle Zentren. Ihr würdet sie Tempel nennen, aber sie sind mehr. Und zugleich vielleicht weniger. Die Rituale, die uns binden, finden im Innenhof vor dem Hauptgebäude statt. Sobald ein Ælf gebunden ist, steht ihm das Gebäude offen. Drinnen lernen wir, was unsere Bindung bedeutet und welche Funktion wir ausfüllen werden.«

»Es ist, wie Entschlossen es sagt.« Der blauäugige Vorqælf runzelte die Stirn. »Auf jener ersten Reise war Kytrin in Vorquellyn, im Hof des größten Corijes von Saslynnæ. Ich habe zugesehen, wie sie die Croqælfe Winfellis in die Sullanciri Quiarsca verwandelte. Sie versuchte auch, sie an Vorquellyn zu binden, doch dieses Ritual scheiterte. Ich weiß nicht warum. Vielleicht, weil Winfellis bereits an Croquellyn gebunden war.«

Ermenbrecht nickte. »Sie regiert die Insel?«

»Soweit ich weiß, ja. Als Kytrins Marionette. Sie leitet auch eine Reihe von Programmen für die Aurolanen. Man hat uns nämlich nicht nur dorthin gebracht, um ihre Verwandlung zu beobachten. Viele von uns wurden dazu eingesetzt, nach dem dort versteckten Fragment der Drachenkrone zu suchen, auch wenn uns dabei die Unfähigkeit behinderte, die versiegelten Corijesci zu betreten. Andere, solche mit weißem Haar, wurden zu widerwärtigeren Diensten gezwungen.« Der Vorqælf zögerte. »Ihr habt die Kryalniri gesehen?«

Seine beiden Zuhörer nickten.

»Ich habe von Paarungen zwischen Vorqælfen und Vylænz gehört. Die Kinder, die unsere Frauen von Vylænz empfingen, starben bald. Im Gegenzug traf das aber nicht zu. Manche wurden durch Zauberei zur Paarung gezwungen, anderen war es egal, und wieder andere waren aus freien Stücken dazu bereit. Wie gesagt, ich wurde nicht dazu herangezogen, möglicherweise meiner Haarfarbe wegen oder aus irgendeinem anderen Grund. Nach etwa einem Jahr brachte man mich wieder nach Swojin, doch meine weißhaarigen Gefährten kehrten nie zurück.«

»Zuchthengste für feindliche Stuten.«

Mechanisch schleuderte Entschlossen einen giftigen Blick zu. »Du hast kein Recht, sie zu verurteilen. Wärst du dort gewesen, hätten sie dich ganze Heere bilden lassen.«

»Und ich hätte einen Weg gefunden, sie alle zu töten.«

»Vielleicht hättest du das tatsächlich geschafft, Entschlossen, aber die wenigsten besitzen deine Zielstrebigkeit.« Mechanisch zuckte die Achseln und senkte den Blick. »Es spielte keine Rolle, denn anderthalb Jahrzehnte später brachte man mich zum zweiten Mal nach Vorquellyn. Saslynnæ hatte sich verändert: Ich bemerkte Zerstörung rund um den Hafen. Ganze Häuserblocks waren eingerissen, bis auf einen Corijes. Es war sichtlich zu Kämpfen gekommen, doch ob es sich um einen internen Machtkampf handelte oder um eine Invasion, das weiß ich nicht.«

Entschlossen zog die Augenbrauen zusammen. »Was für Schäden? Draconellen? Drachen? Magik?«

»Keine Draconellen. Eher Magik, aber ich weiß nicht welchen Ursprungs.«

Ermenbrecht zuckte die Achseln. »Ich habe nie davon gehört, dass irgendetwas oder irgendjemand nach Vorquellyn aufgebrochen wäre.«

»Ich auch nicht. Vielleicht eine Meuterei, die brutal niedergeschlagen wurde. Erzähl weiter.«

»Natürlich. Das Wetter war furchtbar. Möglicherweise war das passend, denn was Kytrin plante, scheiterte kläglich. Am zentralen Corijes, wo sie Quiarsca erschaffen hatte, versuchte sie, eine Kryalni an Vorquellyn zu binden. Neskartu übernahm die Position des Vaters und Quiarsca die der Mutter. Stolz standen sie auf ihren Stelen. Der kalte Wind zerrte an Quiarscas rotem Kleid und ihr goldenes Haar floss wie Feuer. Selbst Neskartu ließ seine Gestalt wabern, als könnte ihn der Wind bewegen. Wir Vorqælfen wurden um die Senke angeordnet, in der die Kryalni wartete. Normalerweise, Prinz Ermenbrecht, ist die Anzahl der Beteiligten auf die Eltern und vier Freunde oder Familienmitglieder begrenzt. Falls Familie oder Eltern nicht anwesend sein können, dürfen andere ihren Platz einnehmen. Kytrin benutzte ein ganzes Dutzend von uns, eine große Ehre für ihre Kreatur. Das Ritual verlief wie erwartet. Das Gleichgewicht der Energien blieb gewahrt, es wurden die richtigen Worte gesprochen und die korrekten Opfer gebracht. Wie üblich flutete blaue Energie die Senke wie Wasser aus einem kühlen Quell. Sie baute sich zu einer Kuppel auf, die undurchsichtig wurde und sich dann wie ein Nebel auflöste.«

Mechanischs Augen wurden schmal. »Ich erwartete, die Kryalni mit Erwachsenenaugen zu sehen, doch Vorquellyn wies sie zurück. Als sich der Nebel verzog, schrumpfte sie vor unseren Augen. Sie war verkrüppelt, mit verdrehten, knotigen Gliedern – wie der Mensch dort in der Ecke.«

Ermenbrecht schaute sich zum Kamin um. Ein alter Mann kauerte in der Nähe des Feuers. Die Fingergelenke waren von Gicht geschwollen und so verdreht, dass er die Finger nicht in die Handfläche beugen konnte. Stattdessen standen sie in spitzem Winkel ab. Er musste den Bierkrug mit beiden Händen fassen und konnte ihn offenbar kaum bewegen, bevor die Schmerzen in Ellbogen und Schultern zu groß wurden. An der Wand hinter ihm lehnte ein Stock, und Ermenbrecht wollte nicht mitansehen müssen, wie er versuchte aufzustehen oder zu gehen.

»Wie ihr euch vorstellen könnt, war Kytrins Wut noch schlimmer als die vom Meer aufziehenden Gewitter. Sie versuchte noch zweimal eine Bindung, mit ähnlichem Ergebnis, dann gab sie das Projekt auf.«

Der Prinz nickte. »Sie wollte die Kryalniri binden, um die Corijesci öffnen zu können?«

»Nicht nur das, auch um Vorquellyn restlos in ihre Gewalt zu bringen.«

Entschlossen lächelte. »Vorquellyn widersetzt sich. Das ist gut.«

»Ich weiß nicht, ob es Vorquellyn ist oder die Prophezeiung.«

»Wie meinst du das?«

Mechanisch seufzte. »Zum letzten Mal war ich vor sieben Jahren dort. Wieder schaffte man uns nach Saslynnæ und zum Haupt-Corijes. Die Stadt war erheblich sauberer. Es hingen Banner von den Türmen, die Springbrunnen waren repariert und Blumen füllten wieder die öffentlichen Beete und Fensterkästen. Es herrschte eine Festatmosphäre und man staffierte uns sogar mit Festkleidung aus. Zwei Dutzend von uns standen um die Senke. Nefrai-kesh und Myral'mara standen auf den Elternstelen. Kytrin persönlich führte eine junge Frau mit silbernen Augen – so wie du sie hast, Entschlossen – in die Senke. Die Imperatrix küsste sie auf beide Wangen, dann verkündete sie uns allen, Isaura sei die Tochter, die ihr auf Vorquellyn geboren worden war.« Der schwarzhaarige Vorqælf packte Entschlossens Unterarm. »Diesmal gelang das Ritual. Ich vermute, die Mitwirkung eines Norderstett besiegte die Prophezeiung, denn das Mädchen beendete das Ritual mit den Augen einer Erwachsenen. Obwohl sich mir angesichts dieses Sieges die Eingeweide verkrampften, konnte ich ein Lächeln nicht unterdrücken. Sie war so stolz.«

Entschlossens Linke ballte sich zur Faust. »Beschreib die Frau.«

»Schlank und groß, mit weißem Haar und deinen Augen. Offensichtlich eine Vorqælfe, aber auch wieder nicht. Doch sie war an das Land gebunden. Ich habe es gesehen.«

Der Orioser Prinz runzelte die Stirn. »Weiße Haare, schlank ... das könnte die junge Frau sein, die Alexia beschrieben hat. Die auf einem Drachen aus Navval abflog.«

»Ja, es war diejenige, die Wills Leben gerettet hat.« Entschlossen rieb sich das Kinn. »Hat die Anwesenheit eines Norderstett es möglich gemacht, sie an Vorquellyn zu binden oder hat ihre zukünftige Rolle als Retterin des Helden, der Vorquellyn befreien sollte, das Land bewegt, sie anzuerkennen? Oder war es eine Kombination aus beidem und Nefrai-kesh spielt sein eigenes Spiel?«

Ermenbrecht schauderte, als ihm eine eisige Schlange das Rückgrat hinabglitt. »Ich weiß nicht, welche dieser Erklärungen mir am wenigsten gefällt.«

»Hasst sie alle oder keine davon, es spielt keine Rolle.« Entschlossen schaute Mechanisch an. »Konnte sie den Corijes öffnen?«

»Nicht, soweit ich es gesehen habe. Ich vermute, ihre Mutter wollte das Risiko nicht eingehen, die schützende Magik könnte sie verletzen. Zumindest hatte ich diesen Eindruck. Noch widersetzt sich das Land Kytrin.« Mechanisch lächelte. »Hatte ich nicht Recht? Ich habe dir gesagt, ich bin im Besitz von wichtigen Einzelheiten.«

Entschlossen setzte zu einer Entgegnung an, dann schloss er den Mund wieder und nickte nur, bevor er hinzufügte: »Was du uns erzählt hast, ist tatsächlich von Wert. Du wirst niemandem sonst von dem erzählen, was du mir gesagt hast. Niemandem, hast du verstanden?«

»Ich werde kein Wort verraten, aber es gibt noch andere, die es wissen. Andere, die dabei waren, könnten reden.«

»Und zugeben, dass sie in Kytrins Diensten gestanden haben? Ich bezweifle, dass sie so närrisch sein werden. Falls du von solchen Idioten hörst, finde sie und sag es mir.«

Mechanisch hob den Kopf und ein trotziger Ausdruck trat auf sein Gesicht. »Oh, bist du jetzt der Herr der Vorqælfen?«

Schneller als eine Schlange hätte zustoßen können, packte Entschlossen Mechanisch an der Kehle. »Nein, ich bin nur *dein* Herr. Was du mir berichtet hast, ist von Wert für mich, und du wirst weiter von Wert für mich sein. Deine Worte bestätigen, dass unsere Heimstatt erlöst werden *kann*. In der Zukunft werden wir beide dafür sorgen, dass es geschieht. Wiedersetze dich mir und gefährde diese Zukunft, und du sprichst dein Todesurteil.«

Kapitel Acht

Kjarrigan Lies rieb sich die Hände. Obwohl er zahllose Zauber kannte, mit denen er sie hätte wärmen können, entschied er sich für eine alltägliche Reibung. Obgleich er erst eine halbe Woche auf Vael war, hatte er in diesen fünf Tagen viel gelernt, was ihn veranlasste, sein Leben und seine Sicht der Magik neu zu bewerten. Er sah sich gezwungen, seine Sicht der ganzen Existenz neu zu bewerten, eine Entwicklung, die ihn zwar verunsicherte, ihm aber zugleich gefiel.

An erster und wichtigster Stelle erkannte er, wie Vilwan sich und seine Magiker verkrüppelt hatte. Kajrûn war eine so gewaltige Bedrohung gewesen, dass die Magiker gezwungen gewesen waren, die weltlichen Fürsten davon zu überzeugen, dass sie bereit waren, ihre Macht zu verringern. Sonst hätte man sie vernichtet. Und es war auch kein Zufall, dass alle Magiker der murosonischen Akademie so früh schon lernten, sich zu duellieren. Vermutlich hatte diese Ausbildung ihre Ursprünge in dem Versuch, ein Gegengewicht zu der Bedrohung zu schaffen, die man von Vilwan ausgehen sah.

Kjarrigan nahm an, dass der nach dem ersten Krieg um die Drachenkrone amtierende Großmeister sehr wohl die Absicht gehabt hatte, den verantwortungsbewusstesten menschlichen Magikern zumindest insgeheim zu ermöglichen, ihr Potenzial ganz auszuschöpfen. Die Schwierigkeit lag dabei jedoch in der Tatsache, dass man nicht sichergehen konnte, ob ein Magiker in späteren Jahren noch in der Lage war, Zauber und Methoden zu erlernen, die er in der Jugend nicht hatte studieren können. Kjarrigan und die anderen, mit denen zusammen er ausgebildet worden war, waren offensichtlich unter anderen Bedingungen unterrichtet worden. Doch selbst aus einer Gruppe von vielleicht dreißig Schülern – im besten Falle waren es dreißig – hatte nur er allein die höchste Stufe erreicht.

Er fragte sich, ob die Vilwaner je von Rymramochs Beschreibung vom Wesen der Magik gewusst hatten. Statt den Fluss anzuzapfen, benutzten sie ihre persönliche Kraft dazu, die allgegenwärtige magische Energie zu katalysieren, die sie absorbierten. Unter Ryms Anleitung lernte Kjarrigan hingegen, seine eigene Energie einzusetzen, um eine Verbindung zum großen Strom der Magik zu öffnen. Es kostete so wenig Kraft, das zu tun, dass er selbst nach stundenlangem Einsatz von Zaubern nur selten müde war.

Doch war Vorsicht beim Einsatz solcher Energien geboten. Es wäre einfach für ihn gewesen, den Strom anzuzapfen, um sich zu erfrischen oder nur, um seine Hände zu wärmen. Das Problem war die Schwäche des Fleisches. Die Kapazität des menschlichen Geistes, die Macht zu leiten, war hingegen unendlich. Eine kleine Unachtsamkeit, während er sich die Hände wärmte, konnte genug sein, sie restlos zu verbrennen. Das war der Grund, warum Magik zu Zaubersprüchen geformt wurde, um den Energiefluss zu begrenzen. Nicht nur, um dem Magiker einen Fokus zu geben, auf den er sich konzentrieren konnte.

Zaubersprüche waren eine Methode der geistigen Disziplinierung, und Kjarrigan hatte sein ganzes Leben unter mentaler Disziplin zugebracht. Jetzt endlich begriff er, was Orla versucht hatte, ihm beizubringen, bevor sie gestorben war. Auf Vilwan war Kjarrigan ein brillanter Arkanoriumsmagiker gewesen. Im Frieden und der Abgeschiedenheit seines Studierzimmers konnte er, mit dem richtigen Material und genug Zeit, Wunder vollbringen. Noch bevor er sich widerwillig auf Abenteuer begeben hatte, war er vermutlich bereits der mächtigste menschliche Zauberer des Erdenrunds gewesen.

Aber all diese Macht war wertlos, weil ich sie nicht einsetzen konnte, wo sie benötigt wurde. Ein Krieg war das genaue Gegenteil eines Arkanoriums. In Orlas Schatten hatte er wenig zustande gebracht, um dem Feind effektiv entgegenzutreten. Selbst nach ihrem Tod waren seine Bemühungen kläglich gewesen. Er hatte mit einfachen Zaubern große Wirkung erzielt, aber bis zur Belagerung Navvals war er noch immer mehr ein Gelehrter als ein Krieger gewesen. *Und selbst dort habe ich mehr experimentiert als gekämpft.*

Kjarrigan schaute auf und sah sich in der kreisrunden Kammer um. Sie wirkte natürlich, doch er nahm Rückstände von Drachenmagik wahr. Sie waren stark genug, ihn zweifeln zu lassen, ob die Magik nicht doch speziell für ihren derzeitigen Zweck geformt worden war. Der Boden war mit konzentrischen Kreisen aus weißem und schwarzem Marmor bedeckt, und er stand im innersten Kreis. Es entging ihm nicht, dass er sich in der Mitte einer riesigen Zielscheibe aufhielt.

Vier Knechte standen an den Wänden des Raumes. Die schuppenhäutigen Dracomorphe waren übermannsgroß und muskelbepackt. In ihrem nächsten Lebensstadium wuchs ihnen dickere Panzerung, aus der Dornfortsätze aufragten, ihre Schnauzen streckten sich dann und Intelligenz würde bald ihre Augen aufleuchten lassen. Bisher waren sie zwar in der Lage zu sprechen, aber noch nicht besonders schlau. Und sie leisteten ihren älteren Artgenossen einfache Hilfsdienste.

Rymramoch stand in scharlachroter Robe neben dem Knecht im Osten der Kammer. Bok hockte malachitgrün und noch immer stark behaart neben ihm. Der urZreð benahm sich nicht mehr wie das Tier, als das er Kjarrigan bei ihrer ersten Begegnung erschienen war. Aber er sprach noch immer nicht viel und sank häufig in die Hocke, eine Haltung, an die er sich in den Jahren an Ryms Seite gewöhnt hatte.

Kjarrigan hatte vorgehabt, mit einem Nicken anzuzeigen, dass er bereit war. Bevor er dazu jedoch in der Lage war, hob der erste Knecht den Arm und warf einen melonengroßen Stein nach Kjarrigans Kopf. Der junge Magiker wusste, der Stein konnte ihn dank eines magischen Rituals, dem ihn die Vilwaner unterzogen hatten, nicht verletzen. Aber Sinn und Zeck der Übung lag nicht darin, die Stärke des Drachenbeinpanzers zu testen, der sich in solchen Fällen durch seine Haut hob, um ihn zu schützen, sondern herauszufinden, ob er die Aktivierung dieses Schutzzaubers verhindern konnte.

Der junge Zauberer handelte schnell. Sein erster Spruch umgab ihn mit einer Energiekugel, die sein Bild der Umgebung blau einfärbte. Der erste Stein und zwei weitere, die unmittelbar danach auf den Weg gebracht worden waren, leuchteten golden. Eine dünne Funkenspur folgte ihnen, ein Schatten in schwächerem Goldton flog ihnen voraus, so dass Kjarrigan ihre Flugbahn erkennen konnte. Er sah sofort, dass einer der drei Steine ihn verfehlen würde, während die beiden anderen gut gezielt waren.

Er nutzte den Fluss der Magik und sprach einen weiteren Spruch, den er genau kannte. Es kostete ihn kaum einen Gedanken, die auf ihn zufliegenden Steine abzulenken. Dasselbe tat er mit zwei weiteren, dann setzte er sein Können ein, um sie alle zu verbinden. Er fasste die Steine, hielt sie aber nicht auf. Stattdessen packte er sie wie an einer Leine und zog sie in eine Kreisbahn um sich.

Drei weitere Steine flogen auf ihn zu, und auch diese ließ er in einer Kreisbahn um sich herumwirbeln. Manche beschleunigte er, andere bremste er ab, bis sie in Formation flogen. Ein weiterer Zauber legte sich um sie, komprimierte sie und erhitzte sie, bis der Stein schmolz. Er zog den Zauber zusammen, setzte zusätzliche Energie dazu ein und spürte die Hitze, die der Stein ausstrahlte. Immer enger zog er den Zauber, bis er den geschmolzenen Stein zu einer großen schwarzen Kugel geformt hatte.

Gerne hätte Kjarrigan jetzt gegrinst und sich zu seiner beeindruckenden Leistung gratuliert, doch er hatte die harten Lehren seiner Abenteuer nicht vergessen. Als er die Kreisbahn der Kugel verlangsamte, schoss ein weiterer Stein auf ihn zu. Dem Geschoss folgte ein übler Kampfzauber. Falls der Stein ihn traf, würde sich der Drachenbeinpanzer manifestieren und ihn daran hindern, den Kampfzauber mit einem Spruch abzuwehren. Falls er den Panzer irgendwie zurückhielt, würde der

Schmerz durch den Treffer mit dem Stein aller Voraussicht nach gleichfalls ausreichen, die Konzentration zu zerstören, die er für den Abwehrzauber brauchte.

Für einen winzigen Augenblick stieg Panik in ihm auf, doch er drängte sie beiseite und handelte, denn Untätigkeit garantierte Versagen. Nach kurzer Konzentration schleuderte er einen letzten Gedanken in den Zauber, der die Kugel umgab, dann beschleunigte er ihren Flug, um sie zwischen sich und den heranjagenden Zauber zu bringen. Der Stein flog unter der Kugel hindurch und kam geradewegs auf seinen Bauch zu. Ein weiterer Gedanke, eine kurze Suche nach einem Zauber, dann ein Lächeln.

Kjarrigan drehte sich zur Seite und der Stein flog harmlos vorbei.

Der Zauber, den jemand auf ihn geschleudert hatte, traf die Kugel mit voller Gewalt. Kleine blaue Tentakel aus blitzähnlicher Energie tanzten über ihre Oberfläche und lösten hier und da winzige Feuer aus. Hätte der Spruch Kjarrigan getroffen, hätte er keine Flammen entfacht, sondern seine Nervenenden so gereizt, dass Kjarrigan sich gefühlt hätte, als stünde er in Flammen. Der Zauber verausgabte sich an der Kugel und verpuffte.

Die Puppe, die Rymramoch war, applaudierte höflich. »Sehr gut, Kjarrigan.«

Der junge Magiker zuckte die Achseln. »Es war nicht schwer, Eurem Zauber vorzugaukeln, der Ball wäre ich. Ich habe nur dafür gesorgt, dass er die wahrscheinlichsten Aspekte, die Ihr aussuchtet, in mir das Ziel zu erkennen, mit mir teilte.«

Rym nickte, dann gestikulierte er, und die Kugel flog ihm in die Hand. »Ich weiß, was du getan hast. Es war ein guter Einfall. Aber noch besser schien mir, wie du dem Stein ausgewichen bist. Magik ist nicht immer die Antwort.«

»Das habe ich gelernt, Meister.«

»Wie fühlst du dich?«

Kjarrigan überlegte kurz, dann nickte er. »Gut. Ich bin nicht annähernd so müde, wie ich es gewesen wäre, hätte ich irgendetwas davon auf Vilwan versucht. Den Fluss zu kontrollieren ist schwieriger, als ihn anzuzapfen. Orla sagte, dass es einen schnellen Weg zur Macht gibt, und dass Neskartu seinen Schülern diesen Weg lehrt. Wäre es falsch von mir anzunehmen, dass dies bedeutet, ihnen fehlt die Disziplin?«

»Offensichtlich besitzen sie eine gewisse Disziplin, Kjarrigan, doch Neskartu war an ihrem Überleben nicht besonders gelegen. Er machte lebendige Waffen aus ihnen, ganz ähnlich dem, was die Vilwaner meiner Vermutung nach für dich im Sinn hatten. Der Unterschied liegt darin, dass Neskartus Studenten diesen Gedanken bereitwillig angenommen haben. Möglicherweise haben sie die ganze Konsequenz ihres Handelns nicht verstanden.« Die Puppe zögerte. »Habe ich etwas Falsches gesagt?«

Kjarrigan schüttelte sich. »Orla meinte einmal, ich sei *geschmiedet* worden, man hätte mein Schicksal geschmiedet. Ihr glaubt, sie wollten mich zu einer Waffe für den Kampf gegen Kytrin machen?«

Die Puppe legte den Kopf zur Seite. »Betrachte dein Alter, denke an die besondere Gruppe von Kindern, zu der du gehörtest. Ich glaube, sie wollten viele Waffen, aber du warst die beste. Du warst noch besser, als sie erhofft hatten, und möglicherweise sahen sie in dir eine Rückkehr zu früheren Glanzzeiten. Vielleicht hofften sie, einen Kajrûn zu schaffen, den sie kontrollieren konnten. Ich weiß es nicht.«

»Einen Kajrûn, den sie kontrollieren konnten?« Kjarrigan schaute auf seine Hände und bewegte, als ihm ein Schauder den Rücken hinablief, unbehaglich die Schultern. »Sie haben mich als ein Ding gesehen, nicht als lebendes, fühlendes Wesen.«

»Ich bin mir sicher, darauf läuft es hinaus.« Rym steckte sich die Kugel unter den rechten Arm und winkte Kjarrigan mit der Linken zu sich. »Begleite mich, ich werde dir ein paar Dinge erklären.«

Der junge Mann schaute auf. »Ich bin mir nicht sicher, ob

ein Spaziergang ausreicht, meine Meinung über Leute zu bessern, die glaubten, sie könnten mich formen, wie ich diesen Stein geformt habe.«

Ryms Lachen konnte die Fessel nicht lockern, die sich um Kjarrigans Herz gelegt hatte. »Das habe ich auch nicht vor. Deine früheren Meister waren Narren, das ist offenkundig, aber sie haben dich zu mir gebracht. Ich werde mich dafür nicht bei ihnen bedanken, doch ich bin dankbar für die Gelegenheit, die sich uns jetzt bietet, ungeschehen zu machen, was schon vor Jahrhunderten hätte beseitigt werden sollen.«

Kjarrigan trat neben die Puppe, als sie die Kammer verließen. Bok folgte ihnen einen Schritt weiter hinten, dann kamen die Knechte. Die Gruppe bewegte sich einen engen Gang hinauf zu einer weitläufigen Galerie. Rym schickte die Knechte mit einer Handbewegung fort, dann machten sie sich in geruhsamem Tempo auf den Weg zurück zu Kjarrigans Quartier.

»Was weißt du von Yrulph Kajrûn, Kjarrigan?«

»Er war böse. Er schmiedete die Drachenkrone und starb, bevor er die Welt erobern konnte.«

Bok lies ein kehliges Lachen hören. »Es hätte ihm nicht gefallen, so beschrieben zu werden.«

Die Puppe nickte. »In dieser Hinsicht verlasse ich mich auf dein Urteil, Bok. Die leichtfertige Art, ihn abzutun, ist schlimmer als die Worte, mit denen er beschrieben wurde. Ich habe ihn nicht gekannt, Kjarrigan. Ich war keiner seiner Vertrauten – wie Bok –, aber ich habe ihn reden hören. Ich kenne die Lage bei der Erschaffung der Drachenkrone.«

Rym deutete mit der in rotes Leder gehüllten Linken zur offenen Seite der Galerie. »Vael war einst Vareshagul. Du weißt, dass die Drachen es vernichteten, weil die urSreiði hier wohnten und daran arbeiteten, die Oromisen aus den Tiefen der Erde zu befreien, wo wir sie eingekerkert hatten. An diesem Ort haben sich die urSreiði tiefer in die Eingeweide der Erde gegraben als irgendwo sonst, und dort unten halten wir noch heute Wacht gegen die Rückkehr der Oromisen. Du weißt nicht viel vom Leben der Drachen, aber du hast Knechte und Dracomorphe gesehen. Sie sind die mittleren Stadien unseres Daseins. Davor sind wir Tiere, Furcht erregende Tiere und mächtige Jäger. Während unseres Lebenszyklus durchlaufen wir alle Stadien, die wir seit dem Beginn des Daseins gekannt haben. Aus dem Ei schlüpfen wir als fette Schlangen voller Zähne und Muskeln. Dann wachsen uns Beine, wir werden zu Echsenhunden, die Reifreißer frühstücken. Die meisten Knechte bleiben in der Tiefe, unter dem Befehl der Dracomorphe. Sie gehen Streife, und käme es zu einer echten Gefahr, würden Drachen gerufen, echte Drachen, uralte Drachen, um die Oromisen zu vernichten.«

Kjarrigan reckte den Hals, um hinab in den Schlund zu schauen, dessen Tiefen die Dunkelheit verhüllte. »Wenn da unten noch gekämpft wird, warum wisst Ihr nicht, wie die Oromisen aussehen?«

»Dort unten kämpfen wir gegen wilde urSreiði und andere Kreaturen der Oromisen. Wir wissen nicht, ob es Tunnel in die Kerker der Oromisen gibt, aus denen diese Wesen kommen, oder ob sich da nur Kolonien von ihnen befinden, die so tief unter der Oberfläche liegen, dass wir sie nie ausgeräuchert haben. Wir müssen davon ausgehen, dass sie noch immer versuchen, ihre Herren zu erreichen, und sie werden sich dagegen wehren, dass wir versuchen, das zu verhindern.«

Kjarrigan drehte sich zu Rym um. »Ihr habt mir erzählt, die Drachen hätten die Oromisen dort unten eingesperrt, aber was Ihr jetzt sagt, könnte man auch so verstehen, dass sie sich eingebunkert haben und ihr nur dafür sorgt, dass sie nicht wieder ausbrechen.«

Die Puppe zuckte mit den Schultern. »Wie das bei uralten Legenden so ist, es fällt schwer, die Wahrheit zu erkennen. Begnügen wir uns damit, dass unsere Jungen dort unten leben, kämpfen und sterben. Diejenigen, die klug und stark genug sind, bis in spätere Lebensstadien zu überleben, gewinnen zunehmend an Macht und Größe.«

»Wie viele Knechte gibt es dort unten? Hunderte? Tausende?«

»Tausende Legionen. Noch immer tobt ein blutiger Krieg, doch das war nicht immer so.« Rym zog ihn von der Kante zurück und sie schlenderten weiter. »Es gab eine Zeit, da schien der Krieg vorüber, und die Meinung der Drachen teilte sich, ob es noch länger nötig sei, wachsam zu bleiben. Es dauerte Jahrhunderte, bis sich ein ernster Konflikt daraus entwickelte und keine Einigung mehr möglich war. Wir kamen überein, dass wir einen Schlichter brauchten, um uns bei der Entscheidung zu helfen, und wir wählten Yrulph Kajrûn für dieses Amt. Er schlug die Erschaffung der Drachenkrone vor, in der die Wahrsteine unserer Besten und Klügsten einen Platz haben sollten. Durch sie würde er ihre Gedanken erkennen und alles bekommen, was er benötigte, um eine Lösung des Problems zu finden.«

Kjarrigan hob die Hand. »Was ist ein Wahrstein? Ich meine, so wie ich das verstanden habe, ist der Stein in Eurer Brust dort Rymramochs Wahrstein. Würde er zerstört, würde Euch dies das Leben kosten. Wie kommt das?«

»Drachen von ausreichender Macht und Weisheit können einen Wahrstein erschaffen. Die einfachste Beschreibung für dich ist wohl, dass es sich um die greifbare Manifestation unserer Seele handelt. Wir können ihn aus unserem Körper lösen, um ihn an einem sicherem Ort zu verwahren, bevor wir uns auf gefährliche Missionen begeben. Solange der Wahrstein nicht zerstört wird, sterben wir nicht.«

»In der Kongresskammer habe ich aber Euren Körper gesehen, oder zumindest nahm ich an, dass es Euer Körper war. Er war ganz steif und wie versteinert.«

Die Puppe nickte. »Wenn der Wahrstein für längere Zeit aus unserem Körper entfernt wird, geschieht das. Die Drachen, die ihre Wahrsteine für die Drachenkrone herausgegeben haben, sind gut versteckt und völlig versteinert. Sie hatten angenommen, die Krone würde die Kommunikation erleichtern. Das tat sie auch, aber auf unvorhergesehene Art.«

»Inwiefern?«

»Durch die Krone kann man jeden Drachen einer Kronlinie

beherrschen. Das Ausmaß der Kontrolle hängt davon ab, wie eng die Blutsverbindung ist. Dravothrak zum Beispiel ist der Großneffe eines Krondrachen. Deshalb ist er mit dem Fragment verbunden, das wir hier aufbewahren.«

Kjarrigan strich sich über den Mund. »Niemand hat erwartet, dass Kajrûn mit der Krone die Drachen beherrschen konnte. Hat er es gewusst?«

Rym schaute sich zu Bok um. »Du hast seit Jahrhunderten darüber gegrübelt.«

Der urZreð bewegte unbehaglich die Schultern. »Er hat mir gegenüber nie etwas darüber erwähnt, aber er muss es zumindest vermutet haben, sonst besäße die Krone diese Fähigkeit nicht.«

Kjarrigan nickte. »Wie viele Kronlinien gibt es?«

»Sechs.«

»Aber sieben Kronenfragmente.«

Rym nickte. »So ist es, und darin liegt das Geheimnis. Wer oder was hat den Wahrstein für das Schlussfragment geliefert, das beherrschende Fragment?«

»Glaubt Ihr, es könnte ein Oromisenwahrstein gewesen sein?«

»Diese Möglichkeit hat schon zahllose Drachen um den Schlaf gebracht.« Rym schüttelte langsam den Kopf. »Falls die Krone neu geschmiedet wird und Kytrins Habgier sich ihrer bemächtigt, wird das schon schlimm genug. Aber falls es die Oromisen sind, wird die Konsequenz nicht einfach nur der Untergang der Zivilisation sein, sondern das Ende allen Lebens. Du siehst also, warum wir in dieser Angelegenheit nicht rasten dürfen.«

Kjarrigan nickte. »Ich gebe mein Bestes.«

»Das ist nicht genug.« Rym strich mit der linken Hand über die Steinkugel und sprach einen Zauber. Einen Augenblick lang tanzten die kleinen blauen Blitze über ihre Oberfläche.

Kjarrigan schrie auf und brach zusammen, die Blitze zuckten unter seiner Haut. Er schüttelte sich am ganzen Leib, Muskeln verkrampften unkontrolliert. Er schmeckte Blut, da er sich auf die Zunge gebissen hatte. Sein Rücken bog sich zu einem Hohlkreuz, dann erschlafften alle Muskeln.

Die Puppe ragte über ihm auf. »Als du die Kugel zu deinem magischen Abbild machtest, um den Kampfzauber abzufangen, hast du sie mit dir verbunden. Das war ein schwer wiegender Fehler. Ich weiß, du wirst dein Bestes geben. Aber das muss besser werden. Das Schicksal der ganzen Welt hängt davon ab.«

Kapitel Neun

Isaura saß in ihrem Zimmer im fernen Aurolan und zitterte. Die Luft war kalt genug, ihren Atem zu einem weißen Nebel kondensieren zu lassen, aber das war es nicht, was sie erschaudern ließ. Sie fühlte sich einsam, und das überraschte sie, denn sie war nicht zum ersten Mal allein. Doch nie war es so wie diesmal gewesen, denn irgendwie hatte sie immer eine Präsenz dort draußen gespürt, die ihr Gesellschaft leistete.

Sie hätte sich freuen müssen, hätte sogar begeistert sein müssen. Der Feind ihrer Mutter, der Norderstett, war tot. Er war auf Vael gestorben. Nefrai-laysh hatte großes Vergnügen an der Beschreibung gehabt, wie der junge Held durch eine magische Wand gesprungen war, um das Leben eines alten, närrischen Drachen zu retten. Rymramoch hatte sich ihrer Mutter lange in den Weg gestellt, und dieses Ereignis hatte den Tod eines unbedeutenden Gegners gegen den eines wichtigeren eingetauscht. Die Nachricht hatte im eisigen Norden große Freude ausgelöst.

Doch sie hatte sich nicht daran gewärmt. In der Beschreibung, die der Sullanciri von Will Norderstett gegeben hatte, hatte sie den jungen Mann erkannt, dessen Leben sie in Meredo gerettet hatte. Eine Laune, der Strom der Magik und reiner Zufall hatten sie an sein Bett geführt. Sie hatte augenblicklich erkannt, dass eines der Geschöpfe ihrer Mutter ihn verletzt hatte, und so hatte sie die Wunde geheilt und er hatte überlebt.

Bis zur Nachricht von seinem Tod jedoch hatte sie nicht gewusst, wer er war. Dann hatte die Angst sie gepackt, denn ihre Mutter hatte Isaura gesagt, jemand würde sie verraten. Isaura hatte gehofft, dass sie selbst nicht die Verräterin sein würde, doch dann hatte sie herausgefunden, dass sie es doch war. Sie hatte den prophezeiten Norderstett gerettet. Sie hatte die Person gerettet, die ihre Mutter töten würde.

Schlimmer noch. Sein Tod schmerzte sie. Seit sie davon gehört hatte, vielleicht sogar schon eher, hatte sie sich einsam gefühlt. Sie fragte sich, ob es wirklich nur Zufall gewesen war, der sie zu ihm geführt hatte, oder nicht eher Schicksal. Vielleicht war sie irgendwie in die Norderstett-Prophezeiung eingebunden. Die Prophezeiung konnte sie gegen ihre Mutter einsetzen, sie Kytrin verraten lassen. Sie wollte den Gedanken hassen, aber sie konnte es nicht. Die Trauer, die sie bei Will Norderstetts Tod empfunden hatte, gab ihr das Gefühl, sie wäre bereit gewesen, das Leben ihrer Mutter für seines einzutauschen, und schon der bloße Gedanke war ein Hochverrat der schlimmsten Sorte.

Der Wind heulte durch das Turmfenster, dann zischte Eis, als ein Windstoß einen Schwarm von Kristallen durch die magische Abschirmung in die Kammer hineinzwang. Sie wandte sich von dem kleinen Bücherregal und dem schweren ledernen Einband um, über den sie mit den Fingerspitzen gestrichen hatte, und ein schwaches Lächeln zupfte ihr an den Mundwinkeln. »Drolda, du lässt mich nie im Stich.«

Die Eiskristalle wirbelten, dann formten sie sich zum Bild eines älteren Mannes. Wasser verschmolz zu einem Bart und langem Haar, die beide hinab in den Pelzumhang flossen, der ihn umhüllte. Gläserne Hände tauchten unter dem Mantel auf. Die eisige Gestalt bewegte die Finger durch eine komplexe Zeichenfolge in einer Sprache, die nur sie beide verstanden.

Isaura nickte langsam. »Ja, die Gerüchte, die du gehört hast, stimmen. Der Norderstett ist tot. Er hat sich für einen anderen geopfert.« Sie öffnete die Hände und wollte ihre Trauer in Worte fassen, doch es gelang ihr nicht.

Sorge grub tiefe Furchen in Droldas Eisgesicht. Er gestikulierte. Doch lief es nicht auf das hinaus, was sie erwartet hatte.

»Wie meinst du das, er ist nicht tot? Hat sein Opfer die Last seines Schicksals auf einen anderen übertragen?«

Der Eismann schüttelte den Kopf, dann erstarrte er.

Eine Stimme hallte von der Tür durch den Raum, tief, knurrend und animalisch. »Will hat nicht Tod.«

Isaura drehte sich um, hob den Kopf und stellte sich vor Drolda. Der Eismann war nie zuvor in der Nähe eines Sullanciri geblieben, und sicher nicht in dessen Sichtfeld. Es beunruhigte sie, dass sich dieser hier, Hlucri, so leise bewegen konnte, dass sie ihn nicht hatte kommen hören, und auch, dass er es wagte, unaufgefordert ihr Zimmer zu betreten. *Hat meine Mutter diese neueste ihrer Kreaturen darauf angesetzt, mir nachzuspionieren?*

Als ihre silbernen Augen in seine jettschwarzen blickten, sank der hünenhafte Sullanciri auf ein Knie und stützte die Hände mit den Knöcheln auf den Boden. Er war aus dem Panq erschaffen worden, der Nefrai-laysh zermalmt hatte. Isaura hatte die furchtbaren Wunden des anderen Sullanciri gesehen und angeboten, den Schaden zu beheben, aber die Verwandlung des Panqs hatte Vorrang gehabt. Nefrai-kesh hatte dabei auf ihrer Hilfe bestanden.

Die geballte Lebenskraft des Panqs hatte sie beeindruckt. Nefrai-kesh hatte ihn von Nefrai-laysh heruntergerissen und ihm dabei buchstäblich die Haut abgezogen. Die gewaltige Kreatur hatte in einer langsam größer werdenden Blutlache gelegen. Ihr Fleisch hatte in Fetzen von den Knochen gehangen, die Krallen hatten sich noch immer gekrümmt, die Zähne weiter geschnappt, als sie sich an die Arbeit machten. Hlucri war der erste Sullanciri, den Nefrai-kesh ohne Mithilfe ihrer Mutter erschaffen hatte. Doch er kannte die Zauber genau, und das Ergebnis war noch beeindruckender als das Original ausgefallen.

Wenn er auf seinen wuchtigen Hinterbeinen stand, ragte Hlucri um Armeslänge über ihr auf, und von der Schwanzspitze bis zur Schädeldecke waren es gute vier Schritt. Ihre Magik hatte seinen Leib mit neuer Haut von jettschwarzer und jadegrüner Farbe bedeckt. Streifen aus dunklem bis hellerem, milchigem Grün zogen sich über seinen Körper. Die dunkelsten formten eine Maske um die schwarzen Augen und hinauf zu den Ohren. Seine Haut fühlte sich an und bewegte sich wie weiches Leder, konnte sich aber gedankenschnell zu einem Panzer verhärten. Stacheln wuchsen aus ihr, wo immer sie benötigt wurden, aber Zähne und Klauen kamen dem Sullanciri am besten entgegen.

Hlucri senkte den Kopf und schaute zu Boden. »Verzeiht Hlucri Eindringen, Schneeflockendame.«

Isaura blinzelte. »Schneeflockendame?«

»Euer Will-Name.«

Sie erstarrte. Dann floss Drolda neben ihr in Sicht. Sie las, was er gestikulierte, und nickte.

»Der Norderstett hat mich gesehen? Er wusste, wer ich bin?«

»Nein. Wahr-Ihr nicht gekannt.« Die Nüstern des Sullanciri blähten sich. »Sicher bei Hlucri.«

Isaura schloss die Augen und strich sich übers Gesicht. Sie wünschte, sie hätte Ruhe finden können. In dem kurzen Augenblick, als sie geglaubt hatte, Will Norderstett hätte gewusst, wer sie war, hatte ihre Seele gejubelt. Es war, als wäre ihre Einsamkeit zerstoben, als wäre, was auch immer Kontakt mit ihr gehabt hatte, zurückgekehrt. Hlucris Verneinung hatte diese Verbindung wieder zerrissen. Sie war allein, und zudem war sie sich jetzt völlig sicher, dass es Will Norderstett gewesen war, mit dem sie sich verbunden gefühlt hatte.

Will Norderstett, den ich gerettet habe, und der danach gestorben ist.

Ein Schauder stieg ihr das Rückgrat herauf und sie gestattete ihm, ihre Verwirrung zu vertreiben. »Was kann ich für dich tun, Hlucri?«

Die Kreatur breitete die Arme aus. »Hlucri Neulaich Weißnichts.«

Isaura nickte. Die Verwandlung hatte erst vor drei Tagen stattgefunden, und der Sullanciri hatte den größten Teil der Zeit seither geschlafen. Grychoðka hatten sich um seine Bedürfnisse gekümmert. Sie hatte gelegentlich zu ihm hereingeschaut, ihn jedoch immer schlafend vorgefunden.

»Wie hast du hierher gefunden?«

Der Sullanciri tippte sich an die Nase.

Drolda gestikulierte schnell und Isaura lachte. »Sehr wahr, Drolda, er wird hier viel Interessantes riechen.«

Der Sullanciri drehte sich, bis er auf den Fersen hockte. Sein Kopf kam hoch, und sein Grinsen zeigte zwei Reihen spitzer Zähne. »Kenne viele Gerüche.«

»Du wirst noch mehr kennen lernen, aber zuerst…« Isaura deutete auf Drolda. »… wirst du vergessen, dass du meinen Freund hier gesehen hast.«

Hlucri atmete ein, dann tippte er sich wieder an die Nase. »Kein Geruch, nicht da.«

Sie war sich nicht sicher, ob der Sullanciri ihr sagen wollte, Drolda sei für ihn tatsächlich nicht vorhanden, oder nur, dass ihr Geheimnis sicher war. Ihr genügte Letzteres. »Danke. Bitte folge mir.« Sie drehte sich um und wollte Drolda ebenfalls einladen, aber er hatte sich bereits in einen Schwarm Schneeflocken aufgelöst, die mit ihrem Haar spielten, bevor sie durch das Fenster verschwanden.

Isaura stieg die Turmtreppe hinab und überlegte dabei, wie sie das Leben in Aurolan am besten beschreiben konnte. Sie liebte ihr Zuhause und kannte seine Schönheit. Das Wunder des Neuschnees auf dem alten Schnee und die kunstvolle Schönheit der vom Wind geformten Skulpturen. Sie wollte das subtile Wesen der Jahreszeiten mit Hlucri teilen, denn da war weit mehr als nur die Unterschiede in der Temperatur, die Lieder des Windes und Eises in dunkelster Nacht.

Doch all das schien sie zu überfordern. Sie fühlte sich erschöpft, und dennoch hätte sie sich aufraffen können, all das zu erklären, hätte sie den Norderstett geführt. Er würde erkennen, was sie beschrieb, würde die Schönheit verstehen. Er würde sehen, dass Aurolan nicht böse war, dass es den Untergang nicht verdiente.

Sie schaute sich nach der riesigen Kreatur um, die sich hinter ihr durch die Schatten bewegte. Sie musste sich umdrehen, denn sie konnte nicht hören und kaum sehen. Trotzdem hatte sie nicht das Gefühl, verfolgt zu werden. Vielmehr fühlte sie sich beschützt. Unwillkürlich fragte sie sich, was Nefrai-kesh in die Magik verwoben hatte, mit der er Hlucri erschaffen hatte.

»Die Zitadelle meiner Mutter erhebt sich über einem der vielen Höhlenkomplexe, die ganz Aurolan durchziehen. Schnee und Eis bedecken die Oberfläche, aber die Höhlen reichen tief in den Grund – und die Erdspalten noch tiefer. Geschmolzener Fels fließt rot und golden durch die Tiefen. Dort unten aufgeheiztes Wasser steigt in brodelnden Teichen auf. Es hält die Höhlen warm genug für Lebensformen, und das Leben blüht in ihnen.«

Hlucri schnupperte und bewegte den Kopf.

Sobald sie im Erdgeschoss ankamen, brachte ihn Isaura zu einer Tür und öffnete sie. Die Treppe dahinter war enger gewunden und führte in einer steilen Spirale abwärts. Aus der Tiefe stieg warme, feuchte Luft auf und hüllte sie allmählich ein. Wo die kühlere Luft auf die Feuchtigkeit traf, hing ein dünner Nebelschleier. Am Fuß der Treppe erreichten sie einen breiten Balkon, der freie Sicht auf eine große Kaverne bot, deren Wände von Höhleneingängen übersät waren – wie Sterne, die den Himmel bedeckten.

Isaura machte einen Bogen um eine kleines Rudel junger Frostkrallen und trat an die Kante des Balkons. »Dort unten, auf den Terrassen, werden verschiedene Pilze angebaut, die wir essen.«

Hinter ihr ertönte ein Quieken und ein Krachen. Sie drehte sich um und sah eine geköpfte Frostkralle in Hlucris rechter Pranke. Ein dünner Blutfaden rann ihm aus dem kauenden Maul. Einen Augenblick lang runzelte Isaura die Stirn. Dass er eine Frostkralle getötet hatte, beunruhigte sie weniger. Aber wie leicht ihm das offensichtlich gefallen war, dies schon. Als Sullanciri musste er ein hervorragender Kämpfer sein, doch junge Frostkrallen waren für ihre Beweglichkeit berüchtigt. *Schnelligkeit und Jagdinstinkt werden ihm gute Dienste leisten.*

Sie winkte ihn näher, lehnte die angebotene blutige Temeryxkeule höflich ab und deutete auf die Etage unter den Pilzterrassen. »Dort läuft das Wasser in verbundene Teiche und Seen ab. Diese werden zum Fischfang genutzt, und der Schlamm auf dem Boden der Teiche wird zurück nach oben geholt, um die Terrassen zu düngen. Die Fische werden mit Abfall und unseren Toten gefüttert. Hier wird nichts verschwendet.«

Hlucri zog den rechten Arm nach hinten und schleuderte den halb verzehrten Kadaver hinaus in die Höhle. Federn trieben in seiner Flugbahn und sanken langsam abwärts, hinter dem in die Tiefe stürzenden Temeryx her. Der Kadaver verfehlte einen Abflussbach um mehrere Schritte, aber ein anderes Rudel stürzte sich auf ihn und zerfetzte ihn innerhalb von Sekunden.

Isaura drehte sich zu dem Sullanciri um. Sie stemmte die Fäuste auf die Hüften. »Mit einem derartigen Benehmen wirst du dich hier nicht sehr beliebt machen. Ich kann verstehen, dass du Hunger hast, aber du kannst nicht wann immer du willst etwas töten und auffressen.«

»Hlucri fragt, jemand anders tötet?« Er zuckte die Achseln. »Verschwendete Zeit.«

»Was hat Nefrai-kesh mit dir gemacht?«

Der Sullanciri lächelte. »Hat Hlucri *Euren* Diener gemacht.«

Das erstaunte sie. Nefrai-kesh war schon immer der Sullanciri gewesen, der am meisten um sie warb. Er brachte ihr Geschenke mit und erzählte ihr von der Welt, trotzdem hatte er immer Abstand gehalten. Er versteckte sich hinter seinen Masken. *Und die Maske, die er jetzt trägt, ist die Haut dieses Panqs.*

»Nun, wenn du *mein* Diener bist, dann töte bitte nicht mehr unnötig. Manches wird zum Verzehr herangezogen, anderes ist für andere Zwecke vorgesehen.« Sie deutete tiefer in die Kaverne. »Jener Tunnel führt zu Bergwerken und Gießereien. Die Arbeit unserer Schmiede mag sich nicht mit den Meisterwerken der urSreiði oder Ælfen messen können, aber ihr Stahl ist allem ebenbürtig, was Menschen geschaffen haben. Hätten wir Silber und Gold, ich habe keinen Zweifel, dass unsere Schmiede auch damit Hervorragendes leisten könnten.«

Hlucri nickte. »Süd-Schätze kommen bald.«

»Ja, das werden sie.« Wieder schien es Isaura, dass sie sich über diese Aussicht hätte freuen sollen, aber das tat sie nicht. Vor dem Krieg hatte der Süden überreiche Ernte geliefert, und das neue Jahr versprach durch die Erträge der neu eroberten Lande noch mehr. Isaura war verwundert, dass ihre Mutter noch nicht mit der Besiedelung dieser Gebiete begonnen hatte. Die ursprüngliche menschliche Bevölkerung war sicherlich vor den Armeen geflohen. Möglicherweise wollte sie, dass die Armeen selbst den Anbau übernahmen, aber das würde sie für einen Gegenangriff verwundbar machen.

Hlucris Andeutung, dass Plündergut in den Norden strömen würde, schien einen Sinn zu ergeben, doch bisher hatte sie nichts davon gemerkt, dass irgendetwas aus dem Süden zurückgekommen war. Genau genommen waren die Bruchstücke der Drachenkrone, die ihre Mutter aus Festung Draconis befreit hatte, das einzige Beutegut, von dem sie wusste. Ihre Mutter brauchte die Fragmente, um die Krone zu zerstören und die Drachen zu befreien. Aber wäre es nicht vernünftig gewesen, auch andere Dinge mit zurückzubringen?

Dann erkannte sie die Antwort: Ihre Mutter hatte Angst, die Verderbnis des Südens könnte Aurolan infizieren. Hier, wo jeder eine Aufgabe hatte und das besaß, was er benötigte, wäre Zierrat nur eine Einladung für Probleme. Der Schimmer des Goldes und das Funkeln der Edelsteine konnten Unruhe stiften, wenn diejenigen, die Wert auf derlei Dinge legten, versuchten, sich ihrer zu bemächtigen. Der Reichtum des Südens hätte das empfindliche Gleichgewicht zerstört, das ein Leben im Norden möglich machte.

Diese Erklärung fand sie einleuchtend. Hoch über ihnen, auf der der Festung gegenüberliegenden Seite des Tales, stand das Konservatorium. Vor seinem Ende vor Navval hatte Neskartu dort Studenten aus dem Süden gelehrt, mächtige Magik zu wirken. Sie alle waren im Konservatorium untergebracht gewesen, und Isaura hatte angenommen, das wäre so gewesen, damit sie sich auf die Magik konzentrieren konnten. Aber jetzt dämmerte ihr die Wahrheit: Sie waren isoliert worden, damit der südliche Einfluss sich nicht unter den Aurolanen ausbreiten konnte.

Dann schaute sie sich noch einmal in der Höhle um und erkannte, wie hohl diese Argumentation war. Grychoðka und Vylænz waren Untertanen ihrer Mutter. Vylænz waren ganz und gar nicht dumm, aber Grychoðka waren einfache Kreaturen, die Vylænz brauchten, um angeleitet zu werden. Ein glänzendes Stück Metall konnte einen Schnatterer anziehen, aber er hätte ihm nicht mehr Wert beigemessen, ganz gleich, ob es sich um Gold oder Silber oder auch nur um poliertes Kupfer handelte. Die Vylænz mochten den Wert mancher Dinge klarer erkennen, aber ihr Leben drehte sich um die Magik und ihre Freuden leiteten sich daraus ab.

Was tut meine Mutter? Isaura wusste, der Süden hatte vor einer Generation versucht, sie zu vernichten. Die Norderstett-Prophezeiung war sicherlich eine Bedrohung, aber wie groß war sie tatsächlich? Hätten sich die Könige des Südens gegen sie erhoben, wenn sie keine Truppen in ihre Länder in Marsch gesetzt hätte? Und warum sollten sie einen Krieg, den sie nach dem Tod des Norderstett nicht mehr gewinnen konnten, jetzt noch fortsetzen?

Isaura wankte einen Schritt zurück – und fand sich plötzlich in Hlucris Armen. Sie wollte ihm befehlen, sie abzusetzen und nie wieder zu berühren, aber die Sanftheit, mit der er sie hielt, half ihr, gegen das leere Gefühl in ihrem Inneren anzukämpfen.

Ich dachte, ich würde meine Mutter kennen, aber ich scheine mich geirrt zu haben. Bedeutet dies, ich werde es sein, die sie verrät? Sie schauderte. *Oder hat sie sich selbst verraten?*

Isaura legte Hlucri die Hand auf die Schulter. »Du kannst mich jetzt absetzen. Danke.«

»Euer Diener.« Der Sullanciri stellte sie wieder auf die Beine, ließ sie aber erst los, als sie festen Stand hatte. »Kein Schaden.«

Sie streichelte seine grün-schwarze Wange. »Ich glaube dir, aber niemand kann mir gegen sie helfen, die mir am schlimmsten schaden könnte.«

Kapitel Zehn

Hätte sie den Wunsch verspürt, hätte sich Alyx zur okranschen Delegation im Rat der Könige setzen können. Dort war ihr Platz, das wusste sie, und sie wünschte sich von Herzen, ihrem Großvater zu helfen. Sie hätte es auch getan, nur wirkte der alte Mann seit der Befreiung seiner Heimat noch verfallener. Sie konnte sich nicht vorstellen, wie es ihm gelang, sich weiter ans Leben zu klammern, aber irgendwie schaffte er es. Und solange dem so war, sprach Großherzogin Tatjana mit seiner Stimme im Rat.

Tatjana hätte es niemals zugelassen, dass Alyx sich der okranschen Delegation anschloss, da die Prinzessin darauf bestanden hatte, dass man Kräh einen Platz an ihrer Seite freihielt. Sie erwartete nicht ernsthaft, dass Kräh ihn in Anspruch genommen hätte. Aber sie hatte wissen lassen, dass ein Platz für ihn die Bedingung dafür war, dass sie sich zum Rest ihrer Familie gesellte. Man hatte ihr mit Bedauern mitgeteilt, dass keine Sitzplätze mehr verfügbar waren, und so saß Alyx stattdessen bei der alcidischen Delegation. Niemand schien diesem Umstand irgendeine Bedeutung zuzumessen.

Während sich die Minister reihum zu den Eröffnungsansprachen erhoben und König Fidelius ein weiteres Mal für seine Gastfreundschaft dankten, wünschte Alyx, sie hätte bei Kräh sein können und weit entfernt von diesem Saal. Kräh hatte sich in das Schreiben seiner Memoiren gestürzt. Offenbar eine ermüdende Arbeit, und seine Finger waren voller Tinte, aber er war bei besserer Laune als je zuvor. Seine Freude erfreute auch sie, und das ermöglichte ihr, die Beratungen zu ertragen.

Viele andere im Rund wirkten äußerst misslaunig und ihre

langen Mienen spotteten den strahlenden Gesichtern der Wandmalereien. Sie warf Prinz Ermenbrecht einen schnellen Blick zu. Er trug noch immer die schwarze Maske, saß aber rechts von seinem Vater. Der Prinz wirkte keineswegs begeistert, lauschte jedoch aufmerksam allen Beiträgen. Nach den Sitzungen trafen sie sich mit Entschlossen und Kräh, um sie über den Verlauf in Kenntnis zu setzen, und Alyx fand Ermenbrechts Beiträge klug und treffend.

Der letzte Minister nahm wieder Platz und König Fidelius erhob sich am Tisch unter Saporitias blau-rotem Banner. Er hatte den rechten Arm quer vor der Brust und hielt den Ellbogen seines verkümmerten Arms fest. »Ich habe traurige Nachricht aus dem Norden. Es schmerzt mich, sie mit Euch teilen zu müssen. Caledo ist gefallen. König Bomar ist tot. Von seinem Sohn Bomar ist nichts bekannt, auch nicht von den anderen Mitgliedern des königlichen Hauses.«

Alyx überlief eine Gänsehaut. Sie hatten Prinzessin Sayce keine Woche zuvor in Navval zurückgelassen. Das Heer, das die Stadt belagerte, war von einem Drachen vernichtet worden, aber die größere Armee, die Caledo angriff, die Hauptstadt, hatte einen eigenen Drachen. Der Fall der Stadt war unvermeidlich. Sie konnte nur hoffen, dass die königliche Familie überlebt hatte. *Ohne sie…*

Die braunen Augen des saporischen Monarchen verengten sich. »Schon strömen Flüchtlinge über die Grenze. Wir organisieren die flüchtenden Truppen als Verstärkung für meine Festungen, aber Draconellen werden sie davonfegen. Die Bauern werden so schnell wie möglich weitergeleitet, ich habe jedoch weder den Platz noch die Mittel, die für diese Katastrophe erforderlich sind. Sie kommen nur mit den Kleidern am Leib in den Süden. Falls wir keinen Weg finden, dieses Problem in den Griff zu bekommen, wird es zu einem noch größeren Unglück als dem Ende ihres Heimatlandes kommen.«

Ein Raunen ging durch die Ratskammer, Minister und Fürsten steckten die Köpfe zusammen. Alyx hatte wenig Zweifel daran, dass sich mehr von ihnen darüber unterhielten, welches

Vorzeichen der Zusammenbruch Murosos für den Rest des Südens bedeutete, als darüber, wie man das Flüchtlingsproblem meistern konnte. So sehr es ihr auch verhasst war, sie wusste doch, dass das ganz natürlich war. Die Hauptsorge der Monarchen lag darin, ein solches Schicksal von ihren Reichen abzuwenden, und murosonische Bauern durchzufüttern konnte dazu herzlich wenig beitragen.

König Augustus erhob sich. »In einer Stunde schon wird Befehl nach Yslin ergehen, Nachschubschiffe zu schicken. Mit gutem Wind und Tagostschas Wohlwollen werden sie morgen Nachmittag eintreffen. Ich werde weitere Unterstützung über Land schicken, die aber länger brauchen wird.«

König Swindger schmunzelte. »Mit Nachschub beladene Schiffe? Seid Ihr prophetisch begabt, Bruder, oder wäre das genug gewesen, eine Armee zu versorgen?«

Augustus' Miene verdüsterte sich. »Ist irgendjemand hier in diesem Saal, der diese Entwicklung nicht vorhergesehen hat? König Fidelius hat bereits festgestellt, dass er von der Zerstörung seiner Grenzfestungen ausgeht. Keinem Reich ist es gelungen, Kytrin aus eigener Kraft standzuhalten, und nur in Okrannel, wo eine Allianzstreitmacht antrat, haben wir es geschafft, einen Sieg gegen sie zu erringen.«

»Es war keine Unterstellung beabsichtigt, Augustus, nur ein Scherz, mehr nicht.« Swindger stand auf und rückte die grüne Maske zurecht. »Ich weiß, es ist eine schwierige Zeit, und ich bedaure, dass jeder Versuch der Heiterkeit Verdacht erregt. Auch ich werde Befehl geben, Nachschub über Land zu bringen. In zwei Tagen sollten Hilfsgüter aus Meredo eintreffen. Flüchtlinge, die mein Reich betreten, werden wir willkommen heißen, ebenso wie alle, die Ihr nach Oriosa umleiten möchtet, Fidelius.«

Der saporische König nickte. »Ihr seid beide äußerst entgegenkommend. Ich weiß, Ihr hattet nicht vor, den Ruf der saporischen Krieger zu beschmutzen, Augustus. Euer freundliches Angebot, uns beim Kampf gegen Kytrin zu helfen, habe ich zur Kenntnis genommen und werde bei Bedarf darauf zurückkommen.«

Augustus hätte protestiert, doch jetzt erhob sich Tatjana. Sie gab vor, sich hinabzubeugen und auf das zu lauschen, was König Stefin zu sagen gehabt hätte. Dann nickte sie. »Mein Neffe wünscht seinen Brüdern aus Oriosa und Alcida Beifall zu zollen, möchte jedoch zur Vorsicht gemahnen und einen Plan vorschlagen, der uns allen zum Wohle gereichte.«

»Bitte, Großherzogin, erklärt.« Augustus neigte den Kopf zu ihr, bevor er sich wieder setzte. Er schaute kurz zu Alyx hinüber, die aber nur mit den Schultern zucken konnte.

»Mein Neffe würde nicht wollen, dass Ihr dies falsch auffasst, König Fidelius, doch alcidischen Truppen die Einreise zu verweigern, wäre eine Dummheit. Ohne die tapferen Bemühungen von König Augustus, damals noch ein Prinz, hätte Okrannel ebenso viel verloren wie Muroso, wenn nicht mehr. Dank seiner Anstrengungen haben wir überlebt und konnten unsere Heimat befreien. Ihr solltet die Hilfe von Alcida und aller Staaten annehmen, die sie anbieten, besonders die von Jerana.«

Königin Carus von Jerana drehte sich mit unbewegter Miene zu Tatjana um. »Glaubt Euer Neffe, wir würden unseren saporischen Brüdern die Hilfe verweigern?«

Über Tatjanas kantigen Jochbeinen spannte sich die Haut, ein scheinbar erschrockener Gesichtsausdruck. »Keineswegs, Hoheit. Er weiß, Ihr könnt die größte Hilfe anbieten. Bei der Befreiung Okrannels hat Euer General Markus Adrogans Draconellen erbeutet. Er besitzt das Geheimnis des Feuerdrecks. Sicherlich ist es Eure Absicht, dieses Geheimnis mit uns allen zu teilen, damit wir uns Kytrin offen und mit ebenbürtiger Macht entgegenstellen können.«

Alyx gelang es nicht, die Reaktion der Königin auf die Worte ihrer Urgroßtante zu durchschauen. Offensichtlich war Carus erschüttert, Alyx schien allerdings nicht sicher, ob deswegen, weil sie nichts von Draconellen in Adrogans' Besitz wusste oder weil sie das Geheimnis für sicher gehalten hatte und von seiner Aufdeckung überrascht worden war. Entschlossen und Ermenbrecht hatten Alyx von Adrogans' Entdeckung erzählt, aus dieser Runde war allerdings mit Sicherheit nichts durchgesickert.

Königin Carus strich sich über den Hals, bevor sie antwortete. »Entweder sind Eure Geheimdienstquellen besser als meine, Großherzogin, oder Ihr handelt mit Gerüchten. Ich sage Euch offen, dass ich keinerlei Mitteilungen von General Adrogans erhalten habe, die auf den Besitz von Draconellen oder Feuerdreck hinweisen. Ich werde ihn, falls Ihr das für notwendig erachtet, offen danach fragen. Ich werde ihm befehlen, Euren Repräsentanten in Swarskija die Wahrheit mitzuteilen, und die können sich gleich mit Euch in Verbindung setzen.«

»Das wüssten wir zu schätzen, Hoheit.« Tatjana lächelte. »Ich bin sicher, Ihr könnt die Besorgnis verstehen, die manch einer von uns empfindet, solange diese Frage nicht geklärt ist. Ganz Okrannel singt Loblieder auf General Adrogans, der das Unmögliche wahr gemacht hat, aber wir sind uns bewusst, wie Männer Eroberungen betrachten. Sie neigen zu Besitzerstolz. Man könnte es als schlimmes Vorzeichen deuten, dass er Swojin niedergebrannt hat. Er hat Okrannel gesichert, aber hat er auch die Absicht, es meinem Neffen auszuhändigen? Was, wenn er im Irrglauben, Euren Wünschen zu dienen, Okrannel zu einer Provinz Jeranas erklärt? Falls er über Draconellen und Feuerdreck verfügt, könnte niemand hier es ihm wieder entreißen, oder ihn an dem Vorhaben hindern, Jerana zu einem Imperium auszudehnen.«

Der ganze Saal schwieg, Königin Carus erhob sich. Obwohl klein von Statur, besaß sie eine Respekt gebietende Ausstrahlung. Ihre braunen Augen wurden schmal, und ihre Stimme blieb fest, obwohl sie die Hände zu Fäusten geballt hatte, an denen die Fingerknöchel weiß hervortraten. »Ich will nicht so unhöflich sein, Großherzogin, Euch daran zu erinnern, dass es mein Land war, das gegen die in Okrannel einfallenden Aurolanentruppen kämpfte, während Euer Reich dank der Großzügigkeit von König Augustus im Exil in Yslin überlebte. Ich will auch nicht so unhöflich sein zu erwähnen, dass in den letzten fünfundzwanzig Jahren mehr jeranisches Blut im Kampf gegen die Aurolanen vergossen wurde als das irgendeines anderen Reiches, von denen abgesehen, die derzeit so grausam unter Kytrins Eroberungsfeldzug leiden. Und ich will sicher auch nicht so unhöflich sein anzudeuten, dass Eure Verdächtigungen gegen Markus Adrogans nach allem, was er für die Befreiung Eurer Heimat getan hat, kleinlich, bitter, undankbar und würdelos sind. Ich werde sie ihm gegenüber nicht erwähnen. Lasst mich jedoch eines unzweifelhaft klarstellen: Jerana hat kein Interesse an einem Imperium. Ich habe nicht den Wunsch, eine neue Kytrin zu werden. Die Flüchtlinge, die aus Okrannel in unser Reich strömten, haben mir gezeigt, welchen Preis die Opfer einer Eroberung tragen. Ich kenne den Hass, der dem Eroberer entgegenschlägt. Ich habe weder den Wunsch zu erobern, noch dafür gehasst zu werden. Ich weiß, dies alles gilt in gleichem Maße für Markus Adrogans, und auch der mögliche Besitz einer Draconelle würde nichts daran ändern.«

Sie ließ sich Zeit und schaute sich im ganzen Saal gelassen um, blickte allen Anwesenden in die Augen. »Falls General Adrogans tatsächlich im Besitz von Draconellen ist, wird er sie gegen die Aurolanen einsetzen. Wir hier mögen politisch denkende Geschöpfe sein. Er ist ein Krieger und sieht in Kytrin die größte Gefahr für die Welt. Wenn wir das vergessen, werden wir alles verlieren. Und nun, König Fidelius, möchte auch ich Euch die Hilfe meines Landes anbieten. Ich werde Nachschub schicken lassen, und ihn werden Truppen begleiten, um für Euch zu kämpfen. Solltet Ihr dumm genug sein, sie abzulehnen, bete ich, dass König Augustus ihnen in Yslin Quartier gewährt, bis die Vernunft die Oberhand gewinnt.«

Augustus nickte und Swindger streckte die Hand in Carus' Richtung aus. »Eure Truppen werden auch in Oriosa willkommen sein, Hoheit.«

»Ihr seid zu gütig, König Swindger.«

»Danke.« Swindger strich sich nachdenklich über den Kinnbart. »Hoheit, mir kommt ein Gedanke. Ihr könntet mit einem weiteren Schritt die Ängste vor einem jeranischen Imperium beruhigen.«

Carus musterte ihn misstrauisch. »Und der wäre?«
»Ganz einfach, Hoheit. Weist General Adrogans ein, persönlich hierher zu kommen und uns über die Lage in Okrannel Bericht zu erstatten. Bei Arkantafal-Nachrichten gehen die Nuancen der Sprache und Gestik verloren. Ich bin sicher, das würde viele Bedenken zerstreuen.«
Alyx runzelte die Stirn. Vermutlich würde der Befehl an Adrogans, in Narriz zu erscheinen, die von Swindger unterstellte Wirkung haben, aber damit verlöre sein Heer den General. Sie kannte die anderen Kommandeure in Okrannel, und keiner von ihnen besaß Adrogans' Geschick, Soldaten zu motivieren und Gegner zu übertölpeln. Während sein Schiff nach Süden segelte, konnte eine aurolanische Flotte von Muroso westwärts aufbrechen, und der Kampf um Okrannel würde neu entbrennen.
Unwillkürlich musste sie schmunzeln. *Adrogans betritt kein Schiff.* Auf dem Landweg würde er fast einen Monat nach Narriz brauchen. Bis dahin konnte die Hauptstadt Saporitias längst überrannt sein und Okrannel sich einer Großoffensive gegenübersehen.
Königin Carus nickte. »Ich werde General Adrogans anweisen, hier zu erscheinen, um uns über die okransche Lage zu berichten.«
Swindger klatschte in die Hände. »Trefflich. Nun, Großherzogin, lindert das die Sorgen Eures Neffen?«
Die alte Adlige nickte. »Ja, es gefällt ihm.«
»Und Ihr, König Fidelius, werdet Ihr jeranische und alcidische Truppen in Euer Reich lassen, um es zu verteidigen? Würdet Ihr diese Einladung auch auf die Truppen aller sonstigen Reiche ausdehnen, die Euch zu Hilfe kommen wollen?«
Dass ausgerechnet Swindger einen Kompromiss aushandelte, war so absurd, dass Alyx frösteln musste, aber weit mehr noch galt das für Fidelius' Reaktion auf diese Fragen. Der saporische König war noch nie groß gewachsen gewesen, doch jetzt schrumpfte er förmlich noch. Wenn er ausländische Truppen in sein Land ließ, gab er damit zu, dass seine eigene Armee

nicht in der Lage war, Kytrin aufzuhalten. Zwar war das eine Tatsache, und jeder hier im Saal wusste es. Dies aber zuzugeben, bedeutete die Hilflosigkeit des Reiches einzugestehen. Geradeso wie es vorstellbar war, dass Adrogans Okrannel nicht wieder hergab, war es auch denkbar, dass die Südhälfte Saporitias an Alcida fallen und niemals wieder vom saporischen Königshaus regiert werden würde.

Und noch ein zweiter bedeutender Aspekt kam hier ins Spiel. Indem er den Heeren gestattete, nach Saporitia einzumarschieren, stimmte Fidelius zu, dass sein Land zu einem Schlachtfeld wurde, auf dem Kytrin gestoppt werden sollte. Ob sie dieses Ziel erreichten oder nicht, der Schaden für sein Reich würde ungeheuer sein. Heere im Feld hatten in den seltensten Fällen Respekt vor Recht und Gesetz, und seine Verbündeten konnten ebenso viel Schaden anrichten wie Kytrin. Allein um den Brennholzbedarf zu decken, müsste man alle Wälder kahl schlagen, aus deren Beständen die besten Werften der Welt versorgt wurden. Ganze Dörfer und Städte würden von der Landkarte verschwinden, und falls Kytrin noch andere, furchtbarere Waffen einsetzen konnte, bestand die Gefahr, dass ganze Landstriche für Jahrhunderte unbewohnbar wurden.

Gegen die Gefahr der sicheren Vernichtung hätten diese Bedenken verblassen können, aber Fidelius wäre für den Rest seines Lebens von der Frage verfolgt worden, was hätte sein können, *falls* seine Soldaten die Stellung gehalten hätten? Hätte sein Land gerettet werden können? Gab es einen Weg, seinem Volk das Elend des Krieges zu ersparen?

Widerstrebende Gefühle rangen im Gesicht des Königs miteinander. Seine Unterlippe bebte und er schien zu einer Antwort gekommen zu sein, als Swindgers Stimme sanft und schlangengleich durch den Saal glitt.

»Ihr müsst zustimmen, Bruder, denn der Norderstett ist tot.«

Der gewisperte Satz traf Fidelius wie eine Draconellenkugel in die Brust. »Ja, Ihr seid alle willkommen. Kommt. Rettet uns alle.« Seine ruhig gesprochenen Worte klangen mehr wie ein

Gebet denn wie eine Antwort und trieben wie Nebel durch die Kammer.

Selbst Swindger respektierte das Schweigen, das ihnen folgte. Der Orioser König nahm langsam wieder Platz und sein Gesicht verriet keine Regung. Alyx spürte einen Stich, denn die Verzweiflung in Fidelius' Stimme versank im Abgrund der Hoffnungslosigkeit, den Swindgers Bemerkung aufgerissen hatte. Dieser Schlund schloss sich aber schnell wieder, als es allmählich lauter wurde. Ringsum im Saal sprachen gekrönte Häupter mit ihren Militärberatern. Köpfe nickten oder wurden geschüttelt. Minister machten sich Notizen.

Einer nach dem anderen erhoben sich die Fürsten der Welt und versprachen Truppen. Manche, aus fernen Ländern wie Valitia, Malca und Regorra, würden vermutlich zu spät eintreffen, um noch etwas auszurichten. Andere Einheiten, aus näher gelegenen Reichen, die selbst von Kytrin bedroht waren, waren weder berühmt noch erfahren. Doch selbst wenn man all das berücksichtigte, kam eine beachtliche Streitmacht zusammen, und unter der richtigen Führung war es denkbar, dass sie Kytrin aufhalten konnte.

Augustus stand auf. »Ich danke euch allen, Brüder und Schwestern, für eure Bereitschaft, Krieger zu schicken, die hier ihr Blut vergießen werden. Vor fünfundzwanzig Jahren sahen wir uns derselben Bedrohung gegenüber und es gelang uns nicht, ihr mutig und offen entgegenzutreten. Das Geschwür Kytrin hat die Welt zu lange mit Eiter verpestet. Diesmal dürfen wir den Mut nicht verlieren. Wir müssen sie aufhalten. Wir *werden* sie aufhalten!«

Selbst Alyx spürte, wie ihr Herz bei Augustus' Worten schneller schlug. Hochrufe und Applaus stiegen aus allen Delegationen auf. Selbst ihr Großvater schien sich aus seinem Dämmerzustand zu befreien und klatschte in die verkrümmten Hände. Das brachte ein Lächeln auf ihr Gesicht, und es wäre auch dort geblieben, hätte sie nicht zu König Fidelius hinübergeblickt.

Während die anderen feierten, rieb er sich mit der gesunden

Hand über das bleiche Gesicht. Andere hielten die Tränen, die er auf den Wangen zerdrückte, möglicherweise für Anzeichen von Erleichterung oder Freude, aber sie wusste es besser. Er trauerte bereits um die künftigen Toten, und Alyx senkte den Kopf und schloss sich ihm an, stumm inmitten des lauten Jubels.

Kapitel Elf

Der Himmel war blau und wolkenlos. Die Sonne strahlte hell, und man hätte glauben können, in Swarskija sei der Frühling vorzeitig ausgebrochen. Die Schneedecke über der Landschaft und die eisige Kälte, die den Atem in weißen Dunst verwandelte, widersprachen diesem Eindruck zwar, Markus Adrogans hatte aber trotzdem das Gefühl, dass sich der Winter in diesem Jahr eher früh als spät zurückziehen wollte. Er hatte Ausweichpläne für das frühe Tauwetter zur Hand und war nur zu gerne bereit, sie umzusetzen.

Aber was in wenigen Wochen möglicherweise zu erwarten war, kümmerte ihn derzeit nicht. Er stand auf einer Bergkuppe außerhalb von Swarskija, zusammen mit dem Alcider General Turpus Caro, und auf einer Trage saß eine verwundete okransche Kriegerin namens Beal mot Tsuvo. Angesichts ihrer Verletzungen hätte Adrogans sich gewünscht, sie wäre in der Altstadt geblieben, doch sie hatte sich geweigert zurückzubleiben.

Und sie hat sich das Recht verdient, hier zu sein.

Beal mot Tsuvo hatte beim Sturm auf die Stadt eine Gruppe ihrer Sippe angeführt. Die Kämpfe waren erbittert gewesen, und erste Berichte hatten sie als gefallen gemeldet. Bei der Bergung der Toten hatte man sie gefunden, unterkühlt und verletzt, aber lebend. Ihre beiden rechten Gliedmaßen waren zerquetscht und nicht mehr wiederherzustellen. Die Vilwaner Kampfmagiker und ein Magiker der loqælfischen Schwarzfedern waren allerdings dabei, sie zu einer Meckansh zu machen. Sie formten neue Glieder aus Metall, die auf Arm- und Beinstummel aufgesetzt werden sollten.

Zwei weitere Personen standen neben ihr. Meisterin Giltha-

Iarwin von den Schwarzfedern machte die Kälte offenbar nichts aus. Das lange, schwarze Haar war zu einem dicken Zopf geflochten, und der Mantel war zurückgeworfen. Darunter war ein beschlagener Lederpanzer und der Griff eines Krummschwerts zu sehen. Aus dunklen Augen schaute sie unbestimmt in die Ferne, und Adrogans versuchte nicht einmal zu erraten, woran sie dachte. Die Gedankengänge der alten Rassen blieben ihm ein Rätsel.

Ein kleinwüchsiger Mensch in fadenscheinigem Umhang und Lendenschurz, ohne Hut oder Handschuhe, sah ziemlich säuerlich drein. Stofffetzen umhüllten seine Füße. Der Shuskenschamane schüttelte den Kopf, wobei ihm eine graue Haarsträhne vor die Augen fiel. Dann starrte er Adrogans wütend an. »Das brauchst du nicht.«

Adrogans lächelte. »Still, Onkel. Wir müssen es uns erst ansehen, bevor wir entscheiden, ob wir es brauchen.«

Unter den fünf Beobachtern war der zur Stadt gelegene Berghang ausgehöhlt und verkleidet worden. Stämmige Holzpfosten waren zu Rahmen gefügt und verstärkten Wände und Boden der Befestigung. Und schließlich hatte man eine Draconelle hineingefahren, wo sie mit Tauen und Flaschenzügen an Ort und Stelle gehalten wurde. Ein zweites, kleineres Loch war ein Viertel des Weges nach Süden für ein Fässchen Feuerdreck ausgehoben worden.

Ein junger Mann aus Alcida näherte sich und salutierte. »Wenn Ihr bereit seid, mein General, können wir mit der Demonstration beginnen.«

Adrogans nickte, dann hob er die Hand. »Du bist dir sicher, dass du weißt, wie das gemacht wird, Hauptmann Agitare?«

Der Mann grinste. »Ja, General. Bevor ich unter Prinzessin Alexia und selbst unter General Caro diente, war ich drei Jahre auf Festung Draconis. Parsus war acht Jahre dort. Wir wissen, was man tun muss.«

Der kleine Shuske war nicht überzeugt. »Nur die Eisenmenschen kennen das Geheimnis der Draconellen.«

Agitare schüttelte den Kopf. »Mit allem Respekt, Meister

Ph'fas, aber die Meckanshii kennen das Geheimnis der Herstellung von Feuerdreck. Auf Festung Draconis haben sie die Draconellen bemannt, der Markgraf Draconis hat jedoch auch einige von uns in deren Bedienung eingewiesen. Falls Kytrin einen Weg gefunden hätte, die Magik der Meckanshii zu neutralisieren, wären die Draconellen nutzlos geworden, also hatte er immer Notbesatzungen zur Hand.«

»Mach weiter, Hauptmann.«

Der alcidische Offizier hob die Hand und winkte. Die vier Männer im der zur Stadt hin offenen Grube machten sich an die Arbeit. »Parsus hat den Beutel Feuerdreck dort. Das genügt für eine Ladung. Wir benutzen Stoffbeutel und füllen sie mit einer hölzernen Schaufel, weil Metall Funken schlagen könnte, und Funken wollen wir vermeiden. Er schüttet den Feuerdreck in die Draconelle, dann stopft Nerus ihn mit der Stange fest. Ebrius dort hat die Eisenkugel und Cassus wickelt sie in Stoff ein, um sicherzugehen, dass sie den Lauf ganz ausfüllt. Dann stopft Nerus sie bis ans Ende und die Draconelle hat einen vollen Bauch.«

Adrogans beobachtete die Männer bei der Arbeit und bemerkte keine Anzeichen von Angst. Er hatte gesehen, zu welcher Vernichtung Feuerdreck fähig war, als die Aurolanen Feuersäcke gegen seine Leute eingesetzt hatten. Die bestanden eigentlich nur aus viel Feuerdreck mit Metallsplittern. Sie zerfetzten buchstäblich Soldaten und Pferde, und die Wucht der Explosion allein reichte aus, auch diejenigen umzuwerfen, die nicht verletzt wurden. Hätten die Aurolanen sie eingesetzt, um ihn am Betreten der Stadt zu hindern, hätten sie sein Heer in Stücke gerissen.

Aber das hatten sie nicht getan, und Adrogans war ziemlich sicher, den Grund zu kennen. Fünfundzwanzig Jahre zuvor hatte Kytrin bei der Belagerung der Festung Draconis zum ersten Mal Draconellen eingesetzt. Der Markgraf Draconis hatte die einzige existierende Waffe und einen mageren Vorrat an Feuerdreck erbeutet. Er hatte es geschafft, die Draconelle und den Feuerdreck nachzubauen und noch einige weitere Waffen daraus entwickelt. Dann hatte er sie in größerer Stückzahl hergestellt und dazu benutzt, Festung Draconis unangreifbar zu machen.

Zumindest, bis Kytrin mit neuen Draconellen und anderen Waffen zurückgekehrt war, die sie in Trümmer gelegt hatten.

Der Markgraf Draconis hatte sich standhaft geweigert, das Geheimnis der Draconellen und des Feuerdrecks mit den Ländern des Südens zu teilen. Adrogans hatte sogar Gerüchte gehört, er habe Attentäter auf Erfinder angesetzt, denen es gelungen war, Feuerdreck herzustellen. Der General ging zwar davon aus, dass diese Geschichten erfunden waren, hatte aber keinen Zweifel daran, dass der Markgraf durchaus bereit gewesen war, selbst so weit zu gehen, um die Waffe geheim zu halten. Draconellen hätten Kytrin zwar möglicherweise in Sebtia oder Muroso aufhalten können, aber wäre das Geheimnis allgemein bekannt geworden, so wäre der Süden von Kriegen erschüttert worden, die noch weit Schrecklicheres angerichtet hätten als Kytrins Feldzug.

Agitare deutete wieder auf die Befestigung. »Der Feuerdreck im Bauch der Draconelle ist recht grobkörnig, aber der, den Parsus jetzt benutzt, um das Zündloch scharfzumachen, ist feiner. Er wird schnell abbrennen und die grobkörnige Mischung entzünden. Diese wird langsam abbrennen und eine enorme Kraft aufbauen, die dann die Kugel ins Ziel schleudert.«

»Sehr gut.« Adrogans schaute nach links zu einem Soldaten mit einer großen roten Fahne. »Signalmann, gib der Stadt das Zeichen.«

Der Mann schwenkte die Fahne, und unten in der Stadt winkte eine zweite rote Fahne auf dem schneebedeckten Dach einer der vielen Hütten zurück. Der Mann, der sie hielt, beendete die Bewegung hastig, dann rutschte er das Dach hinab und rannte davon.

Der jeranische General grinste. »Wie es scheint, Hauptmann, ist dein Ziel geräumt. Bitte, setz die Demonstration fort.«

Agitare salutierte wieder, dann stieg er in die Grube und hob eine Fackel aus dem Loch eines der Pfosten. Er beugte sich vor, visierte an dem wuchtigen Messinglauf der Draconelle entlang und hielt die Flamme schließlich an das Zündloch. Augenblicklich stieg eine Säule aus dichtem weißgrauen Qualm in die Luft. Einen Augenblick lang erschien Adrogans die Draconelle ganz und gar nicht beeindruckend.

Dann donnerte die Waffe los und spie eine gewaltige Stichflamme, die das Herz einer Rauchwolke erleuchtete. Der Boden unter Adrogans' Füßen bebte und bei diesem Krachen klingelten ihm die Ohren. Eine Rauchschwade trieb zurück und brannte ihm in den Augen. Aber auch durch die aufwallenden Tränen entging ihm nicht der schwarze Punkt, der durch den Himmel flog. Er senkte sich hinab und schlug in ein Dach. Schnee flog in einer Wolke auf, gefolgt von einem Hagel zerschmetterter roter Ziegel. Einen Pulsschlag später sackte das Dach in sich zusammen und stürzte mit Teilen der Außenmauern ein.

Er rieb sich die Ohren, ein vergeblicher Versuch, das Klingeln abzustellen, während sich der Qualm verzog und der Schnee wieder auf die Trümmer rieselte. Er war ein brillanter Taktiker, nach dieser Demonstration aber brauchte man seine Fähigkeiten nun wirklich nicht, um zu erkennen, über welche Vernichtungsgewalt er jetzt befehligte. Zehn oder zwanzig Draconellen reichten aus, jede Mauer zu schleifen. Gegen Truppenansammlungen waren die Kugeln nicht die beste Waffe, man konnte sie jedoch mit Schrot oder Metallsplittern laden und den Feind in Stücke zerfetzen, wie es die Feuersäcke getan hatten.

Also das hat der Markgraf Draconis gesehen.

Turpus Caros sonst rotes Gesicht hatte erheblich Farbe verloren. »Sie ist kleiner als eine Belagerungsmaschine, einfacher zu bewegen und weit durchschlagender in der Wirkung. Solange sie über Feuerdreck und Munition verfügt, ist sie eine furchtbare Waffe. Und der nötige Aufwand für ihren Einsatz…«

»Ja, nur ein paar Mann, deren Ausbildung nicht allzu lange dauert, können eine Menge Schaden anrichten.«

Die Loqælfe schloss die Augen. »Selbst nachdem wir Kytrin vernichtet haben, wird dies als ihr Erbe fortdauern. Es wird die Welt zerstören.«

Adrogans runzelte die Stirn. »Es gibt viele Möglichkeiten, wie die Welt untergehen kann, und das ist nur eine davon. Noch ist Kytrin die größte Bedrohung, und auf die müssen wir uns konzentrieren. Außerdem wissen wir zwar, wie die Draconelle arbeitet, aber wie General Caro bereits feststellte, ohne Feuerdreck ist sie wertlos. Hauptmann Agitare, wie ist die Nachschublage in dieser Hinsicht?«

Der junge Mann blieb mehrere Schritte unterhalb der Bergkuppe stehen und schaute herauf. »In der Lagerhalle, aus der wir diese Ladung geholt haben, liegt nicht mehr viel, aber dort sind Schwefel, Holzkohle und Salpeter eingelagert. Sicher habt Ihr den Schwefel im Rauch gerochen? Wir wissen, dass es aus diesen drei Zutaten hergestellt wird, aber wir arbeiten noch an der richtigen Mischung. Danach muss das Ganze erst angefeuchtet und dann getrocknet werden. Daran arbeiten wir auch.«

»Gut. Wie viele Kugeln und wie viel Feuerdreck werdet ihr bekommen, wenn ihr die Formel gefunden habt?«

»Munition – so viel wir wollen. Man kann die Draconellen mit nahezu allem füttern, was man nur will, und es funktioniert. Aber runde Eisenkugeln sind noch immer das Beste. Viele sind nicht mehr übrig, wir konnten jedoch die Formen aus dem Schiff bergen. Wir haben zwanzig Draconellen. Der Vorrat reicht für je fünfzig Schuss, allerdings würde das eine enorme Transportkapazität erfordern.«

»Danke, Hauptmann. Zieh alle Truppen zusammen, die in Festung Draconis Erfahrung gesammelt haben, und formiere sie zu einem Draconellencorps. Halte mich über die Herstellung des Feuerdrecks auf dem Laufenden.«

»Jawohl, General.« Agitare zögerte. »Darf ich mir einen Vorschlag erlauben?«

»Ja, Hauptmann?«

Agitare deutete zu den Männern an der aufgebauten Draconelle. »Alle sind Wölfe, General. Ich würde gerne die Wölfe zu unserem Draconellencorps umorganisieren. Sie sind alle ausgebildet, intelligent und haben einen Treueschwur auf Prinzessin Alexia geleistet. Ihr könnt Ihnen *vertrauen*, mein General.«

Ihnen vertrauen. Adrogans rieb sich das Kinn. Agitare war sich der großen Verantwortung seiner neuen Aufgabe wohl bewusst, das gefiel Androgans. Wenn er einer auf Prinzessin Alexia eingeschworenen alcidischen Einheit das Geheimnis des Feuerdrecks anvertraute, würde das sehr dazu beitragen, die mögliche Besorgnis über seine Pläne für diese Draconellen zu beschwichtigen.

»In Ordnung, Hauptmann. Die Wölfe werden mein Draconellencorps. Weitermachen.« Er entließ Agitare mit einem kurzen Gruß, dann wandte er sich zu den anderen um. »Wollen wir uns den Schaden ansehen?«

Vier Mann kamen, um Beal mot Tsuvos Trage zu transportieren. Der Schnee knirschte unter den Stiefeln, als der kleine Menschenzug sich einen Weg in die Außenbezirke der Stadt und durch enge Gassen zu der Einschlagsstelle der Kugel suchte. Adrogans ging zwischen der Ælfe und Ph'fas. Er fühlte sich unwohl, und das überraschte ihn.

Er warf Ph'fas einen schrägen Blick zu. »Teil deine Gedanken mit mir, Onkel. Bedrückt dich Meisterin Gilthalarwins düstere Prophezeiung oder ist es eine andere Sorge?«

Der kleinwüchsige Shuske kicherte. »Sie hat Recht. Draconellen werden für alle der Untergang sein. Und du hast auch Recht. Kytrin ist die unmittelbare Gefahr. Dass du Draconellen hast, wird diese Gefahr zweitrangig erscheinen lassen. Kytrin wird ihren Sieg bekommen, da man dir nicht vertrauen wird.«

»Dieser Gefahr bin ich mir bewusst, aber ich kann die Draconellen nicht einfach hinaus aufs Meer bringen und versenken.« Er schaute sich über die Schulter zu Beal mot Tsuvo um. »Hätte ich nur eine Handvoll Draconellen gehabt, ich hätte die Mauerbresche freisprengen können, durch die sie in die Stadt eindringen wollte. Ich hätte ihr die Schmerzen und Verletzungen ersparen können und viele ihrer Landsleute vor dem Tod bewahrt. Etwas aufzugeben, das es mir erlauben würde, so viele Leben zu retten, wäre ein Verbrechen.«

»Also sitzt du in der Falle.«

»Ich sitze in der Falle.« Er seufzte. »Setze ich sie ein, werde ich zum Feind. Setze ich sie nicht ein, gewinnt der Feind.«

Ph'fas spuckte aus. »Du wirst sie gar nicht einsetzen können. Die Falle wird zu schnell zuschnappen.«

Ihre Unterhaltung brach ab, als sie um eine Ecke bogen und das getroffene Haus erreichten. Es war ein bescheidenes Gebäude aus Ziegeln und Mörtel gewesen, eher breit als tief, mit einem roten Ziegeldach. Die Wucht, mit der das Dach eingestürzt war, hatte die Fensterläden aufgestoßen und den Blick hinein freigegeben. Die Kugel hatte den zentralen Dachbalken zerschmettert. Das Dach war eingerissen und einige Teile der Außenmauern gleich mit. Ein so genauer Treffer mochte ein Glücksfall gewesen sein, aber die Durchschlagskraft einer Draconelle machte jedes Gebäude verwundbar.

Ph'fas wollte durch ein Fenster einsteigen, Adrogans aber hielt ihn zurück. »Es könnte noch weiter einstürzen, Onkel.«

Der kleine Mann grummelte, dann nickte er. »Lass die Wölfe nachsehen.«

»Das werde ich.« Adrogans wandte sich von dem Haus ab und sah einen Signalmagiker in violetter Robe die Straße entlangkeuchen. Er hielt einen Stoß Papiere in der Hand, und als er Adrogans erkannte, wirkte er sehr erleichtert. »Du hast etwas für mich?«

»Für Euch, General, und für General Caro.« Er schaute zu der Loqælfe. »Noch nichts für Euch, Meisterin, aber wenn eine Nachricht eintrifft, lasse ich es Euch auf der Stelle wissen.«

»Ihr seid zu gütig.«

Auf Adrogans wirkte ihre Antwort steif und ihre Stimme abwesend, aber bei dem Inhalt der Nachricht, die der Magiker ihm aushändigte, vergaß er alle weiteren Überlegungen hinsichtlich der Stimmung der Ælfe. Er überflog sie, dann las er sie noch einmal langsamer, bevor er aufschaute. »Wer hat den Text von der Arkantafal abgeschrieben?«

Der Magiker, dessen kahler Schädel in der kalten Luft vor Anstrengung dampfte, nickte. »Ich, General.«

»Also hat es hier keinen Übertragungsfehler gegeben.«

Der Mann legte die Stirn in Falten. »Fehler? Die Mitteilung schien eindeutig, General.«

»Vielleicht für dich.« Adrogans las den Text vor. »›General Adrogans, ich schreibe Euch mit der Frage, ob Ihr über Draconellen und Feuerdreck verfügt. Falls dies so zutrifft, antwortet bitte mit der Anzahl derselbigen und allen sonstigen wichtigen Einzelheiten. Ihr werdet hiermit weiterhin angewiesen, sofort vor dem Rat der Könige in Narriz zu erscheinen und Bericht über Okrannel abzuliefern. Gezeichnet, Königin Carus.‹«

Ph'fas schnaufte. »Die Falle ist zugeschnappt.«

»Was ist an dieser Botschaft mehrdeutig, General?«

Adrogans erwiderte den fragenden Blick des Signalmagikers offen. »Ich hätte gedacht, das ist offensichtlich. Ich bin angewiesen, sofort in Narriz zu erscheinen, wir wissen aber alle, dass dies unmöglich ist. Mit dem Schiff würde die Reise vier Tage beanspruchen, aber Königin Carus weiß, dass ich nicht mit dem Schiff reise. Über Land wird es einen Monat dauern, und selbst das setzt voraus, dass weder Schnee noch irgendetwas anderes mich aufhält. Dies bringt mich zu dem Schluss, dass du die Nachricht zwar korrekt abgeschrieben hast, dass aber die Person, die sie aufgeschrieben hat, sie falsch verstanden hat.«

Der Magiker wollte protestieren, ließ es dann aber doch. »Dann wäre es in Eurem Sinne, General, wenn ich antworte, dass die Nachricht zur Bestätigung wiederholt werden soll? Möchtet Ihr, dass ich mich ausdrücklich nach der Verwendung des Wortes ›sofort‹ erkundige?«

»Nein. Wir werden uns diese Nachfrage für die nächste Nachricht aufheben. Um genau zu sein, lass dir Zeit. Verfasse deinen Text, dann bring ihn mir, und danach schicke ihn ab. Diese Nachrichten sind für übereilte Aktionen viel zu wichtig.«

»Ja, General.« Der Signalmagiker verbeugte sich und zog sich zurück, jedoch weit gemächlicher als zuvor.

Caro reichte Adrogans die Nachricht, die er erhalten hatte. »Ich habe Befehl zu melden, ob du über Draconellen verfügst. Aber ich darf hier bleiben.«

»Dann kannst du wahrheitsgemäß antworten, mein Freund. Ich habe keine Draconellen. Die Wölfe haben welche.«

Caro lachte. »Das ist eine so wörtliche Auslegung der Botschaft, dass man sie als buchstäblich bezeichnen könnte.«

»Uns bleibt keine Wahl.« Er warf einen Blick zurück zu dem Haus, das sie mit einem Schuss zertrümmert hatten. »Falls wir nicht wollen, dass all unsere Häuser so enden, ob bevor oder nachdem wir uns um Kytrin gekümmert haben, dürfen wir keine Draconellen weitergeben. Die bloße Andeutung ihres Besitzes – und die Allianz, die uns hierher geführt hat, wird zerbrechen. Sollte das geschehen, ist jede Chance gestorben, die uns bleibt, Kytrin aufzuhalten.«

Kapitel Zwölf

Alyx hasste die Politik, trotzdem erkannte sie deren gelegentlichen Nutzen. Wie angekündigt trafen am Tag nach der Anforderung alcidische Nachschubschiffe ein. Gleichzeitig erreichten Alcider Truppen Saporitia: die Alcidische Throngarde, der Königin Leichte Reiterei und die Alcider Eisenreiter. Bei ihrer Ausschiffung schallten Trompeten und blaue Banner knallten im Wind. Das Schauspiel ließ den Zuschauern die Brust schwellen und konnte bei so manchem sogar verlorene Hoffnungen neu wecken.

Niemand ließ sich die Pracht entgehen, mit der die Soldaten eintrafen, erst recht nicht, da zusätzlich zu diesen zweitausend Mann dreitausend weitere über die Küstenstraße anmarschierten. Die übrigen Monarchen sorgten hastig dafür, dass ihre Heerschau für die kommenden Kämpfe dieser Zurschaustellung an Zahl und im Auftritt das Wasser reichen konnte. Jerana stellte als Erste zwei Infanterieregimenter und zwei Bataillone Leichte Reiterei. Andere Fürsten verfielen in hektische Betriebsamkeit, um ihre Truppen in Bewegung zu setzen, oder sie heuerten Söldner an und hoben gleich hier in Narriz Fremdenlegionen aus.

Die Hast, Soldaten und Nachschub beizubringen, entwickelte sich zu einer von drei Beschäftigungen der Politiker. Die zweite war die Jagd nach der Wahrheit über Adrogans und die Draconellen. Die Bitte des jeranischen Generals um eine Klarstellung der ursprünglichen Nachricht war zunächst als Finte betrachtet worden, aber dann hatte General Caro eine Nachricht geschickt, in der er unmissverständlich mitteilte, dass Adrogans keine Draconellen besaß. Alyx wusste, dass dem sehr wohl so war und konnte sich kaum vorstellen, dass Caro seinen König belog oder hinterging. Also war irgendwo ein Trick im Spiel. Alle anderen in der Stadt waren entweder überzeugt, dass Adrogans log oder dass er die Wahrheit sagte. Das führte zu einer Menge hitziger Debatten, die jeglicher Grundlage entbehrten.

Außerdem war man noch mit der Auffindung neuer Norderstetts beschäftigt, allerdings nicht mehr in dem Maße wie bisher. Die neuen Anwärter auf den Mantel des Norderstett wurden – so wie Will für die Freischärler – zu Anführern eigener Kompanien und Legionen.

Seltsamerweise hielt nur Swindger seinen Norderstett zurück. Er hatte nach Boleif Norderstetts zweitem Sohn von Nolda Disper geschickt. Während ihr Ältester, Kerleif, immerhin nach einem Norderstett aussah, galt das für den jüngeren Rutfried ganz und gar nicht. Ein Blick genügte, um zu bestätigen, dass er seiner Mutter Sohn war, mit ihren blauen Augen, dem weißblonden Haar und der gertenschlanken Statur. Sein Gesicht aber wirkte verkniffen und die Klugheit in seinen Augen war kaum mehr als ein Dämmerschein. Sie hatte ihn nur einmal getroffen. Sie konnte sich des Eindrucks nicht erwehren, der Knabe staune schon ehrfürchtig, wenn nur ein Knopf durch ein Knopfloch passte.

Dass Swindger diesen Kandidaten nicht lautstark anpries, machte Alyx Bauchgrimmen. Diese Zurückhaltung missfiel ihr ebenso wie sein Verhalten im Rat. Er hatte irgendetwas vor, und auch wenn sie nicht die blasseste Ahnung hatte, was das sein könnte, wusste sie genau, dass es ihr nicht gefallen würde.

Sie war sich sicher, es konnte nur Ärger für Kräh und für die Welt bedeuten. Deshalb war sie entschlossen, jedes Vorhaben von ihm zu vereiteln.

Sie schaute von Krähs Memoiren auf und hinüber zu dem Mann, der am Fenster saß und schrieb. »Hältst du es wirklich für klug, zu schreiben, Swindgers Augen stünden ›ein wenig zu dicht beieinander‹?«

Kräh legte die Feder zur Seite und lächelte ihr zu. »Ich

würde ihn gar nicht erwähnen, wenn das möglich wäre, aber das geht nicht, also schreibe ich die Wahrheit.«

Alyx legte die Seiten vor sich aufs Bett, dann ging sie zu ihm hinüber und strich ihm über das weiße Haar. »Leif war tatsächlich wie ein Bruder für dich, oder?«

Er nickte traurig. »Das war er. Ich hatte eine Verantwortung ihm gegenüber, und ich habe es nicht geschafft, sie zu erfüllen. Später wirst du erkennen, wie tapfer er war.«

»Bestimmt. Entschlossen hat sich überhaupt nicht verändert.«

»Er ist nur noch gefährlicher geworden.« Kräh schaute auf und lächelte. »All das ist so lange her, und trotzdem, es niederzuschreiben bringt alles zurück. Ich habe sehr lange nicht mehr an manche dieser Dinge oder Leute gedacht. Zu lange nicht.«

»Oder, soweit es Swindger betrifft, viel zu oft.« Alyx beugte sich vor und küsste ihn. »Später, wenn dies alles vorbei ist, wirst du einmal mit mir tanzen, wie ihr in der Nacht getanzt habt, in der ihr auf euer erstes Abenteuer ausgezogen seid, ja?«

»Mit Freuden, Geliebte.« Kräh schob den Stuhl zurück und nahm sie im Aufstehen in die Arme. »Da du es gerade ansprichst, falls ich die Melodie noch zusammenbringe, könnte ich sie summen und wir üben schon einmal.«

Sie lachte und legte die Hände auf das weiche Rehleder seines Hemdes. Aber bevor sie antworten konnte, klopfte es an der Tür. Alyx drückte ihm einen schnellen Kuss auf die Lippen, dann ging sie zur Tür und riss sie auf. »Ja?«

»Ist hier ein Kräh?«

Der Mann, der die Frage stellte, war der größte von dreien, die sich vor der Tür aufgebaut hatten. Die schwere Jacke und der grob genähte Fellmantel ließen ihn noch wuchtiger erscheinen. Eine Pelzmütze hatte er bereits vom Kopf gezogen: Sie sah dichtes rotes Haar, durchsetzt von grauen Strähnen. Der immergrüne Farbton des Wollschals um seinen Hals passte zu den Augen.

Hinter ihm stand ein etwas kleinerer und auch jüngerer Mann. Er hatte ebenfalls rotes Haar und seine Züge waren denen des Hünen sehr ähnlich. Alyx vermutete, es handle sich um Vater und Sohn. Der dritte Mann, bei weitem der kleinste und schmächtigste der drei, war erheblich modischer gekleidet. Er stützte sich auf einen dicken Gehstock.

Alle drei trugen Masken, deren grüne Farbe sie als Oriosen auswies. Für einen Augenblick fürchtete Alyx, Swindger hätte sie geschickt, um Kräh umzubringen oder das Manuskript zu stehlen. Aber keiner der drei trug ein Schwert, und das lange, dicke, in Tuch gewickelte Bündel über der Schulter des Jüngsten wirkte kaum wie eine Bedrohung. Trotzdem hätte sie ihnen die Tür ins Gesicht geschlagen und nach dem Schwert gegriffen, hätte Kräh nicht laut aufgekeucht.

»Kedyn sei Dank.« Krähs Stimme brach.

Der Hüne nickte, dann senkte er beinahe verlegen den Blick. »Es ist lange her, Valkener.«

»Ja, das ist es. Sehr lange.« Kräh kam zur Tür gelaufen und stieß dem Riesen die Hand entgegen. »Ich hätte nie gedacht, dich jemals wiederzusehen, Nethard Hauer! Willkommen! Kommt herein.«

Net schüttelte Kräh herzlich die Hand, dann umarmten sich die beiden und Kräh verschwand fast in den Armen seines alten Kameraden. Alyx trat, immer noch überrascht, einen Schritt zurück. Sie kannte den Namen Nethard Hauer nur aus den Geschichten, die Kräh erzählt hatte, und aus den Seiten seiner Memoiren. Für sie war Net noch immer ein junger Bursche, kein alter Mann mit Sohn.

Sie schaute an den Hauers vorbei und lächelte den Dritten aus der Gruppe an. »Darf ich dann annehmen, dass Ihr Rauns Spilfair seid?«

Rauns, dessen braunes Haar außer an den Schläfen die Farbe behalten hatte, humpelte näher und nahm ihre Hand. »Und Ihr müsst Prinzessin Alexia von Okrannel sein.« Er gab ihr einen Handkuss. »Es ist mir eine Ehre.«

Sie neigte den Kopf. »Die Ehre ist auf meiner Seite. Ich habe gehört, Ihr wart Kräh im letzten Vierteljahrhundert eine große Hilfe, ungeachtet der Gefahr für Euch selbst.«

Der Händler zuckte die Achseln, während der junge Hauer die Tür schloss. »Swindgers Agenten zu täuschen war kein Problem. Sie waren entweder Trottel oder schlau genug, den Wert eines Bestechungsgeldes zu erkennen.«

Net gab Kräh frei. Beide Männer wischten sich verstohlen die Tränen ab. Der Größere von ihnen trat beiseite, dann packte er seinen Sohn beim Nacken und zog ihn vor. »Das ist Borghelm, mein Jüngster. Er war eine große Hilfe.«

Kräh schüttelte Borghelm die Hand, dann stellte er Alyx vor. Beide Hauer murmelten eine Begrüßung und wollten das Knie beugen, aber sie gebot ihnen Einhalt. Es schien den beiden noch unangenehmer zu sein, als sie für alle Stühle herantrug. Doch sie löste die Spannung, indem sie sich zuerst setzte und sie einlud, ihr Gesellschaft zu leisten.

Kräh betrachtete Net und Rauns und grinste. »Wie kommt ihr hierher? Was habt ihr getrieben? Ich will alles hören.«

Rauns lachte und knöpfte die Jacke auf. »Ich habe Entschlossen gelegentlich Botschaften mitgegeben. Hast du sie nicht bekommen?«

Net schnaubte. »Du hättest mehr Erfolg gehabt, wenn du sie in den Wind geschrien hättest, als sie Entschlossen zu geben.«

Kräh lachte. »Ich bin sicher, Entschlossen hatte die volle Absicht, mir deine Nachrichten auszuhändigen, und hat nur auf den passenden Moment gewartet. Ein Augenblick der Ruhe oder des Friedens, wenn Nachrichten von daheim willkommen sind.«

Alyx warf ihm einen spöttischen Blick zu. »Gibt es in Entschlossens Gesellschaft *jemals* einen Augenblick, auf den diese Beschreibung zuträfe?«

»Nein, und genau das scheint das Problem zu sein.« Er lächelte, dann wandte er sich wieder zu Net um. »Als ich dich zuletzt sah, bist du mit Leif zurück nach Valsina gefahren.«

»Stimmt. Er ist nie wieder ganz richtig im Kopf geworden. Er wusste, dass du ihn gerettet hast, und er hat dich dafür geliebt. Aber der Tod seines Vaters, sein Verrat an ihnen allen, das hat ihn dich hassen gelehrt. Swindger hat dabei geholfen. Leif hat Nolda zur Frau genommen, aber er war nicht oft daheim. Wirklich verrückt geworden ist er aber erst nach dem Mord an der Königin.« Net drehte sich zu seinem Sohn um. »Erinnerst du dich an Matilda Lambrenn? Ich habe sie geheiratet. Fünf Kinder, vier haben überlebt. Ihre Schwester Maria lebt auch bei uns. Sie hat ungefähr zur selben Zeit geheiratet wie Matilda. Ihr Mann ist nach einem Jahr abgehauen. Hat sie mit einem Kind sitzen lassen. Das Schmiedehandwerk hat genug eingebracht, uns alle durchzubringen. Borghelm arbeitet mit Metall, seit er ein Kind war, und ist ein Könner.«

Kräh lächelte. »Du hast die Augen deiner Mutter.«

»Danke, mein Herr.« Der junge Mann sprach leise.

Die buschigen Brauen des Hünen bewegten sich aufeinander zu. »Wo ist Tsamoc?«

»Dein Versprechen ist eingelöst. Er hat mich all die Jahre am Leben gehalten, und erst vor einer Woche hat er uns auf Vael alle gerettet. Leif versuchte, einen Berg über uns und den mächtigsten Drachen zum Einsturz zu bringen. Tsamoc formte einen großen Bogen und stützte das Dach der Höhle. Er ist jetzt weit spektakulärer, als er es an der Brücke war, mein Freund.«

Der Schmied überlegte kurz, dann nickte er. »Das bedeutet, du hast kein Schwert mehr, Valkener?«

Kräh lachte. »Richtig.«

Net schaute zu seinem Sohn und nickte. Borghelm hob das Bündel auf, das er getragen hatte, und hievte es mit einem gemurmelten »Verzeihung« aufs Bett. Als er sich daran machte, die Schnüre zu lösen, die es zusammenhielten, sprach Net weiter.

»Bevor wir Festung Draconis verließen, haben wir alle Bruchstücke von Temmer eingesammelt. Den Griff hast du uns gegeben. Niemand wollte die anderen Teile, also haben wir sie mit nach Valsina genommen. Sie wurden in irgendeiner Ecke verstaut und eine ganze Weile hat niemand mehr an sie gedacht. Dann kamen die Träume. Während der Arbeit an der Esse kam plötzlich jemand und sagte: ›Es ist Zeit‹. Dann holte er ein Stück des Schwerts heraus und wir machten uns an die Arbeit.« Nets grüne Augen glitzerten, als er in eine unbestimmte Ferne schaute. »Sie kamen einfach so. Alles seltsame Gestalten. Keine Ahnung, was sie bei uns wollten. Sie kamen einfach und sagten, es wäre Zeit. Temmer ließ sich nicht neu schmieden. Es ist mir so häufig missglückt, ich kann es gar nicht mehr zählen. Wenn sie kamen, wenn sie ihre Wahl trafen, schmiedeten sie eine neue Klinge um es herum. Das gelang.«

Borghelm löste die letzte Schnur, dann rollte er das Bündel auf. Es enthielt vier Schwerter. Zwei lagen mit dem Heft zum Kopfende des Bettes, zwei mit dem Heft zum Fußende. Alle vier hatten eine Scheide, ihre Griffe waren unterschiedlich. Einer wirkte sehr viel älter als die anderen. Als Alyx sie betrachtete, verspürte sie den Wunsch, eines zu ziehen. Ihre Hand rührte sich, aber sie zögerte und bemerkte, wie Net sie beobachtete.

»Verzeiht, Meister Schmied.«

»Das ist nicht nötig. Es sind besondere Schwerter. Borghelm kann es am besten erklären.«

Der junge Mann starrte seinen Vater an und schluckte. Zunächst war seine Stimme kaum zu hören, doch er gewann, als er das erste Schwert vom Bett hob, langsam an Sicherheit. »Das hier war das Erste. Ich war erst fünf Jahre alt, als ein Zauberer aus Muroso kam, der meinen Vater suchte. Hull hieß er. Sie arbeiteten an diesem Schwert. Es heißt Herz.« Er legte Herz fort und hob ein anderes auf, das mit dem ältesten Griff. »Dieses hier war das nächste. Es hat Temmers Heft. Es war ein Ælf, der geholfen hat, es zu schmieden, ein alter Ælf, der sich Magarric nannte. Er taufte es Alarien, was in der Ælfensprache wohl ›Hand‹ heißt.«

Kräh nickte. »Es bedeutet feste Hand und Beschützer. Ein großer Titel unter Ælfen.«

»Und das ist ein bedeutendes Schwert.« Borghelm lächelte,

als er es zurücklegte. »Ich habe zugesehen, als sie es geschmiedet haben, mit viel Funken und Magik. Beim nächsten durfte ich helfen, als der urZreð kam, um seine Traumpflicht zu erfüllen. Er nannte sich Bok.«

Alyx erstarrte. »Bok? War er grün und pelzig?«

Net nickte. »Ein sehr sanfter Zwerg, und ein Magiker höchsten Ranges.«

»Bok?« Sie schaute erst zu Kräh, dann zu Net. »Er hatte keinen rotberobten Magiker bei sich, oder?«

»Er kam allein.«

Borghelm nickte zustimmend. »Er sagte nicht viel, aber er drückte sich gepflegt aus. Er schickte mich besonderes Holz sammeln – zum Schmieden. Und anderes für den Griff. Ich habe die Teile selbst geschnitzt. Er nannte dieses Kron.«

Das letzte Schwert, das er aufnahm, unterschied sich von den anderen. Es war etwas länger und entschieden schmaler. »Dieses hier ist Aug. Vor fünf Jahren hatte ich denselben Traum wie mein Vater. Diesmal kam eine Magikerin namens Arimtara.« Borghelm verstummte und wurde rot.

»Der Junge war in sie verschossen.« In Nets Stimme lag das Wohlwollen eines Vaters im Hinblick auf die Verliebtheit seines Sohnes. »Aber es war etwas Seltsames an ihr. Sie war ebenso stark wie schön. Hätte das Schwert allein mit ihrer Magik schmieden können, doch sie bestand darauf, dass Borghelm ihr half. Das hat er dann auch getan. Er hat Aug geschmiedet.«

Borghelm legte das Schwert zurück, dann öffnete er eine Tasche, die auf das Tuch des Bündels aufgenäht war. Daraus zog er einen kleinen, dolchförmigen Anhänger an einem silbernen Kettchen. »Als die Schwerter fertig waren, blieb nur ein winziges Stückchen Metall übrig. Es kam noch eine Frau, eine alte Frau, es muss jetzt drei Jahre her sein. Sie kam von Vilwan und half, das hier zu machen. Sie nannte es Geist und sagte, es wäre kein besonders großartiges Schwert, aber sie sei auch keine besonders großartige Magikerin, und es müsste genügen.«

Rauns rutschte auf dem Stuhl herum. »Orla war die Einzige von diesen Magikern, die ich zufällig auch getroffen habe. Ich mochte sie und war betroffen, von ihrem Tod zu hören.«

Kräh nickte. »Sie war etwas ganz Besonderes, und falls sie wirklich gedacht hat, sie sei keine besonders großartige Magikerin, so hat sie sich unterschätzt.«

Der Händler rutschte vor und massierte sich das linke Knie. »Vor knapp über einem Monat erfuhr ich, dass du in Meredo warst. Ich versuchte Net zu überreden, aufzubrechen und dir zu helfen und diese Schwerter zu bringen. Doch er weigerte sich.«

Net zuckte die Achseln. »Es war nicht die Zeit dafür. Vor drei Wochen hatte ich wieder einen Traum. Was du von Tsamoc und dem Bogen erzählt hast. Das habe ich geträumt. Da war es Zeit, aufzubrechen. Rauns hat sich ausgerechnet, dass du hier sein müsstest, also machten wir uns auf den Weg. Beim ersten Mal hat Temmer genügt, Kytrin jede Menge Ärger zu verschaffen. Diesmal sind es vier.« Seine grünen Augen wurden zu Schlitzen. »Das sind Schwerter für Helden. Trefft Eure Wahl.«

Alyx zog sich zurück, als er auf sie zeigte. »Es ist an Euch, sie zu verteilen, Meister Hauer. Ihr habt sie gewiss für bestimmte Träger vorgesehen.«

Er grinste. »Eines war für Valkener. Das wusste ich gleich. Ich dachte, eines wäre für Entschlossen. Aber der Gedanke ist verblasst. Ich dachte auch, eines sei für den Norderstett, aber jetzt nicht mehr.«

Sie setzte an, ihm zu erklären, dass Will tot war, aber der Hüne schüttelte den Kopf. »Der Traum.«

Alyx nickte, dann schaute sie zu Kräh. »Welches ist deines?«

Der weißhaarige Mann lächelte und griff nach Alarien. Als sich seine Hand um den Griff schloss, erstrahlte das Metall, das sie für altes Messing gehalten hatte, in goldenem Glanz. Kräh stand auf und zog die silbern glänzende Klinge. Goldene ælvische Schriftzeichen bedeckten das Metall und schienen sich wie goldenes Gras im Wind zu wiegen.

Er drehte sich zu Net um. Tränen liefen ihm über die Wangen. »Temmer war Herbst, und als es zerbrach, war es Winter. Das hier ist Frühling, mit dem Versprechen des Sommers.«

»Hat sich möglicherweise so angefühlt, beim Schmieden.« Net nickte ernst. »Jetzt Ihr, Hoheit.«

Sie wollte protestieren, dass sie bereits ein Schwert habe, ein ausgezeichnetes, das ihr die urSreiði von Bokagul gegeben hatten, aber eine der Waffen zog sie doch an. Es war anders als die Anziehung, die sie bei der Sullanciriwaffe gefühlt hatte. Sie hatte eine Zeit lang den Säbel benutzt, der vor ihr Malarkex gehört hatte. Dies war eine scheußliche Waffe gewesen. Der Säbel hatte sie dazu bringen wollen, Chaos und Vernichtung zu verbreiten. Er hatte sie benutzen wollen, statt sich von ihr benutzen zu lassen.

Sie griff nach dem ersten Schwert, nach Herz, und als sich ihre Hand um den in Leder gewickelten Griff schloss, wusste sie, dass dieses Schwert vom Augenblick seiner Entstehung an für sie bestimmt gewesen war. Herz war einen guten Schritt lang, mit einer leichten Krümmung zur Spitze hin. Es war robust, und trotzdem leicht. Kehlungen zogen sich von der Parierstange bis eine Handlänge vor die Spitze. Von dort an waren beide Seiten der Klinge geschliffen, so dass man sie als Stich- und Hiebwaffe verwenden konnte.

Herz war offensichtlich von einem Meisterschmied gefertigt, der sowohl sein Handwerk verstand als auch wusste, was von dem Schwert erwartet wurde. Mehr noch, die Magik der Klinge verband das Schwert mit ihr. Es fühlte sich an wie eine natürliche Verlängerung ihrer Hand. Sie hatte keine Angst, dass es sie je im Stich ließe. Ihr ganzes Leben würde sie kein anderes Schwert mehr ziehen. All das wurde ihr blitzartig klar, und die Wahrheit darin ließ sie erbeben.

Sie verneigte sich vor Net. »Ich danke Euch.«

»Die Schwerter wählen sich ihre Herren. So ist es vorgesehen.« Net stand auf und winkte seinem Sohn. »Die anderen werden ihre Herren finden.«

Kräh legte Net die Hand auf die Schulter. »Prinz Ermenbrecht sollte die Schwerter sehen. Er ist ein Held.«

»Kümmere dich darum. Hast du alles, Borghelm?«

Der junge Mann hob sich das Bündel wieder auf die Schulter. »Ich bin so weit.«

»Warte, du kannst nicht einfach wieder gehen.«

Net schaute Kräh an. »Du bist ein wichtiger Mann, auch wenn viele das nicht wissen. Ich werde deine Zeit nicht verschwenden.«

»Das tust du nicht.« Kräh zog ein Gesicht. »Net, vor anderthalb Wochen – auch wenn es sich inzwischen anfühlt, als wären es Monate gewesen – habe ich zum ersten Mal seit Festung Draconis mit meinem Bruder Sallitt gesprochen. Es hatte ihn verletzt, dass ich alle glauben ließ, ich seit tot, und nicht versucht hatte, mit meiner Familie in Verbindung zu treten. Er glaubte, ich würde ihm nicht vertrauen. Als mein Vater mir die Maske nahm, habe ich aufgehört, meiner Familie zu vertrauen, und das war falsch. Rauns wusste, wer ich war, weil ich seine Hilfe brauchte, um nach dem Norderstett zu suchen und gegen Kytrin zu kämpfen. Ich habe ihm das Geheimnis anvertraut, und ich hätte es auch dir anvertraut, doch ich hatte vor dem Angst, was geschehen würde, falls Swindger es entdeckte.«

Net zuckte die Achseln. »Du hattest deine Gründe.«

»Aber es war *falsch*. Es tut mir Leid, wenn ich dir mit der Nachricht von meinem Tod Kummer bereitet habe. Es tut mir Leid, wenn du dich jetzt verletzt fühlst und glaubst, ich hätte so wenig von dir gehalten, dass ich dir nicht vertrauen konnte.«

Der große Schmied schüttelte den Kopf und ließ die Hand mit einer Wucht auf Krähs Schulter fallen, die ihm die Knie weich werden ließ. »Ich hab keine Tränen um dich verloren. Hab' das mit dem Selbstmord nie geglaubt. Als die Kräh-Geschichten aufkamen, über Kräh und Entschlossen, war die Wahrheit für jeden zu sehen, der die Augen aufmachte. Tatsache ist, du bist wichtig.«

»Aber noch wichtiger ist es, Zeit mit seinen Freunden zu

verbringen.« Kräh lächelte. »Ihr müsst bleiben, mindestens zum Essen. Swindger hat Rauns' Gut requiriert. Da könnt ihr nicht hin.«

Rauns grinste. »Da hat er nicht Unrecht, Net.«

»Du warst schon immer der Hellste von uns, Valkener.« Net drückte Krähs Schulter und lachte. »Wir bleiben. Mein Weib würde mir die Haut abziehen, wenn ich so unhöflich wäre, jetzt noch zu gehen.«

»Gut, sehr gut.« Kräh strahlte. »Wir werden in alten Zeiten schwelgen. Es wird eine lange Nacht, aber unter Freunden kann sie gar nicht lang genug werden.«

Kapitel Dreizehn

Kjarrigan entwickelte ein gesundes Misstrauen gegenüber Rymramochs Magik. In den nächsten drei Tagen fiel er aber nicht noch einmal einem Überraschungsangriff zum Opfer. Es hatte ihm nicht gefallen, hereingelegt zu werden. Und dass er sich so leicht hatte hereinlegen lassen, verletzte seinen Stolz. Er hatte Mühe, das zu vergessen. Indem er aus seiner Enttäuschung zwei Lehren zog, gelang es ihm trotzdem.

Zum Ersten machte er sich klar, dass Rym, so sehr er ihn auch zu mögen schien und so sehr die Puppe menschlich erschien, kein Mensch *war.* Rymramoch und die ganze Drachenheit hatten, was die Drachenkrone anging, einen deutlich anderen Ansatz als die Menschheit. Ihnen ging es um die Zerstörung der Krone und die Rückkehr ihrer Vorfahren ins Leben, sobald deren Wahrsteine an sie zurückgegeben wurden. So sehr Kjarrigan dieses Ziel verstand und sogar unterstützte, er wusste doch auch, dass seine Verwirklichung nicht gleichbedeutend mit Kytrins Niederlage war. Die Drachen würden die Krone von der Seite annehmen, die sie ihnen zuerst anbot.

Die zweite Erkenntnis erschien im Vergleich bescheiden. Rym, die Drachen und selbst Bok waren Jahrhunderte alt und verfügten über eine Einsicht in das Wesen der Magik, die Welt und vielleicht sogar das Schicksal, die ihm fehlte. Kjarrigan hatte ein Talent für Magik. Das sagten alle, und er wusste es auch selbst. In der kurzen Zeit, die Rym ihn geführt hatte, hatte er sich erstaunlich verbessert, sowohl in seiner Fähigkeit, Zauber zu weben, wie auch darin, sie mit Energie zu versorgen.

Aber so sehr er seine magischen Fähigkeiten auch noch verbessern mochte, das gab ihm nicht die Weisheit, die sich auf Jahrhunderten von Leben und Erfahrung aufbaute. Kjarrigan wusste, er brauchte diese Weisheit, und um sie zu gewinnen, musste er anderen vertrauen. Bis ihm das klar wurde, hatte er nicht im Entferntesten geahnt, wie wenig Vertrauen er bisher gezeigt hatte.

Zugegebenermaßen hatte seine Erziehung es ihm nicht gerade erleichtert, Vertrauen aufzubauen. Als er jetzt daran zurückdachte, erkannte er, dass Ryms Einschätzung seiner Rolle auf Vilwan richtig gewesen war. Man hatte ihn zu einer Waffe geschmiedet, ohne ihm das jemals zu sagen. Sicher hätte er die volle Bedeutung einer solchen Mitteilung niemals erkennen können, aber es hätte Möglichkeiten gegeben, wie man ihn hätte informieren und darauf vorbereiten können, diese Rolle auszufüllen. Stattdessen war sein Leben eine endlose Abfolge von Lehren und Prüfungen gewesen, mit spärlichem Lob und viel Kritik. Trotz seiner Leistungen in allen Prüfungen, die seine Meister sich für ihn ausgedacht hatten, hatten sie nie an seine Fähigkeiten geglaubt.

Seine einzige Rettung war es gewesen, seine Lehrer insgeheim zu dirigieren, und darin hatte er es zur Vollendung gebracht. Diese Fähigkeit, sie zu lenken, hatte jedoch zwangsläufig zur Verachtung geführt. Die einzige Lehrerin, die er tatsächlich respektiert hatte – jedenfalls seit er bewusst denken konnte –, war Orla gewesen. Er hatte es nicht geschafft, sie zu hintergehen. Sie hatte ein klares Ziel für ihn im Sinn gehabt, nämlich die Vorbereitung auf den Krieg, und auch wenn sie keine Dummheiten geduldet hatte, sie hatte ihn für seine Anstrengungen auch angemessen gelobt.

Ihr hatte er vertraut. Auf dem Sterbebett hatte Orla ihm aufgetragen, Kräh und Entschlossen zu vertrauen, nicht aber Vilwan. Sie hatte von den Plänen der Magiker für ihn offensichtlich gewusst. Sie hatte versucht, diese Pläne zu befördern, zugleich aber auch, mehr aus ihm zu machen als nur irgendein magisches Schwert, das dafür bestimmt war, in Kytrins Bauch gestoßen zu werden.

Ryms kleiner Hinterhalt wäre bei jemandem anders vielleicht nicht dienlich gewesen, um Vertrauen zu wecken, bei Kjarrigan aber schon. Rym hätte ihm Tag und Nacht in den Ohren liegen können, sich vorzusehen, doch diese kleine Demonstration machte die Lektion schmerzhaft deutlich. Und zugleich ließ sie Kjarrigan darüber nachdenken, wie verschiedene Dinge miteinander verbunden waren und welche Zauber auf Personen und Gegenstände wirkten.

Der junge Magiker rollte die Ärmel der braunen Robe auf und schaute zu Bok. Der urZreð hockte in einer Ecke des Vorzimmers, das sie als Werkstatt benutzten, und baute irgendeine seltsame Apparatur mit vielen Sprungfedern und Zahnrädern. Der Zwerg verformte seine Hände und Finger zu den Werkzeugen, die er für die Arbeit benötigte, und wo das nicht ausreichte, beleuchtete ein kurzer Zauber das Projekt. Kjarrigan hatte keine Ahnung, was es werden sollte, ging aber davon aus, dass das Gerät später Teil irgendeiner Prüfung werden würde.

»Bok, ich brauche Informationen.«

Der urZreð lächelte, drehte sich aber nicht um. »Da bin ich sicher, Adept Lies.«

Kjarrigan schnaubte, dann schlenderte er hinüber und setzte sich rechts neben Bok, und zwar so, dass er ihn anschaute. »Als ich mich in Festung Draconis befand, legte ich einen Zauber über ein Fragment der Drachenkrone. Ich modellierte den Zauber nach etwas, das Neskartu geschaffen hatte. Sein Spruch hatte meine Lehrerin getötet, doch der Zauber, den ich schuf, sollte bei Kytrin Verfolgungswahn auslösen. Ich wollte sie verwirren.«

Bok nickte. »Das hast du bereits erklärt. Es war ein guter Einfall. Etwas weniger Indirektes hätte sie bemerken können. Möchtest du wissen, wie wahrscheinlich es ist, dass dein Zauber ihre Urteilskraft beeinträchtigt?«

»Das wüsste ich gerne, ja, aber das ist nicht meine eigentliche Frage.«

Der urZreð stellte die Ansammlung von Sprungfedern und

Zahnrädern auf eine kleine Werkbank, ließ seine Hände aber in ihrer Werkzeugform. »Kytrin ist in vielerlei Hinsicht einzigartig. Dein Zauber hätte eine natürliche Schwäche ihres Wesens ausgenutzt. Ich bezweifle, dass er grundsätzlich wirkt, aber er wird ihr von Zeit zu Zeit einen gewissen Anstoß versetzen. Es ist nicht so, als hättest du sie völlig geblendet, aber wohl die Blau- und Grüntöne ihrer Wahrnehmung verzerrt.«

Kjarrigan dachte kurz nach, dann nickte er. »Aber du bist der Meinung, er hat eine Wirkung auf sie.«

»Du webst deine Magik gekonnt, Adept Lies. Ich bin sicher, sie zeigt Wirkung.« Er nahm die Apparatur wieder auf und begann damit, abgerundete Silberplatten anzubringen, die sie zu einer Kugel formten. »War noch etwas?«

»Ja, aber ich weiß nicht, wie viel du mir erzählen wirst.«

Das Grinsen des urZreð wurde breiter und leuchtete durch den dichten schwarzen Bart. »Ich habe dir gesagt, dass ich ihr Vater bin.«

»Ja, und dass du Kajrûn gekannt hast.«

»Und du hast nur acht Tage gebraucht, um zu entscheiden, dass du etwas darüber erfahren möchtest?« Bok lachte, dann sprach er in die Leere. »Ihr habt geglaubt, er wäre impulsiver, Meister, ich habe Euch aber gesagt, er hat Geduld.«

Kjarrigan zog eine Grimasse. »Das ist kein Spiel für mich.«

Bok winkte mit einer Hand ab, die sich von einem Schraubenschlüssel in einen Hammer verwandelte. »Du musst nicht glauben, ich wäre dieser Meinung, Adept Lies. Rymramoch und ich haben uns nur darüber unterhalten, wann du mich nach meiner Vergangenheit fragen würdest. Dass du dir so lange Zeit gelassen hast, betrachten wir als ein gutes Zeichen. Ich möchte wetten, du hättest noch länger darauf verzichtet nachzufragen, wenn du nicht eine Idee gehabt hättest, bei der dir das Wissen über meine Geschichte helfen könnte.«

»Vermutlich.« Kjarrigan zuckte verlegen die Achseln. Die persönlichsten Gespräche, die er bisher geführt hatte, waren Unterhaltungen mit Will, Lombo und Orla gewesen, und alle drei waren tot. Er bildete sich nicht ein, dass sie umgekommen waren, weil er sich ihnen anvertraut hatte, trotzdem aber tat es sehr weh, jemanden zu verlieren, den er kennen gelernt hatte.

»Ich werde dir meine Geschichte erzählen, während ich weiterarbeite, Adept Lies. Falls ich Einzelheiten auslasse, frage ruhig danach. Lass mich wissen, wenn ich den Punkt anspreche, der dich hauptsächlich interessiert, dann kann ich mir den Rest für einen anderen Zeitpunkt aufheben.«

»Das werde ich.«

»Rymramoch hat dir schon gesagt, dass sich die Gesellschaftsform der urSreiði nach der Vernichtung Vareshaguls veränderte. Viele Männer waren in diesem Krieg gefallen, so dass sie bei den Überlebenden in der Minderheit waren. Die Frauen formten unsere Gesellschaft um, entschieden, wer sich mit wem paarte. In Bokagul hast du gesehen, dass viele urZreð körperlich stark, aber geistig schwach sind. Und die Coraxoc wählen sie häufig genau nach diesem Aspekt aus. Männer werden weder gefordert noch für etwas anderes als harte körperliche Arbeit ausgebildet. Gelegentlich aber wird ein Rückfall in alte Zeiten geboren. Ich war einer dieser Fälle, vor fast achthundert Jahren. Ich besaß nicht nur Intelligenz, sondern auch die Fähigkeit, Magik zu wirken. Ich stamme aus einer alten Familie von Magikerinnen, und da ich nicht nur frühreif, sondern auch ein ruhiges Kind war, sah ich häufig zu, wenn sie Sprüche wirkten. Ich lernte schnell und viel, doch was ich vor allem lernte, war, meine Fähigkeiten zu verbergen. Du magst angenommen haben, es wäre schwierig für mich, das dumme Tier zu spielen, doch dies war die erste Rolle, die ich je gelernt habe.«

Kjarrigan nickte. »Durch das Beobachten von Magik lernt man ihre Komplexität nicht kennen. Ich kann mir nicht erklären, wie du es geschafft hast, die Zauberei zu meistern.«

»Ich hatte Glück. Ich hatte eine Schwester, die sehr klug war, aber nur schwache magische Fähigkeiten besaß. Sie gab sich gewaltige Mühe mit ihren Lektionen und stellte fest, dass es ihr selbst gelang, sie zu verstehen, wenn sie die Aufgaben in so einfache Schritte aufteilte, dass ich sie verstand.

Tagtäglich lehrte sie mich die Feinheiten der Thaumasophie. Als zwei Jahrzehnte verstrichen waren und ich aus der mütterlichen Gemeinschaft verbannt und zu einem Leben in den Bergwerken verurteilt wurde, beherrschte ich so viel Magik, dass ich meine Großmutter zu einem Duell hätte fordern können.«

»Und deshalb bist du ein Bok? Warum wurdest du ausgestoßen?«

Der grüne Magiker schüttelte den Kopf. »So dumm war ich nicht. Ich war ein ruhiger kleiner Loktu, ein Träumer. Eines Tages wanderte ich in die Berge Bokaguls und verschwand. Ich suchte mir einen Weg nach Westen und setzte als Blinder Passagier nach Vilwan über. Dort versteckte ich mich, beobachtete und wollte lernen. Und lange Zeit blieb ich unbemerkt. Ich wollte lernen, doch es gab urSreiði-Magisterinnen dort, und ich wusste, sie hätten nicht zugelassen, dass ein männlicher Zwerg in Magik unterrichtet wird. Aber wieder hatte ich Glück und traf einen jungen Magister namens Yrulph Kajrûn.« Boks Augen funkelten, als er eine weitere Platte an seiner Konstruktion befestigte. »Er war dir in mancher Hinsicht ganz ähnlich. Jung und begabt, allerdings gertenschlank, mit weißem Haar und kobaltblauen Augen. Wenn man ihn ansah, konnte man meinen, eine steife Brise hätte ihn zu Boden werfen können, aber er hatte die Macht, Wirbelstürme zu beherrschen. Er besaß eine unersättliche Neugier nach allem und jedem, und er sah, wie viel Gutes man mit Magik tun konnte. Als er mich fand, sah er keinen vagabundierenden urZreð, sondern jemanden, dessen Möglichkeiten ohne Ausbildung verschwendet gewesen wären. Er fand eine Möglichkeit, wie ich beweisen konnte, dass ich eine Ausbildung wert war. Er brachte mir ein paar einfache Kampfzauber bei, die ich schnell meisterte. Dann machte sich Kajrûn daran, das Gerücht von einer geisterhaften Gestalt zu verbreiten, groß, in Mantel und Kapuze, die das Südende der Insel unsicher machte. Er erklärte, er würde diese Kreatur aufspüren und stellen. Es war ein Spiel zwischen uns beiden, bei dem ich mich von Zeit zu Zeit sehen ließ und die

Aufregung anheizte. Dann forderte er mich heraus. Wir trafen uns zu einem Duell.«

Bok stellte die Apparatur wieder an und schüttelte den Kopf. »In jenen Tagen, Kjarrigan, waren die Vilwaner Magiker begeisterte Duellanten. Unser Kampf dauerte mehr als eine Stunde, ein unablässiger Abtausch von Angriffs- und Abwehrzaubern. Eine riesige Zuschauermenge versammelte sich und schaute begeistert zu. Ich hatte natürlich meine Gestalt verwandelt, um groß und dürr zu erscheinen, und ich blieb unter einer alten Robe und einem Kapuzenmantel versteckt. Wir schleuderten Blitze und Höllenfeuer, erschufen Phantasmen, die einander zerfetzten, beschworen nie zuvor gesehene Kreaturen und verbannten sie wieder in die Untiefen, aus denen wir sie geholt hatten. Und schließlich baten wir einander um einen Waffenstillstand, wie wir es zuvor abgesprochen hatten. Ich sagte zu ihm: ›Du bist der Beste auf Vilwan und mein Meister. Lass mich dein Schüler werden.‹ Und er breitete die Arme aus, schloss all die Magister ein, die ihn unterrichtet hatten, und antwortete: ›Ich bin hier selbst nur Schüler, doch falls meine Meister einverstanden sind, wäre ich gern bereit, dich zu unterrichten.‹«

Kjarrigan klatschte in die Hände. »Die Magister haben sich überschlagen, dich willkommen zu heißen.«

»So ist es. Es gab zwar Proteste, als mein wahres Wesen offenbar wurde, aber niemand konnte meine Fähigkeiten anzweifeln. Kajrûn formulierte es kurz und knapp: Er konnte mich ausbilden und zu einem nützlichen Mitglied der Gemeinschaft machen, oder mich ziehen lassen, auf dass ich ungehindert Unheil anrichten mochte. Da die urSreiði-Magisterinnen bereits wussten, welches Problem unbeaufsichtigte Männer darstellten, sahen sie sich gezwungen zuzustimmen. Aber sie schickten Nachricht zurück nach Bokagul, und so wurde ich Bok.«

»Also warst du mit Kajrûn befreundet.«

»Wir waren sogar enge Freunde und das für eine lange Zeit – in menschlichen Begriffen. Wir waren bis zum Ende befreundet, oder doch fast.« Boks Miene wurde ernst. »Ich werde dir das Nächste erzählen, weil du ohnehin danach fragen würdest. Es ist nicht der einzige Grund unseres Zerwürfnisses, aber doch ein wichtiger. Kajrûn veränderte sich nach und nach und entwickelte eine Form von Besessenheit. Dank seiner Neugier hatte er von den Oromisen erfahren. Zumindest vermute ich, dass dem so war, denn er entwickelte ein Interesse daran, neues Leben zu erschaffen. Anfangs war es einfach. Er benutzte Magik, um schneller an das Ziel zu kommen, das Hirten seit Jahrhunderten verfolgten: stärkere, nützlichere Tiere zu züchten. Für mich als urZreð erschien das natürlich und richtig. Doch Kajrûn ging einen Schritt weiter.«

Der menschliche Magiker nickte. »Ich weiß, er hat dafür gesorgt, dass sich Ælfen und Araftii paarten, um die Gyrkyme zu erschaffen.«

»Ja, und alles in allem war dieses Experiment ein Erfolg. Ich habe erst später erfahren, dass die Ælfen auf magische Weise gezwungen wurden, sich mit den Vogelkreaturen zu paaren. Doch da ich damit vertraut war, wie die Männer meiner Art mehr oder weniger zum Beschälen gezwungen wurden, bin ich mir gar nicht sicher, ob ich Einwände gehabt hätte, selbst wenn ich das damals schon gewusst hätte. Aber das spielte keine Rolle, denn Kajrûn hatte auch mich mit einem Zauber belegt.« Bok schaute beiseite, seine Augen wurden glasig. »Du weißt, dass Drachen menschliche Gestalt annehmen können. Die Gyrkyme sind der Beweis, dass Paarungen zwischen verschiedenen Arten möglich sind und sogar fruchtbar sein können. Kajrûn wusste, dass Drachen und urSreiði Feinde bis aufs Blut waren und ich vermute, er redete sich ein, es könnte Frieden zwischen uns geben, wenn es jemanden gäbe, der unsere Eigenschaften in sich vereinte. Unter seinen Freunden war auch ein Drache, ein weiblicher Drache, der menschliche Gestalt annahm. Sie und ich... Kytrin ist unsere Tochter.«

Kjarrigan starrte ihn mit offenem Mund an. »Eine Drachin und ein urZreð? Aber sie wirkt ælfisch!«

Bok schloss die Augen, dann schüttelte er den Kopf. Langsam veränderte sein Körper die Gestalt. Er wurde größer und schlanker, langgliedriger. Seine Ohren wurden spitz und stiegen durch das schwarze Haar. Selbst seine Augen wurden größer und ælfenähnlicher. Ohne die malachitgrüne Haut hätte Kjarrigan ihn für einen Ælfen gehalten.

»Kytrin kann jede beliebige Gestalt annehmen. Sogar die eines Drachen. Über Porasena in Alcida wurde ein Drache gesichtet. Ich glaube, das war sie.«

»Aber … wenn sie selbst ein Drache ist, wozu braucht sie andere Drachen?«

Bok lächelte, behielt aber die Ælfengestalt bei. »Du hast in Navval Vriisuroël gesehen. Sie ist nicht annähernd so mächtig wie er. Er hat mitgeholfen, sie aufzuziehen, und könnte sie vernichten, falls es nötig wird.«

»Warum tut er es nicht?«

Der urZreð zuckte die Achseln. »Seine Beweggründe kennt nur er allein. Wir wollen zufrieden sein, dass er sich jetzt gegen sie gestellt hat, wenn auch aus seinen eigenen Gründen.«

»Kytrin wurde Kajrûns Schülerin?«

»Sie lernte viel von ihm, und von mir, von Vriisuroël und anderen. Sie hat mitgeholfen, die Drachenkrone anzufertigen. Sie weiß mehr über die Krone, ihre Macht und ihre Möglichkeiten als irgendjemand sonst.«

Kjarrigan runzelte die Stirn. »Du hast gesagt, dass du nicht glaubst, Kajrûn habe gewusst, dass ihm die Krone die Macht verleihe, Drachen zu beherrschen. Dass er es aber doch gewusst haben muss, weil diese Möglichkeit sonst nicht vorhanden gewesen wäre. Könnte sie der Krone diese Macht verliehen haben, ohne dass er es wusste?«

»So wie du den Zauber auf das eine Fragment gelegt hast?« Boks Gesicht verhärtete sich, als er nachdachte, dann nickte er. »Ja, das wäre eine Erklärung.«

Kjarrigan kaute eine Weile auf der Unterlippe. »Alles, was du mir erzählt hast, passt zu einer Sache, über die ich nachgedacht habe. Ich habe einen Suchzauber entwickelt, der Fragmente der Drachenkrone aufspüren kann, und der wirkt, weil ich deren Wesen kenne. Wichtiger als die Bruchstücke zu finden, ist allerdings, sie aufzuspüren. Vielleicht kann ich eine Spur von ihr bei dem Fragment auffangen, das hier aufbewahrt ist. Und vielleicht kann ich eine Spur des Zaubers benutzen, der auf sie wirkt.«

Bok hob die rechte Hand. Der Daumen verwandelte sich in einen spitzen Stachel, der er sich in die Handfläche drückte. »Ein Tropfen von meinem Blut, und du hast Zugang zu ihrem halben Wesen.«

»Das sollte genügen.«

»Vielleicht, aber warum ein Risiko eingehen?« Bok deutete tiefer in die Höhlen Vaels. »Lass uns noch etwas von ihrer Mutter holen und sichergehen, dass dein Zauber wirkt.«

Kapitel Vierzehn

Hoch oben, im höchsten Turm Swarskijas, studierte General Markus Adrogans eine Weltkarte. Einer seiner Adjutanten hatte Okrannel wieder rot eingefärbt, so wie es üblich gewesen war, bevor Kytrins Horden das Land zerstört hatten. Der Adjutant hatte sich auch die Freiheit genommen, das ganze Land einzufärben, obwohl sein Heer noch nicht im Nordwesten gewesen war und kaum Nachrichten über die Lage dort hatte.

Die Möglichkeit, dass sich auf der Krosthalbinsel eine Aurolanenstreitmacht versteckt hielt, war nur eine von vielen Sorgen, die ihn beschäftigten. Die größten Bedenken hatte er wegen der in Narriz brodelnden politischen Situation. Adrogans lächelte, als er sich an Ph'fas erinnerte. Der Schamane hatte festgestellt, politische Situationen würden nicht brodeln, sondern eitern. Er konnte dem nicht widersprechen, seine Möglichkeiten, die Eiterbeule aufzustechen, waren jedoch äußerst beschränkt.

Mit der Frage nach einer Klarstellung hatte er sich gerade zwei Tage Zeit erkauft. Die Könige hatten seine Verneinung ihrer Frage nach den Draconellen nicht akzeptiert. Alle verbündeten Kommandeure hatten ihm Nachrichten ihrer Fürsten gezeigt, in denen sie nach dem Wahrheitsgehalt seiner Antwort befragt wurden. Wie General Caro hatten auch sie geantwortet, dass Adrogans keine Draconellen besaß. Das offenbar natürliche Misstrauen der Politiker ließ die Nachfragen aber nicht abbrechen.

Wenigstens wird die Ausdrucksweise allmählich spitzfindiger und unterhaltsamer.

Die Monarchen waren offenbar von der Angst getrieben, er

wolle mit den Draconellen ein Imperium errichten. Sie forderten ihn immer wieder auf, er solle augenblicklich nach Narriz aufbrechen. Das hätte ihn von seinem Heer getrennt und die Bedrohung verringert, die er in ihren Augen darstellte. Inzwischen hatte er den ausdrücklichen Befehl, Swarskija am nächsten Tag zu verlassen und sich auf die Reise zu machen.

Er wandte sich von der Karte ab und seinen Ratgebern zu. »In Narriz stellt sich die Lage sehr einfach dar: Die Aurolanen haben Okrannel verlassen, wir verfügen über Draconellen und sind im Begriff, die Welt zu erobern. Das macht uns in ihren Augen zu einer größeren Gefahr als Kytrin, obwohl sie weit dichter vor Narriz steht als wir.«

Turpus Caro hielt einen dampfenden Krug Glühwein in den narbigen Händen. »König Augustus sieht das nicht so. Ich würde vermuten, keiner der Fürsten, deren Reiche sie unmittelbar bedroht, tut das. Es sind die westlichen Königreiche, die uns fürchten. Ihre Anstrengungen im Osten beschränken sich auf das Nötigste, aber falls die Angst sie dazu veranlasst, Jerana anzugreifen, bliebe dir keine andere Wahl als nach Süden zu ziehen und genau das Imperium aufzubauen, das sie fürchten.«

»Womit sich dann die Katze in den Schwanz beißt, ja.« Adrogans nickte missmutig, dann schaute er die schwarzhaarige Ælfe an. »Meisterin Gilthalarwin, was haben Eure Monarchen in dieser Angelegenheit zu sagen?«

Sie schüttelte den Kopf. »Wir haben keine Vertreter in Narriz. Ich habe Berichte heim nach Loquellyn gesandt, aber noch keine Antwort erhalten. Meine Fürsten wissen, dass wir Euch nicht dabei helfen werden, ein Imperium zu errichten, also betrachten sie diese Angelegenheit als ihrer Aufmerksamkeit nicht wert.«

Adrogans nahm die Antwort so, wie sie gemeint war, aber die Anspannung in ihrer Stimme ließ ihn vermuten, dass irgendetwas nicht stimmte. Er wusste nicht, was sie nach Loquellyn berichtet hatte, noch war ihm bekannt, wie häufig sie mit der Heimat in Verbindung stand. Dass sie ausdrücklich erwähnte, keine Antwort erhalten zu haben, erschien ihm wichtig, er wusste aber nicht, was es genau bedeutete.

Beal mot Tsuvo saß auf einem hohen, thronähnlichen Lehnstuhl. »Ihr habt Swarskija befreit. Die Guraninsippen werden Euch folgen und tun, was Ihr verlangt. Wir haben keine Angst davor, dass Ihr ein Imperium aufbaut, denn die beiden ersten Länder, die Ihr dazu unterwerfen müsstet, wären Gurol und Valitia. Beide haben zu Okrannels Befreiung beigetragen, und Ihr würdet ihnen das nicht derart vergelten.« Sie bewegte den rechten Armstumpf. »Weitere tausend Guranin sind in Swarskija eingetroffen. Unsere Streitmacht wächst.«

»Ich weiß. Danke.« Die Armee, die man ihm zur Befreiung Okrannels unterstellt hatte, war sechstausend Mann stark gewesen. Die Kämpfe waren aber nicht annähernd so schwer gewesen, wie zu erwarten war. Trotzdem hatte er ein Viertel der Truppen an den Feind und das Wetter verloren. Der Zustrom guranischer Freiwilliger und eintausend Flüchtlinge aus der geschleiften Stadt Swojin hatten seine Streitkräfte inzwischen wieder über den alten Stand hinaus anschwellen lassen.

Der Zustrom neuer Rekruten verstärkte sein Heer ansehnlich, war jedoch nicht die einzige Nachschubquelle. Es kamen auch weitere Shusken in die Stadt, und selbst wenn sie wie Ph'fas einen wilden, primitiven Eindruck machten, besaßen sie doch gewaltige Macht. Die Shusken hatten sich mit Elementargeistern verbündet, die Yrûn genannt wurden. Ph'fas' Bindung an das Yrûn der Luft gestattete ihm, solche Wunder zu vollbringen wie das Anhalten eines Pfeils im Flug oder das Auslösen einer Lawine. Ph'fas' spirituelle Macht spottete seiner winzigen Gestalt, aber er und die anderen Shusken waren für die Streitmacht in verschiedener Hinsicht unbezahlbar.

Adrogans kannte die Yrûn bestens, denn er war selbst ein halber Shuske. Vor der Schlacht um Swojin hatte er sich Ritualen unterzogen, die ihn an Yrûn banden und umgekehrt. Er besaß eine gewisse Meisterschaft über Luft, Erde, Wasser, Feuer und Holz, aber seine Herrin war das Yrûn des Schmerzes. Selbst als er jetzt hier stand, fühlte er, wie sie ihn von hinten umarmte, ihm die Krallen in die Schultern grub, mit rasiermesserscharfen Zähnen an seinem Hals nagte.

Aber das war ein geringer Preis für das, was sie ihm gab. Schmerz genoss das Leid anderer, und durch sie konnte auch er es fühlen. Er schickte sein Bewusstsein durch sie in das Herzogtum Krost und suchte nach dem Unbehagen einer marschierenden Armee. Er fand nichts, und das beruhigte ihn. Aber es überzeugte ihn nicht, dass die Aurolanen Okrannel tatsächlich aufgegeben hatten.

»Wie ihr alle wisst, ich habe Befehl, morgen um diese Zeit Swarskija zu verlassen, um nach Narriz zu reisen. Das einzige Zugeständnis ist, dass dazu – meiner Einschätzung nach – die Lage hier stabil sein muss.«

Caro schüttelte den Kopf. »Sie ist unter keinen Umständen stabil zu nennen.«

Der Jeranser General lächelte, hob aber die Hand. »Ich weiß deinen Enthusiasmus zu schätzen und stimme deiner Einschätzung auch zu, doch befürchte ich, du definierst Instabilität etwas weiträumiger als es unsere Fürsten tun.«

Der weißhaarige Offizier schüttelte den Kopf. »Um diesem Irrsinn Einhalt zu gebieten, würde ich die Lage schon dann als instabil bezeichnen, wenn nur der Wind Schnee durch die Straßen treibt. Aber das ist nicht der Grund für meine Feststellung. Hauptmann Agitare hat gemeldet, dass seine Leute eine brauchbare Formel für Feuerdreck gefunden haben. Er will sie weiter verbessern, aber sie stellen schon jetzt Feuerdreck her, der dem aurolanischen ebenbürtig ist.«

Beal schaute sich zu ihm um. »Warum ihn dann noch verbessern?«

»Der Feuerdreck, den die Aurolanen zurückgelassen haben, scheint allem zufolge, an was er und die anderen sich erinnern können, von schlechterer Qualität als der in Festung Draconis verwendete zu sein.«

»Natürlich!« Adrogans klatschte in die Hände. »Sie hat uns zwar die Draconellen überlassen, aber nur minderwertigen

Feuerdreck. Für den Einsatz der Waffen gegen andere, die gar keine besitzen, hätte das keine Rolle gespielt. Aber im Kampf gegen ihre Draconellen hätten wir sie auf eine zu geringe Entfernung aufgestellt und wären niedergemetzelt worden. Deshalb hatte sie keine Bedenken, sie für uns zurückzulassen.«

Der Alcide nickte. »Und die Draconellen hätte sie sich nach der Schlacht zurückholen können, nachdem wir ihr die Mühe abgenommen hatten, sie zu transportieren. Das war gut durchdacht.«

Ph'fas zischte: »Das war Nefrai-keshs Werk.«

»Stimmt, Onkel. Das war es.« Schmerz stieg in Adrogans' Brust hinab und fuhr ihm mit den Krallen über den Bauch. Selbst wenn das Ziel des Okrannelfeldzugs für Kytrin darin bestanden hätte, ihm die schlechteren Draconellen zu überlassen, es hätte sie nicht weniger wirkungsvoll gemacht, um dem Heer, das sie eroberte, größeren Schaden zuzufügen. Im Gegenteil: Hätte seine Streitmacht größere Verluste erlitten, wäre er weit stärker gezwungen gewesen, sich in allen zukünftigen Vorhaben auf die Draconellen zu stützen. Nefrai-kesh jedoch hatte aus Gründen, die Adrogans vermutlich nie ganz ergründen würde, darauf verzichtet, der Armee größtmöglichen Schaden zuzufügen.

Caro stellte den Krug ab. »Da wir diese Täuschung entdeckt haben, müssen wir davon ausgehen, dass sie uns ein falsches Gefühl der Sicherheit vermitteln sollte. Wir müssen auf einen unmittelbar bevorstehenden Angriff gefasst sein. Eine Flotte könnte sich in diesem Augenblick aus der Geistermark oder aus Vorquellyn hierher auf den Weg machen. Oder sogar aus Muroso. Mehr noch, da Kytrin über Agenten in Narriz verfügt, ist sie sicher auch über den Befehl an dich informiert, von hier aufzubrechen. Sie könnte Meuchelmörder auf dich ansetzen oder – schlimmer noch – dich gefangen nehmen und in einen ihrer Sullanciri verwandeln. Diesen Befehl auszuführen, würde den Krieg gegen Kytrin ernsthaft gefährden.«

Adrogans nickte. »Wir alle hier, nicht nur in diesem Zimmer, sondern hier in dieser Stadt, sind uns unserer Pflicht bewusst. Unser Auftrag lautete, Kytrin Okrannel zu entreißen – dies soll ihr die Kriegsführung im Osten erschweren. Wir müssen ihr weiter zusetzen und ihr Steine in den Weg legen. Im strategischen Sinne *ist* die Lage hier stabil, und es liegt an uns, das zu ändern. Unsere Möglichkeiten dazu sind sehr begrenzt. Ungeachtet meiner Weigerung, übers Meer zu reisen, besitzen wir ohnehin zu wenig Schiffe, um einen größeren Teil der Truppen irgendwohin zu verschiffen. Falls wir etwas erreichen wollen, müssen wir über Land ziehen. Logischerweise sollten wir nach Krost marschieren und die Region sichern. Das würde meine Armee jedoch verschwenden, denn das Gelände dort ermöglicht es kleinen aurolanischen Einheiten, uns lange Zeit zu binden. Diese Einheiten können jedoch keine befestigte Stadt wie Swarskija belagern, erst recht nicht, solange uns Draconellen zur Abschreckung zur Verfügung stehen.«

Beal nickte. »Falls wir die alten Stadtmauern befestigen, sollte eine Garnison von tausend Mann genügen, Swarskija gegen eine fünffache Übermacht zu halten.«

»Genau das denke ich auch, und ich möchte, dass Ihr Euch dieser Aufgabe widmet. Bis der neue Arm und das Bein für Euch fertig sind, könnt ihr nirgends hin, und die besten neuen Truppen, über die wir verfügen, sind Eure Sippenkrieger. Daher gehören die Reparatur der Befestigungen und die Verteidigung Swarskijas ab jetzt zu Eurer Verantwortung.«

»Danke, General.«

»Bedankt Euch nicht dafür. Es ist eine undankbare Aufgabe. Im schlimmsten Fall wird Kytrin einen Drachen schicken, der die Stadt niederbrennt, und ihr werdet alle sterben. Im besten Fall werdet ihr an Langeweile eingehen. Aber ich brauche für diese Aufgabe jemanden, dem ich vertrauen kann. Ihr werdet auch die Swojiner Freiwilligen und die Okraner Königsmannen zur Unterstützung bekommen. Alle sonstigen Flüchtlinge, die eintreffen, werdet Ihr ausbilden, und die besseren Einheiten könnt Ihr uns nachschicken.«

Caro nippte an seinem Wein, dann grinste er. »Wohin?«

Adrogans seufzte. »Der Krieg im Osten besteht aus einem starken aurolanischen Vorstoß nach Süden und jetzt Südwesten. Saporitia wird das Schlachtfeld werden, weil es sich König Augustus nicht leisten kann, weiter südlich auf Kytrin zu warten. Zieht eine Linie vom Hafen von Narriz ostwärts nach Bokagul, und ihr habt die Front, die Augustus verteidigen muss. Die Berge und das Meer sichern seine Flanken.«

Die Ælfe machte ein skeptisches Gesicht. »Das setzt voraus, dass Oriosa Widerstand leistet und ihre Horden nicht einfach durchmarschieren lässt.«

»Davon muss Augustus ausgehen. Wäre dem nicht so, wäre er bereits in Oriosa einmarschiert. Er wird Truppen an der Grenze postiert haben, um auf diesen Fall vorbereitet zu sein, und Oriosa wird die Aurolanen aufhalten müssen, wenn es nicht selbst zum Schlachtfeld werden will. König Swindger ist eine feige Schlange, aber er besitzt einen starken Selbsterhaltungstrieb.«

Adrogans drehte sich wieder zur Karte um, die anderen versammelten sich um ihn. Die Loqælfe stützte Beal mot Tsuvo. »Also müssen wir erraten, was Kytrin und Nefrai-kesh planen. Deine Bemerkung hinsichtlich einer Flotte, die sich vor der Geistermark oder vor Vorquellyn sammelt, Turpus, hat mich nachdenklich gemacht. Die Eroberung Vorquellyns war die größte maritime Invasion in der Geschichte der Welt, und sie war ein durchschlagender Erfolg. Kytrin hat versucht, das mit dem Einmarsch auf Vilwan zu wiederholen. Deren Scheitern hat die meisten ungezweifelt zu der Annahme verleitet, dass sie nicht noch einmal über See angreifen wird. Mancher wird unsere Truppeneinschiffung nach Okrannel für diesen Feldzug sicher als Beweis werten,, dass sie das Meer nicht beherrschen *kann.*«

Der Shuskenschamane schnaubte verächtlich. »Sie wollte uns hier haben.«

»Ganz genau, deshalb hatte sie keinen Grund, uns auf dem Meer anzugreifen. Aber das bedeutet keineswegs, dass sie es nicht hätte tun können. Sie wollte es nur nicht tun. Und erinnert euch, dass Nefrai-kesh, als er noch Baron Norderstett war, einen Einmarsch vom Meer her nach Okrannel angeführt und einen Seesieg errungen hat. Er hat keine Angst davor, Truppen einzuschiffen.«

Turpus stellte seinen Krug auf Valitia. »Eine Flotte aus der Geistermark kann überall landen. Sobald die Truppen in Saporitia im Kampf stehen, kann sie auch Einheiten hinter den Linien absetzen.«

Beals blaue Augen wurden zu schmalen Schlitzen. »Ihr denkt taktisch. Denkt lieber politisch.« Sie klopfte mit dem Zeigefinger auf einen Punkt weiter südlich. »Die Aurolanen werden südwärts segeln und Yslin erobern.«

Das heisere Flüstern ihrer Stimme füllte Adrogans' Eingeweide mit Eis, und Schmerz genoss es. Ein Schlag gegen Yslin würde die Allianztruppen vom Nachschub über den Landweg abschneiden. Augustus könnte Oriosa nicht länger bedrohen und Swindgers Reich würde stattdessen ganz ins Nordlandlager überlaufen. Alcida fiele, andere Länder würden folgen. Falls Kytrin sie nicht eroberte, unterwürfen sie sich ihr wie Swindger.

Caro wurde leichenblass. »Glaubst du wirklich, sie sammelt eine Flotte in der Geistermark?«

»Das spielt keine Rolle. Sie hat beim Angriff auf Vilwan nur einen Teil ihrer Schiffe verloren, und sie hat Schiffe zur Versorgung der Truppen in Muroso eingesetzt. Wir können und sollten davon ausgehen, dass sie aus der Geistermark aufbrechen. Wir müssen den Großteil unserer Streitmacht in einem weiten Bogen nordwärts in die Geistermark bewegen und aufhalten, was immer sie dort vorbereitet. Falls sie Yslin einnehmen will, werden wir alles tun, sie daran zu hindern. Falls sie nur Nachschub verschifft, werden wir den abfangen.«

Caro nickte nachdenklich. »Wir können den Monarchen von unserem Verdacht bezüglich Yslin nichts sagen, oder?«

»Nein.« Adrogans schüttelte den Kopf. »Wie die Draconellen würde sie auch dieses Problem überfordern. Falls sie mit dem Angriff rechnen und sich darauf einstellen, wird Kytrin durch ihre geschwächte Frontlinie brechen – und der Kampf ist so oder so verloren. Manche Könige werden nicht glauben, dass Yslin zum Ziel des Angriffs wird, sondern sich selbst als Opfer betrachten und den Nachschub an Soldaten und Material stoppen, was den Kampf gegen die Hexe zum Scheitern verurteilt.«

Gilthalarwin zog die rechte Augenbraue hoch. »Befürchtet Ihr nicht, dass die Flotte den Fluss hinauf nach Lakaslin segeln und Jerana in Schutt und Asche legen könnte?«

»Ebenso sehr wie Ihr befürchtet, dass sie bei Rellaence landet und Eure Heimstatt vernichtet.« Adrogans seufzte. »Es wird Kytrin nicht besiegen, wenn wir nach Jerana oder nach Loquellyn oder Yslin aufbrechen, um ihren Angriff abzuwehren. Das ist nur auf einem Weg möglich. So wie sie unsere Heimat angreifen und uns in Angst und Schrecken versetzen kann, können wir den Spieß umdrehen. Mit jeder Meile, die wir weiter in die Geistermark vordringen, muss sie befürchten, dass wir nach Norden schwenken und den Krieg nach Aurolan tragen. Die Fürsten des Südens werden das nicht so sehen, also müssen wir es für sie tun. Wir müssen tun, was sie uns nicht befehlen können.«

Caros Mund verzog sich zu einem freudlosen Lächeln. »Es gibt Leute, die würden das Meuterei nennen.«

»Ja, aber das sind diejenigen, auf deren Kopf eine Krone sitzt.« Adrogans zwang sich zu einem tapferen Lächeln. »Wir sind diejenigen, die ihr Blut für diese Krone vergießen, und zumindest diesmal ist das der entscheidende Unterschied.«

Kapitel Fünfzehn

Alyx sah von ihrem Stuhl am Kamin auf, als Kräh das Zimmer betrat. »Schneit es schon wieder?«

Er nickte und zog den schweren Mantel aus, auf dessen Schultern man weiße Flecken sah. »Nicht allzu viel, aber es kommt von Norden, genau wie Kytrins Horden.« Er schaute auf den kleinen Tisch neben ihr, auf dem ein Stapel Papier lag. »Hast du gelesen, was ich heute geschrieben habe?«

»Ich hoffe, du hast nichts dagegen.«

»Aber nein, ganz und gar nicht.« Er verzog das Gesicht. »Es waren Dinge, an die ich lange nicht mehr gedacht habe. Deshalb bin ich spazieren gegangen. Ich war wohl länger unterwegs, als mir bewusst war.«

Das Zögern in seiner Stimme versetzte ihrem Herzen einen Stich. »Ich hatte keine Ahnung, dass du und Siede…«

Kräh hängte den Mantel an einen Haken neben der Tür, dann blieb er da stehen, groß und kräftig, in Rehleder und braunen Stiefeln. Die weiße Haarmähne verbarg die Hälfte eines Gesichts, in das die Müdigkeit tiefe Linien gegraben hatte. Seine Hände fanden sich auf dem Gürtel, die Finger verschränkten sich. Er schaute sie nicht an, als er antwortete.

»Siede und ich haben uns geliebt. Sie war wunderschön, auf die typische Ælfenart, und sie besaß eine Lebenskraft, die jenseits menschlicher Begriffe war. Wir waren alle auf einer heldenhaften Mission, und sie wirkte sehr heroisch. Und trotzdem brauchte sie jemanden. Es wäre erstaunlich gewesen, hätten wir uns nicht ineinander verliebt.«

Alyx nickte zögernd. Ihre Stimme war kaum lauter als ein

Flüstern. »Sie war diejenige, die Kytrin in Myral'mara verwandelt hat?«

»Ja.«

Alyx erinnerte sich daran, als sie die Sullanciri das erste Mal in Yslin gesehen hatte. Kytrins Kreatur hatte ein Netzwerk von Straßenkindern für die Suche nach Will Norderstett benutzt. Als die Helden, die ihr Hauptquartier stürmten, sie gestellt hatten, hatte sie nach Will geschnappt, aber Kräh hatte sie aufgehalten. *Sie hat ihre Brust entblößt und ihm gesagt, er könne sie niemals töten.*

»In Yslin hättest du sie erstochen, nicht wahr?«

Kräh nickte langsam, aber eine Weile brachte er keinen Ton heraus. Dann schaute er mit feuchten Augen zu ihr auf. »Das war nicht Siede. Sie war zu einem Monster verzerrt, so wie die Kinder, die sie verzaubert hat. Ich hätte sie getötet. Ich hätte es tun sollen.«

Alyx schenkte ihm ein schüchternes Lächeln. »Das war das erste Mal, dass du sie gesehen hast?«

»Seit damals. Ja.«

»Es muss ein Schock gewesen sein. Und eine alte Wunde aufgerissen haben.«

Er fuhr sich mit den Fingern nach hinten durchs Haar. »Ein Schock, ja. Und auch eine aufgerissene Wunde.«

»Fünfundzwanzig Jahre sind eine lange Zeit, eine derartige Last mit sich herumzutragen.«

Er zuckte unbehaglich die Schultern. »Es gab andere Sorgen, die sich in den Vordergrund drängten. Nach meiner Entehrung war mein Leben vorbei. Als Entschlossen mich fand, hat er mich nach seinem Vorbild wieder aufgebaut. Er hat mich zu Kräh gemacht. Siede blieb bei Valkener zurück und ich ließ sie ruhen. Es gab Momente, da war es ein großer Trost sich vorzustellen, es habe Valkener niemals gegeben und ich sei immer Kräh gewesen.«

Alyx streckte die Beine, die sie bis dahin untergeschlagen hatte, dann beugte sie sich nach vorne und stützte die Unterarme auf die Knie. »Gab es denn niemanden für Kräh?«

»Wonach genau fragst du, Alexia?«

»Ob du in der Zeit als Kräh ohne Liebe und Zuneigung gelebt hast.«

Kräh verschränkte die Arme. »Warum willst du das wissen?«

Sie deutete mit einer Kopfbewegung auf die Papiere und nahm sich einen Moment Zeit, um den Kloß herunterzuschlucken, der ihr in der Kehle saß. »Ich habe eine Menge über Sehnsucht gelesen, über die Freuden zu lieben und geliebt zu werden, zu berühren und berührt zu werden. Ich kenne dich, Kräh. Ich liebe dich und weiß, welche Leidenschaft in dir lodert. Dass du so lange ohne Nähe hast leben müssen, tut mir Leid.«

Er schloss die Augen. »Entschlossen und ich standen im Krieg mit Kytrin, und das war nicht leicht. Hier und da verlief unser Weg parallel zu dem anderer. Es gab Frauen, die uns Trost anboten und selbst welchen suchten. Aber wir wussten, dass es keine Zukunft hatte, Wochen, Monate, Jahre, hier und da, es kam und ging. Ich war nicht immer allein. Doch es endete, weil es nicht anders möglich war. Keine Reue, wohl aber Tränen.«

Er öffnete erneut die Augen und schaute sie an. »Bis du kamst, Alexia, wollte ich nie eine Zukunft. Ich hielt so etwas auch nie für möglich. Und jetzt stehe ich hier im Zwielicht meines Lebens und erkenne, was mir entgangen ist.«

Alyx stand auf und ging zu ihm hinüber. »Doch es war etwas, das dir nicht bestimmt war, Kräh.«

»Das ist wohl so.«

»Bis jetzt.« Sie streckte die Arme aus und fasste nach seinen Händen. Wortlos führte sie ihn zum Bett und setzte ihn auf die Kante. »Ich bin froh, dass du nicht auf Zuneigung verzichten musstest, Geliebter. Wenn ich könnte, würde ich ihnen dafür danken, dass sie dir gegeben haben, worauf niemand je verzichten sollte.«

»Alexia, ich…«

Sie legte ihm einen Finger auf den Mund. »Sag nichts,

Liebster.« Sie fasste den Saum seines Hemdes und zog es ihm über den Kopf. Dann stützte sie die Hände links und rechts von ihm aufs Bett und beugte sich vor. Sie küsste die drei Narben, die sich von der rechten Hüfte zum Schlüsselbein zogen. Sie küsste sie sanft und hielt an jeder von ihnen ein, zwei Pulsschläge lang an, mit geschlossenen Augen. Langsam bewegte sie sich aufwärts, ließ sich seine Brusthaare über Nase und Kinn streicheln. Sie erreichte seine Brustwarze und küsste ihn noch einmal. Seine Finger strichen ihr durchs Haar.

Sein Griff wurde fester. Er zog ihren Kopf hoch und zurück. »Das brauchst du nicht zu tun, Alexia.«

»Dummer Mann. Ich *will* es tun.« Ihre Rechte fasste seinen Kopf, sie küsste ihn schnell und wild. Ihre Lippen pressten sich auf seine, dann öffneten sie sich. Ihre Zunge zuckte zwischen ihnen hervor und über seine Lippen und Zähne. Sie fasste seinen Kopf fester, er den ihren ebenfalls, und ihr Kuss vertiefte sich, während sie ihn aufs Bett drückte.

Alyx hob den Kopf und lächelte, als sie auf ihn hinabschaute. Er sah gut aus, das konnte man nicht bestreiten, trotz der Narben und der weißen Haare, der Altersfältchen an den Augenwinkeln. Für andere wäre das möglicherweise das Einzige gewesen, auf das es ankam, aber für sie war es eine erfreuliche Zugabe, denn ihr ging es mehr um die inneren Werte. Die strahlten aus seinen braunen Augen und dem warmen Lächeln hervor. Sie spürte es daran, wie er sie berührte, an der Hand in ihrem Haar und der anderen auf ihrem Rücken.

Schnell küsste sie ihn wieder, dann vergrub sie ihr Gesicht in seinem Hals. Ihre Zähne zogen an seiner Haut, danach schloss sie die Lippen darum. Sie konnte das Leben durch die Arterien pumpen und die Muskeln sich dehnen fühlen, als er den Kopf neigte, um ihr den Zugang zu erleichtern. Selbst ein leiser Seufzer kitzelte ihre Lippen. Sie saugte kräftig, dann hob sie plötzlich den Kopf.

Er keuchte, und sie lächelte, bevor sie sich wieder hinabbeugte und den Fleck an seinem Hals benetzte. Dann flüsterte sie: »Ich liebe dich und will eine Zukunft *für uns*. Und ich will dich, mein Gemahl, ich will dich so sehr.«

Kräh lächelte. »Ja, eine Zukunft für uns.«

Alyx glitt von ihm herab, bis ihre Füße wieder den Boden berührten. Mit einer Hand auf Krähs Brust hinderte sie ihn sich aufzusetzen. Sie zog ihm Stiefel und Strümpfe aus, dann löste sie seinen Gürtel. Sie ließ sich Zeit, die Hose herunterzuziehen und küsste seine Hüfte, wo die drei Narben endeten und eine jüngere sie kreuzte. Nachdem sie ihn von der Hose befreit hatte, entließ sie ihn unter die Decke, dann zog sie sich selbst schnell aus und leistete ihm Gesellschaft. Sie lagen Seite an Seite.

Sie ließ sich von ihm in den Arm nehmen, fest an sich drücken, Bauch an Bauch. Seine Haare waren weich auf ihrer Haut, seine Arme stark. Sie seufzte, schloss die Augen und streichelte wieder mit der Nase über seinen Hals. »Liebe mich, Kräh.«

»Ja, Alexia. Ja.« Krähs Linke hob sich und er zog den Kopf zurück. Er hob ihr Gesicht an und küsste sie, tief und leidenschaftlich. Sein Atem floss sanft über ihre Wange. Sie klammerte sich an ihn, und auf ihr Drängen erhob er sich und glitt über sie, während sie sich auf den Rücken rollte. Sie zog ihn an sich, eine Hand in seinem Nacken, die andere am Becken, dann schloss sie die Knöchel hinter seinen Knien.

Als er in sie eindrang, bewegten sie sich gemeinsam in einem fließenden Tanz. Die Eindrücke schlugen wellengleich über ihr zusammen, genau wie die Hitze, die sich zwischen ihnen aufbaute. Ihre Hüften hoben sich ihm entgegen, ihre Hände streichelten seinen Rücken, packten zu, drückten, zogen ihn näher. Er richtete sich auf die Arme auf, beugte den Rücken, als das Verlangen drängender wurde. Die Küsse kamen häufiger, ihre Körper bewegten sich schneller. Sie stießen nur noch unartikulierte Laute aus, verstanden einander aber vollkommen. Der Anstieg zum gemeinsamen Gipfel wurde steiler. Auf beiden glänzte der Schweiß.

Dann explodierte ihre Leidenschaft, die Hitze erreichte

ihren Höhepunkt, Herzen rasten, Atem ging kurz und schnell, stoßweise sogar. Ihre Arme glitten auf seinen Rücken, zogen ihn zu sich herab. Er widersetzte sich einen Augenblick, dann beugte er die Ellbogen und lag auf ihr. Sie packte ihn fester, entschlossen, ihn ewig zu halten. Sie benetzte seinen Hals, den frischen Fleck, schmeckte den Schweiß, den ihre Freuden hervorgebracht hatten.

Alyx wollte ihm sagen, wie sehr sie ihn liebte, aber noch war kein Platz für Worte. Die Liebe loderte in ihr, ließ die Umarmung noch fester werden. Wieder leckte sie ihm über den Kehlkopf und fühlte sein Herz ebenso rasen wie das ihre. Sein Atem machte sie lächeln, sein Duft erfüllte alles, und die Welt endete für sie nicht nur am Rand des Bettes, sie hatte keinerlei Verwendung für das, was dort draußen lag.

Kräh erhob sich auf die Ellbogen und versuchte zur Seite zu rutschen, doch sie ließ ihn nicht los. »Ich will dich nicht erdrücken.«

Sie schüttelte den Kopf. »Das tust du nicht – und ich will dich genau da. Jetzt.«

»Jetzt?«

Alyx nickte langsam. »Es gibt noch andere Arten, auf die ich dich auch will. Aber vor allem sollst du wissen, dass ich dich liebe und es mich nach dir verlangt. Dass es über die Jahre andere gab, die dich geliebt haben, freut mich, aber keine von ihnen kannte dich wie ich. Keiner warst du so wertvoll wie mir.«

Kräh lächelte. »Glaubst du?«

»Ich *weiß* es.« Sie hob den Kopf und küsste ihn. »Denn wenn doch, hätten sie dich nie gehen lassen.«

»So lange nur du mich nicht gehen lässt, ist alles gut.« Kräh strich ihr mit einer Hand übers Haar und ließ den Daumen über ihre Wange gleiten. »Eine Menge Leute findet, ich hatte gewaltiges Glück, so lange zu überleben. Aber das ist nichts im Vergleich zu dem Glück, dich gefunden zu haben.«

»Das war kein Glück, Kräh. Das war Schicksal. Dir ist bestimmt, Vorquellyn befreit zu sehen. Du hast dein Leben dieser Aufgabe gewidmet, und die Welt schuldet dir eine Belohnung.« Alyx leckte spielerisch über seinen Hals, dann drückte sie ihn mit Armen und Beinen. »Und was dein Glück betrifft, Liebling, du könntest es noch einmal auf die Probe stellen.«

»Wirklich, Prinzessin?«

»Wirklich, Gemahl. Ich habe dich. Du bist mein, und ich habe nicht vor, dich gehen zu lassen.« Sie lachte ihn an. »Diese Nacht gehört uns. Sie ist das Tor in die Zukunft. Komm. Wir werden gemeinsam hindurchschreiten und uns nie mehr umdrehen.«

Kapitel Sechzehn

Zwei Dinge machten es für Prinz Ermenbrecht erträglich, am Tisch der Orioser Delegation zu sitzen. Wenn auch nur gerade so eben. Zunächst Kabot Marstamm und seine Reaktion auf ihn. Immer wieder ertappte der Prinz diesen widerlichen Kriecher dabei, wie er ihn beobachtete. Jedes Mal lächelte Ermenbrecht zurück, ballte aber zugleich die Hand zur Faust oder ließ sie an die Seite fallen, dorthin, wo sich das Heft seines Schwertes befunden hätte. Und jedes Mal wurde Marstamm bleich oder zuckte zusammen. Das hatte etwas vom Ärgern eines Kindes, doch es bereitete ihm trotzdem Vergnügen, da es immer Spaß macht, nackte Habgier scheitern zu sehen.

Das Zweite war das neue Schwert, das er bekommen hatte. Kräh und Alexia hatten ihm eine Nachricht geschickt, und er hatte sie so bald er konnte aufgesucht. Dort hatte er einen Mann und dessen Sohn getroffen, einen Schmied aus Valsina. Ermenbrecht hatte nie zuvor von Nethard Hauer gehört, aber sein Vater hatte auch nie viel über den ersten Marsch gegen Kytrin gesprochen.

Der Prinz hatte in Hauer einen Mann kennen gelernt, der nicht viele Worte machte, und am allerwenigsten sagte er: ›ich‹. Das machte ihn zu einer willkommenen Erholung nach all den Ministern und Adligen, die Saporitias Hauptstadt unsicher machten. Nets direkte Art erinnerte Ermenbrecht angenehm an die Soldaten, die er in Festung Draconis befehligt hatte, besonders einen Meckanshii-Rüstmeister, den sie in Sarengul hatten zurücklassen müssen. Der Prinz konnte nur hoffen, dass Verum noch lebte.

Nets Sohn hatte zwei Schwerter ausgepackt und eines der

beiden hatte Ermenbrecht augenblicklich angezogen. Das Langschwert hatte eine kräftige Fehlschärfe, lief aber schnell zu einer scharfen Spitze zu, die sich zu Stichattacken hervorragend eignete. Der Knauf des Griffes war kreuzförmig und der Schaft darunter mit Leder umwickelt. Die Parierstange war nicht weiter bemerkenswert, bis auf die zwei nicht ganz daumenlangen Fortsätze an den Enden, die parallel zur Klinge verliefen.

Nets Sohn hatte ihm erzählt, wie ein urZreð-Zauberer namens Bok in die Schmiede gekommen und ihm geholfen hatte, diese Waffe herzustellen, in der ein Fragment von Temmer steckte. Diese Information hatte Ermenbrecht doppelt zu denken gegeben. Er hatte Bok auf Vael kennen gelernt und ihn für kaum mehr als ein Tier gehalten. Der Prinz hasste Verstellung und verspürte ein unwillkürliches Misstrauen der Arbeit an diesem Schwert gegenüber.

Hinzu kam das Temmer-Fragment. Das ungleichmäßige Bruchstück reichte von der Fehlschärfe der Waffe zwei Spannen weit die Klinge hinab. Wie Knauf und Parierstange war es von mattgoldenen urSreiði-Runen umgeben. Temmer war eine mächtige, mit düsterer Magik belegte Waffe gewesen, doch das machte ihm weniger Sorgen als die mögliche Reaktion seines Vaters, sollte der erfahren, dass Ermenbrecht ein Schwert besaß, in dem ein Stück von Temmer steckte. Swindger war seit Jahrzehnten davon überzeugt, er wäre ein legendärer Held geworden, hätte er nur Temmer besessen.

In vielerlei Hinsicht war Ermenbrecht überzeugt, dass Temmers zerstörerische Magik bei seinem Vater gewirkt hatte, auch ohne dass er das Schwert je in der Hand gehalten hätte. Es hatte ihn gebrochen. Das Schwert hatte ihn erkennen lassen, was für ein Feigling er in Wahrheit war, und er hatte sich nie gegen diesen Teil seines Wesens aufgelehnt. Sein Vater würde aller Wahrscheinlichkeit nach glauben, das Schwert namens Kron sei für ihn bestimmt, als Möglichkeit, sich doch noch zu beweisen.

Trotz dieser Vorbehalte hatte Ermenbrecht die silbrige

Klinge angenommen und gezogen. Von dem Augenblick an, als er sie aus der Scheide befreite, wusste er, dass sie wahrhaft für ihn bestimmt war. Das Schwert lag ihm wunderbar in der Hand. Er konnte es mit einer leichten Bewegung des Handgelenks hin und her peitschen lassen. Durch die kräftige Fehlschärfe vermochte er weit schwerere Waffen zu parieren. Durch die Leichtigkeit, mit der sich die Klinge bewegte, konnte sie sich durch die Abwehr eines Gegners schlängeln, Schwachstellen in der Panzerung finden und das Leben derer beenden, die eine Bedrohung für die Welt bedeuteten.

Der Prinz wünschte sich, er hätte das Schwert im Rat tragen können. Tradition und Anstand erlaubten jedoch nur König Fidelius, ein Schwert zu tragen, denn sie befanden sich in seiner Hauptstadt. Und so war ihm als Zeichen seines Ranges nur ein einzelner Dolch gestattet. Ermenbrecht hatte einen langen, praktischen Dolch gewählt, den er aus Festung Draconis mitgebracht hatte. Es beruhigte ihn, die Waffe im Stiefelschaft zu spüren, und mehr als einmal musste er der Versuchung widerstehen, sie zu ziehen und vor Wut in den Tisch zu stoßen.

Jetzt stand noch ein Minister aus, diesmal aus Helurca. Er trug bunte Seidenkleidung, grün und blau, die dem Heulen des Winterwinds vor den Fenstern spottete. Ermenbrecht verstand den Wunsch, sich im tiefsten Winter fröhlich zu kleiden, aber in einer Ratsversammlung, in der das Schicksal der Welt entschieden wird, fand er es doch unpassend.

Andererseits, erinnerte sich der Prinz, *wird das Schicksal hier nicht* entschieden, *nur endlos debattiert.*

Der Heluriane räusperte sich. »Auch das Volk Helurcas gibt seinem Entsetzen über die Art und Weise Ausdruck, wie General Markus Adrogans die Anweisung dieser Versammlung übergeht. Seine himmelschreiende Missachtung des Befehls, hier zu erscheinen, zeigt seine bisherigen Taktiken in ihrem wahren Licht. Wir können uns nicht darauf verlassen, was er uns über die Draconellen mitgeteilt hat. Ja, wir geben zu, dass die Agenten anderer Reiche ebenfalls gemeldet haben, dass er keine Draconellen besitzt. Aber woher wissen wir, dass er sie nicht getäuscht hat?«

Ermenbrecht schüttelte den Kopf. Wenigstens hatte der helurianische Minister die wütende Erwiderung weggelassen, die auf die Andeutung seines reqorrischen Kollegen gefolgt war, die Allianztruppen unter Adrogans' Befehl hätten sich mit ihm und seinem geplanten Imperium verbündet. König Augustus' Antwort, es sei Reqorras mangelnde Selbstachtung, die es seinen Delegierten möglich mache anzunehmen, auch andere würden persönliche Belange über die Interessen ihrer Heimat stellen, war nur die beißendste gewesen. Und ganz den endlosen Bruderzwisten entsprechend, die Reqorras Fluch waren und derartige Verdächtigungen auslösten, hatte sich die Delegation in einen Haufen aufgeplusterter Streithähne verwandelt, deren gezischte Auseinandersetzung die Rede des Ministers vorzeitig beendete.

Der Heluriane sprach weiter. »Wer sagt uns, dass General Adrogans seine Truppen nicht bereits nach Süden in Bewegung gesetzt hat. Er könnte seinen Untergebenen erzählt haben, sie wären auf dem Marsch, Saporitia zu verteidigen. Sie würden diese Erklärung selbstlos und guten Willens annehmen und in den Kampf marschieren, während er insgeheim Pläne schmiedete, sie für seine persönlichen Zwecke auszunutzen.«

Mit vor Abscheu bebenden Nasenflügeln sprang Ermenbrecht auf. Er spürte Marstamm an seinem Ärmel zupfen. Er starrte den Mann an, und Marstamm zuckte zurück wie von einem Dolch durchbohrt. »Bei allem Respekt vor dem Herrn Minister, aber das ist absoluter Schwachsinn, der aus völligem Unverständnis für Soldaten erwächst.«

Der Minister zog die Nase hoch. »Ich kenne Euren Ruf, Prinz Ermenbrecht, und hatte nicht die Absicht, ihn irgendwie in Zweifel zu ziehen.«

»Vielleicht nicht, aber Ihr missversteht solche Männer, wie ich sie befehligt habe. Ihr missversteht auch jene, die Prinzessin Alexia befehligt hat, die König Augustus in Okrannel befehligt hat und – ja, auch die, von denen wir hier in Saporitia verlangen, für uns zu kämpfen. Kein Soldat nimmt selbstlos einen Befehl an, durch die halbe Welt zu marschieren. Sie werden murren und nörgeln, fast so nachhaltig wie diese Versammlung.«

Der kahlköpfige Minister richtete sich zu voller Größe auf. Seine hängenden Wangen zitterten. »Ich denke kaum…«

»Nein, Ihr denkt überhaupt nicht, jedenfalls nicht wie ein Soldat. Sie werden Adrogans folgen, aber das werden sie tun, weil sie ihm vertrauen. Er hat sich dieses Vertrauen verdient. Mit der Einnahme Swojins und Swarskijas hat er erreicht, was keinem anderen Feldherrn gelungen ist, und das mit weniger Verlusten, als irgendjemand sich je hätte vorstellen können. Als ihr euch zuletzt in Yslin versammelt und ihm diese Aufgabe übertragen habt, hat niemand erwartet, dass er es so schnell so weit schaffen würde. Er hat euch mitgeteilt, dass er seine Truppen weiter gegen Kytrin führt, und ohne gegenteilige Beweise, dafür mit reichlich Hinweisen, die seine Aussage unterstützen, sehe ich absolut keinen Anlass, daran zu zweifeln. Ihr benehmt euch wie Narren.«

»Das sagt Ihr jetzt, Prinz Ermenbrecht, aber Euer Reich ist nicht unmittelbar von einem Einmarsch bedroht.«

Ermenbrecht rieb sich die Stirn. »Seid Ihr blind, Minister, dass Ihr die Karte nicht seht? Mein Land liegt an der Front. Kytrin steht näher an Oriosa als Adrogans selbst in einem Monat an Helurca stände, *falls* er nach Süden zöge.«

Der Blick seines Gegenübers wurde hart. »Ihr wisst, dass Euer Land in keiner Gefahr schwebt.«

Der Prinz erstarrte. »Womit Ihr was genau sagen wollt, Minister?«

Der Heluriane setzte zur Antwort an, doch eine andere Stimme schnitt ihm zornig das Wort ab. »Dass er ein verdammter Narr ist, genau wie alle anderen in diesem Raum, mit ein oder zwei Ausnahmen.«

Entschlossen stampfte in die Mitte der Ratskammer, in einen verschlissenen Mantel aus fleckigen Schnattererskalps gehüllt. Deren unregelmäßige Form und kahle Stellen erinnerten Ermenbrecht an Leichenberge auf den Ebenen um die Festung Draconis herum. Entschlossens Umhang war aus Dutzenden von Skalps genäht, jeder einzelne nach einem furchtbaren Kampf geerntet. Ermenbrecht war sicher, dass sie nur einen Bruchteil derer ausmachten, die der Vorqælf in seinem langen Kampf gegen Kytrin erschlagen hatte.

König Fidelius erhob sich empört von seinem Platz. »Die Vorqælfen sind nicht zu diesem Rat geladen. Wir werden Ihn also nicht anhören. Er hat hier nichts zu suchen und wird sich auf der Stelle entfernen.«

»Nein, ich werde nicht gehen, und ihr werdet mich anhören.« Die raue Stimme des Ælfen hallte durch den Saal. »Mehr als ein Jahrhundert habe ich zugehört, wie Menschen über Kytrin debattieren und darüber, wie man mit ihr fertig wird. Mein Interesse an dieser Frage ist offensichtlich. Menschen haben mich vor dem Schicksal gerettet, das meine Heimstatt erlitten hat. Meine Brüder in den anderen Heimstätten waren nicht bereit, gegen Kytrin vorzugehen und Vorquellyn zu retten.« Er schaute sich um. Seine silbernen Augen jagten Ermenbrecht einen Schauer über den Rücken, als sich ihre Blicke trafen. »Die anderen Ælfen halten Vorqælfen wie mich für ungeduldig, und sie haben Recht. Ich gebe zu, ich will meine Heimat zurück, ich verzehre mich nach ihr. Aber jetzt gehen meine Wünsche weiter. Sie müssen weiter gehen.«

König Swindger schnaubte verächtlich: »Wärst du vor einem Vierteljahrhundert an unserer Seite gewesen, wären wir jetzt nicht in dieser heiklen Lage.«

»Und hättest du Rückgrat besessen, König Swindger, dann vielleicht auch nicht. Wir wissen nicht, welche Zukunft jeder dieser Fälle hervorgebracht hätte. Die Lehre aus dem Scheitern ist jedoch unübersehbar. Ohne Mut und Entschlossenheit wird der Rat, der sich in einem oder in zehn Jahren trifft, deutlich kleiner sein. Und so wird es weitergehen, bis niemand mehr übrig ist, der sich noch versammeln könnte.«

Entschlossen warf den Mantel zurück, so dass die ganze Versammlung seine kräftigen Arme sehen konnte, die über und über mit mystischen Symbolen tätowiert waren. »Ich habe eine kleine Ewigkeit gewartet, aber jetzt ist Schluss. Ihr debattiert über Belanglosigkeiten. Selbst Ihr, Prinz Ermenbrecht, streitet Euch um ein Detail ohne die geringste Bedeutung. Falls Adrogans hierher marschiert, sei es, um ein Imperium aufzurichten oder Saporitia zu entsetzen, was macht das aus? Keins von beiden wird Kytrin aufhalten, und Kytrin aufzuhalten, das ist die Aufgabe! Irgendetwas anderes zu glauben ist sinnlos. Schlimmer noch, es ist vollkommen verantwortungslos. Noch verantwortungsloser als das Handeln eurer Vorgänger, als sie Kräh zum Sündenbock stempelten und sich hinter ihm vor ihren schlimmsten Albträumen versteckten.« Der silberäugige Vorqælf deutete auf Prinzessin Alexia. »Die hatten zumindest ein gewisses Maß an Voraussicht. Sie waren klug genug, diese Frau in der Kunst der Kriegsführung auszubilden. Sie taten es, damit sie eine Armee gegen Kytrin führen und sie auch besiegen konnte. Ihr wisst von ihren Schlachten. Ihr wisst von ihren Leistungen. Sie hat jede ihr gestellte Aufgabe gelöst, aber was tut ihr jetzt? Ihr sitzt hier herum und diskutiert über Nichtigkeiten, da ihr eigentlich darüber reden solltet, wer das größte Kontingent für diese Armee stellt.«

Minister und Monarchen sprangen auf, um zu protestieren, und Entschlossen knurrte. Seine Rechte ballte sich zur Faust, dann öffnete sie sich wieder. Eine der Tätowierungen auf seinem Unterarm blitzte auf, da schlug ihm schon eine Flammenzunge aus der offenen Handfläche. Die goldene Feuersäule versengte einen der Deckenbögen und die Hitze trieb die Menschen zurück. Selbst Ermenbrecht hob die Hand vors Gesicht, um sich zu schützen.

»Ihr hört einfach nicht zu!« Qualm stieg aus Entschlossens geschlossener Hand auf. »Die Zeit der großen Reden ist vorbei. Jetzt muss gehandelt werden. Wann immer ihr gemeinsam gegen Kytrin vorgegangen seid, ist sie gescheitert. Falls ihr das vergesst, seid ihr verloren.«

Großherzogin Tatjana erhob sich mühsam von ihrem Platz und ergriff mit einer so leisen Stimme das Wort, dass sie erhöhte Aufmerksamkeit verlangte. »Diese Beratungen haben zu lange auf die Verbindung mit der kalten Wirklichkeit verzichtet. Wir, Brüder und Schwestern, besitzen zu oft die Neigung, uns in Erörterungen ohne Folgen zu verlieren. Die Gründe dafür spielen keine Rolle, und sie zu debattieren hieße diese Tendenz nur fortführen.«

»So wie du es gerade vorführst, Hexe.«

Tatjana starrte Entschlossen wütend an, aber der Vorqælf zuckte mit keiner Miene. »Entschlossen hat Recht. Alexia wurde ihr ganzes Leben dafür ausgebildet, die Armee zu kommandieren, die wir versammeln werden. Unsere Minister können debattieren, was immer ihnen beliebt, und vermutlich werden sie das auch tun. Aber unsere Aufgabe ist es, einen Krieg zu durchdenken. Einen Krieg, der Kytrin vernichten wird. Einen Krieg, der Muroso und Sebtia befreien wird und sogar Vorquellyn. So wie mein Land gerettet wurde, sollten alle gerettet werden.«

Tatjanas Rede ließ Schweigen über den Saal sinken. Entschlossens Zurechtweisung hatte Ermenbrecht rot werden lassen, und er war nicht der Einzige, der sich schämte. Tatjana bot den Versammelten im Gegenzug an, zumindest für den Augenblick die kleinlichen Streitigkeiten hinter sich zu lassen, die ihre Gespräche bisher beherrscht hatten und sich wieder auf das gemeinsame Ziel ihrer Rettung zu konzentrieren.

König Fidelius, der sich bei Entschlossens Feuerwerk wieder gesetzt hatte, stand jetzt auf. »Es liegt viel Weisheit in dem, was wir gehört haben. Mit gebotener Sorgfalt …«

Entschlossen wirbelte herum, der räudige Pelzmantel flog auf. »Mit gebotener *Sorgfalt* wird es kein Saporitia mehr geben. Ihr müsst *jetzt* handeln. Pläne aufstellen, Heere in Marsch setzen. Die Streitmacht muss zum neuen Jahr nach Norden aufbrechen.«

»Das ist schon in einer Woche!«

Entschlossen nickte. »So ist es, Hoheit. Zehn Tage. Es könnten die letzten zehn Tage Eures Reiches sein. Ist es das, was Ihr wollt?«

»Nein, natürlich nicht.«

»Gut. Dann tut, was getan werden muss.« Der Ælf breitete die Arme aus. »*Führt!* Verlangt, dass Pläne aufgestellt werden. *Jetzt!* Gebt uns einen Grund, das neue Jahr zu feiern. Denn wenn ihr es nicht tut, werden wir es nur als das *letzte* Jahr in Erinnerung behalten.«

Kapitel Siebzehn

Alyx erhob sich mit den anderen, um Entschlossen zu applaudieren. Tiefe Verachtung verzerrte sein Gesicht, aber sie schüttelte den Kopf, sobald er sie anschaute. Seine Miene hellte sich ein wenig auf, doch die Haltung der Schultern und die angespannten Kinnmuskeln verrieten seine wahren Gefühle. Der Vorqælf zuckte die Achseln und ließ den Schnatterermantel wieder zufallen.

Alyx löste sich von der alcidischen Delegation und erreichte ihn als Erste. »Eine wortgewaltige Rede.«

Die silbernen Augen blieben kalt. »In Yslin, als Kräh noch ein Knabe war, war ich zurückhaltender. Ihr seht, was es genützt hat.«

»Hast du Angst, dass es diesmal ebenso ausgeht?«

Entschlossen schüttelte den Kopf. »Nein. Ihr werdet das verhindern. Ich habe Euch die Verantwortung aufgehalst.«

Sie nickte. Mit dieser Rede hatte er sie als Waffe herausgestrichen, die für den Kampf gegen Kytrin geschmiedet worden war, und sie erkannte, auf wie fruchtbaren Boden diese Botschaft bei den Empfängern fiel. Das war das Ziel derer gewesen, die sich einverstanden erklärt hatten, sie bei den Gyrkyme zu lassen. Sie hatten ihr Lehrer und Ausbilder geschickt. König Augustus hatte ihr Truppen zur Verfügung gestellt und dafür gesorgt, dass sie praktische Erfahrung als Kommandeurin sammelte.

Entschlossens Worte hatten sie auf ein Objekt reduziert, aber der Vorqælf wusste es besser – und das wusste sie. Es hatte eine Zeit gegeben, als sie seiner Beschreibung zugestimmt und sie als höchstes Lob empfunden hätte, aber inzwischen war sie erwachsener geworden. Eine Waffe hätte die Verantwortung allein nicht tragen können, die er ihr übergeben hatte.

Eine Hand legte sich fest um ihr linkes Handgelenk. »Es ist, wie er gesagt hat, Alexia. Du wirst die Welt zum Sieg führen.«

Alyx schaute auf ihre Urgroßtante hinab. »Danke, dass du ihn unterstützt hast, Tante Tatjana.«

Die Greisin blickte zu Entschlossen hoch. »Ich hab lange darauf gewartet, einen anderen Flüchtling die Wahrheit sagen zu hören.«

Entschlossens Blick wurde kalt. »Meine Wahrheit unterscheidet sich von Eurer. Euer Land ist frei.«

»Nicht solange es die Nordlandhexe noch gibt. Sie kann jederzeit erneut angreifen.« Wieder drückte Tatjana Alyx' Handgelenk. »Das musst du berücksichtigen. Du musst Adrogans dazu verpflichten, Okrannels Freiheit zu schützen. Die Weisheit darin ist offensichtlich.«

Die alte Frau zischte die Worte mit einer Vehemenz, die Alyx einen kalten Schauer über den Rücken jagte. Zweifellos ging es Tatjana um Okrannels Freiheit, Alyx hatte allerdings stark den Verdacht, ihre Urgroßtante wolle auch sichergehen, dass Adrogans' Draconellen bloß in Swarskija blieben. *Misstrauisch wie sie ist, geht sie fest davon aus, dass er welche hat, und die will sie für sich.* Alyx seufzte und wusste, die alte Adlige war mit diesen Wünschen nicht allein. Mit Sicherheit kamen im Verlauf der Planungen auch noch von vielen anderen ähnliche Ratschläge.

»Das ist sie, Tante Tatjana, und ich werde daran denken.« Mit einer Drehung des Arms befreite sie sich. »Es gibt viel zu tun, ich sollte mich an die Arbeit machen.«

»Natürlich.« Die Großherzogin verschränkte die Hände. »Du hast meine volle Unterstützung. Ich habe von dieser Entwicklung *geträumt*.«

Alyx musste schmunzeln. Keine der Traumdeutungen, die sie je gehört hatte, hatte auch nur die geringste Ähnlichkeit mit der Realität der Befreiung Okrannels gehabt. Tatjana hatte bestimmt eifrig im Buch der Träume nach Omen gesucht und vermutlich die gesamte Exilantengemeinschaft mit Gerüchten versorgt.

Und jetzt zählt sie ganz auf meine Träume. Alyx hatte dem Kronzirkel von einer lebhaften Abfolge von Schlachten in Saporitia und Muroso erzählt, in deren Verlauf sie die aurolanischen Horden zerschlug und zurück nach Norden trieb. Sie konnte sich nicht entsinnen, eine Allianzstreitmacht oder andere Kommandeure oder irgendeine der Einzelheiten erwähnt zu haben, die sich wahrscheinlich aus den Gesprächen in Narriz ergeben würden. Aber ohne Zweifel würde sich im Buch der Träume die Bestätigung für all das finden.

Hinter sich hörte Alyx lautes Aufkeuchen und drehte sich hastig um. Peri setzte mit schlagenden Flügeln vor ihr auf. »Du musst mitkommen, Schwester.«

Alyx schaute der Gyrkyme-Kriegerin in die gelben Augen. »Das ist nicht möglich. Ich habe eine Menge zu erledigen. Könnte Entschlossen ...«

Peri schüttelte den Kopf. »Kräh schickt mich.«

»Was ist geschehen? Ist er verletzt?«

»Es geht ihm gut, aber du musst in dein Quartier.« Peri nahm sie an der Hand und führte sie durch die Menge. Entschlossen folgte ihnen. Die Militärratgeber, die auf dem Weg zu ihr gewesen waren, schwenkten zu König Augustus oder Prinz Ermenbrecht ab. Alyx war nicht sicher, ob das gute Durchkommen an Entschlossens düsterer Präsenz hinter ihr lag oder an Peris drohenden Krallen. Was es auch war, sie war dankbar dafür.

Die drei hasteten durch das Schloss und erreichten den Turm. Hastig stiegen sie die Treppe hinauf. Als sie das Zimmer betraten, stockte Alyx der Atem. Kräh saß in einem Lehnstuhl neben dem lodernden Kaminfeuer. Ihm gegenüber, noch immer in einem dicken Mantel über der reifbedeckten roten Ledermontur und eine violette Maske vor den Augen, saß eine Frau mit feuerroten Haaren. Sie hatte die Hände um den Bauch eines dampfenden Trinkkrugs geschlungen.

»Sayce! Wann bist du angekommen?«

Die junge Frau sah auf, dann erhob sie sich. Kräh nahm ihr den Krug ab, bevor er fallen konnte. Alyx ging auf sie zu, traf die kleinere Adlige auf halber Strecke und nahm sie fest in den Arm. Sayces Hände verkrampften sich um Alyx' Hemdstoff. Sie bebte.

Die murosonische Prinzessin zog sich etwas zurück und kaute auf der Unterlippe. »Niemand will mir sagen, wo Will ist. Alle sagen nur, er sei nicht mit euch hergekommen. Wo ist er?«

Alyx schaute zu Kräh, der den Kopf schüttelte. »Sie war in heller Panik, als sie eintraf. Ich habe nach dir geschickt und sie beruhigt.«

»Ich verstehe, Geliebter.« Wieder zog Alyx Sayce an sich. »Will ist nicht hier, Sayce.« Sie wusste, die junge Frau musste erfahren, dass Will tot war, aber sie brachte die Worte nicht über die Lippen. Sayce trug Wills Kind und sie liebte ihn von ganzem Herzen. *Ihr das zu sagen, ist grausam. Es ihr zu verschweigen jedoch…*

Entschlossen legte Alyx die Hand auf die Schulter, dann zwang er die beiden Frauen auseinander.

»Entschlossen, nein.«

Der Vorqælf blickte Alyx an und schüttelte den Kopf. »Mit dem Schwert, das Will mir gab, ist eine schwere Verantwortung verbunden. Diese nehme ich an.«

Sayce wirkte erst überrascht, dann leicht verängstigt, aber sie ließ sich von Entschlossen zurück zu ihrem Platz am Feuer führen. »Was ist, Entschlossen?«

Der Vorqælf sank auf ein Knie und nahm ihre Hände. »Ihr tragt Wills Kind?«

»Woher weißt du?«

Entschlossen blieb ernst, aber nicht düster. »Prinzessin Alexia wusste es. Sie hat uns die frohe Nachricht auf Vael überbracht.«

»Weiß Will davon?«

»Glaubst du, wir hätten es vor ihm geheim halten können? Er war hocherfreut, als er es hörte.« Entschlossen schluckte verkrampft, doch seine Stimme blieb fest, nur ein wenig angespannt. »Diese Nachricht hat eine Veränderung bei Will Norderstett vollendet. Als Kräh und ich ihn fanden, war er nur ein gesetzloser Knabe. Ihm war Verantwortung genauso gleichgültig wie das Gesetz. Er versuchte beidem auszuweichen. Allmählich akzeptierte er, dass er der Norderstett war. Er akzeptierte, dass ihn das zu einem Teil von etwas machte, weit größer als er selbst. In Meredo hast du ihn die Verantwortung für die Freischärler übernehmen sehen. Wärst du bei ihm in unserer Kampfgruppe gewesen und hättest gesehen, wie er sich in Sarengul einem Drachen entgegenstellte, hättest du auch bemerkt, dass die Veränderung fast abgeschlossen war.«

»Will hat sich einem Drachen entgegengestellt?«

»Ja, und so wie er in Bokagul dein Leben rettete, rettete er uns alle vor dem Drachenfeuer. Er rettete auch ein Fragment der Drachenkrone. Er reiste nach Vael, um sich dort vor den Drachen gegen seinen Vater auszusprechen. Der Preis des Disputs war deren Hilfe beim Kampf gegen Kytrin.« Entschlossen drückte ihre Hände und hielt sie fest. »Bis er von dem Kind unter deinem Herzen erfuhr, hatte er bereits gelernt, die Verantwortung anzunehmen, die er für andere erhalten hatte. Dein Kind vollendete das Werk. Dein Kind gab ihm eine Zukunft. Sein Lebenszweck war immer gewesen, Kytrin zu besiegen, und der Prophezeiung wegen war er dazu entschlossen, doch nun konnte er endlich über die Prophezeiung hinausschauen, und das hat sein Wesen abgerundet.«

Sayce hörte aufmerksam zu und nickte ernst. »Und wo ist er? Haben die Drachen verlangt, dass er auf Vael bleibt?«

»Seine Pflicht hat es verlangt.« Der Vorqælf zögerte kurz. »Nefrai-laysh versuchte, einen Drachen zu ermorden. Will hat diesen Mord verhindert. Es hat ihn viel gekostet. Das Leben.«

Das Knistern des Feuers war das einzige Geräusch im Raum. Sayce öffnete den Mund, ohne einen Laut von sich zu geben. Dann sank sie zurück auf den Stuhl. Sie zog die Hände zurück und schlug sie vors Gesicht. Ihr ganzer Körper bebte. Tränen liefen unter der Maske hervor, tropften vom Kinn und auf das Lederzeug.

Alyx setzte sich in Bewegung, doch Entschlossen hob die Hand und wehrte sie ab. Sie starrte ihn an, wütend, Sayce nicht trösten zu dürfen. Und beinahe ebenso wütend, weil er die Murosonin belogen hatte. Alexia hatte die Nachricht von der Schwangerschaft nicht mit Will geteilt. Entschlossen hatte vermutlich Recht, Will hätte sich darüber gefreut, aber aus einem Gespräch, das sie eine Weile zuvor mit ihm geführt hatte, wusste sie: Es wäre ebenso gut das Gegenteil möglich gewesen. Entschlossen hatte jedoch nicht gelogen, was Wills Reifungsprozess betraf, und sie hoffte, dass der zu dem Verlauf der Dinge geführt hätte, den Entschlossen beschrieben hatte.

Der Vorqælf legte Sayce die Hände auf die Knie. »Hört mir zu, Prinzessin. Ihr und Euer Kind *seid* Will Norderstetts Zukunft. Er war bereit, sich zu opfern, um Kytrin den Sieg zu nehmen, damit Ihr und sein Kind in einer Welt ohne Angst vor ihr leben könnt. Wir alle sind entschlossen, diese Zukunft wahr werden zu lassen. Wir brauchen Euch als Teil dieses Kampfes. Als Euch Will gerettet hat, als er Euch geliebt hat, und auch als er das Kind gezeugt hat, hat er Euch an uns gekettet. Und uns an Euch. Was jetzt wie ein Ende scheint, ist eine Fortsetzung. Solange Ihr bei uns seid, können wir nicht scheitern.«

Sayce senkte die Hände. Die blauen Augen waren rotgerändert und noch immer glänzten die Tränenspuren auf den Wangen. »Ich liebe Will Norderstett. Ich würde ihm überallhin folgen. Was immer nötig ist, ich werde es tun.«

Entschlossen nickte kurz, dann stand er auf. Alyx trat an ihm vorbei und zog Sayce aus dem Stuhl in die Arme. Peri trat hinter die Murosonenprinzessin und umarmte sie ebenfalls. Alyx und ihre Schwester drückten Sayce fest, die wieder weinte. Sie hielten sie, bis sich das krampfartige Beben zu einem leisen Zucken abgeschwächt hatte. Dann brachten sie sie zu Bett, wo ein gnädiger Schlaf sie überkam.

Alyx zog Entschlossen auf den Flur. »Warum hast du sie angelogen?«

»Nicht aus dem Grunde, den Ihr annehmt, Prinzessin.«

»Und welcher Grund wäre das?«

Entschlossen hob den Kopf. »Ihr glaubt, ich hätte sie mit einer Lüge abgefertigt, um einen neuen Norderstett für meine Zwecke zu erhalten. Ihr wisst, dass ich mal zu Will gesagt habe, falls er meinen Anforderungen nicht genügte, würde ich ihn Kinder machen lassen, damit ich jemanden fände, der dies sehr wohl täte. Ihr kommt aus einer Welt voller Politiker. Weil die lügen, haltet Ihr jede Lüge für politisches Kalkül.«

Sie spürte, wie sich ihr Magen verkrampfte. »Und welchen Grund hattest du?«

»Ich habe es für sie getan. Und für Will.« Der Vorqælf verschränkte die Arme. »In ihrem Schmerz hätte sie sich ausnutzen lassen. Jetzt hat sie ein Ziel. Sie weiß, Will ist gestorben, um sie und ihr Kind zu retten. Sie ist jetzt Teil unserer Gruppe. Sie wird sich um Rat an uns wenden. Werdet Ihr sie ausnutzen? Nein. Auch Kräh wird das nicht tun, ebenso wenig wie ich. Wir werden sie vor denen schützen, die sie für eigene Zwecke einspannen wollen.«

»Niemand darf davon erfahren. Das ist die erste Verteidigungslinie.«

»Ich stimme Euch zu, Prinzessin, aber Geheimnisse folgen ihren eigenen Regeln. Auch dieses wird sich nicht lange verbergen lassen.«

Alyx nickte. »Was hast du damit gemeint, als du sagtest, du hättest für Will gelogen?«

Entschlossen lächelte kaum sichtbar. »Will empfand nur Verachtung für alle, die versuchten, ihn zu benutzen. Er würde nicht wollen, dass jemand seine Tochter benutzt. Ich glaube nicht, dass es jetzt dazu kommen wird.«

»Seine Tochter?« Die Okraner Prinzessin spießte ihn mit einem Blick aus violetten Augen auf. »Wie viel weißt du, Entschlossen?«

Er dachte kurz nach. »Prophezeiungen, Prinzessin, erfordern immer eine Deutung. Eure Tante ist darin eine Meisterin. Die Norderstett-Prophezeiung im ursprünglichen Ælvisch legt das Geschlecht des Norderstetts nicht eindeutig fest. Da Will männlich war, blieben andere Möglichkeiten offen.«

»Du hast erwartet, dass er ein Kind zeugt?«

»Ihr wisst bereits, dass ich das nicht ausgeschlossen habe.«

Sie runzelte die Stirn. »Wusstest du von seiner Liaison mit Sayce?«

»Sobald er aufhörte von ihr zu reden, ja.« Der Vorqælf neigte den Kopf zur Seite. »Das überrascht Euch?«

»Dass du nichts unternommen hast, um es zu beenden, überrascht mich. Mit der Zeugung eines Kindes hätte Will verlieren können, was immer ihn zu *dem* Norderstett gemacht hat. Du hättest versuchen müssen, das zu verhindern.«

»Ich bin ein Werkzeug dieser Prophezeiung, nicht ihr Meister. Ich kann nur handeln, nicht beherrschen.« Er deutete auf die geschlossene Zimmertür. »So wie ich hier gehandelt habe, als ich mit Sayce sprach. Es war meine Pflicht.«

Sayce schlief bis zum frühen Abend, dann stand sie auf und aß Brot und Suppe. Beim Essen erzählte sie ihnen von ihren letzten Tagen in Muroso. Als sie sich darauf vorbereitete, die Truppen in Navval zu einem Flankenangriff auf die Belagerer Caledos nach Süden zu führen, hatte sie eine dringende Botschaft von ihrem Vater, König Bomar, erhalten. Die Hauptstadt war nicht mehr zu halten, und sie hatte Befehl, den Ort zu räumen. Ihr Bruder, Kronprinz Bomar, sollte den Rückzug nach Südwesten bis Zamsina leiten und sich dort erneut zum Kampf stellen. Sie sollte in der Zwischenzeit so schnell wie möglich an der Küste entlangziehen, so viele Einwohner wie möglich aufsammeln und sie nach Saporitia bringen.

»Ich tat was ich konnte, den Befehl auszuführen. Ich schickte Herolde voraus, um die Menschen vorzubereiten, aber sie waren nicht bereit. Überladene Wagen, Kranke, Alte.« Sie schüttelte traurig den Kopf. »Die Küstenstraße ist übersät mit nacktgesichtigen Toten. Kein Wagen, keine Familie hat nicht die Lebensmaske mindestens eines Menschen dabei, der bei der Evakuierung gestorben ist.«

Alyx, die auf der Bettkante saß, streichelte ihr das Knie. »Hast du Nachricht von deinem Bruder? Deiner Familie?«

»Mein Vater fiel in Caledo. Er und viele andere. Er stellte sich den Kryalniri im magischen Duell und erschlug alle Gegner, bis auf den letzten Duellanten. Die Eroberung Caledos hat Kytrin einen Preis abverlangt, die Überlebenden, die wir auf der Straße von Zamsina trafen, haben aber von endlosen Wellen Schnatterfratzen erzählt, die sich über die von Draconellen zertrümmerten Mauern ergossen. Die weiße Stadt in der Ebene ist jetzt rot von Blut. Einst erhob sie sich stolz, jetzt erinnert der Ort an einen zahnlosen Mund. Mein Bruder hat sich in Zamsina erneut zum Kampf gestellt, doch vor zwei Tagen brachen alle Nachrichten von ihm ab.« Sayce berührte ihre Maske. »Ich werde Kerben anbringen müssen. Nach allem, was ich weiß, bin ich das letzte lebende Mitglied des Königshauses.«

Alexia lächelte. »Dann besteht noch immer Hoffnung für Muroso.«

Ihr Kopf zuckte hoch. »Glaubst du, sie haben mich fortgeschickt, weil sie wussten, dass ich schwanger bin?«

»Ich weiß es nicht, Sayce.« Alyx zuckte die Achseln. »Will hatte mir seine Gefühle für dich offenbart. In Navval war dir morgens übel, und ich dachte mir meinen Teil.«

»Das hat dir genügt, Will zu sagen, dass ich sein Kind trage?«

Alyx nickte. »Die Möglichkeit, ich könnte mich irren, kam mir gar nicht in den Sinn.«

Sayce lächelte und strich über die Hand auf ihrem Knie. »Ich bin froh, dass er es wusste. Ich bin nicht sicher, ob ich Entschlossen geglaubt habe, aber dir kann ich vertrauen, Alexia.«

»Ich hoffe, daran wird sich nie etwas ändern, Sayce.«

»Das wird es nicht.« Die murosonische Prinzessin schaute der Okranerin in die Augen. »Sofern kein anderer erscheint, um den Thron zu beanspruchen, nehme ich mein Recht in Anspruch und unterstelle alle meine Truppen deinem Befehl. Du wirst nirgends entschlossenere Kämpfer finden.«

»Ich weiß. Danke.« Alyx seufzte. »Damit haben wir schon einen sehr guten Anfang. Wir werden Muroso befreien.«

»Und Will rächen.«

»Ja, Sayce, und Will rächen.«

Kapitel Achtzehn

Kjarrigans Augen brannten, weniger als Folge der Erschöpfung, sondern verursacht durch die Dämpfe, die tief in Vael in der Luft hingen. Nachdem Bok vorgeschlagen hatte, Kytrins Mutter zu finden und ihr eine magische Probe abzunehmen, hatten sie sich aufgemacht, die Erlaubnis dafür einzuholen. Rymramoch hatte ihre Bitte angenommen, Sarealnyas Familie aber nicht. Zumindest nicht sofort, und ohne deren Zustimmung war es fast unmöglich, sie zu finden.

Wie sich herausstellte, hatte Sarealnya ihren Wahrstein für die Drachenkrone gespendet. Nach einigem Nachfragen fand Kjarrigan heraus, dass sie den gelben Stein gegeben hatte, was es für ihn um so wichtiger machte, sie zu finden. Er hatte einen Zauber über den gelben Stein gelegt, von dem er hoffte, Kytrin habe ihn ausgelöst. Er zählte darauf, Spuren dieses Zaubers als Teil des Spruches zu verwenden, der sie aufspüren sollte.

Bis er die Erlaubnis erhielt, arbeitete der junge Magiker an der Verbesserung der Zauber für die Jagd nach Kytrin. Der eigentliche Suchzauber würde jeden, der ihm begegnete, mit verschiedenen Kennzeichen vergleichen, um festzustellen, ob es sich um Kytrin handelte. Er sortierte diese Zeichen und begann mit den Spuren seines Zaubers, da diese am leichtesten zu verneinen waren und er sie problemlos beschreiben konnte. Danach wollte er nach einer Verwandtschaft mit Bok und Sarealnya suchen, vorausgesetzt, er erhielt etwas Wissenswertes über Letztere.

Er musste noch andere Korrekturen an dem Zauber durchführen und erkannte dabei, wie viel Glück er in der Vergangenheit gehabt hatte. Denn geschützt hatte er sich kaum.

Wenn sein Zauber eine Person traf, die den Kriterien entsprach, sandte er zwei *Herolde* aus. Diese Zauber entfernten sich mit steter Geschwindigkeit eine bestimmte Strecke weit nach Norden und Süden vom Ziel, dann bogen sie in gerader Linie zu Kjarrigan ab und setzten ihn über den Erfolg der Suche in Kenntnis. Durch eine einfache Triangulation konnte er dann ermitteln, wo sich das Ziel bei der Entdeckung befunden hatte.

Leider standen diese Zauber genau wie die Kugel direkt mit ihm in Verbindung. Eine Magikerin von den Fähigkeiten Kytrins konnte die Herolde mit Leichtigkeit analysieren und zu ihm zurückverfolgen. Was Rymramoch ihm mit seinem ›Streich‹ aufgezeigt hatte, war nichts im Vergleich zu der Vergeltung, die er von ihr zu erwarten hatte. Außerdem durfte sie die Herolde keinesfalls abfangen, bevor sie ihn erreichten.

Seine erste Modifikation des Zaubers bestand darin, die Anzahl der Herolde von zwei auf ein ganzes Dutzend zu erhöhen. Sie sollten in die verschiedensten Richtungen davonschießen, einschließlich auf- und abwärts, bevor sie abbogen, um den Erfolg zu melden. Manche machte er sehr stark und sehr leicht bemerkbar, andere hielt er unscheinbar, damit sie eher unbemerkt entkamen. Falls sie herausfand, was der Zauber bezweckte, und es ihr gelang, einen Teil der Herolde abzufangen, glaubte sie vielleicht, alle erwischt zu haben.

Zusätzlich ließ er die Herolde nicht zu sich selbst zurückkehren, sondern legte Zielpunkte für sie fest. Ihre Ankunft dort sollte dann andere Herolde auslösen, die ihn direkt ansprachen. Er hätte noch weitere Zwischenstationen einbauen können, um den Abstand zu vergrößern, doch er wollte die damit einhergehende Verzögerung vermeiden. Ein gewisses Risiko war unvermeidbar. Das nahm er hin.

Als sich Sarealnyas Familie endlich bereit erklärte, ihm zu zeigen, wo sie ruhte, schickte sie eine Urenkelin der Drachin, Arimtara, um ihm den Weg zu zeigen. Arimtara hatte ihre Gestalt verändert, um menschlich zu erscheinen, aber ihr Versuch war nicht ganz gelungen. Kjarrigan wusste nicht, ob das beabsichtigt war oder nicht. Sie überragte ihn ein gutes Stück und war völlig haarlos, mit Ohren, die mehr der spitz zulaufenden Form von Ælfenohren ähnelten als denen eines Menschen. Die schwefelgelbe Farbe ihrer Augen war schon für sich bemerkenswert, doch die goldenen Fünkchen, die sich darin bewegten, verliehen ihnen eine hypnotische Eindringlichkeit. Die breitschultrige, muskulöse Frauengestalt trug einen Lendenschurz, Sandalen und ein mit Metallbeschlägen verziertes Lederwams, das Oberarme und Brüste bedeckte, aber nicht viel mehr. Und Kjarrigan hätte nicht sagen können, von welcher Kreatur das Leder stammte.

An der Spitze einer kleinen Kompanie Knechte führte Arimtara sie tief nach Vael hinein, durch enge Tunnel mit grob behauenen Wänden. Ein- oder zweimal benebelten giftige Dämpfe Kjarrigans Geist, doch Bok und Arimtara trugen ihn aus der Gefahrenzone. Die Drachen und Rymramoch waren gegen die Gase immun. Ob Bok sie überhaupt bemerkte, war nicht festzustellen.

Endlich erreichten sie eine kleine Öffnung, kaum groß genug, dass Kjarrigan sich hindurchzwängen konnte. Auf der anderen Seite befand sich eine kleine, feuchte Höhle. Pfützen bedeckten den Boden, und im Zentrum lag ein gewaltiger Drache mit zusammengefalteten Flügeln, den Schwanz um den Leib und über die Vordertatzen gelegt, und sah ausgesprochen katzenhaft aus.

Na ja, katzenhaft, bis man den Kopf sieht. Sarealnya hatte drei Paar Hörner, deren letztes und größtes spiralförmig vom Schädeldach nach hinten wies. An der Maulkante war ein Reißzahn zu sehen. Jede der elegant gemusterten Schuppen auf der Schnauze wäre einem Krieger ein guter Schild gewesen, hinter dem er vom Hals bis zum Boden hätte verschwinden können.

Bok hockte sich auf einen Tropfstein und verformte Hände und Füße, um sich besser festhalten zu können. Für einen Augenblick verschwamm seine Gestalt. »Verständlich, dass sie diesen Ort gewählt hat.«

»Ja, sie hat ihn geliebt.«

Fast hätte Kjarrigan gefragt, warum. Dann setzte er einen einfachen dracomagischen Zauber ein, den ihm Rymramoch beigebracht hatte. Drachen besaßen die Fähigkeit, die Eindrücke und Resonanzen wahrzunehmen, die Gegenstände im Verlauf der Zeit hinterließen. Durch Drachenaugen gesehen verwandelte sich die Höhle in einen Tanz lebenden Steins, der von Stalaktiten zu Stalagmiten floss und in den Pfützen tanzte. Wie ein Regenbogen streckten sich Tropfsteine zur Decke und glänzten in der mineralreichen Feuchtigkeit, die sie wachsen ließ.

»Das ist ein wunderschöner Ort.«

Arimtara schaute ihn an, als betrachte er das Morgenrot und wolle ihr dann erzählen, was die Sonne war. »Hol dir, weswegen du gekommen bist.«

Errötend trat Kjarrigan zu der schlafenden Drachin, und zwar zur Schwanzspitze. Ein Stück von einer Schuppe wäre ihm eigentlich am liebsten gewesen, doch er hatte versprochen, sie nicht zu stören. Man nahm an, der Staub, der sich auf ihr gesammelt hatte, sei lange genug mit ihr in Verbindung gewesen, um entsprechend dem Gesetz der Übertragbarkeit Spuren ihrer Wesensessenz anzunehmen, die er für seinen Zauber verwenden konnte.

Hastig sammelte er Staub in einen kleinen Topf, dann sprach er schnell einen Diagnosezauber darüber, um die Stärke der Essenz zu messen und festzustellen, ob er noch mehr Staub benötigte. Er verzog das Gesicht. »Das wirkt nicht.«

Die Puppe kam herüber. »Wo liegt das Problem?«

»Der Wahrstein ist sozusagen die Seele eines Drachen, die Quelle seiner Wesensessenz. Ohne Wahrstein im Körper nehmen die in der Nähe befindlichen Gegenstände keinen Eindruck auf. Das Holz Eures Körpers enthielte sicher viel von Eurer Essenz, Meister, aber ich bezweifle, dass der Staub auf Eurer Drachenform zu irgendetwas Nutze wäre.«

»Das ist schlecht.«

Kjarrigan nickte. »Ja, aber es gäbe noch eine andere Möglichkeit.«

Arimtara kam hastig herüber. »Die Übereinkunft lautete, dass ihre Gestalt nicht gestört wird.«

»Ich weiß, ich weiß.« Kjarrigan stellte den Topf vorsichtig ab. »Ihr sagtet, sie liebe diesen Ort. Selbst mit dem wenigen, das ich gesehen habe, habe ich einen gewissen Eindruck von ihr erhalten. Ich glaube, das könnte ich verwenden. Aber ich müsste den Zauber hier sprechen, damit es wirkt.«

Rym wandte den Kopf zu Arimtara. »Wäre das annehmbar?«

»Ja, aber beeilt euch.« Ihre Miene verdunkelte sich. »Es hat in der Nähe Zwischenfälle gegeben, und ich will mich hier nicht länger aufhalten.«

»Ich arbeite, so schnell ich kann.« Kjarrigan ließ sich auf die Knie nieder, dann setzte er sich. Er verlangsamte die Atmung und tat, was nötig war, um seinen Geist zu reinigen. Er konzentrierte sich auf das Tropfen des Wassers in eine Pfütze, dann benutzte er Drachenmagik, um die Zeit in der Höhle abzuschälen. Schichtweise lösten sich die Jahre auf, Jahrhunderte flogen vorbei, bis er den Tag sah, an dem die gewaltige gelbgoldene Drachin die Höhle betrat. Der Eingang war damals sehr viel größer gewesen, doch mit dem Zucken einer Kralle hatte Sarealnya den Zauber gesprochen, der ihn auf seine heutige Größe schrumpfen ließ. Sie legte sich hin. Ihre schuppenbedeckte Haut wogte mit der Bewegung der darunter liegenden Muskulatur, dann senkte sie den Kopf und schien einzuschlafen.

Kjarrigan klammerte sich an das Gefühl von Frieden, das sie ausstrahlte, und webte seine Magik. Er nutzte das Wissen um den Zauber, den er auf das Fragment der Drachenkrone gelegt hatte, um diesen Frieden zu umspinnen. Die Absicht dieses Zaubers stand in deutlichem Kontrast dazu, dennoch verwoben sich die beiden Elemente mit nahezu spielerischer Leichtigkeit.

Dann wandte er seine Aufmerksamkeit Bok zu und sprach einen Diagnosezauber. Innerhalb eines Augenaufschlags wusste er alles Mögliche über Bok. Manches verwarf er als nutzlos, wie sein Alter, anderes wählte er aus und verband es mit seinem bisherigen Werk. Er nutzte Boks magische Fäden, alles zu einer wabernden blauen Kugel zu verdichten, in der schwarze und goldene Kontraste pulsierten.

Diese Kugel war sein Modell für Kytrin, und sobald er sie in der Hand hielt, bereitete er sich darauf vor, den Suchzauber in einem großen Bogen auszusenden. Er hörte ein Hämmern, verdrängte aber, was er für die Vorboten furchtbarer Kopfschmerzen hielt. Er schob sich daran vorbei und schöpfte aus dem großen Strom der Magik. Dann leitete er ein Rinnsal in sein Spruchmuster um und schnell gewann der Zauber ein Eigenleben.

Kytrin aufzuspüren würde nicht einfach werden. Kjarrigan vermutete, dass sie sich in Aurolan aufhielt, aber Bok hatte erwähnt, sie sei in Alcida aufgetaucht, um eine Stadt namens Porasena zu zerstören. Kjarrigan drehte sich nach Nordwesten und schleuderte die offenen Hände nach beiden Seiten, so weit er konnte, um den Zauber über einen Halbkreis zu werfen, der sich von einem Punkt westnordwestlich von Vael bis zu einem Punkt südsüdöstlich der Insel zog. Wenn sie sich irgendwo im Bereich von Okrannel bis Yslin aufhielt, sollte der Zauber ihre Anwesenheit verraten.

Seine Haut kitzelte, als sich der Zauber auf den Weg machte. Er schüttelte den Kopf und hörte wieder das Hämmern. »Was ist los?«

Arimtara knurrte ihn an. »Zaubere schneller, Menschling. Sie wissen, dass wir hier sind.«

»Wer weiß das?« Kjarrigan wippte vor und zurück, bis er genug Schwung zum Aufstehen hatte. »Ich bin fertig.«

Die Drachin deutete zum Ausgang. »Dann *Abmarsch*!«

Rymramoch lief mit klappernden Holzgliedmaßen zur Öffnung, Bok packte die Puppe und schwang sie sich auf den Rücken. Kjarrigan folgte dem urZreð und Arimtara gab ihm einen groben Stoß. »Schneller.«

Die Knechte waren bereits auf dem Weg zum Höhlenausgang. Plötzlich schrie der am nächsten an der Öffnung Stehende auf und taumelte zurück. Für Kjarrigan sah es aus, als wäre ihm plötzlich ein grauer Bart gewachsen. Der Knecht zerrte an dem Ding, das sich in seinen Hals verbissen hatte, riss es los und schlug es gegen einen Stalagmiten. Blut lief ihm über die Brust. Doch schon hatten sich ihm zwei andere der kleinen Kreaturen an Oberschenkel und Bauch geklammert.

Immer mehr strömten wie eine graue Flut durch den Eingang. Sie ähnelten keinem Tier, das der Magiker je zuvor gesehen hatte. Sie hüpften wie Kaninchen, wiesen aber über Schädel und Schultern eine breit abstehende Stachelmähne auf. Nadelscharfe Zähne füllten ein vorspringendes Maul und die dürren Vorderbeine waren mit Krallen bewehrt. Der Schwanz erinnerte ihn an den einer Ratte, doch er war geschmeidig wie eine Peitsche und endete in einem runden Büschel derselben Stacheln, wie sie in der Mähne saßen.

»Gvakra!« Arimtara deutete an Kjarrigan vorbei. »Sie können dir das weiche Fleisch in Windeseile von den Knochen fressen, und das sind erst die kleinen.«

Die Knechte wichen zurück, die Hände voller Stacheln, die Haut zerkratzt und aufgerissen. Die Gvakra jaulten und knurrten, während sie angriffslustig heranhüpften. Manche führten Streifangriffe, die kleine Wunden schlugen, während andere aufs Töten aus waren. Die Knechte rissen sie ab, zerquetschen und schleuderten sie davon. Aber es kamen immer mehr nach – und sie wurden größer. Die kleinsten waren vorausgeschickt worden, um das Loch zu vergrößern. Jetzt zwängten sich die Größeren herein, so groß wie ein Hund oder ein kleines Pony.

Arimtara knurrte tief genug, um Kjarrigans Leib vibrieren zu lassen, den beim Anblick der sterbenden Knechte eisige Furcht durchzuckte. »Ich muss ihren Anführ…«

Mit einem Mal verstummte sie. Kjarrigan wirbelte herum. Ein riesiger, geisterbleicher Gvakra war durch einen hinter Sarealnya versteckten Eingang in die Höhle gekommen. Der Riese war so hoch wie ein zweistöckiges Haus. Er hatte Arimtaras Kopf mit einer Pfote gepackt und sie vom Boden gehoben. Ihre Hände krallten sich in seinen Unterarm und rissen blutige

Fellstücke los. Doch unbeeindruckt von den Verletzungen spannten sich die Muskeln im Unterarm des Gvakra.

Er wird ihr den Schädel eindrücken!

Angst durchzuckte Kjarrigan, er erstarrte und eine Gänsehaut überlief ihn. Die Aufschreie der Knechte und das schrille Jaulen sterbender Gvakra hämmerten auf ihn ein. Links von ihm hatte die Flut der kleinen grauen Bestien Bok erreicht. Mehrere hatten Rymramoch zu Boden gerissen. Jetzt verwandelte der urZreð seine Haut in einen dornenbesetzten Panzer und seine Hände in kurze Hackmesser.

Kjarrigan wollte schreien: »Nicht schon wieder!«, aber die Worte wurden nicht laut. Er hatte Angst um seine Freunde und Verbündeten, nicht um sich. Dieser Mut erhob sich aus dem Meer der Angst, das ihn durchbrandete, und wurde zu einer Insel der Stärke. *Nicht, falls ich eingreife!*

Seine Rechte hob sich und warf einen Zauber, den er so gut kannte, dass er ihn im Schlaf sprechen konnte. Die Magik traf den Giganten an der rechten Schulter und am Ellbogen und riss den fahlweißen Körper herum. Kjarrigan schmetterte den Ellbogen des Monsters gegen die Panzerung des versteinerten Drachen. Das Gelenk barst, und noch besser: Knochensplitter durchtrennten Nervenbahnen, betäubten den Arm und nahmen ihm alle Kraft.

Dann erreichte ihn der erste Gvakra und biss ihm heftig in den linken Arm. Der Drachenbeinpanzer stieg durch die Haut und schützte ihn, dann blieb er an Ort und Stelle, weil die Kreatur nicht locker ließ. Eine andere biss ihm ins rechte Knie, eine dritte versuchte, eine Fettrolle unter dem rechten Schulterblatt anzufressen. Sie zerfetzten ihm die Robe mit diesen Angriffen. Das Knurren steigerte sich zu einer Kakophonie, unter dem bloßen Gewicht der Kreaturen taumelte er rückwärts gegen einen Stalagmiten.

Er fühlte die Bisse, aber sie waren nicht schlimmer als das Kribbeln in einem eingeschlafenen Arm oder Bein, wenn die Durchblutung zurückkehrte. Sobald er begriff, dass die Gvakra ihm nichts anhaben konnten, stieß sich Kjarrigan von dem

Tropfstein ab und rannte auf den Höhleneingang zu. Je weiter er kam, desto mehr Bestien setzten ihm nach. In ihrer Gier, ihn zu zerfetzen, verbissen sie sich ineinander und immer wieder fielen zwei oder drei von ihnen in einem kannibalischen Knäuel davon.

Kjarrigan erreichte den Eingang und drehte sich so gut es ging. Dann zwängte er sich in die Öffnung. Zerquetschte Gvakra quietschten und größere, die in die Höhle wollten, schlugen nach ihm, aber es nutzte nichts. Der Magiker griff nach oben, um sich eine der Kreaturen vom Gesicht zu zerren und schrie auf, weil die Stacheln ihn in die Hand stachen. Einen entsetzten Augenblick lang glaubte er, der Zauber hätte versagt, aber dann fiel ihm wieder ein, dass der Drachenbeinpanzer ihn nur gegen Angriffe schützte. Wenn er selbst handelte, wie bei dem Versuch, den Gvakra zu packen, war er nicht geschützt.

Der wogende Teppich der Gvakra deckte ihn zu wie eine Schneewehe einen Baumstamm. Er überlegte, ob der Schutzzauber seine Kräfte erschöpfen und er verwundbar werden könnte. Schnell zog er Kraft aus dem Fluss. Wenn er das wollte, konnte er sich auch mit Magik voll saugen und den Drachenbeinpanzer verwandeln: Feine Nadeln aus der Haut aufsteigen lassen und den Gvakra Gift verabreichen, woran sie aufschwellen und ersticken müssten, am Boden zucken und sich das Leben aus dem grauen Leib keuchen.

Er hatte noch andere Einfälle, wunderbare und teuflische. Er konnte die Macht des Flusses dazu benutzen, die Luft um sich herum aufzuheizen, bis die Kreaturen Feuer fingen. Oder er konnte alle Wärme abziehen, bis sie so tief gefroren, dass man imstande war, sie mit einer Berührung zu zerbrechen. Die Möglichkeiten, die ihm zu Gebote standen, waren mannigfaltig, ebenso wie die Macht, die er benutzen konnte, um sie zu umzusetzen.

Fast wäre Kjarrigan der Versuchung erlegen und hätte sich dem Fluss geöffnet, aber er erinnerte sich an Rymramochs Warnung. Das zu tun – sich ganz dem Fluss auszusetzen –, hätte ihn zerrieben. Er schauderte und weigerte sich im letzten Moment, die Schleusen zu öffnen. Stattdessen zog er nur ein wenig mehr Energie und setzte einen Diagnosezauber ein.

Magisch betrachtet waren Gvakra nicht gerade komplexe Wesen und Kaninchen anatomisch ähnlicher, als Kjarrigan je vermutet hätte. Sobald er wusste, womit er es zu tun hatte, setzte er einen weiteren Spruch ein. Angefangen mit den Gvakra um ihn herum und sich dann kugelförmig ausweitend sanken die wilden Kreaturen in Schlaf. Sie fielen mit weichem Platschen von ihm ab, außer einigen, deren Kiefer sich nicht öffneten.

Die größeren – wolfsartigeren – schliefen nicht sofort ein, sondern wurden träge. Ihre Angriffe verlangsamten sich, was den bedrängten Knechten Gelegenheit zur Gegenwehr gab. Der Hieb eines Knechts riss einem Gvakra den Kopf vom Rumpf, ein anderer zerfetzte seinen Angreifer in mehrere zuckende Teile. Bok stieß beide Klingenhände durch den Brustkorb des ihm am nächsten Stehenden, dann schüttelte er sich und schleuderte die davon, die er mit den Stacheln aufgespießt hatte.

Kjarrigan suchte nach Arimtara. Er hoffte, sein Zauber hatte auch ihren Gegner beeinflusst. Im Dämmerlicht sah er, wie sie sich erhob, und keuchte.

Er keuchte, weil sie aus dem aufgerissenen Leib des Riesengvakra aufstand. Ein dickes Stück blutiger Darm rutschte ihr von der linken Schulter und blieb an einem Dorn hängen, der aus dem Ellbogen ragte. Ihre Schultern waren vorgebeugt und kräftiger als zuvor. Ihr war ein langer Schwanz gewachsen und die Finger endeten in großen, hakenförmigen Krallen.

Das Blut des Monstrums rann in Sturzbächen von ihr herunter. In langsam flacher werdenden Fontänen spritzte hinter ihr Blut aus dem aufgerissenen Herzen. Arimtara wandte sich um und schaute sich unter der Handvoll überlebender Knechte – Kjarrigan, Bok und der Puppe – um. »Danke für deinen Einsatz, Kjarrigan Lies. Wirksam, aber warum hast du sie nicht getötet?«

Er zuckte unbehaglich mit den Achseln. »Ich habe es einfach nicht getan.« Er wollte nicht zugeben, dass ihm der Gedanke, sie zu töten, nur in seinen Allmachtsfantasien gekommen war. »Ich schätze, jetzt können wir gehen.«

Sie verwandelte ihre Gestalt zurück in die schlankere Form, in der sie die Gruppe hierher geführt hatte, auch wenn sie jetzt nackt war. Ihre Kleidung hatte Verwandlung und Kampf nicht überlebt. »Du brauchst nicht hier zu sein, wenn der Zauber sie findet?«

»Nein.« Kjarrigan tastete über seine zerfetzte Robe. »Ich ziehe einen anderen Aufenthaltsort wirklich vor. Mit frischer Kleidung und warmem Essen.«

Sie spuckte aus. »Ja. Etwas, um diesen Geschmack loszuwerden. Ich bringe euch zurück.« Sie winkte Bok zum Eingang, dann hob sie die Puppe auf und warf sie dem urZreð zu. Arimtara drehte sich zu den Knechten um und gab ihnen einen zischenden Befehl.

Sie bückten sich, hoben Steine auf und machten sich daran, den schlafenden Gvakra die Schädel einzuschlagen.

Arimtara blickte Kjarrigan an. »Vielleicht siehst du keine Notwendigkeit, sie zu töten. Ich schon. Es gibt auch so noch viel zu viele von ihnen. Sie sind nicht auszurotten. Und leider wird sich daran auch nichts ändern.«

Kapitel Neunzehn

In den zwei Tagen seit Entschlossens Rede vor dem Rat der Könige hatten sich die Dinge schneller entwickelt, aber längst nicht schnell genug für Alyx. Man hatte sich geeinigt, aus den dienstältesten Militärberatern und ihren Stäben eine Planungsgruppe zu berufen, die sich um die Erfordernisse des Saporischen Krieges kümmern sollte. Natürlich erhielt die Gruppe politische Beisitzer, aber glücklicherweise war König Swindger nicht unter ihnen. Ermenbrecht nahm seinen Platz ein.

Alyx hatte gehofft, sie selbst könnte den Platz der okranschen Delegation übernehmen, aber Tatjana hatte festgestellt, dass Alexia als Oberkommandierende einen über ihre Herkunft hinausgehenden Rang besaß, so dass jemand anders Okrannels Interessen vertreten musste. Die Monarchen hatten dem zugestimmt, auch wenn Alyx den Verdacht hatte, dass sie in erster Linie Tatjana loswerden wollten.

Die Einmischung der Politik machte letztlich alles erheblich komplizierter, als es sich die Prinzessin gewünscht hätte. Zum Beispiel war man sich einig, dass die Planung genaue Land- und Seekarten erforderte. Sofort begann der Streit darum, wessen Kartographen die besten waren und wer Zugang zu den Karten haben sollte. Manche der kleineren saporischen Adligen schienen sich einzubilden: Wenn ihre Ländereien auf einer Karte als ›unbegehbare Wildnis‹ verzeichnet waren, würde der Krieg sie nicht berühren.

Ähnliche Verwirrung und Augenwischerei gab es in den Listen über Menschen und Material. Auf dem Pergament waren sämtliche Einheiten in Saporitia und auf dem Weg dorthin eine einzige Ansammlung von Elitekämpfern, die den Krieg nur mit einem kleinen Küchenmesser und einem bösen Leuchten in den Augen bewaffnet ganz allein gewinnen konnten. Alyx wusste, was für ein Schwachsinn das war, aber für die Fürsten der Allianz bedeutete es eine Frage der Ehre, dass all ihre Kontingente als gleichwertig betrachtet wurden. Die Politiker setzten sich allesamt dafür ein, dass ihre Soldaten als Erste in die Schlacht zogen. Sie bildeten sich ein, damit ernteten sie zuerst den Ruhm. Alyx wies sie zwar darauf hin, dass die Ersten in der Schlacht aller Voraussicht nach auch die ersten *Toten* sein würden, doch die Politiker wichen nicht ein Jota von ihrer Haltung ab.

Die Prinzessin sandte Peri, Kräh und Dranæ aus, die sich sammelnden Truppen unbemerkt auszukundschaften. Sie bewerteten die Einheiten nach Kampfmoral, Erfahrung, Ausbildungsstand, Ausrüstung und Qualität der Führung. Einheiten mit adligen Kommandeuren ohne große Erfahrung wurden als weit weniger zuverlässig eingestuft als beispielweise die von Berufssoldaten befehligten alcidischen Einheiten. Auf Krähs Vorschlag hin behielten sie auch die Vorräte und die Preise auf den Märkten im Auge, denn Proviantmangel konnte eine Armee schneller in die Knie zwingen als der Feind.

Alyx wollte auch Sayce in die Planung einbeziehen, aber die Nachricht von Wills Tod hatte sie tief getroffen. Alyx war hin- und hergerissen zwischen der Notwendigkeit, den Feldzug vorzubereiten und dem Wunsch, sich um Sayce zu kümmern. Sie verzweifelte fast an dem Unvermögen, ihrer Freundin helfen zu können, bis Kräh vorschlug, Net solle Sayce besuchen. Er überreichte ihr das Amulett mit dem letzten Bruchstück Temmers. Er legte es ihr mit einer festen Silberkette um den Hals, und fast augenblicklich verflog Sayces Melancholie.

Sie kam zu Alyx und spielte mit dem winzigen Dolch. »Er hat mir gesagt, das war für mich und mein Kind bestimmt. Er sagte, es sei Teil des Norderstett-Erbes.« Erschrocken, dass Net über Sayces Zustand Bescheid wusste, stellte Alyx Kräh zur Rede. Der jedoch stritt ab, Net irgendetwas verraten zu haben. Alyx gab sich widerstrebend mit der Erklärung zufrieden, dass die Bruchstücke Temmers dem Mann, der sie neu geschmiedet hatte, eine Menge Nachrichten übermittelten, und Sayces Wiederherstellung zeigte ihr, dass dies zum Besten war.

Sayce stürzte sich in die Vorbereitungen und wurde zu Alexias treuer Adjutantin. Ihre Unterstützung erwies sich aus verschiedenen Gründen als wichtig. Die murosonischen Truppen wussten genau, wie tapfer Alyx die Verteidigung Navvals geführt hatte, und mit Sayce an ihrer Seite übertrugen sie ihre Loyalität bedenkenlos auf ihre neue Kommandeurin. Sayce verfügte darüber hinaus über ein bemerkenswertes Einfühlungsvermögen für Politiker und über die nützliche Begabung, ihnen immer noch ein wenig mehr als nötig abzuluchsen. Aus Alyx unerforschlichen Gründen entwickelte Tatjana eine Schwäche für Sayce, und selbst Sayce beschrieb ihre Urgroßtante allen Ernstes als »gar nicht so schlimm, wenn man erst einmal unter ihren Panzer gekommen ist«.

Alyx verzichtete darauf zu bemerken, sie käme liebend gerne mit ihrem neuen Schwert Herz unter diesen Panzer. Jedenfalls gelang es Sayce, Tatjana milde zu stimmen und mit ihrer Hilfe andere Politiker einzuschüchtern. Die Mühen der Murosoner Prinzessin beschleunigten die Arbeit erheblich. Dadurch stand ihnen zwei Tage später ein Raum zur Verfügung, Karten sowie Truppenschätzungen, und sie konnten die Grundlagen des Feldzugs besprechen.

Die Gespräche waren aus dem Schloss in die Hauptgarnison von Narriz verlegt worden. Das große, kantige Gebäude besaß vier Stockwerke. Das oberste bestand aus zwei großen Räumen und einer Terrasse auf dem Dach des zweiten Stocks. Dank der breiten Fenster und Türen zur Terrasse hin, konnte man zu Unterhaltungen nach draußen gehen. Die Planer belegten den nördlichsten Raum mit Beschlag, wo ihnen die Aussicht half, sich auf das Problem zu konzentrieren: die von dort anrückenden Angreifer.

Alyx wartete, bis alle Türen, innen und außen, geschlossen waren, bevor sie sprach. Die Militärs und selbst die Politiker mit Ausnahme von Sayce waren alle älter als sie. In manchen Augen las sie Respekt und die Bereitschaft zum Zuhören. Andere hielten die Lider halb geschlossen und warteten darauf, was sie zu sagen hatte, bevor sie sich eine Meinung bildeten. Wieder andere musterten sie mit ausdruckslosem Gesicht, das deutlich machte, dass sie ihre eigenen Ziele verfolgten und ihr auf jeden Fall widersprechen würden, einfach, weil ihnen das eine bessere Ausgangsposition für Verhandlungen verschaffte.

Die letztgenannte Gruppe war ihr verhasst. Sie wusste, dass sie Recht hatte, und auch wenn sie anderen zugestand, ihre Schlussfolgerungen in Frage zu stellen, erwartete sie doch, dass diejenigen, die diese Fragen stellten, ebenso bereit waren, ihre Antworten nicht nur anzuhören, sondern diese Entscheidungen auch zu akzeptieren. Diese Intriganten jedoch würden ihre Antworten einfach in den Wind schlagen. Auch wenn sie wusste, dass sie zu ihrem eigenen Vorteil schließlich zustimmen mussten, stellten sie eine zusätzliche Hürde dar, die sie ganz und gar nicht brauchte.

Alyx sprach leise und zwang die anderen dadurch, aufmerksam zuzuhören. »Saporitia ist ein Land mit langer militärischer Geschichte. Die nördlichste Region wird als das Oberland bezeichnet und besteht aus Bergen und Tälern, deren Geländebedingungen tückisch sein können. Zu unserem Glück wird das Oberland auch den Feind behindern und es uns möglicherweise gestatten, Aurolanen, die über die Küstenstraße von Muroso anrücken, in die Enge zu treiben und zu vernichten. Auf jeden Fall wird es eine Nachschubversorgung aus dieser Richtung erschweren.«

Sie drehte sich zu einer Wandkarte um und zeichnete mit dem Finger eine schräge Linie von der Grenze Loquellyns an die Stelle, wo die Grenzen von Muroso, Oriosa und Saporitia sich trafen. »Hier unten, an diesem Dreiländereck liegt die Festungsstadt Fronosa. In der Vergangenheit hat sie sich bei der Abwehr von Invasoren als sehr nützlich erwiesen, aber wie lange sie gegen Draconellen standhalten wird, lässt sich nicht vorhersagen. Der Vorteil der Verteidiger liegt darin, dass Angreifer über eine Serpentinenstraße anrücken müssen, auf der sie äußerst verwundbar sind.«

Ein helurianischer Reitergeneral schüttelte den Kopf. »Ein Drache könnte Fronosa einfach niederbrennen und der Weg wäre frei.«

Alyx' Augen wurden zu violetten Schlitzen. »Das gilt für jede Situation in diesem Krieg. Bisher hat Kytrin ihre Drachen aus Gründen, die für uns nicht nachvollziehbar sind, sehr zurückhaltend eingesetzt. Es wäre närrisch anzunehmen, dass dies so bleiben wird, aber es muss einen Grund geben, warum sie sie bis jetzt noch nicht losgelassen hat.«

Andere setzten an, ihre Meinung zu diesem Thema abzugeben, hielten jedoch inne, als Alyx mit der flachen Hand auf die Karte schlug. »Genug. Ich glaube nicht, dass irgendjemand hier die strategischen und taktischen Probleme erkennt, die sich uns stellen. Wir können sinnlos spekulieren, warum unsere Feindin so handelt, wie sie es tut, und wir werden noch immer nicht damit fertig sein, wenn sie hier ist und uns mit ihren Truppen eingekesselt hat. Es ist nutzlos. Falls ihr nicht begreift, dass ihr das Schlachtfeld besser kennen müsst als euer eigenes Haus, werdet ihr euch selbst, eure Soldaten und uns andere ohne Not umbringen. Für Debatten bleibt später noch Zeit. Jetzt aber hört zu.«

Ein Savarresser Adliger rümpfte die Nase. »Ich dachte, wir sind hier, um einen Kampf vorzubereiten, nicht zu einer Erdkundelektion. Sucht mir den Feind und ich werde ihn töten. So einfach ist das.«

Alyx bebte vor Wut, doch bevor sie etwas sagen konnte, drehte sich Tatjana zu dem Sprecher um. »Worte haben Macht, mein Fürst, selbst dumme Worte. Die Worte, die Ihr soeben geäußert habt, hat schon manch ein Krieger gesprochen. Manch ein *toter* Krieger. Falls Ihr nicht zuhört, erwartet Euch gewiss *der Tod.*«

Die Worte der alten Frau endeten in einem heiseren Flüstern, doch der Adlige protestierte nicht. Sein Gesicht wurde fast so weiß wie der Spitzenkragen um seinen Hals. Er verbeugte sich vor Alyx und trat einen Schritt zurück.

Sie setzte ihre Ansprache fort. »Hier, südlich von Loquellyn und nördlich der Saporischen See, liegt eine Ebene, die von zwei großen, aus dem Oberland kommenden Flüssen zerteilt wird. Die Flüsse haben nur wenige Furten und sind durchgängig befahrbar. Die Städte an den Furten sind befestigt, aber nicht besonders stark. Bräche die Armee bei Fronosa durch und böge nach Nordwesten ab, könnte sie die nördliche Ebene erobern. Das kostet dann Saporitia einen Großteil der nächsten Getreideernte, Loquellyn hätte Schwierigkeiten, uns zu Hilfe zu kommen und der Feind könnte über die Küste oder sogar die Saporische See Nachschub erhalten. Hier in Narriz befinden wir uns nur fünfundsiebzig Meilen von Fronosa entfernt, aber die Ausläufer Bokaguls erschweren den Weg zu uns. Wie in Muroso wird eine Serie von Tast- und Hinhalteangriffen die aurolanischen Horden bremsen und von der Hauptstadt fern halten.« Sie strich mit der Hand über das Gebiet südlich von Narriz. »Hier liegt ebenfalls eine Ebene, die sich hervorragend für Kampfhandlungen eignet und schon Schauplatz vieler Schlachten war. Das Land steigt nach Alcida hin leicht an und das Gebiet um den südlichen Hafen von Sanges ist dicht bewaldet. Kämpfe wären hier äußerst blutig.«

Sie legte die Hand auf das Bokagebirge. »Bokagul wurde bereits von aurolanischen Kräften angegriffen, hat sie aber zurückgeschlagen. Ich erwarte keine große Unterstützung von den BokaSreiði, gehe jedoch davon aus, dass ihre Flanke hält. Eine durch Bokagul anrückende Armee käme nur langsam voran, und mit Gyrkyme und anderen Kundschaftern dort würden wir früh von jedem bevorstehenden Angriff erfahren. Loquellyn hingegen ist eine unbekannte Größe. Wir haben keinen loqælfischen Repräsentanten hier. Die Loqælfen haben Truppen in die Festung Draconis entsandt und ihre Schwarzfedern stehen noch immer bei General Adrogans in Okrannel. Wir müssen so schnell wie möglich ihre Haltung ermitteln. Einfach davon auszugehen, dass Loquellyn eine sichere Flanke darstellt, wäre dumm und lädt nur zu einer Katastrophe ein.« Sie kehrte der Karte den Rücken und legte die Hände aufeinander. »Die Kämpfe werden auf der nördlichen Ebene stattfinden. Dort befinden sich Schlüsselpositionen wie die Furtstätte und ein paar andere, um die schon seit Jahrhunderten gekämpft wird. Wir werden aus den Erfahrungen anderer Kommandeure lernen und ihre Fehler vermeiden.«

Ein salnischer Hauptmann hob die Hand. »Ihr habt die Orioser Flanke nicht erwähnt.«

»Womit Er was sagen will?«

Der fleischige Soldat grinste. »Ich hätte das für ziemlich offensichtlich gehalten. Prinz Ermenbrecht vertritt zwar die Oriosen in diesen Gesprächen, aber er führt eigentlich nicht das Kommando, oder? Ganz gleich, was sein Vater treibt, was wird, wenn Kytrin dort angreift und das Land einfach zusammenbricht? Ihre Horden stünden im Handumdrehen auf der südlichen Ebene und wären im nächsten Augenblick hier in Narriz.«

»Ein guter Einwand, Hauptmann Venes. Diese Möglichkeit ist tatsächlich ein Problem. Wir müssen eine Lösung dafür finden. Hat Er einen brauchbaren Vorschlag, oder wollte Er nur Prinz Ermenbrecht mit sinnlosem Spott darüber beleidigen, wie sein Vater das Land regiert?«

Der Soldat starrte sie entgeistert an. »Ich habe nicht…«

»Denn«, fuhr Alyx fort, »falls der Prinz sich beleidigt fühlte und auf der Stelle Genugtuung von Ihm verlangte, dort auf dem Dach, so würde ich ihm mit Freuden sekundieren. Trotz allem, was geschehen ist, scheint Er nicht zu begreifen, was hier geschieht. Lasst es mich für alle Anwesenden auf den Punkt bringen.«

Sie deutete zu Sayce. »Prinzessin Sayce hat mit ansehen müssen, wie ihre Heimat bei einem gnadenlosen Einmarsch zerschlagen wurde, ihre Familie abgeschlachtet, Städte geschleift und das Land verwüstet. Kytrin geht es hier immerhin um die Eroberung der gesamten Welt. Warum? Das spielt keine Rolle. Sie lässt nicht mit sich handeln, ganz gleich, was

König Swindger getan hat. Falls sie siegt, werden alle kleinlichen Eifersüchteleien und Rivalitäten nicht nur Geschichte sein, sie werden ihr den Sieg *ermöglicht* haben. Kytrins Truppen sind gnadenlos, wild und brutal, aber sie sind *nicht* unbesiegbar. Wir können sie aufhalten. Wir werden sie aufhalten. Wir werden sie durch Muroso zurücktreiben. Wir werden sie durch Sebtia zurücktreiben. Wir werden sie und ihre Herrscherin vernichten.« Sie schüttelte den Kopf. »Dies ist keine ehrenvolle Schlacht. Dies ist *Krieg*. Sie erwartet keine Gnade und sie gewährt auch keine Gnade. Vor Vilwan hat sie Krieg gegen Kinder geführt – gegen *eure* Kinder. Das Gemetzel in Sebtia und Muroso ist unbeschreiblich. Sie hat die mächtigste Festung des Nordens überrannt und keine andere Befestigung kann ihr standhalten. Falls ihr denkt, hier sei Ruhm zu ernten, werdet ihr sinnlos sterben. Die Aurolanen werden eure Kinder abschlachten. Wollt ihr das? Will das irgendjemand hier?«

Venes schüttelte den Kopf. »Nein, natürlich nicht. Aber mein Einwand zu Oriosa bleibt bestehen.«

»So ist es. Was schlägt Er vor?«

»Kundschafter. Einen Flankenschutz.«

»Beides ist möglich. Es wird Seine Verantwortung sein, einen Plan auszuarbeiten.« Alyx stemmte die Fäuste in die Hüften und schaute sich um. »Noch andere akute Probleme?«

König Augustus meldete sich. »Wir versammeln eine Streitmacht aus vieler Herren Länder. Jedes dieser Reiche benutzt andere Signale und unterschiedliche Begriffe. Wir werden Verbindungsoffiziere zwischen den Einheiten jeder Teilstreitmacht benötigen, um sicherzugehen, dass alle ihre Befehle verstehen, die Signale korrekt lesen und so fort.«

»Stimmt.«

Ihr Mentor lächelte. »Es wäre mir eine Ehre, daran zu arbeiten, Prinzessin.«

Sie nickte. »Ich danke Euch.«

Der helurianische General ergriff wieder das Wort. »Im selben Tenor, wir brauchen Einigung über eine Befehlskette, Gleichwertigkeit der Ränge und die Garantie, dass die Truppen eines Landes den Befehlen eines anderen Kommandeurs folgen, sollten ihre eigenen Anführer fallen.«

»Grundsätzlich stimme ich zu, aber wie legen wir fest, wer in dieser Befehlskette Vorrang genießt? Wird irgendein Adliger bereit sein, seine Befehlsgewalt an einen Gemeinen mit größerer Kampferfahrung abzutreten? Würdet Ihr darüber erfreut sein, wenn jemand, der keine Ahnung von dem hat, was er tut, Eure Männer in die Schlacht führt?«

»Natürlich nicht.«

»Gut. Ich stimme zu. Bietet mir eine Lösung.«

Langsam breitete sich ein Lächeln auf dem Gesicht des Offiziers aus. »Es wird mir eine Freude sein, Hoheit. Aber es erfordert etwas Überlegung.«

»Ihr habt Zeit bis heute Nachmittag.«

Es kamen noch weitere Schwierigkeiten zur Sprache und Alyx verteilte die Suche nach Lösungen. Manche wurden an die Probleme gesetzt, die sie selbst angesprochen hatten. Andere wurden zur Zusammenarbeit aufgefordert, da ihre Probleme sich ähnelten oder Alyx den Eindruck hatte, dass sie gut zusammenpassten, obwohl sie aus verschiedenen Reichen stammten. Außerdem kannte sie Reputation und Vorgeschichte aller Anwesenden und brachte so diejenigen von ihnen zusammen, von denen sie wusste, dass sie für den Erfolg des Feldzugs Zusammenarbeit lernen mussten.

Zwei Dinge hatte sie ihnen nicht mitgeteilt. Das erste war ihre übergreifende Strategie für den Kampf gegen Kytrin. Sie hatte einen Teil davon zwar angedeutet, aber was sie vorhatte, schien waghalsig, und auch wenn manches davon schon früher versucht worden war, hatte noch niemand alle Elemente kombiniert. Nefrai-kesh, Anarus und andere Sullanciri mochten militärische Erfahrung haben, sie wollte ihnen jedoch so schnell so viel zu tun geben, dass sie kaum hinterherkommen konnten.

Der zweite wichtige Punkt war, wem sie den Befehl über ihre Armeen anvertrauen wollte. Eine Streitmacht von solcher Größe wie die, mit der sie es hier zu tun hatte, benötigte Kommandeure, die Kontakt zu dem Schlachtgeschehen behielten. Man musste Anführer eines Landes zu Untergebenen von Kommandeuren anderer Herkunft machen. Aber das Wichtigste, damit das gelang, war, dass die Kommandeure der einzelnen Einheiten Vertrauen ineinander und zu denjenigen hatten, die ihnen Befehle erteilten. Solange die versammelten Krieger gemeinsam Probleme bewältigen konnten, wurde das nur zu einer Aufgabe von vielen. Sie würde sie als Brüder unter Waffen zusammenschmieden, bevor sie ihnen mitteilte, wie sie sich in der Befehlsordnung zueinander verhalten würden.

Allmählich nahmen die Fragen ab und die Teilnehmer wurden unruhig, weil sie sich an die Lösung ihrer Aufgaben machen wollten. In dieser Hinsicht war es besser gelaufen, als sie befürchtet hatte, und das hatte sie Tatjana zu verdanken. Diese Vettel hielt die Politiker in der Defensive, was sich als sehr nützlich erwies.

Plötzlich flog die Tür zur Treppe auf und Kjarrigan stürzte ins Zimmer. »Weg von ihr, schnell!«

Alyx runzelte die Stirn. »Was ist los, Kjarrigan? Was tust du hier?«

»Weg von ihr. Sie ist nicht die, von der Ihr glaubt, dass sie es ist.« Der junge Magiker kam mit zitterndem, ausgestrecktem Zeigefinger näher. »Das ist nicht Eure Tante, Prinzessin. Das ist Kytrin!«

Kapitel Zwanzig

Prinz Ermenbrecht keuchte auf und griff mit der Hand an die Seite, bereit, ein Schwert zu ziehen, das nicht vorhanden war. Die Absurdität, mit nichts als einem Dolch bewaffnet im selben Raum wie Kytrin zu stehen, ließ ihn zittern. Dies und die Gewissheit, dass sie sich alle in tödlicher Gefahr befanden. In Kjarrigans Stimme lag keine Panik, nur Sicherheit und Erregung. Dass er sich irren könnte, schien niemandem in diesem Raum in den Sinn zu kommen.

Mit Ausnahme von Tatjana. Sie griff sich mit der Linken an die Brust und wankte. Die Rechte streckte sie aus, und Sayce trat herbei, um sie zu stützen. Die Greisin senkte für einen Augenblick den Kopf, dann nahm sie ihn ohne Kraft wieder hoch. Ihre Stimme hatte aber nichts von der gewohnten Schärfe eingebüßt. »Wie kann Er mich beschuldigen, Kytrin zu sein?« Sie schluckte mühsam und versuchte sich aufzurichten, doch auf ihren Schultern lastete das Gewicht der ganzen Welt. »Jeder hier kennt mich. Sie mögen Angst vor mir haben, aber nicht so viel wie vor der Nordlandhexe. Er ist nicht klar im Kopf, Knabe.«

Kjarrigan reckte sich und senkte den anklagenden Finger. »Aber Ihr seid es. Meine Magik hat Euch gefunden.« Eine Spur von beleidigter Ehre färbte seine Stimme. »Ihr müsst es sein.«

»Wirklich? Ich weiß nicht viel über Magik, aber ich weiß genug, um anzunehmen, dass unsere Feindin einen Zauber werfen könnte, der mir den Anschein gibt, ich wäre sie. Wer weiß nicht, vor wie langer Zeit sie das schon einmal getan hat.« Tatjanas eisblaue Augen schwenkten durch den Raum und ließen Ermenbrecht schaudern. »Hat Er sie wirklich gefunden oder nur eine weitere ihrer kleinen Fallen, Knabe?«

Alexia trat an Kjarrigans Seite. »Ist das denkbar?«

»Nun, ja, aber…«

»Natürlich ist das denkbar.« Tatjana lächelte milde, während sie sich auf Sayces linke Schulter stützte. »Er ist einem Irrtum aufgesessen, Knabe. Nur einem Irrtum.«

»Aber…« Auf Kjarrigans Stirn erschien eine tiefe senkrechte Falte. »Die Sache ist die…« Mitten im Satz zuckte seine Rechte auf die Greisin zu. Ein blauer Funke löste sich von den Fingerspitzen und schoss ihr ins Gesicht.

Tatjanas Linke zuckte mit einer Leichtigkeit hoch, als wolle sie eine Mücke verscheuchen, nur glühte ihre Hand goldgelb und der blaue Funke verschwand. Nach einem winzigen Zögern glitt ihre Rechte zu Sayces schlankem Hals hinauf, packte die Silberkette und zog sie stramm.

Die Augen der Alten loderten. »Ich gebe mich nicht mit Kunststückchen ab, Knabe. Jetzt stirbst du.«

Tatjanas Hand zuckte abwärts – wie bei einer Duellantin, die ihren Gegner mit dem Schwert grüßte. Eine blutrote Kugel formte sich aus dem Riss in der Luft. Silberne und blaue Funken zuckten über die Oberfläche. Sie fauchte auf Kjarrigan zu, der nur noch Zeit hatte, Alexia beiseite zu stoßen, bevor ihn das magische Geschoss traf. Die Explosion war stark genug, alle Anwesenden von den Beinen zu reißen. Ermenbrecht wirbelte zu Boden und jemand anders fiel auf ihn.

Er stieß sich ab und kam schnell wieder hoch. Kjarrigan war sechs Schritt zurückschleudert worden, fast bis zur Tür, wo sein Körper mit qualmender Robe zu Rymramochs Füßen lag und zuckte. Auch Augustus und Alexia waren wieder auf den Beinen. Kytrin – denn mit diesem magischen Angriff hatte sie ihre Verkleidung platzen lassen – zog Sayce mit sich, als sie zur Tür hinausstampfte, aufs Dach.

Die alte Frau sah über die Schulter zurück. In ihren Augen brodelte jetzt goldenes Feuer. »Macht keinen Unsinn. Wenn ihr mir folgt, stirbt sie.«

Bok sprang über den am Boden liegenden Kjarrigan und auf Kytrin zu. »Jetzt reicht es.«

Als der malachitgrüne urZreð sie ansprang, peitschte Kytrins Linke herum. Eine unsichtbare Gewalt knallte den Zwerg an die Wand, wo er gebrochen zu Boden sank. »Du hattest Jahrhunderte Zeit, mich aufzuhalten und hast versagt. Nicht zum ersten Mal.«

Mit einer ausholenden Geste sprengte sie die Doppelflügeltür zum Dach auf. Auf der Terrasse landete ein flammendes Pferd und eine kleine, dunkle Gestalt sprang herab. Als sie aufkam, streifte ihr Mantel den Schweif des Pferdes und fing Feuer. Über ihr, im Sattel des Feuerrosses, saß Nefrai-kesh, der König der Sullanciri. *Und der Mantel, den er trägt, ist* Lombos *Haut!*

In der kleineren Figur erkannte Ermenbrecht Nefrai-laysh.

»Mein Vater gab mir heil' Gestalt,
und Herrin, ich bin voll Gewalt,
lasst Eure Feinde mich schlagen alsobald.«

Obwohl der Sullanciri ein Schwert zog, trat der Orioser Prinz vor. »Kytrin, du nimmst sie nicht mit.«

»Nicht? Du solltest von deinem Vater das Zuhören lernen.« Die Greisin drehte sich um und hob die rechte Hand. Sayce fasste nach der Kette, die ihr den Hals zuschnürte. Ihr Gesicht war violett angelaufen, nur ihre Zehen berührten noch den Boden. »Dann lasse ich halt ihre Leiche hier.«

»Nein!«

Der Aufschrei überraschte Ermenbrecht und Kytrin gleichermaßen. Die Aurolanenherrscherin schaute zu Nefrai-kesh hoch. »Du wagst es, mir Befehle zu erteilen?«

»Nur um einen Fehler zu vermeiden, Herrin. Gebt sie mir.«

»Dieses wertlose Ding?« Kytrin schüttelte Sayce. »Sie ist nichts.«

Die Stimme des Sullanciri wurde kräftiger. »Schaut, Herrin. Sie trägt das Kind meines Enkels. Sie wird den neuen Norderstett gebären.«

Tatjanas Miene verzog sich zu einem obszönen Grinsen. »Oh, das ist wunderbar. Wie dumm sie sind.« Er warf Nefrai-kesh die Prinzessin zu, der sie auffing und vor sich über den

Sattel legte. Als Nefrai-laysh vor Kytrin trat, streckte sein Vater die Hand aus, nahm die seiner Herrscherin und hob sie hinter sich.

»Ich komme zurück und hole dich.«

Nefrai-laysh lachte.

»Hab keine Sorgen,
wo ich bin heut Morgen.
Ich hab' zu tun allhier.
Werd' hacken, stechen, hauen,
werd' töten Männer und Frauen.
Ich bin daheim noch kurz vor dir.«

Dem Flammenross wuchsen Drachenflügel, und mit einem mächtigen Flügelschlag, der Ermenbrecht das Haar ansengte, sprang es in die Höhe. Es war ein Anblick von entsetzlicher Schönheit. Der Schweif wurde länger, die rot-goldenen Flammen kühlten zu Blau- und Grüntönen ab. Als das Pferd höher stieg, berührte ein Ausläufer eine Flügelspitze und flammte augenblicklich neu auf.

Nefrai-laysh klopfte mit dem schwarzen Schwert auf das Steindach der Terrasse.

»Herr Prinz, nur Mut, es ist an der Zeit,
dass von Königsblut einen Leib ich befreit.«

Der Sullanciri sprang. Ermenbrecht nahm den Dolch in die Linke und parierte den Schlag. Der Dolch kreischte, als das Schwert des Dunklen Lanzenreiters einen Metallspan aus der Klinge schnitt. Doch der Prinz hatte von vornherein gewusst, dass ihm die Waffe nicht viel nutzte. Er drängte das Schwert zur Seite, drehte sich auf dem linken Absatz und rammte Nefrai-laysh die rechte Faust ins Gesicht. Er hörte Knochen brechen. Der Prinz spürte, wie sich etwas in seine Hand bohrte, aber er wusste auch: Der größte Teil war in die Nase seines Gegners gedrungen.

Der Sullanciri taumelte zurück und hob die Hand zu der eingedrückten Nase. Er nahm sie zwischen Daumen und Zeigefinger und zog sie unter einer erstaunlichen Anzahl von Plopp-Geräuschen wieder heraus. Nefrai-laysh schnaufte und sprühte schwarzes Blut und Schleim auf den Stein, wo alles brodelte und dampfte. Er zog die Hand zurück, schleuderte die restliche Flüssigkeit von den Fingern und betrachtete Ermenbrecht aus Augen, in denen grelle Flammen züngelten.

Zweifellos wollte Nefrai-laysh etwas sagen, aber er bekam keine Gelegenheit dazu. Alexia prallte gegen ihn. Sie war herangestürmt, sprang auf und rammte ihm beide Füße in die Brust. Der Schlag traf den Sullanciri mit derselben Gewalt wie Kytrins Zauber Kjarrigan, riss ihn von den Beinen und schleuderte ihn zurück gegen die Zinnenmauer, die das Dach umschloss. Seine Schulter verfing sich an einer der Zinnen, er drehte sich, dann überschlug er sich plötzlich in einem Salto rückwärts und verschwand.

Ermenbrecht sprang über Alexia hinweg und rannte zur Mauer. Von der Straße drangen Rufe und Kreischen herauf. Passanten rannten in Panik davon. Nefrai-laysh schlug nach einigen, sprang andere an, tötete niemanden, verletzte aber ein paar und scheuchte den Rest davon. Alle, bis auf zwei.

Ein hünenhafter Mann hielt einen dicken Kampfstab in beiden Händen. »Ist das alles, was von dir geblieben ist, Leif?«

Der Sullanciri zögerte. »Net?«

»Du hast dich kaum verändert.«

»Net, Net,
so früh aus dem Bett.
Ich hoffe, du hast einen Erben.
Nun bete, Beute,
denn voller Ernst wird es heute.
Für dich geht's itzo ans Sterben.« Nefrai-laysh sprang mit ungeheurer Schnelligkeit vor und schwang das Schwert in einem Streich, der Net die Beine an den Knien abtrennen sollte. Der Stab zuckte herab, um den Hieb zu parieren, aber die Waffe des Sullanciri konnte das Holz durchschlagen wie Butter.

Eine andere Klinge schob sich dazwischen und verhinderte es. Borghelm warf die Scheide beiseite, in der Aug gesteckt hatte und fing Nefrai-layshs Schwert ab, bevor es den Kampfstab seines Vaters treffen konnte. Der Sullanciri zog die Waffe überrascht zurück, dann peitschte die Klinge aufwärts und mit einem Seitenhieb herum, der Borghelm knapp oberhalb der Maske den Schädel entzweizuspalten drohte.

Der junge Schmied duckte sich, dann sprang er vor und bohrte Nefrai-laysh das Schwert in den Bauch. Der Sullanciri keuchte und sprang rückwärts davon, so dass Aug wieder aus seinem Leib glitt. Borghelm setzte nach, blockte noch einen Hieb ab, dann drehte er die Waffe über Nefrai-layshs Deckung hinweg und rammte sie in eine der flammenden Augenhöhlen.

Der Dunkle Lanzenreiter zuckte zurück und riss Borghelm damit das Schwert aus der Hand. Nefrai-layshs Rücken bog sich zu einem Hohlkreuz durch und er brüllte ein Feuer zum Himmel empor. Seine Füße lösten sich vom Boden, er hing ein, zwei Pulsschläge in der Luft, dann erlosch das Feuer in seinen Augen und ein kraftloser toter Körper fiel wie ein leerer Handschuh auf das Straßenpflaster.

Alexia rief zu Net hinunter: »Nehmt sein Schwert und kommt hoch, beide.«

Ermenbrecht drehte sich um und ging wieder hinein. Er fand König Augustus über Bok gebeugt. An der Tür war Rymramoch neben Kjarrigan auf ein Knie gesunken. Der Prinz trat zu dem urZreð. »Wie geht es ihm?«

Augustus schüttelte den Kopf. »Er lebt noch, aber er ist schwer verletzt und liegt vermutlich im Sterben. Ich habe nach Heilern geschickt.«

Ermenbrecht schaute zur Wand hoch. Wo Bok aufgeschlagen war, war der Putz abgebröckelt und ein großer dunkler Blutfleck zeichnete nach, wo er zu Boden gerutscht war. Er atmete noch, aber das deutlich hörbare Rasseln in seiner Brust war kein gutes Zeichen.

Der Prinz richtete sich auf und ging hinüber zu Alexia, die bei Rymramoch stand. Kjarrigans Gliedmaßen waren gerade ausgestreckt, und hätte er nicht gezuckt, Ermenbrecht hätte ihn für tot gehalten. »Was hat sie mit ihm getan?«

Die Puppe schüttelte ruckend den Kopf. »Magik eigener

Erfindung. Der Zauber war sehr stark. Schon seine Nähe erschwert es mir, diese Hülle zu kontrollieren.«

Alexia kniete sich auf den Boden und griff eine Hand des jungen Magikers. »Er ist kalt. Stirbt er?«

»Höchstwahrscheinlich.«

Sie hockte sich auf die Fersen und schaute hoch. »Was ist geschehen? Warum seid Ihr hier?«

»Warum habe ich ihn nicht in Sicherheit behalten? Ist es das, was Ihr fragen wollt?« Die Puppe setzte zu einer Geste an, doch ihr rechter Arm erstarrte in der Bewegung. »Auf Vael machte Kjarrigan schnell Fortschritte. Er lernte und entwickelte einen Zauber, der imstande ist, Kytrin zu finden. Er sprach den Zauber und erfuhr, dass sie in Narriz war. Mit der Hilfe eines anderen Drachens sind wir gestern Nacht heimlich eingetroffen. Hier in Narriz sprach er den Zauber erneut, aber sehr vorsichtig, damit sie ihn nicht bemerkte. Offenbar ist ihm das gelungen. Er kam sofort hierher, und den Rest habt Ihr miterlebt.«

Ermenbrecht schüttelte den Kopf. »Er hat noch einen anderen Zauber auf sie geworfen. Was war das?«

»Nur ein kleiner Belästigungszauber. Die meisten Magiker lernen ihn schon am Anfang der Ausbildung. Ihn abzuwehren wird für sie zu einem Reflex.« Rymramoch legte den Kopf auf die Seite. »Sie hat reagiert, ohne zu denken, und sich so verraten.«

Alexia stieß einen tiefen Seufzer aus. »Sie war die ganze Zeit hier bei unseren Beratungen. Sie wusste alles, was wir planten. Sie hat uns dazu gebracht, Zeit und Kraft zu verschwenden. Ihretwegen war das halbe Heer, das Festung Draconis hätte verteidigen können, unterwegs, um Okrannel zu befreien. Sie hat die Draconellen in Adrogans' Besitz aufgebracht, und wer hätte besser darüber Bescheid wissen können als sie?«

»Ruhig, Alexia. Es war nicht dein Fehler.« Ermenbrecht hockte sich neben sie. »Ja, sie hat Unruhe gestiftet, aber jetzt, da sie bloßgestellt ist, wird das die anderen einen.«

Die Prinzessin starrte ihn ungläubig an. »Einen? Hast du

den Verstand verloren? Sie werden sich vor lauter Angst gegenseitig abschlachten. Sie werden jeden anderen für einen Aurolanenspion halten. Sie werden deinen Vater beschuldigen, ein Sullanciri zu sein. Das wird der helle Wahnsinn. Und der Wahnsinn wird seinen Höhepunkt erreichen, sobald sie erfahren, dass Sayce schwanger ist, und zwar von Will – und sich in Kytrins Hand befindet.«

Ermenbrecht lächelte. »Zumindest weißt du jetzt, dass die murosonischen Truppen dir folgen.«

»Sicher. *Falls* ich nach Aurolan stürme, um Sayce zu befreien. Nur ist das nicht der Punkt, um den es hier geht.«

»Nein, du hast Recht. Es geht darum, Kytrin zu vernichten.« Ermenbrecht stand auf, als Net und Borghelm ins Zimmer traten. Er nickte ihnen zu, dann drehte er sich zu den versammelten Adligen und Soldaten um. »Ich vermute, ihr alle wollt euch aufmachen und euren Fürsten melden, was hier geschehen ist. Vorher sollten wir jedoch sichergehen, dass wir uns alle bewusst sind, was hier genau vorgefallen ist.«

Er blickte sich um und begegnete den Blicken aller Anwesenden offen und gefasst. »Kytrins Anwesenheit wurde entdeckt, bevor wir mit irgendwelchen taktischen oder strategischen Planungen begonnen haben. Die grundlegenden Punkte, die wir bisher besprachen, hätten euch allen ohnehin klar sein müssen. Wichtiger noch ist, dass sie jetzt aus der Überzeugung handeln wird, zu wissen, was wir denken. An all den Problemen, die wir angesprochen haben, werden wir jetzt noch bewusster arbeiten müssen, doch wir besitzen einen Vorteil, den wir bisher nicht hatten. Zweitens – und das ist von höchster Wichtigkeit – hat dieser junge Mann, Borghelm Hauer, einen Sullanciri erschlagen. Kytrin hat einen ihrer wichtigsten Offiziere verloren. Seit Beginn dieses Konflikts verliert sie mit beängstigender Geschwindigkeit Sullanciri. Ohne diese sind ihre Möglichkeiten, die Horden zu kontrollieren, stark eingeschränkt.«

Venes schüttelte den Kopf. »Und was ist damit, dass sie den neuen Norderstett in ihrer Gewalt hat?«

Ermenbrecht zuckte kräftig die Schultern, um den Schauder zu überspielen, der ihm den Rücken hinablief. »Prinzessin Sayce ist vielleicht wirklich von Will Norderstett schwanger. Das Kind wird jedenfalls erst im Herbst geboren. Und wir wollen nicht vergessen, dass die Norderstett-Prophezeiung Kytrin nichts Gutes verheißt. Damit, dass sie das Kind mitgenommen hat, nährt sie eine Schlange an ihrem Busen. Aber soweit es uns betrifft, ist das ohne Bedeutung. Unsere Aufgabe bleibt es, ihre Heere zu zerschlagen und sie zurück nach Hause zu treiben. Wir werden rechtzeitig dort sein, um Sayce zu befreien und dafür zu sorgen, dass ihr Kind in zivilisierter Umgebung zur Welt kommt.« Er deutete zur Tür. »Jetzt geht und erstattet Bericht. Wir machen morgen weiter.«

Die Soldaten und Adligen verließen das Zimmer. Nur Augustus, Bok, Alexia, Kjarrigan und die drei Oriosen blieben zurück. »Könnt Ihr irgendetwas für Bok tun?«

Die Puppe drehte sich zu dem urZreð um. »Falls mich jemand zu ihm bringt, könnte ich ihm vermutlich helfen.«

Net und Borghelm fassten ihn an den Ellbogen und trugen ihn zu Bok. Nach vier Schritten gewann die Puppe die Kontrolle über ihre Bewegungen zurück. Sie beendete den Weg aus eigener Kraft und kniete sich neben den urZreð.

Alexia legte Ermenbrecht die Hand auf die Schulter. »Danke für die Ansprache.«

Er zuckte die Achseln. »Ich weiß, wie du dich jetzt fühlen musst.«

»Tatsächlich?«

»Alle Welt hält meinen Vater für Kytrins Marionette. Wenigstens bist du in dieser Hinsicht etwas weniger direkt betroffen.«

Alexia lachte. »In Ordnung, du weißt es wirklich.« Sie schüttelte den Kopf, dann lachte sie noch einmal.

»Was?«

»Ich habe nur gerade gedacht… Ich weiß nicht, seit wann Kytrin sich als Tatjana ausgegeben hat, aber ich hoffe, sie hat es seit mindestens zehn Jahren getan.« Die okransche Prinzessin grinste. »Als ich ihr zum ersten Mal begegnet bin, habe ich sie gebissen.«

Ermenbrecht schmunzelte. »Wirklich? Ich habe meinen Vater nie gebissen.«

»Vielleicht solltest du es mal versuchen.«

»Nein, danke. Dafür haben wir keine Zeit.« Er zwinkerte ihr zu. »Wir werden einen Weg austüfteln, wie du sie noch einmal beißen kannst, und diesmal sorgen wir dafür, dass sie es wirklich spürt.«

Kapitel Einundzwanzig

Am Kopf der Treppe zögerte Alyx kurz und schaute hinab in das Halbrund des Amphitheaters, das normalerweise Saporitias Kongress der Gildenmeister beherbergte. Die Stufen davor teilten die Sitzreihen und führten gezielt in den offenen Halbkreis, in dem Gildenmeister sich aufstellten, um bei Debatten über Gesetze und Beschlüsse zur Versammlung zu reden. An der Rückwand, die man mit prächtigen Wandgemälden – die Höhepunkte der saporischen Geschichte darstellten – verziert hatte, war eine Empore aufgebaut. Darauf erhob sich ein großer Thron, auf dem wie sonst auch jetzt König Fidelius Platz genommen hatte. Zur Rechten und Linken standen kleinere Throne für König Swindger und König Augustus.

Andere hatten sich in verschiedenen Gruppen in den Sitzreihen versammelt, doch es war der niedrige Tisch vor den Thronen, der Alyx' Aufmerksamkeit beanspruchte. Auf dem Tisch lag Kjarrigan, vom Hals bis zu den Zehen unter einem weißen Laken. Sein Körper zuckte und zitterte noch immer, doch der Schaden, den Kytrins Magik angerichtet hatte, ließ sich nicht verbergen. Der Zauber hatte seinen Leib einfallen lassen. Alyx war sicher, wäre er nicht vorher so fett gewesen, so wäre er längst gestorben.

Sie stieg langsam abwärts und hörte Krähs Stiefel über den Stein scheuern, als er ihr folgte. Auf dem Boden der Arena waren drei Gruppen zur Debatte angetreten. In der Mitte stand ein Pulk von Zauberern aus Vilwan. Auf der linken Seite warteten Peri und Entschlossen. Rechts hatten sich Dranæ, Rymramoch und eine muskulöse Frau versammelt, die offenbar ein weiterer Drache in Menschengestalt war.

Die Leiterin der Vilwaner Gesandtschaft drehte sich um, sah Alyx und lächelte. »Sehr schön. Da wir hier nun alle beisammen sind, können wir beginnen.«

Alyx erinnerte sich von den Beratungen her an Name und Rang der Magikerin. »Ich wurde eben erst hierher bestellt, Magisterin Tadurienne, und ich weiß nicht, worum es geht. Hat sich an Kjarrigans Zustand etwas geändert?«

Die Frau steckte die Hände in die weiten Ärmel der grauen Robe, an deren Manschetten, Kragen und Saum sich ein schwarzer Streifen befand. Die Farbe passte zu ihrem Haar und wies sie als in Beschwörungszaubern geschult aus. »Es gibt keine Veränderung hinsichtlich seines Zustandes, wohl aber in Bezug auf seinen Status.«

Alyx erreichte ihre Schwester und Entschlossen. Kräh blieb hinter ihr stehen. Stirnrunzelnd schaute sie zu König Fidelius hinüber. »Hoheit, bitte klärt mich auf.«

Der saporische Monarch deutete mit der gesunden Hand auf die Vilwaner. »Da Kjarrigan ein minderjähriger Bürger Vilwans ist, beantragen sie das Sorgerecht für ihn, um ihn mit nach Vilwan zu nehmen.«

Alyx starrte ihn verwundert an. »Sie wollen ihn wie einen Verbrecher ausweisen lassen? Aufgrund welcher Anklage?«

»Keine Anklage, Prinzessin.« Tadurienne blieb in ihrer Antwort respektvoll. »Es handelt sich nicht um eine Ausweisung, sondern um eine Heimführung – zum Zwecke seiner Genesung.«

»Zum Zwecke seiner Genesung? Wie kann das sein, Magisterin? Soweit ich weiß, ist es Euch nicht gelungen festzustellen, was mit ihm geschieht.«

»Das stimmt, wir sind jedoch sehr hoffnungsvoll.« Sie deutete zu den Drachen. »Selbst sie waren nicht in der Lage, die Magik zu lösen, die Kytrin benutzt hat. Auf Vilwan sind die größten Gelehrten versammelt: Die werden in der Lage sein, zu lösen, was uns vor Rätsel stellt.«

Kräh räusperte sich. »Wieso ist Kjarrigan ein Bürger Vilwans? Soweit ich weiß, bleiben alle Schüler auf Vilwan Untertanen ihres Geburtslandes, bis sie die Volljährigkeit erreicht haben. Dann erst können sie ihr altes Bürgerrecht aufgeben und Bürger Vilwans werden. Heslin hat das nie getan und blieb ein Oriose, bis Kytrin ihn sich holte.«

Tadurienne lächelte. »Die Antwort ist einfach. Kjarrigan wurde auf Vilwan geboren.«

»Das ist eine Lüge.« Die Puppe Rymramoch klatschte in behandschuhte Hände. »Wäre er auf Vilwan geboren worden, wäre der Makel erkennbar. Ich habe ihn studiert. Er hat nahezu sein gesamtes Leben auf Vilwan verbracht, wurde aber auf einer Insel geboren, die nicht Vilwan war.«

Die vilwanische Magisterin hob die Hand und besprach sich mit ihren Begleitern. »Ich habe keine Kenntnisse über seinen Geburtsort. Seine Eltern waren vollwertige Bürger Vilwans. Er hat keine andere Heimat. Er gehört uns.«

Entschlossen schaute zu Rymramoch hinüber. »Warum sagt Ihr, er wurde auf einer Insel geboren?«

»Das ist offensichtlich.«

Dranæ lächelte. »Entschlossen, für uns ist es ebenso einfach, die Spuren und Makel an einer Person zu lesen, wie für dich, Schnattererzeichen zu entziffern. Ich habe Kjarrigan nie studiert, aber an dir ist die Spur Vorquellyns stark sichtbar, obwohl du das Zehnfache an Jahren fern der Insel verbracht hast.«

Tadurienne öffnete die Hände. »So faszinierend diese Diskussion über Makel und Spuren auch sein mag, sie hat keinerlei Relevanz für diesen Fall. Kjarrigan Lies kam aus Vilwan, er wurde auf Vilwan ausgebildet und ist der Sohn vilwanischer Eltern. Niemand hier kann ihm helfen, wir aber schon. Wollt Ihr das Beste für ihn, dann werdet Ihr ihn uns jetzt übergeben. Es ist deutlich zu sehen, dass Eile vonnöten ist.«

Wieder ergriff Kräh das Wort. »Bei allem gebotenen Respekt, Magisterin, doch Kjarrigans letzte Lehrmeisterin, Orla, hat ihm auf dem Totenbett Anweisungen erteilt. Sie wies ihn an, sich von Vilwan fern zu halten. In Meredo hat er sich bereits Euren Versuchen widersetzt, ihn zurückzulocken.«

»Er ist nur ein Kind und neigt zu unreifen Fantasien.«

»Aber Orla war es nicht. Sie war Euch im Rang ebenbürtig. Er hat sich an ihre Anweisungen gehalten, und sie übergab die Verantwortung für ihn an mich und Entschlossen.«

»Tat sie das?« Tadurienne deutete auf den zuckenden Körper. »Und Ihr habt Euch entschieden, ihn auf Vael zurückzulassen, damit er in einer Magik unterrichtet werden konnte, die nie ein Mensch gemeistert hat. *Das* ist das Ergebnis! König Fidelius, ich beantrage festzustellen, dass sich Kräh in der Rolle des Vormunds als ungeeignet erwiesen hat. Davon jedoch ganz abgesehen, besaß Orla keine Berechtigung, ihr Mündel an irgendeinen dieser Abenteurer zu übergeben. Vor dem Aufbruch von Vilwan hatte sie einen Disput mit ihrem Vorgesetzten, der, wie man mir mitteilte, in einer Meinungsverschiedenheit endete. Dies hat sie zweifellos dazu veranlasst, Kjarrigan die erwähnten Befehle zu erteilen, und nicht irgendeine wahre Sorge für den Knaben.«

Swindger strich über seinen Kinnbart. »Magisterin Taduriennes Einwand gegen Krähs Vormundschaft über Kjarrigan Lies ist nicht von der Hand zu weisen. Wie er selbst zugegeben hat, hat der Mann, der den Norderstett verlor, jetzt auch Adept Lies verloren.«

König Fidelius nickte zustimmend, doch König Augustus wischte den Einwand beiseite. »Allen bekannten Nachrichten nach war Adept Lies über sein Alter hinaus mächtig und klug, und sicherlich magisch befähigter als die hier versammelten Vilwaner. Er besaß das Vertrauen des Markgrafen Draconis, und wir alle wissen, wie schwierig dies zu erlangen war. Könnte Kjarrigan Lies selbst das Wort führen, er würde ohne Zweifel niemandem als ausschließlich sich selbst die Schuld für seinen jetzigen Zustand geben.«

Fidelius nickte wieder. »Ein guter Einwand, Augustus, aber das rechtliche Problem bleibt bestehen. Orla besaß keine Berechtigung, das Sorgerecht an irgendjemanden zu übertragen. Sie mag vorgeschlagen haben, dass er bei Kräh und Entschlossen bleibt, aber sie konnte ihn nicht an sie übergeben. Ihr

Anspruch auf ihn hat keinen Bestand. Ob und warum sie Kjarrigan angewiesen hat, Vilwan fern zu bleiben, ist ebenfalls ohne Bedeutung.«

»Danke, Hoheit.« Tadurienne lächelte zögernd. »Falls es keine weiteren Einwände gibt.«

»Ich habe einen.« Rymramoch hob die Hand. »Ihr habt dies als eine Heimführung für seine Genesung bezeichnet und angeführt, dass die größten magischen Gelehrten auf Vilwan versammelt sind, um bei der Lösung dieses Problems zu helfen. Ich möchte einwenden, dass dies nicht den Tatsachen entspricht.«

Die grau gekleidete Magikerin senkte den Kopf. »Ich gebe zu, dass wir keine Drachen bei uns haben, aber solltet Ihr den Wunsch verspüren, zu kommen, würden wir Eure Mithilfe begrüßen.«

»Ihr versteht mich falsch, doch wohl nicht mit Absicht. Ich werde hier nicht abreisen, bis mein Begleiter Bok weit genug genesen ist.« Die Puppe verschränkte die Hände. »Ich will vielmehr auf Folgendes hinaus: Alle dort versammelten Gelehrten werden nicht in der Lage sein, in die Abgründe dieses Zaubers vorzudringen.«

Taduriennes Stimme troff vor Sarkasmus. »Ich verstehe, dass *Ihr* in dieser Hinsicht Schwierigkeiten hattet, Rymramoch…«

Die Puppe des Drachen unterbrach sie. »Und Ihr hattet weniger als ich?«

»Nein, aber…«

»Gestattet mir eine Frage. Wisst Ihr, *warum* es Euch so schwer fiel, irgendetwas über die auf ihm ruhende Magik in Erfahrung zu bringen?«

Die Vilwanerin wurde vorsichtig. Sie unterhielt sich leise mit den beiden anderen Zauberern, dann schüttelte sie den Kopf. »Nein.«

»Es liegt daran, dass dies das Wesen des Zaubers ist, den sie einsetzte. Er ist darauf ausgelegt, die auf ihn angewandte Magik abzustoßen.« Die Puppe sah zu den drei Königen auf.

»Selbst ich habe von Kytrins Angriff auf Festung Draconis vor fünfundzwanzig Jahren gehört. Sie wirkte einen Spruch, der die eingesetzten Heilzauber außer Kraft setzte. Dieser Zauber wirkt nach demselben Prinzip. Wäre er ein Schwertkämpfer, er wäre ausgebildet, jeden Angriff zu parieren. Die bittere Wahrheit ist, dass alle bekannten Rassen jeweils nur über eine sehr begrenzte Anzahl von Diagnosezaubern verfügen. Ich habe alle eingesetzt, die mir bekannt sind, und alle haben versagt. Selbst die Magik, die ich verwende, um diese Hülle zu bewegen, wird von dem Zauber beeinträchtigt, den sie benutzt hat.«

Fidelius lehnte sich zurück und strich sich mit der rechten Hand übers Gesicht. »Ihr wollt damit sagen, es gibt nichts, was die Vilwaner tun könnten, um sein Leben zu retten.«

»Es ist unmöglich für sie festzustellen, was ihr Zauber ihm antut. Aber sie haben eine Befürchtung.« Rymramoch deutete mit einer Kopfbewegung zum Tisch. »Sie haben Angst, dass ihr Zauber Kjarrigan Lies in einen Sullanciri verwandelt.«

Alyx keuchte auf und wich zurück an Krähs Brust. Dies war ihr gar nicht in den Sinn gekommen. »Wäre das möglich?«

Tadurienne hob die Hände. »Es lässt sich nicht ausschließen. Würde er zu einem Sullanciri werden, so wäre er äußerst mächtig und gefährlich. Auf Vilwan könnten wir ihn festhalten und vernichten.«

Kräh lachte. »Ich weiß von keinem Sullanciri, den Vilwaner je geschlagen hätten, mit Ausnahme von Neskartu, den Kjarrigan tötete, nachdem er sich von Vilwan losgesagt hatte.«

Der König von Oriosa schüttelte den Kopf. »Bitte, Valkener, keine kleinlichen Ausbrüche von Neid und Eifersucht.«

Unter dieser Anschuldigung – ausgerechnet aus Swindgers Mund – fühlte Alyx Kräh erbeben. Sie griff hinter sich, fand seine rechte Hand und drückte sie. »Nicht reizen lassen, Geliebter«, flüsterte sie. Er drückte ihre Hand zur Antwort.

Fidelius runzelte die Stirn. »Vermutlich stimmt es, dass er auf Vilwan am Besten festgehalten werden könnte. Es scheint das Beste, ihrem Antrag stattzugeben.«

»Halt, Hoheit.« Entschlossen hob die Hand. »Noch ist eine

Frage nicht beantwortet. Magisterin Tadurienne, Ihr habt gesagt, Ihr wisst nicht, wo Kjarrigan Lies geboren wurde. Habe ich das richtig gehört?«

»Ja.«

»Dann wüsste ich von Euch gerne den Grund für die vilwanischen Expedition, die zur Zeit seiner Geburt nach Vorquellyn segelte. Dort kam es zu heftigen Kämpfen Eurer Landsleute mit den aurolanischen Besatzern, bevor sie sich wieder zurückzogen.«

Alyx hatte keine Ahnung, wovon Entschlossen sprach, aber Tadurienne wurde bleich. »Ihr irrt Euch, Entschlossen.«

Rymramoch bewegte die Hand, und für einen winzigen Augenblick leuchteten Entschlossens magische Tätowierungen auf. »Natürlich. Ja. Die Insel. Kjarrigan Lies hat denselben Makel wie du, Entschlossen. Er wurde auf Vorquellyn geboren.«

Entschlossens Stimme klang scharf. »Wie viele gibt es, Magisterin? Wie viele sind auf Vorquellyn zur Welt gekommen? Habt ihr geglaubt, die dort geborenen Kinder könnten eine Bindung an die Heimstatt aufbauen, so wie wir? Hattet ihr von Kytrins Zuchtexperimenten und ihren trostlosen Fehlschlägen gehört und euch eingebildet, ihr könntet es besser?«

Tadurienne schob das Kinn vor und verschränkte die Hände auf dem Rücken. »Ich bin darüber in Kenntnis gesetzt worden, dass es eine Expedition nach Vorquellyn gab. Über ihren Zweck weiß ich nichts. Ich weiß nur, dass es schwere Verluste gab. Man könnte unterstellen, sie habe den Zweck gehabt, dort Kinder auf die Welt zu bringen. Ich weiß weder, ob dem tatsächlich so war, noch ob Kjarrigan Lies ein solches Kind war oder ob es noch andere lebende Kinder dieser Expedition gibt. Das ist alles, was ich dazu sagen kann.«

Entschlossen schnaubte. »Ihr habt genug gesagt. Kjarrigan Lies wurde auf Vorquellyn geboren. Orla wusste das, und daher hat sie ihn mir anvertraut. Mein Anspruch auf ihn hat Vorrang vor irgendeinem vilwanischen Anspruch.«

Tadurienne schüttelte den Kopf. »Ihr seid kein Fürst von

Vorquellyn, Entschlossen. Wenn Ihr Eure Sache so ausdrücken wollt, hat Kytrin den stärksten Anspruch auf ihn.«

»Dann werde ich in dieser Sache als ihr Stellvertreter handeln, falls niemand anders hier den Wunsch dazu verspürt.« Entschlossen blickte sich in dem Rund um. Swindger schien zu zittern, als der Blick des Vorqælfen ihn traf. »Nicht? Gut, dann ist das geklärt.«

Die Magisterin trat einen Schritt vor. »Nichts ist geklärt.«

Entschlossens Hand fiel auf den Griff seines Schwertes. »Ich kann es ausgesprochen endgültig klären, falls Ihr es…«

»Entschlossen, beherrsche dich.« Eine neue Stimme sprach diese Worte und Alyx drehte sich um. Am Kopf der Treppe sah sie eine Ælfe mit fließender weißer Haarmähne und nahezu ebenso heller Haut. Die Augäpfel wirkten auf den ersten Blick ganz kupferfarben, doch als sie die Stufen herabstieg, sah Alyx weiße Flecken in der Mitte. Sie war sich nicht sicher, ob die Ælfe eine Vorqælfe war, aber sie war ohne Zweifel blind.

Entschlossen ging auf der Stelle zur Treppe und kam ihr entgegen, dann nahm er ihre Hand und führte sie herab. Diese Fürsorge und Hingabe überraschten Alyx, denn sie kannte Entschlossen nur ernst, steif und unerbittlich im Kampf und missmutig außerhalb, selbst wenn er vergleichsweise gut gelaunt war. Da ihre Haare dieselbe Farbe hatten, fragte sie sich, ob die beiden Geschwister waren.

Sie beanspruchten ihre Aufmerksamkeit nur kurz. Dann erschien eine zweite Gestalt am Treppenkopf, groß und kräftig, mit eingefalteten Schwingen. Peri stieß einen freudigen Aufschrei aus, und ihr Vater blinzelte ihr mit einem großen bernsteingelben Auge zu. Dann nickte er Alyx zu, die diese Geste erwiderte. *Er muss die Ælfe hergebracht haben, aber wie? Und warum?*

Entschlossen führte sie in die Mitte der Arena, doch sie begann zu zittern, sobald sie sich Kjarrigan näherten. Der silberäugige Vorqælf hielt sie fest und führte sie ein Stück zurück, wobei er sich zwischen sie und den zuckenden Magiker schob.

»Meine Fürsten, dies hier ist Orakel. Sie war es, die die Norderstett-Prophezeiung sprach.« Er wandte sich ihr zu. »Was tust du hier?«

»Ich sehe, Entschlossen, wie ich das immer tue.« Sie hatte ein wunderbares Lächeln und eine spielerische Leichtigkeit in der Stimme, woraufhin Alyx' Lächeln sofort breiter wurde, und selbst Swindgers Miene hellte sich auf. »Ich habe vieles gesehen, viele Nachrichten erhalten. Eine davon ist für dich. Der Norderstett wartet.«

Entschlossen starrte sie an, öffnete den Mund und schloss ihn wieder. »Will ist tot.«

Sie hob die Hand und zeichnete mit den Fingern die Furchen auf seiner Stirne nach. »Der Norderstett wartet. Er wartet auf dich im Saslynnae-Corijes auf Vorquellyn.«

»Was? Wie?« Entschlossen stolperte entgeistert einen Schritt zurück, dann schüttelte er den Kopf. »Das kann nicht sein. Das ist unmöglich. Warum sollte er dort sein?«

»Um Vorquellyn zu erlösen, muss er dort geboren werden, Entschlossen.« Orakels Stimme blieb sanft. »Der Norderstett wurde dort wiedergeboren, damit er die Prophezeiung erfüllen kann.«

»Typisch Will, mitten in feindlichem Gebiet aufzutauchen.« Entschlossen schloss die Augen. »Nicht nur, dass wir ihre Truppen besiegen müssen – um in den Corijes zu gelangen, brauchen wir einen an die Heimstatt gebundenen Vorqælf.«

König Fidelius sah verwirrt aus und Kräh erklärte es ihm. »Als die Aurolanen Vorquellyn besudelten, empfanden die an das Land gebundenen Ælfen einen unerträglichen Schmerz. Sie haben diese Welt verlassen, um dem Schmerz zu entfliehen.«

»Könnte man nicht jemanden wie Entschlossen an das Land binden?«

»Ja, Hoheit, er könnte gebunden werden, Orakel ebenfalls, doch die Prophezeiung sagt, dass der Norderstett Vorquellyn erlösen wird. Um ihn zu erreichen, müssen wir allerdings an einen versiegelten Ort auf Vorquellyn, und das können wir nicht ohne einen an die Heimstatt gebundenen Vorqælf.«

Der König schloss kurz die Augen, dann nickte er. »Die Katze beißt sich selbst in den Schwanz. Ich verstehe. Gibt es keinen anderen Weg hinein?«

Entschlossen schüttelte den Kopf. »Selbst Kytrin hat versucht einzudringen und ist gescheitert. Die Corijesci-Schutzzauber sind so stark, dass ich glaube, nicht einmal Drachenmagik könnte sie brechen.«

Rymramoch wackelte mit dem Kopf. »Das könnte sie schon, nur wäre danach nichts mehr von dem Ort übrig, den sie beschützen.«

Fidelius seufzte. »Ohne den Norderstett ist Kytrin nicht zu bezwingen. Gibt es denn gar nichts, was man da tun kann? Gibt es keinen anderen Weg?«

»Ich denke doch, Hoheit.« Kjarrigan Lies drehte sich beim Aufsetzen in das Laken. »Ich vermute, die Lektion, die mir Kytrin gerade erteilt hat, wird uns in dieser Hinsicht sehr gute Dienste leisten.«

Kapitel Zweiundzwanzig

Kjarrigan schaute sich um. Die entgeisterten Gesichter – natürlich mit Ausnahme der bekleideten Puppe – erstaunten ihn. Offenbar war einige Zeit verstrichen, seit ihn Kytrin mit diesem Zauber getroffen hatte, doch er hatte keine Ahnung, wie viel. Er strich sich über das Kinn, um abzuschätzen, wie stark sein Bart gewachsen war. Erstaunlicherweise fand er dort eher lose Haut und den harten Widerstand der Wangenknochen, aber keine Stoppeln.

Eine grau berobte Magisterin klatschte in die Hände. »Ein Wunder.«

Kjarrigan schnaubte. »Überhaupt kein Wunder. Es war schwierig, aber ich habe einfach nur ihren Zauber gelöst.«

Die Frau nickte. »Wie es jeder wahre Sohn Vilwans getan hätte.«

Der junge Magiker schüttelte den Kopf und zog das Laken fester um den Leib. Es überraschte ihn, dass ihm mehr Stoff übrig blieb als erwartet. Er hatte nach diesen Anstrengungen gewisse Auswirkungen erwartet, aber nicht so starke. Unwillkürlich musste er grinsen. Er war froh, wieder frei zu sein.

König Fidelius schaute von seinem Thron zu ihm herab. »Er muss verstehen, Adept Lies, dass sich alle hier sehr wenig Hoffnung auf sein Überleben gemacht haben. Die Magiker seiner Heimat waren dem Zauber gegenüber hilflos, ebenso wie Rymramoch.«

Kjarrigan zuckte die Achseln. »Er war schwierig zu knacken.« Er blickte zum König hoch. »Ich hoffe, Ihr nehmt mir die Frage nicht übel, aber wer ist das, und was macht sie hier?«

Die Frau kam dem König zuvor. »Ich bin Magisterin Tadurienne. Ich wurde entsandt, dich nach Hause zu holen.«

»Nach Hause. Du meinst Vilwan?« Der junge Mann schnitt ein Gesicht. »Ich habe kein Zuhause – außer bei meinen Freunden. Im Kampf gegen Kytrin.«

»Du bist noch jung…«

Entschlossen stieß ein kurzes, bellendes Lachen aus. »Er hat den Zauber gelöst, der alle hier genarrt hatte.«

Tadurienne rümpfte die Nase. »Ich bestreite nicht, dass er talentiert ist. Das ist er. Mit größerer Erfahrung hätte er ihm ausweichen oder ihn schneller lösen können.«

»Das mag stimmen, Magisterin, die werde ich allerdings durch eine Ausbildung auf Vilwan nicht erhalten.«

Die Magisterin blinzelte. »Du bist von deinem Erlebnis noch benommen. Du brauchst Ruhe. Die Magik hat dich ausgezehrt. Du musst dich erholen. Auf Vilwan.«

»Nein. Ihr versteht gar nichts.« Kjarrigan schwang die Beine vom Tisch und drehte sich zu ihr um. »Der Zauber hat mich nicht ausgezehrt. *Ich* habe mich ausgezehrt. Dieser Spruch hätte jeden Vilwaner getötet und eine Leiche zurückgelassen, an der keine Spur zurückgeblieben wäre. Hätte niemand gesehen, wie sie ihn schleuderte und hätte sie sich nur etwas mehr Zeit gelassen, es hätte ausgesehen, als wäre ich im Schlaf gestorben.«

Tadurienne nickte selbstsicher. »Und du hast dich ausgezehrt, um dich zu verändern, so dass dich der Spruch nicht mehr als sein Ziel erkennt. Eine Sündenbocktransferenz magischer Identität. Das hast du auf Vilwan gelernt.«

Kjarrigan stöhnte. »Nein. Für wie dumm haltet Ihr sie? Das ist eine uralte Idee, und sie hat dafür gesorgt, dass sie ohne Wirkung bleibt.«

Rymramoch klapperte einen Schritt näher. »Vielleicht kannst du uns das Wesen des Zaubers und deine Methode erläutern, ihn zu besiegen. Ich bin sicher, selbst die Magisterin sollte imstande sein, deine Erklärung zu verstehen.«

»In Ordnung. Es ist wirklich ziemlich einfach.« Als er diese Bemerkung machte, sah er Prinzessin Alexia nachsichtig lächeln und Kräh die Hände auf ihre Schultern legen. »Nein, wirklich. Es ist einfach. Ich verspreche es.«

»Ich glaube es dir, Kjarrigan, und ich werde aufmerksam zuhören.«

»Danke, Hoheit.« Er seufzte. »Kytrins Zauber besteht aus zwei Hauptkomponenten. Man kann ihn sich wie eine Nuss mit Schale vorstellen. Die Schale ist äußerst komplex und dient dazu, Magik zu stören. Sie besitzt auch einen Teil, der Sündenbocktransferenzen vereitelt, mit furchtbaren Folgen für jeden, der es versucht. Vom Auszehren angefangen, oh, es wäre furchtbar gewesen, bis zu verkümmernden und abfallenden Körperteilen und nässenden Blasen und …«

»Du wolltest die Erklärung einfach halten, Kjarrigan.«

»Ja, Meister.« Kjarrigan warf der Puppe ein kurzes Lächeln zu. »Die Schale ist der Grund, warum Euch Eure Zauber nichts verraten haben. Aber der Kern des Spruches war das eigentliche Problem. Er ist wie eine Decke, die einen Magiker von der Quelle der Magik abschließt.«

Magisterin Tadurienne schüttelte den Kopf. »Das ist unmöglich. Wir sind die Quelle unserer Magik.«

»Nein. Wäre dem so, so wäre ich tot. Ich habe inzwischen einiges über die Magik gelernt, was man vielleicht vor langer Zeit auch auf Vilwan einmal gelehrt hat, aber das ist Jahrhunderte her. In der Zeit Kajrûns.« Kjarrigan rieb sich den Hals, an einem ganzen Stück loser Haut. »Ein Magiker der Vilwaner Schule hätte sich in eine erstickend enge Decke gewickelt gefühlt. Magik wäre für ihn nur noch eine Erinnerung gewesen, und jeder Spruch, den er eingesetzt hätte, um sich aus dieser Decke zu befreien, wäre fehlgeschlagen. Kein Vilwaner Magiker hätte die nötige Kraft besessen, auszubrechen.«

Sie starrte ihn wütend an. »Du hast es geschafft.«

»Mir ist es gelungen, weil ich mehr weiß als Ihr, sowohl über die Magik als auch über Kytrin. Ihr wisst, dass ich einen Spruch entwickelte, der Kytrin aufgespürt hat. Dazu war ich in der Lage, weil ich über ihre Wesensessenz verfügte. Sie ist halb Drache, halb urSreiði. Was Magik betrifft, liegen ihre Stärken auf diesen Gebieten. Menschliche Magik kennt sie hauptsächlich durch Neskartu, und er wurde auf

Vilwan ausgebildet, allerdings nicht in Ælfenmagik. Das war der Punkt, wo ich eine Schwäche fand. Ich wusste, ich war von der Quelle der Kraft abgeschnitten, die ich brauchte, um ihren Zauber aufzuheben. Und um das zu können, musste ich die Verbindung wiederherstellen. Ich entschloss mich, einen Ælfenzauber umzuändern, weil diese einfach aufgebaut sind. Sie wachsen, und ich stellte mir einen Setzling vor, der sich durch den Boden drückt, durch Erde und Stein, hoch zum Sonnenlicht. Doch bis er die Sonne erreicht hatte, brauchte er Energie. Also legte ich einen zweiten Zauber auf mich selbst, einen modifizierten Heilzauber, der meine körperlichen Vorgänge beschleunigte. Er verzehrte mein Fett, dann Muskeln und Knochen. Ich hätte buchstäblich verhungern können, aber der erste Zauber wuchs durch Nuss und Schale. Er erreichte den Quell der Magik, Energie durchströmte mich und ich konnte ihren Zauber aufbrechen.« Er breitete die Hände aus. »Und hier bin ich, ohne dass Vilwan irgendetwas dazu beigetragen hätte.«

»Du weißt nicht, wovon du redest, Kjarrigan Lies.« Tadurienne ging auf ihn zu, fasste ihn am Kinn und hob seinen Kopf. »Ich kenne dich, seit du bloß ein kleines Kind warst. Du bist etwas Besonderes gewesen, von Anfang an, besser als deine Geschwister. Ihr alle wurdet zu einem Zweck gezeugt, um euch Kytrin widersetzen zu können. Während andere nichts getan haben, um sich auf ihre Rückkehr vorzubereiten, haben wir gehandelt. Deine ganze Existenz verdankst du Vilwan. Wir haben deine Eltern ausgewählt, wir haben dafür gesorgt, dass sie sich paarten, wir haben für deine Geburt und Aufzucht gesorgt.«

»Hattet Ihr uns nicht erklärt, Magisterin, nichts über Kjarrigans Geburt zu wissen?«

»Verzeiht mir, König Fidelius. Ich hatte es vergessen.« Sie gab Kjarrigans Kinn frei, dann tätschelte sie ihm die Wange. »Unser Antrag bleibt bestehen. Er ist minderjährig und gehört zu uns. Wir werden ihn mitnehmen.«

Ihr hochmütiger Tonfall machte Kjarrigan wütend, doch er

beherrschte sich. Mit ruhiger Miene blickte er ihr gerade in die Augen. »Ich werde Euch nicht begleiten.«

»Natürlich wirst du das. Niemand hier kann uns daran hindern, dich mitzunehmen.«

»Diese Behauptung solltet Ihr lieber nicht auf die Probe stellen, Magisterin. Im Übrigen, wenn es stimmt, dass Vilwan mich erschuf, um gegen Kytrin zu kämpfen, so ist es ziemlich dumm, mich zurück nach Vilwan zu bringen, oder? Falls man Euch hierher geschickt hat, mich zu holen, solltet Ihr einsehen, dass dies ein Fehler war. Oder habt ihr mich als Waffe geschmiedet, nur um mich zurück in die Scheide zu stecken, wenn sich die Gelegenheit bietet, mich gegen sie einzusetzen? Vilwan hat mich und andere für den Kampf gegen Kytrin erschaffen, damit die Welt Vilwan für die Rettung der Zivilisation hält und die damit verbundene Dankbarkeit Euch in die Lage versetzt, Eure Macht wieder so auszuweiten wie zu Kajrûns Zeiten. Mich jetzt zurückzuziehen, ist völliger Unsinn, es sei denn, Ihr habt Euch mit Kytrin verbündet.«

»Wie kannst du es wagen, du eingebildetes Balg?« Taduriennes Maulschelle fegte seinen Kopf zur Seite. »Sie ist Kajrûns Erbe, und das wollen wir aus unserer Geschichte tilgen!«

Er hob die Linke an die Wange. Der Schmerz verblasste langsam, ebenso wie das Gift ihrer Worte. Nur die Angst blieb. »Also das ist es? Ihr habt Angst, ich sei ein zweiter Kajrûn? Ihr glaubt, Ihr habt mich zu gut geschmiedet und müsst mich wieder unter Kontrolle bringen? Orla hatte doch Recht.«

»Orla war eine Närrin. Ich habe dir bereits gesagt, dass ich dich schon als Kind kannte. Ich war immer dagegen, dich auszubilden. Du hast dich als eine Gefahr erwiesen und gehörst zur Raison gebracht.« Sie trat einen Schritt zurück und ließ die Hände hängen. »Du kommst mit mir.«

Kjarrigan schaute sich nach links und rechts um. Entschlossen, Dranæ, Peri und Kräh hatten Stellung bezogen. Sie konnten jederzeit körperlich eingreifen und seinen Abtransport verhindern. Langsam hob er die Arme auf Schulterhöhe und hielt seine Freunde mit offenen Händen zurück. Die Haut unter den Oberarmen zitterte, als er sprach. »Lasst sie tun, was sie möchte.«

Taduriennes Nasenflügel zitterten. »Ich befehle dir, mich zu begleiten.«

»Nein.« Kjarrigan schüttelte langsam den Kopf. »Ihr habt mich geschlagen, Magisterin. Ihr habt mich berührt. Jetzt kenne ich Euch. Ich besitze Eure Wesensessenz, geradeso wie die Kytrins. Ihr könnt mich nicht zwingen, mit Euch zu gehen.«

Energie sammelte sich um ihre Gestalt. Rote Funken tanzten zwischen den Händen, die sie auf Hüfthöhe hob. Das rote Licht wurde stärker, dann riss die Frau die Finger zurück und stieß die Handballen in seine Richtung. Die blutrote Energie brodelte auf ihn zu.

Kjarrigan machte sich nicht einmal die Mühe, einen Finger zu bewegen. Er hatte den Zauber erkannt, noch bevor sie ihn warf und zupfte einen winzigen an ihr Wesen gekoppelten Aspekt heraus, um ihn auszuschalten. Mehr war nicht nötig, um den Spruch ohne Mühe abzuwehren. Als hätte man den Splint aus einer Achse gezogen, so fiel der Rest des Zaubers auseinander. Als ihn die Energie erreichte, verpuffte sie bereits.

Tadurienne starrte auf ihre Hände, als hätten die sie verraten. Dann straffte sie die Schultern und bereitete einen anderen Zauber vor.

Kjarrigan hob die rechte Hand, dann schloss er sie und löschte den Zauber so endgültig aus wie man eine Kerzenflamme auspustet. »Nein, Magisterin. Falls dieser Spruch fehlschlägt, nehmt Ihr Schaden. Zwingt mich nicht noch einmal, zu beweisen, dass Ihr machtlos seid.«

Tadurienne schaute an ihm vorbei zu den Königen. »Meine Fürsten, Ihr habt gesehen, was er getan hat. Er hat sich dem direkten Befehl einer Vorgesetzten widersetzt. Er ist außer Kontrolle. Übergebt ihn mir, wenn Ihr nicht wollt, dass ein zweiter Kajrûn entsteht.«

König Augustus stand auf und trat ans Fußende des Tisches. »Ich habe ganz im Gegenteil den Eindruck, Magisterin, dass Adept Lies eine nachgerade unglaubliche Selbstbeherrschung bewiesen hat, vor allem für jemanden von seinen jungen Jahren. Hättet Ihr mich in seinem Alter derart und auch noch öffentlich geschlagen, ich hätte Euer Herz mit kaltem Stahl mit dem Rückgrat verbunden. Mit der Macht, die Ihr selbst ihm zusprecht, hätte er noch weit schlimmer mit Euch verfahren können.«

»Außerdem könnt Ihr ihn nicht kontrollieren.« Obwohl Swindger zu seinen Gunsten sprach, empfand Kjarrigan seine Stimme als unangenehm. »Er hat Kytrin bezwungen. Nachdem Ihr Euer Gedächtnis jetzt wiedergefunden habt, werdet Ihr zugeben, dass er auf Vorquellyn geboren wurde, was Entschlossens Anspruch auf Vormundschaft bestärkt.«

Tadurienne kochte vor Wut. »Meine Fürsten, ihr werdet feststellen, dass Vilwan euch in der Vergangenheit sehr genutzt hat. Ihr gefährdet unsere zukünftigen Beziehungen. Ich schlage vor, ihr überlegt euch das lange und nachdrücklich. Ich werde noch einen Tag auf Eure Entscheidung warten, König Fidelius, danach werde ich gezwungen sein, Euch die Überlegungen des Großmagisters zu diesem Thema mitzuteilen.«

Sie machte kehrt und rauschte die Treppe hinauf und aus der Gildenhalle, dicht gefolgt von ihren Begleitern.

Kjarrigan ließ sich vom Tisch auf den Boden rutschen und geriet ins Wanken, als er den Boden mit den Füßen berührte. Starke Hände griffen ihm von hinten unter die Arme und hielten ihn fest. »Danke, Entschlossen.«

»Es ist mir ein Vergnügen, Bruder.«

Bei diesem Wort durchzuckte Kjarrigan eine seltsame Erregung. Er blickte hinüber zu Rymramoch. »Wo ist Bok?«

»Er ruht sich aus. Schlimmer als jeder Keulenhieb ist der Zorn eines undankbaren Kindes.«

»Gibt es irgendetwas, das ich tun kann, um ihm zu helfen?«

Die Puppe nickte. »Allein schon, dich gesund und wohlauf zu sehen, wird ihm neue Kraft schenken.«

Kjarrigan schaute an sich herab, sah seine Zehen, lächelte und zog das Laken zwischen den Beinen durch. »Gehen wir. Etwas anziehen, dann Bok, und dann was *zu* essen. Ich sterbe vor Hunger!«

Alyx begleitete Kjarrigan bis zum Palast, dann entschuldigte sie sich und kehrte in ihre Räume zurück, während die Dienstboten losrannten, um ihm passende Kleidung zu besorgen. Zurück in ihrem Quartier setzte sie sich neben den Kamin und schloss die Augen. Mit einem tiefen Atemzug kam sie zur Ruhe, dann projizierte sie sich in die Kommunion.

Sie war am Bootssteg, neben dem abfahrbereiten Drachenboot mit Maroth am Ruder. Und sie stellte fest, dass sie erwartet wurde, denn auch der Schwarze Drache stand dort neben dem Boot. »Hallo. Ich war unterwegs, um mit Euch zu reden.«

»Das dachte ich mir. Preiknosery hat mir berichtet, er habe Orakel nach Narriz gebracht.« Die Ohren des Drachen zuckten. »Hast du das Gefühl, insgeheim gelenkt worden zu sein?«

»Nicht unbedingt, aber ich habe den Eindruck, dass Ihr die Ereignisse zu meinem Vorteil inszeniert. Erst wird offenbar, dass sich Kytrin jahrelang als Tatjana ausgegeben hat, was die Kampfmoral zerschlägt. Dann wird nach dieser und der noch schlimmeren Nachricht vom Tod des Norderstett die Hoffnung wiedergeboren, denn Orakel erscheint und verkündet, der Norderstett warte auf uns. Ich weiß, Ihr habt Eure Hand dabei im Spiel, dass sie in Narriz auftauchte.«

»Was stört dich daran?«

Alyx hob den Kopf, verschränkte die Hände auf dem Rücken und stellte sich offen dem Blick des Schwarzen Drachen. »Ich weiß nicht, wer Ihr seid, deshalb weiß ich auch nicht, warum Ihr das tut. Alles, was Ihr getan habt, war zu meinem Vorteil und hat Kytrin geschadet, aber ich weiß nicht, welchen Vorteil Ihr davon habt.«

Der Schwarze Drache nickte. »Ich habe aus vielen Gründen Vorteil davon, Tochter, und nicht der geringste darunter ist der, den Zielen der Kommunion zu dienen. Wir sind an einer friedlichen und geeinten Welt interessiert. Kytrin widersetzt sich diesem Ziel, daher unternehme ich, was ich kann, um ihr Schwierigkeiten zu bereiten.«

»Aber mit einem Verstand wie Eurem müsst Ihr außerhalb dieses Ortes noch mehr tun.«

Er lachte. »Du, Alexia, und Markus Adrogans, selbst dein Prinz Ermenbrecht, ihr seid in Sachen Befehligen von Truppen weit kompetenter als ich. Ihr macht das gut, ich mache dies gut. Meine Bemühungen an anderen Orten wären verschwendet.«

Die Prinzessin runzelte die Stirn. »Wie lange wusstet Ihr schon, dass Tatjana in Wahrheit Kytrin war?«

Der Schwarze Drache neigte den Kopf. »Sehr gut. Ich weiß es seit mehr als zwanzig Jahren.«

»Woher?«

»Tatjana war ein Mitglied der Kommunion. Kytrin schnappte sie sich auf einer Reise nach Okrannel – auf einem Vorläufer der späteren Traumjagden. Kytrin wusste nicht, dass sie zur Kommunion gehörte, und Tatjana konnte noch eine Weile mit uns sprechen, bevor sie in Aurolan starb.«

»Und Ihr habt nichts gesagt?«

»Wie hätte ich das tun sollen? Ich habe es hier erfahren. In der Welt konnte ich nicht darüber reden.«

»Ihr hättet es mir sagen können.«

»Aber dazu bestand keine Notwendigkeit, oder? Du hattest bereits eine Abneigung gegen sie und hast ihr misstraut. Sie hielt ihr Geheimnis für sicher und ihre Maßnahmen für wirkungsvoll. Wäre sie nicht enttarnt worden, ich hätte dich gewarnt, dass Kytrin von allem erfuhr, was sie hörte, und du hättest dich vorgesehen. Das hätte genügt.«

»Möglicherweise, aber jetzt herrscht Aufruhr. Die Fürsten sind über den Verrat außer sich.«

»Das beunruhigt dich allerdings nicht so recht. Oder irre ich mich da?« Zuneigung klang durch seine Worte. »Du machst dir Sorgen, weil sie dich immer als die Heerführerin gefördert hat, die Kytrin vernichten wird. Du fragst dich, ob sie dir damit eine Falle gestellt hat.«

Alyx senkte den Kopf. »Wieder einmal frage ich mich, ob Ihr meine Gedanken lesen könnt.«

»Das ist eine ganz normale Frage, Alexia.«

»Es geht dabei um mehr als die Zweifel einer Kommandeurin, ob sie auch das Zeug hat, Truppen in die Schlacht zu führen.«

Sein Unterkiefer verzog sich zu einem drachenhaften Grinsen. »Das ist mir bewusst. Du bist jung, und auch wenn du eine gute Ausbildung erfahren hast, stehst du vor einem Krieg, wie er seit Jahrhunderten nicht mehr ausgetragen wurde. Baron Norderstett, der Letzte, der Truppen gegen Kytrin in den Kampf führte, hat versagt und wurde zu ihrer Kreatur. Das bereitet dir Sorge. Gleichzeitig fragst du dich, was sie in dir gesehen haben mag, dass sie so sicher war, du seist keine Gefahr für sie. Denn hätte sie dich als Gefahr betrachtet, hätte sie dich den anderen nicht aufgedrängt.«

»Ihr habt Recht, sie betrachtet mich nicht als Gefahr.«

»Vielleicht irrt sie sich.«

Alyx lachte. »Ich müsste eine Närrin sein, wenn ich mein Heer auf die Möglichkeit hin in die Schlacht führen wollte, dass mein Feind so dumm ist.«

»Da muss ich dir zustimmen, ich finde aber, du übersiehst eine wesentliche Tatsache: Sie unterschätzt dich. Sie unterschätzt jeden, aber dich besonders, weil sie dich als ihr Geschöpf betrachtet. Dass du dich ihr widersetzt und verschlossen hast, dass du dich mit Kräh eingelassen hast, all das bringt sie zu dem Schluss, dass du keinerlei Bedeutung besitzt. Dass du liebst, kann sie nicht verstehen. Deine Liebe zu Kräh, zu Perrine, zu deinen Freunden, das ist für sie unbegreiflich. Sie versteht nicht, dass du Dinge für andere tust, nicht allein für dich selbst. Sie sieht in dir jemanden, der auf militärischen Ruhm aus ist, und sie erwartet, dass du dich entsprechend verhältst. Sie hat Markus Adrogans zu deinem Rivalen aufgebaut, um dich zu unüberlegtem Handeln zu treiben. Zu einem unüberlegten Handeln, das sie gnadenlos bestrafen wird. Aber du bist zu klug, um darauf hereinzufallen.«

Alyx nickte und erkannte die Weisheit in seinen Worten. Bei ihren Begegnungen mit Tatjana war sie immer steif gewesen, vom ersten Tag an, als sie sie gebissen hatte, bis zu jenem, als sie Tatjana damit gereizt hatte, sie könne von Kräh schwanger sein. Von Kräh wusste sie zudem, dass Kytrin ihm angeboten hatte, ihr Prinzgemahl zu werden, und er hatte abgelehnt. Alyx hatte erlangt, was Kytrin nicht hatte bekommen können, und das sollte ihr zusätzlich zu schaffen machen.

Die Prinzessin schluckte. »Sie weiß, was ich für die beste Strategie in diesem Krieg halte. Sie weiß, was ich tun werde.«

Der Schwarze Drache zuckte die Achseln. »Also wirst du deine Strategie ändern. Dein Vorteil ist, mein Kind, dass du in der Lage bist zu denken, zu befehlen und zu *führen*, wenn der Schlachtplan sich in Wohlgefallen auflöst. Kytrins Untertanen haben diese Freiheit nicht. Außerdem geht es für sie um weit weniger. Du kämpfst, um anderen zu etwas zu verhelfen, das sie längst aufgegeben haben. Solange das Spielfeld sonst eben ist, wird dir dies den Sieg garantieren.«

Alyx schenkte ihm ein trockenes Lächeln. »Aber wird das Spielfeld eben sein?«

»Nicht, wenn du tust, wozu du fähig bist.« Der Schwarze Drache grinste breit. »Dann wird es sehr uneben sein, und zwar zu deinen Gunsten. Kytrin wird für ihre Überheblichkeit teuer bezahlen.«

Kapitel Dreiundzwanzig

Alyx wartete, bis Kräh die Karte der östlichen Welthälfte auf dem Bett ausgebreitet hatte, bevor sie begann. Die Karte zeigte sehr detailliert Saporitia, Oriosa, Muroso und Bokagul. Loquellyn, Sarengul, Sebtia und der Norden waren weniger gut dargestellt. Sie hätte gerne eine größere Genauigkeit gehabt, doch eine entsprechende Nachbearbeitung der Karte zu verlangen, hätte ihre Pläne verraten können.

»Ich wollte mit euch sechsen teilen, was ich als Schlachtplan vorschlagen werde. Ich vertraue euch einerseits meinen Plan an, um ihn auszuführen, andererseits aber, um ihn geheim zu halten, bis wir ihn den Königen vorlegen. Es wird aus den verschiedensten Gründen eine Menge Einwände geben, doch unsere Leute, Soldaten und Offiziere, werden ihn annehmen, und das wird ihren Fürsten wenig anderes übrig lassen, als zuzustimmen. Trotzdem, sobald wir ihn bekannt geben, wird Kytrin diesen Plan kennen und sich entsprechend vorbereiten können.«

Die anderen im Raum nickten ernst. Augustus, Peri und Kräh standen ihr auf der anderen Seite des Betts gegenüber, Dranæ und Entschlossen befanden sich am Fußende und Ermenbrecht zu ihrer Rechten. Der Orioser Prinz nickte nachdenklich. »Ich bin sicher, was immer du vorhast, es wird uns überraschen.«

»Das hoffe ich, allerdings möchte ich auch, dass ihr mir sagt, wo ich Fehler gemacht habe.« Sie begann, indem sie auf Narriz deutete. »Unsere Truppen sammeln sich hier. Ich werde unsere Kräfte auf drei Heere aufteilen müssen. Das Hauptheer werde ich selbst anführen. Es wird über siebzig

Prozent unserer Männer enthalten und das Delasena-Flusstal hoch nach Norden ziehen. Wir werden nach Bacirro marschieren. Das ist die Stadt, die von den Aurolanen bedroht werden wird, sobald sie an Pronosa vorbei sind. Nachdem wir einen Teil der Armee dort brechen, treiben wir sie zurück nach Pronosa. Wir erobern Pronosa zurück und stoßen nach Muroso vor. Ja, Hoheit?«

König Augustus verschränkte die Arme. »Du weißt, ich habe höchstes Zutrauen zu dir, Alexia, aber was macht dich so sicher, dass du Pronosa derart schnell zurückerobern wirst?«

»Mein Fürst, ich werde Pronosa erobern, weil die Einnahme dieser Stadt und all der anderen Städte, die ich noch erwähnen werde, die Traumjagdgeschichte ausmachen, die ich dem Kronzirkel und Tatjana erzählt habe.«

»Aber Tatjana war Kytrin.«

»Ja, das war sie.« Alyx legte die Hände auf den Rücken. »Kytrin schien überzeugt von der Macht der Prophezeiung, besonders der in diesen Träumen. Seht Euch meinen Cousin Michail an, der die Drei Brüder eingenommen hat. Das hatte er geträumt, und es wurde wahr. Dies hat den Glauben in diese Vorhersagen gestärkt. Sie hat mir immer wieder gesagt, dass ich diese Prophezeiung erfüllen muss.«

Ermenbrecht runzelte die Stirn. »Warum sollte Kytrin glauben, dass diese Träume Wahrheit werden?«

Alyx schüttelte den Kopf. »Ich weiß nicht, ob sie es glaubt. Falls ja, könnte es sein, weil sie in ihnen Faktoren sieht, die auf die Erfüllung eines Traumes oder einer Prophezeiung hinarbeiten, von der nur sie etwas weiß. Ob sie selbst daran glaubt oder nicht, ist jedoch ohne Bedeutung. Worauf es ankommt ist, dass sie annimmt, *ich* würde daran glauben. Sie geht von falschen Vorstellungen aus, was mich betrifft. Sie hält mich für einen jüngeren, unerfahreneren Markus Adrogans. Sobald sie sieht, dass ich nach dem Muster vorgehe, das sie erwartet, wird sie glauben, mich genau da zu haben, wo sie mich haben will. Sie wird die Falle für mich auslegen und darauf warten, dass ich hineintappe.«

Augustus kratzte sich das Kinn. »Das ist eine gefährliche Annahme.«

»Aber wir wissen sofort, dass sie zutrifft, wenn sie mit dem ersten Streich Pronosa überfällt. Falls sie Bacirro mit einer schwachen Streitmacht angreift, einer Armee, die ich zerschlagen kann, so ist klar, dass sie mir einen Köder anbietet.«

»Wann würde sie zuschlagen, Schwester?«

Alyx zuckte unbehaglich die Achseln. »Den genauen Zeitpunkt kann ich nicht mit Sicherheit vorhersagen, aber es müsste nach mehreren Siegen sein. Die Kampfmoral meiner Armee wäre dann hoch und die Nachricht von der Prophezeiung, die sich mit meinen Erfolgen erfüllt, hätte sich ausgebreitet, bevor sie den Versuch unternimmt, mich zu zermalmen. In meinem Traum kam es in Sebtia zur Entscheidungsschlacht, bei Lurrii. Je näher wir dieser Schlacht kommen, desto sicherer wird sie sich sein, dass ich mich statt auf die momentane Auseinandersetzung bereits auf die große Schlacht konzentriere, die erst noch bevorsteht. Und das wäre ein tödlicher Fehler meinerseits.«

Entschlossen drang ein tiefes Knurren aus der Kehle. »Euer Traum ist für mich keine Prophezeiung, obwohl der Eures Cousins sich als solche erfüllt hat.«

»Allerdings ist er das nicht, Entschlossen, und zwar aus einem ganz einfachen Grund. Ich habe in jener Nacht gar nichts geträumt. Ich hatte gar keine Gelegenheit dazu.« Sie schmunzelte. »Mein Cousin erzählte mir gegen alle Vorschriften von seinem Traum. Er war begeistert und ich war etwas neidisch. Als er mich nach meinem Traum fragte, habe ich gelogen. Ich hatte genug Geschichtsstunden erhalten, also erzählte ich ihm von Schlachten aus vergangenen Zeiten, und ich wählte eine Region fern von Okrannel, denn unsere eigene Geschichte hätte er möglicherweise erkannt. Als ich dann vor den Kronzirkel trat, na ja, da wussten sie bereits, was ich angeblich geträumt hatte. Ob sie es von meinem Vetter wussten, oder ob sonst jemand gelauscht hat, das weiß ich nicht. Also erzählte ich dieselbe Lüge noch einmal, mit zusätzlichen

Einzelheiten. Pronosa habe ich dazu erfunden, weil ich eine Verbindung zwischen Bacirro und Paloso an der murosonischen Küste brauchte.«

Der Alcider König schüttelte den Kopf. »Ich erkenne die Logik hinter deinen Annahmen. Wenn sie aber eingehender darüber nachdenkt, könnte sie die Wahrheit herausfinden.«

»Aus genau diesem Grund möchte ich ihr dazu keine Gelegenheit lassen.« Alyx deutete auf den Gebirgsdistrikt nordöstlich von Narriz. »Ich will hier eine kleine Streitmacht einsetzen, die hoch beweglich ist, um ihre Truppen in diesem Gebiet anzugreifen. Letztlich wird es dieses Heer sein, das Pronosa erobert. Hauptsächlich soll es Tastangriffe ausführen und Nachschubwege stören. Wir haben das schon früher gemacht, und ihre Kommandeure werden es vermutlich für eine Störtruppe halten, wie wir sie in Muroso eingesetzt haben. Aber sobald sie hart zuschlagen muss, wird sie das können. Das ist jedoch nicht alles.« Alyx drehte sich zu Ermenbrecht um. »Hauptmann Venes hatte mit seiner Warnung vor Oriosa Recht. Wir müssen diese Flanke sichern. Momentan ist Oriosa neutral und wir haben beide dasselbe Maß an Sicherheit, allerdings hat Kytrin Truppen in deinem Land stehen.«

»Im Land meines Vaters.«

»Ermenbrecht, *du* magst Oriosa als seines betrachten, aber die Oriosen betrachten es als deines.« Alyx legte ihm die Hand auf die Schulter. »Ich möchte, dass du ein Heer nimmst und geradewegs durch Oriosa marschierst. Kytrin wird die Bedrohung erkennen, die von dir ausgeht und Truppen abzweigen müssen, um dich aufzuhalten.«

»Ihre Truppen werden mich sicher angreifen, aber sie werden sich hinten anstellen müssen. Mein Vater hat unter den Adligen Anhänger. Sie werden sich uns mit Truppen in den Weg stellen.« Ermenbrecht drückte sich die schwarze Maske fester ans Gesicht. »Du erwartest von mir, dass ich einen Bürgerkrieg auslöse.«

»Nein, ich bitte dich, deinen rechtmäßigen Platz an der Spitze eines oriosischen Heeres einzunehmen. Du wirst nicht einmarschieren, um gegen deinen Vater zu kämpfen, und die Oriosen werden das daran erkennen, dass du Meredo nicht belagerst. Du wirst an der Hauptstadt vorbeiziehen. Du wirst von den Adligen, die Gegner deines Vaters sind, zusätzliche Truppen bekommen, und wenn Kytrin angreift, wird sie Oriosen angreifen. Das wird das Volk veranlassen, sich zu deiner Unterstützung zu erheben.«

»Du unterschätzt die Oriosen, wenn du glaubst, ich werde ihr Blut nicht vergießen müssen.«

»Nein, Ermenbrecht, das glaube ich nicht. Ich weiß, was du geleistet hast. Ich weiß auch, was Kräh geleistet hat. Ich weiß, dein Bruder hat sich den Freischärlern angeschlossen. Ich hatte viele Gelegenheiten, ins Herz tapferer Oriosen zu blicken. Ich weiß, sie werden kämpfen. Sie werden für dich kämpfen.« Sie drückte seine Schulter. »Von dir möchte ich, dass du einen Weg findest, sie für uns einzunehmen. Dir hat nicht gefallen, was dein Vater tat, und du hast dich entschlossen, zu gehen. Deinem Volk hat es nicht besser gefallen, doch gehen konnte es nicht. Jetzt kannst du ihm eine Möglichkeit zum Widerstand geben, wenn du dazu bereit bist.«

Ermenbrecht seufzte laut. »Ich weiß nicht. Darüber muss ich in Ruhe nachdenken. Ich weiß zwar, es ist nötig, ich weiß nur nicht, ob ich dazu in der Lage bin. Wann brauchst du eine Antwort.«

»Du hast einen Tag.«

Der Prinz zuckte zusammen, dann nickte er. »Einen Tag. In Ordnung.«

Alyx drehte sich zu Entschlossen um. »Ich möchte, dass du das Oberlandheer anführst.«

»Nein.«

»Bitte?«

Kräh grinste. »Ich habe es dir gesagt.«

»Ich kann es nicht anführen, Alexia. Ihr erwartet, dass ich ablehne, weil ich keinen Rang besitze. Spart Euch den Atem. Ich kann es nicht anführen, weil ich nicht hier sein werde.«

Alyx runzelte die Stirn. »Was redest du da?«

Der große Vorqælf blickte mit silbernen Augen auf sie herab. »Habt Ihr vergessen, was Orakel sagte? Will wartet auf Vorquellyn auf uns. Dort muss ich hin. Ich nehme Orakel mit.«

Alyx Eingeweide verknoteten sich. »Das ist Wahnsinn, Entschlossen. Man wird dich abschlachten, sobald du einen Fuß auf Vorquellyn setzt. Du hast selbst gesagt, man braucht einen gebundenen Vorqælf, um dorthin zu gelangen, wo Will wartet. Und es gibt keinen.«

»Das spielt keine Rolle, Prinzessin. Es muss sein. Bei all Euren Überlegungen, was Kytrin vielleicht oder vielleicht auch nicht als Prophezeiung annimmt, habt Ihr eines übersehen: Es war die Norderstett-Prophezeiung, die all das ausgelöst hat. Ihr glaubt vielleicht nicht daran, aber ich tue es.«

»Entschlossen, ich *glaube* daran. Ich glaube, dass Will ihre Verkörperung war und dass er mit dem, was er getan hat, der Auslöser war, der es uns erlaubt, Kytrin zu vernichten.«

»Diese Deutung gefällt mir, Prinzessin. Ich wünschte, ich könnte mir erlauben, ebenso daran zu glauben wie Ihr. Orakel sagt: Will wartet. Die Prophezeiung sagt, Will wird Kytrin bezwingen und Vorquellyn erlösen. Ich kann nicht ausschließen, dass mein Tod und Orakels Tod auf Vorquellyn dazu erforderlich sind.« Er zuckte die Achseln. »Außerdem muss jemand nach Loquellyn, um die Loqælfen zu überreden, dass sie Euch durchs Oberland zu Hilfe kommen. Klingt nach einer Aufgabe für mich.«

Alyx drehte sich Hilfe suchend zu Kräh um. »Kannst du ihn zur Vernunft bringen?«

»Das wäre das erste Mal, seit wir uns kennen. Außerdem weiß ich, was er für ein sturer Bock ist. Er wird genau das tun, was er gesagt hat. Ich vermute, du brauchst jemanden, der dir den Rücken deckt.«

Entschlossen nickte. »Den brauche ich, aber das wirst nicht du sein, mein Freund. Du wirst das Bergheer anführen, das Pronosa einnimmt.«

»Aber …«

Der Vorqælf schüttelte den Kopf. »Wer wäre besser dazu geeignet?«

Kräh lachte. »Ich könnte dir ein ganzes Dutzend nennen. Prinz Ermenbrecht zum Beispiel. Oder Adrogans.«

Ermenbrecht grinste. »Ich wäre bereit zu tauschen.«

»Das könnte deinem Vater so gefallen. Nein.«

Augustus runzelte die Stirn. »Was hast du im Hinblick auf Adrogans vor, Alexia?«

Sie schüttelte den Kopf. »Ich werde ihn auf dem Laufenden halten, aber viel mehr kann ich nicht tun. Seine Leute sind zu weit entfernt. Seine Reiterei könnte vielleicht in anderthalb Monaten hier sein und dann noch zwei Wochen brauchen, um uns in Muroso zu finden. Der Gewaltmarsch würde sie alles kosten. Seine Infanterie wäre frühestens im Spätsommer hier.«

Der König beugte sich vor und beschrieb mit dem Finger eine Linie von Swarskija durch die Geistermark. »Er könnte den kürzeren Weg nehmen.«

»Und sich jeden Schritt erkämpfen.« Sie grinste. »Das würde Kytrin ganz schön auf Trab halten. Glaubt Ihr, er würde es tun?«

»Wenn er ein Imperium errichten wollte, hätte er Okrannel bereits zu einem Teil davon ausgerufen. Du wirst niemals die Erlaubnis erhalten, ihm diesen Befehl zu erteilen.«

»Also teile ich ihm nur mit, was wir tun, und hoffe darauf, dass er zwischen den Zeilen liest?«

Augustus schmunzelte. »Dir bleibt kaum etwas anderes übrig. Ich bin sogar sicher, man wird dich auffordern, Adrogans Befehl zu geben, in Swarskija zu bleiben. Ich schlage vor, du übergibst ihn zur Übermittlung an Entschlossen.«

Die Prinzessin lachte. »Das werde ich dann wohl tun. Dranæ, was denkst du?«

Der Drache in Menschengestalt verschränkte die muskulösen Arme. »Ich habe gelernt, eurem Urteil zu vertrauen. Deine Strategie klingt vernünftig. Ich werde an deiner Seite kämpfen. Ich vermute, Arimtara wird es ebenfalls tun. Das gibt dir ein Gegengewicht, falls Kytrin Drachen einsetzt.«

»Gut, danke.« Zum Schluss schaute sie Perrine an. »Was meinst du, Schwester?«

»Es gibt an diesem Plan eine Sache, die mir nicht gefällt.«

»Welche?«

»Dass ich nicht bei allen drei Heeren sein kann.« Peri ließ die Krallen blitzen. »Die Nordlandhexe hat schon viel zu lange ihren Willen durchgesetzt. Sie hält dich für eine Närrin, Schwester. Aber für diesen Fehler wird sie teuer bezahlen.«

Kapitel Vierundzwanzig

Isaura hatte ihre Mutter noch nie in einer solchen Verfassung erlebt. Kytrin hielt die schlanke junge Frau am Handgelenk und zerrte sie durch die Höhlen unter ihrer Zitadelle. Sie war erst Stunden zuvor mit Nefrai-kesh und der Gefangenen nach Aurolan zurückgekehrt. Isaura mochte diese Bezeichnung nicht, aber die Angst der Frau und die Art, wie Kytrin sie von Kryalniri hatte fortschaffen lassen, ließen ihr wirklich keine Wahl.

Isauras weißes Haar flatterte, als sie weiter hasteten. Ihre etwas kleinere und stämmigere, goldblonde Mutter lief mühelos durch alle Kurven und Tunnelbiegungen. Sie betraten Gänge, von deren Existenz Isaura nie etwas geahnt hatte, obwohl sie ihr ganzes Leben in Aurolan verbracht hatte. Magische Spuren an manchen Eingängen ließen sie vermuten, dass sie bis vor kurzem noch verschlossen gewesen waren.

Die Schnatterer, die ihnen mit einer anderen Gefangenen folgten, hatten keine Mühe, den Weg zu finden. Sie war sich nicht sicher, ob es daran lag, dass sie ihn kannten, oder ob ihre Hingabe an Kytrin sie veranlasste, bedingungslos zu folgen.

Kytrin schaute sich über die rechte Schulter um. »Tochter, es ist von höchster Wichtigkeit, dass ich ein bestimmtes Wissen mit dir teile. Obwohl du kein Blut von meinem Blut bist, kein Fleisch von meinem Fleisch, bist du wahrhaft meine Tochter. Was ich dir bisher verschwiegen habe, habe ich nur für mich behalten, weil ich sicher sein wollte, dass du bereit dafür bist. Ich war leicht zweimal so alt wie du, als ich die Wahrheit erfuhr, aber du bist erheblich reifer, als ich es war.«

»Danke, Mutter.«

Auf ihrem Weg in die Tiefen der Erde wurde die Umgebung

allmählich wärmer und sie gingen etwas langsamer. »Ich muss dir von der Welt und ihrem Ursprung erzählen. Einst gab es eine Zeit, in der nichts existierte als eine wogende, chaotische Kugel. Stell dir alle Schneestürme vor, die du je gesehen hast, nimm sie zusammen und durchsetze sie mit den Elementen, und selbst das kommt dem damaligen Zustand nicht einmal nahe. Aus diesem Chaos erstand ein weises und mächtiges Volk. Das sind die Oromisen, und sie schufen die Welt aus dem Chaos. Sie machten sie zu ihrer Heimat.«

Kytrins Stimme hatte einen leisen, rauchigen Ton angenommen, der Isaura zurück in die Nächte ihrer Kindheit entführte, als die Imperatrix ihr vor dem Einschlafen von aurolanischen Helden und ihren Großtaten erzählt hatte – oder freundlichere Geschichten von arktischen Kreaturen voller Magik. Die Geschichte, die ihre Mutter ihr jetzt erzählte, hätte sich nahtlos in diese Reihe eingefügt, wäre da nicht der feste Griff um ihr Handgelenk gewesen und ihr unaufhaltsamer Marsch immer tiefer in die Eingeweide der Erde.

»Die Drachen kamen auf diese Welt und die Oromisen hießen sie willkommen. Damals waren sie noch nicht die Drachen, wie wir sie heute kennen, sondern nur Würmer, kaum des Denkens fähig. Die Oromisen beschützten und hegten sie, und machten aus ihnen die prächtigen Kreaturen, die sie heute sind. Deshalb besitzen Drachen keine eigene Kultur. Sie sind wahre Chaosbestien und leben nur, um zu zerstören. Es ist in ihrem Wesen angelegt, doch dummerweise glaubten die Oromisen, sie hätten den Drachen ermöglicht, sich darüber zu erheben. Als Nächstes betraten die Ælfen die Welt, und die Oromisen waren auch zu ihnen freundlich. Damals bedeckte Wald das Antlitz der Erde und die Ælfen breiteten sich darin aus. Sie störten die Drachen nicht, und die Drachen nahmen sie kaum wahr. Es hätte Frieden herrschen können, doch die Ælfen sind kreative Wesen, und sie ehrten die Oromisen. Sie erschufen Gegenstände aus Holz und Metall, wunderschöne Gegenstände, Schöpfungen in einer Imitation der Oromisen, die so viel erschaffen hatten. Die Ælfen boten ihnen Verehrung und Opfer an. Das freute die Oromisen, zugleich aber machte es die Drachen eifersüchtig.« Empörung füllte die Stimme ihrer Mutter. »Die Drachen griffen die Ælfen an, brandschatzten und mordeten und stahlen die Schätze, die sie für die Oromisen gefertigt hatten. Daraufhin unterwarfen die Oromisen die Drachen. Sie verlangten die Rückgabe der Diebesbeute, und die Drachen – heimtückische Würmer, die sie sind – gehorchten. Doch insgeheim schmiedeten sie Rachepläne. Von Neid zerfressen, erhoben sie sich gegen ihre Meister, die Oromisen, und ein gewaltiger Krieg entbrannte.«

»Das ist furchtbar, Mutter.«

»Das war es auch, meine Tochter, sogar mehr als furchtbar. Die Oromisen erschufen viele Kreaturen, um ihnen in diesem Krieg zu helfen. Die urSreiði gibt es noch heute, ebenso wie andere, hier und da, in abseits gelegenen Verstecken. Grychoðka und Vylænz stammen von ihnen ab, und die Kryalniri habe ich nach dem Vorbild anderer geschaffen. Der Krieg verwüstete das Land, zerriss den Wald, vergiftete Flüsse und Ozeane und richtete mehr Schaden an, als wir uns überhaupt vorstellen können. Die Drachen versuchten ebenfalls, neues Leben zu schaffen, doch das Beste, was sie zustande brachten, waren die Panqui. Ungeachtet dieses Mangels an Erfolg waren sie furchtbare Kämpfer, wie sie es auch heute noch sind. Die Oromisen erkannten, dass sie den Drachen erlaubt hatten, das Chaos in die Welt zu tragen, als sie sich auf den Krieg einließen. Der Krieg zerstörte den Ort, den sie hatten bewahren wollen, also zogen sich die Oromisen zurück, ins Innere der Erde. Und sie schlossen sich ein. Dort warten sie, still und friedlich, wissend, die Zeit werde kommen, da sie zurückfordern würden, was sie erschaffen hatten.«

Sie bogen um eine Ecke und ihre Umgebung veränderte sich grundlegend. Bis zu dieser Stelle waren die Wände kaum bearbeitet und wirkten wie naturgeformt. Der Boden war eben gewesen, und Isaura wusste, dies war kaum möglich, ohne dass jemand nachgeholfen hatte. Doch sie hatte es ohne einen weiteren Gedanken hingenommen. Jetzt aber führte eine breite

Treppe hinab in eine riesige, halbrunde Kammer. Diese Kammer hatte keinen Boden, sondern wurde nach unten hin zu einem tiefen Schacht, dessen Boden Isaura nicht erkennen konnte. Ein schmaler Laufsteg erstreckte sich bis auf halbe Breite in den Raum.

Ihre Mutter blieb am Kopf der Treppe stehen. »Bis zu den Tagen Kajrûns ahnte ich nichts von der Existenz dieser Kammer. Als die, die ihn töten wollten, hier eintrafen, floh ich tief in die Tunnel. Du weißt, ich kann vielerlei Gestalt annehmen, auch die des Drachen, auf dessen Rücken du im Hochsommer geritten bist. Der Grund dafür ist, dass ich aus zwei Naturen bestehe: sowohl urSreð wie Drache. Loyale Dienerin der Oromisen und Rebellin. Ich vereine diese beiden Aspekte und bemühe mich, das Unrecht wieder gutzumachen, dass die eine Hälfte meines Wesens angerichtet hat. Hier unten, in Sicherheit, sprachen die Oromisen zu mir. Ich erfuhr die Wahrheit, und sie befreite mich, alles zu tun, was nötig war.« Kytrin zog sie mit sich. »Komm, du wirst es sehen.«

Wortlos folgte ihr Isaura. Sie blieb auf der untersten Stufe stehen, damit zwei Grychoðka die Gefangene auf den Steg bringen konnten. Sie war an Händen und Füßen gefesselt und musste sich am Ende des Weges hinknien.

Kytrin winkte die Schnatterfratzen weg. Die pelzigen Kreaturen huschten die Stufen hinauf und verschwanden. Isaura unterdrückte den Wunsch, ihnen nachzusetzen, und beobachtete stattdessen, wie ihre Mutter hinaus auf den Steg trat.

Die Herrscherin der Aurolanen packte die Gefangene an den braunen Haaren und zerrte ihr den Kopf zurück, so dass die Kehle ungeschützt freilag. Die Frau hieß Vionna. Sie war einmal Königin der Piraten von Wruona gewesen und eine Dienerin der Imperatrix. Sie hatte ein Fragment der Drachenkrone für sie beschafft, es aber wieder an den Norderstett und seine Gefährten verloren. Damit hatte sie sich als große Enttäuschung für Kytrin herausgestellt, und aus ihrem Winseln und dem Beben der bläulich angelaufenen Lippen schloss Isaura, dass die Frau sich dessen bewusst war.

Kytrins Stimme hallte durch den bodenlosen Raum. »Hört mich, alte Meister der Welt. In Eurer Sache bin ich bemüht. Ein weiterer Eurer Diener wurde vernichtet. Ich biete Euch dieses Opfer in der Hoffnung, Ihr findet etwas von Wert, das es dieser unwürdigen Dienerin gestattet, Euch weiter von Nutzen zu sein.«

Vionnas Augen weiteten sich. »Opfer! Bitte nicht!«

Die Lider der Imperatrix senkten sich zur Hälfte über ihre goldenen Augen. »Du bist nur Abfall, aus dem sie ein Meisterwerk schaffen werden.« Sie trat einen Schritt zurück, dann versetzte sie Vionna einen harten Tritt zwischen die Schulterblätter. Die Piratin grunzte auf und rutschte auf die Kante des Stegs zu. Dann fiel sie. Verzweifelt versuchte sie noch, den Steg mit den Knien zu umklammern, doch sie scheiterte und stürzte kreischend in die Dunkelheit.

Isaura schauderte. Sie hatte Vionna nie gemocht und würde sie nicht vermissen. Sie hatte keine Ahnung, welches Schicksal sie erwartete, und es kümmerte sie auch nicht. Doch die Kälte ihrer Mutter, die Härte des Tritts, so etwas hatte sie nie zuvor gesehen. Sie liebte ihre Mutter von Herzen, aber das war ein Teil ihres Wesens, der sie beunruhigte.

Eine schwache Magikfront stieg aus der Tiefe empor und sammelte sich in der Kuppel der Kammer wie Qualm unter einem Dach. Isaura konnte sie beinahe wie Rauch treiben sehen, dann sammelte sie sich und floss auf einen Punkt an der Wand gegenüber der Treppe zu. Der Stein dort glühte rot auf und bewegte sich. Die Röte formte sich zu einem Oval. Dann wurde eine dunkle Linie sichtbar, die sich in der Mitte quer durch das Oval zog, bevor sie sich wie ein Lid öffnete. Dahinter sah Isaura nur Schwärze, eine Schwärze mit Tiefe, wie ein Himmel ohne Sterne.

Kytrin sank auf die Knie, und reflexartig tat es ihr Isaura nach. Eine Stimme erklang in ihrem Kopf, weder männlich noch weiblich, wie aus mehreren Mündern. »Dein Geschenk gefällt uns, Kleines. Wir werden Vergnügen daran haben, es zu bearbeiten. Wer steht hinter dir?«

»Das ist meine Tochter und Erbin, die lernen soll, Euch zu dienen. Sie heißt Isaura.«

Isaura spürte eine starke Aufmerksamkeit auf sich ruhen, ähnlich einem durchdringenden Starren, aber es war ein Blick, der Haut und Knochen durchdrang – und sogar ihre Seele. Sie hielt den Kopf gesenkt, den Körper reglos. Irgendwie schaffte sie es, nicht laut aufzuschreien.

Die Präsenz zog sich zurück. »Ebenfalls angenehm. Wir sind mit deiner Wahl zufrieden.«

Kytrin verneigte sich so tief, dass sie mit der Stirn den Stein berührte. »Euch zu dienen ist der Sinn meiner Existenz. Euer Vergnügen ist meine einzige Freude.«

»Berichte uns, wie deine Bemühungen unserer Sache genutzt haben.«

»Alles ist für den großen Sieg bereit, der die Gegner davonfegen wird. Unter den Feinden macht sich Zwietracht breit. Der ehrgeizigste und raffgierigste unter ihnen hat Euer großes Geschenk, den Feuerdreck, erhalten. Schon fürchten die anderen seine Pläne, und das behindert ihren Einsatz im Osten. Dort übergeben sie ihre Armeen einer jungen Frau. Sie glaubt an die Kraft prophetischer Träume. Träume, die sie durch eine Siegesserie führen werden. Mit Euren anderen Gaben werde ich den Zyklus ihrer Träume zerschlagen und ihre Truppen zerstreuen.«

»Und der Norderstett?«

»Es ist verloren und mit ihm ihre Hoffnung. So, wie sie sich an seine Prophezeiung klammerten, klammern sie sich jetzt an die Träume dieser Alexia.«

»Die Würmer haben keinen Verdacht geschöpft?«

»Nein. Sie wissen, dass ich allein die Drachenkrone wieder zusammensetzen und anschließend vernichten kann. Sie werden sie mir aushändigen, und ich werde sie neu schmieden. Doch statt sie zu vernichten, werde ich sie dazu verwenden, die größten Dracomagiker zu zwingen, die Zauber zu lösen, die Euch festhalten. Ihr werdet wieder frei sein.«

Das Auge weitete sich etwas. »Magik besudelt dich.«

»Ja.« Kytrin zischte, lehnte sich zurück auf die Fersen, kreuzte die Arme und öffnete sie wieder. Ihre Hände strichen über die Schlüsselbeine zu den Schultern und abwärts über Brüste, Bauch, Hüfte und Oberschenkel. Wo sie den Leib berührt hatten, leuchtete ein blauer Nebel, in dem ein goldenes Netzwerk funkelte.

Das Netz löste sich auf und Isaura fing einen Hauch seiner Magik auf. Sie konnte das Wesen des Zaubers nicht erkennen, wusste aber, wer ihn gesprochen hatte. Sie hatte ihn vor Navval in Muroso gesehen. Dort hatte er einen Sullanciri getötet und die Mühen der aurolanischen Magiker zunichte gemacht, die Belagerung der Stadt zu einem schnellen Ende zu bringen.

»Ein feiner Zauber, Kleines. Du hast ihn nicht bemerkt?«

»Nein, Meister der Welt, aber ich habe mich um den gekümmert, der ihn sprach.«

»Du hättest ihn uns geben sollen.«

Wieder warf sich Kytrin zu Boden. »Verzeiht dieser unwürdigen Made.«

»Das werden wir, aus Gründen, die sich jeder Logik widersetzen. Es verbleiben drei Stücke der Krone.«

»Wir stehen dicht davor, zwei in unseren Besitz zu bringen. Aber das letzte ist verschollen. Dennoch, wir werden es finden. Euer Wille wird geschehen. Ich habe vorgesorgt, so dass ich nicht scheitern kann, selbst wenn ich scheitern sollte.«

Isaura bebte. Sie hatte keine Ahnung, was ihre Mutter damit meinte, denn sie hatte keine Anweisungen erhalten. Falls ihre Mutter ihr vertraute, würde sie es ihr sagen. *Und falls nicht, wie kann ich dann ihre Erbin sein?*

»Enttäusche uns nicht.«

»Niemals.«

Die Stimme verklang und das Auge schloss sich, aber die Magik in der Kammer ließ nicht nach. Plötzlich öffnete sich das Loch erneut und etwas flog heraus, platschte nass auf die Treppe. Es rutschte die Stufen herab, doch Klauen stießen durch den dicken Schleimfilm, der es umgab, und kratzten über den Fels.

Die Kreatur fand Halt und zerschnitt die Hülle. Die träge Haut glitt davon und die Stufen herab und ließ eine schlanke weibliche Gestalt zurück, die von kurzem schwarzem Fell bedeckt war, außer an der Spitze des Schwanzes und der dichten mitternachtsschwarzen Mähne, die ihren Hals und die mächtigen Schultern umgab. Der Schwanz peitschte einmal, dann stellten sich die in Haarbüscheln endenden Ohren auf.

Die Kreatur drehte sich zu Isaura um und man sah eine Schnauze mit Schnurrhaaren und leuchtend blaue Augen. Sie zog die Lippen zurück und bleckte elfenbeinweiße Reißzähne. Das Wesen war noch zu schwach zum Aufstehen, aber es zog die Beine unter den Leib und drehte sich. »Was hast du mir angetan, Hexe?«

Kytrin schaute über die Schulter. »Du hattest die Ehre, die nur wenigen meiner Sullanciri gewährt wird, von meinen Meistern persönlich zu einem Werkzeug ihres Willens verwandelt zu werden. Einst warst du Vionna und wolltest eine Königin sein. Sie haben dich zu einer Göttin gemacht. Du bist jetzt Nekaamii und nur Nefrai-kesh steht über dir. Du wirst seine Gefährtin sein und sowohl seinen Willen als auch meinen ausführen.«

Nekaamii fauchte, dann dehnte sie die Muskeln. Sie hob die rechte Hand vors Gesicht und beobachtete fasziniert, wie die Krallen ausfuhren und sich wieder zurückzogen. Sie leckte sich das noch nasse Fell, dann wurden ihre Augen schmal. »Wenigstens friere ich nicht mehr.«

Die Stimme der Oromisen erklang erneut. »Unsere Belohnung gefällt dir, Kleines?«

»Es ist mehr, als dieses Geschöpf je zu hoffen gewagt hätte.«

»Wie deine Dienste für uns. Du wirst uns befreien und unsere Freude wird grenzenlos sein. Ebenso grenzenlos wie unsere Dankbarkeit.« Wieder schloss sich die Öffnung, und die Magik verblasste, als saugte sie der Abgrund hinter ihr auf. Wieder erzitterte Isaura und stand langsam auf.

Kytrin blieb noch einen Augenblick auf den Knien und flüsterte etwas in einer Sprache, die Isaura nicht verstand. Dann verbeugte sie sich tief, bevor sie sich ebenfalls erhob. Die Imperatrix lächelte ihrer Tochter zu. »Du musst noch viel lernen. Als Erstes, wie du hierher findest. Die Oromisen werden dich allzeit beschützen. Du brauchst keine Angst vor ihnen zu haben, Tochter. Mit ihnen als Verbündeten brauchst du vor nichts Angst zu haben.«

»Das weiß ich, Mutter.« Isaura lächelte so süß, wie sie nur konnte.

»Gut. Das gefällt mir. Komm.« Kytrin stieg die Treppe hoch, wobei sie einen Bogen um die Reste von Nekaamiis Nachgeburt machte. Die neue Sullanciri sprang vor ihr die Stufen hinauf. »Nach allem, was du heute gelernt hast, brauchst du nie mehr vor irgendetwas Angst zu haben.«

Isaura schaute zurück in den Abgrund und fühlte, wie sich eine Gänsehaut über ihrem Leib zusammenzog. »Nein, Mutter, auch das weiß ich.« *Nach diesem Tag habe ich Angst vor dir. Und das ist mehr als genug fürs ganze Leben.*

Kapitel Fünfundzwanzig

König Swindger fand es erstaunlich, dass er schon viele heimliche Treffen mit Frauen gehabt hatte, aber nicht eines davon von der Art gewesen war, die ihm Vergnügen bereitet hätte. Zugegeben, keine dieser Frauen hatten dem Bild entsprochen, das er sich machte, wenn er an jene besondere Art Treffen dachte. Ganz sicher nicht Tatjana, und auch die Frau nicht, die ihm jetzt gegenüberstand.

Ein Schauder überlief ihn, wenn er sich an die Gespräche mit Tatjana erinnerte, bei denen er keine Ahnung ihres wahren Seins gehabt hatte. Kytrin hatte mit ihm gespielt und Tatjana benutzt, um seine Loyalität auf die Probe zu stellen. Es belustigte ihn ein wenig, dass er es gewesen war, der Tatjana die Nachricht von den Draconellen in General Adrogans' Besitz mitgeteilt hatte, die er selbst von Kytrin erhalten hatte. *Sie muss innerlich gegrölt haben vor Lachen – falls sie überhaupt jemals lacht.*

Die Frau vor ihm verneigte sich. »Ich danke Euch für die Audienz, König Swindger.«

»Eure Anfrage kam unerwartet, Magisterin Tadurienne.« Swindger lächelte verschmitzt. »Der Tag, den Ihr uns in Eurem Ultimatum zugestanden habt, ist verstrichen, und noch ein zweiter dazu. König Fidelius hat Euch die Vormundschaft über Kjarrigan Lies nicht übertragen. Im Gegenteil, der Knabe wird wie befreit behandelt.«

Tadurienne berührte mit der rechten Hand die aus Spitze gefertigte Höflichkeitsmaske vor ihrem Gesicht und strich sich über die Schläfe. »Das empfinden wir weiterhin als ein Problem, doch sehen wir derzeit keine unmittelbare Möglichkeit, es zu lösen.«

Der König stand auf und breitete die Hände aus. »Ich auch nicht. Falls Ihr aus diesem Grund gekommen seid, verschwendet Ihr Eure Zeit und meine.«

»Wenn Ihr mir gestattet, mich zu erklären, Hoheit.«

»Solange Ihr mich nicht langweilt.« Er stand auf und trat zu einem kleinen Beistelltisch, um sich einen Pokal Wein einzuschenken. Es stand noch ein zweiter Pokal auf dem Tisch, den er aber nicht beachtete. Er nahm das Glas, trank einen Schluck und drehte sich dabei wieder um. Dann nickte er ihr zu. »Sprecht.«

»Danke, Hoheit.« Obwohl ihre Stimme gepresst klang, meldete sein Ring nicht einmal eine Andeutung von Feindseligkeit. »Wir haben den Eindruck, dass Vilwan und Oriosa vor ähnlichen Problemen stehen. Unser Problem heißt Kjarrigan Lies, ein Sohn Vilwans, der keinerlei Loyalität zeigt. Er könnte durchaus Erfolg haben, aber ohne Vorbereitung wird unsere Rolle bei diesem Sieg unbeachtet bleiben. Wir werden an Status verlieren.«

»So ist es, und ich kann mir vorstellen, dass Euch das nicht schmeckt.« Swindger trank noch einen Schluck, dann senkte er den Pokal. »Ihr vergleicht Ermenbrecht mit Kjarrigan Lies?«

»Ich wusste, Ihr würdet die Andeutung verstehen, Hoheit. Auf Ermenbrecht trifft das in stärkerem Maße zu als auf Lüdwin, jedenfalls kann sich Eure Lage noch erheblich verschlimmern. Sollten sich Eure beiden Söhne als Helden beweisen, würde ihre Popularität die Eure übertreffen und könnte zum Ende Eurer Herrschaft führen.«

Swindger nickte nachdenklich. »Möglicherweise ist Euch entgangen, dass meine Herrschaft ohnehin in ein paar Monaten enden könnte. Entweder Kytrin oder meine Verbündeten werden Oriosa überfallen. Diese Angriffe werde ich höchstwahrscheinlich nicht überstehen. Ihr scheint mir andeuten zu wollen, wir müssten Sorge tragen, aus den Folgen dieses Krieges Profit ziehen zu können. Falls ich keinen Weg finde, ihn zu überleben, wäre das sinnlos.«

Taduriennes Mundwinkel hob sich zu einem dünnen

Lächeln. »Wir halten das für machbar. Euer Überleben gegen das unsere, Hoheit.«

»Falls ihr mein Überleben sicherstellen könnt, seid ihr größere Magiker, als selbst ich es mir je hätte vorstellen können.«

Die Magisterin nickte. »Ich habe mich mit vielen Fürsten unterhalten, Hoheit, und die Monarchen der kleineren Staaten teilen zahlreiche Sorgen. Adrogans' wahrscheinlicher Besitz von Draconellen bedroht alle. Ebenso nimmt man Alcidas starke Präsenz als Bedrohung wahr. Warum sollte er sich aus Saporitia wieder zurückziehen? Man wird eine Entschädigung für geleistete Dienste fordern und wichtige Städte besetzen, bis die Forderungen beglichen sind. Zwei Imperien im Aufbau: Ein Zusammenstoß zwischen Jerana und Saporitia wird sich kaum vermeiden lassen. Die Staaten zwischen diesen beiden Mächten fühlen sich gefährdet.«

»Ihr zeichnet da ein faszinierendes Bild. Mir entgeht allerdings, was das mit meiner Lage zu tun haben soll.«

»Man betrachtet ein starkes Oriosa als einziges Mittel gegen ein alcidisches Imperium. Solange Oriosa stark ist, zielt es wie ein Dolch auf Yslin und kann die saporischen Provinzen vom eigentlichen Alcida abtrennen. Die westlichen Reiche sind bereit, einen Krieg in Saporitia im Rat zu unterstützen, vorausgesetzt, keine ausländische Streitmacht betritt Oriosa. Eure östlichen Nachbarn werden Euch nicht überfallen, solange Kytrin sie nicht bedroht, und der Krieg in Saporitia sollte ausreichen, sie beschäftigt zu halten.«

Der Orioser König stellte den Weinpokal ab und klatschte höflich. »Ihr sprecht mit der Autorität einer Person ohne die geringste Ahnung von Kriegsführung. Die Fakten sind ganz einfach. Wenn Alexia im Norden vorrückt, muss Kytrin an anderer Stelle angreifen. Sie wird durch Oriosa auf Narriz marschieren und jeden Nachschub von Süden abschneiden. Alosische und vegische Truppen werden in den Norden stürmen. Wir können nur hoffen, dass sie sich gegenseitig abschlachten, verfeindet wie sie sind.«

»Wir widersprechen Euer Analyse nicht, Hoheit, möchten

aber doch darauf hinweisen, dass Oriosa für Kytrin keinen gangbaren Weg mehr darstellt, falls sich die Kämpfe schnell genug nach Muroso verlagern.« Tadurienne legte die Handflächen aneinander. »Wir haben eine Legion unserer besten Kampfmagiker aufgebaut und werden sie Prinzessin Alexia zur Verfügung stellen. Sie werden natürlich ihrem Befehl unterstehen, werden aber trotzdem in der Lage sein, in den entscheidenden Schlachten das Kampfglück zu wenden. Andere von uns werden für den Transport von Menschen und Material zur Verfügung stehen, was einen schnellen Vormarsch nach Muroso ermöglichen dürfte.«

»Vorausgesetzt, Kytrin versucht nichts Ungewöhnliches.«

»Oh, das wird Kytrin ganz sicher tun.« Die Magisterin zuckte die Achseln. »Wir werden zur Stelle sein, um ihr entgegenzutreten. Gleichzeitig werden wir Euch, durchaus geheim, eine weitere Legion in den verschiedensten Künsten ausgebildeter Magiker überstellen, die Ihr nach Wunsch einsetzen könnt, um für Ordnung zu sorgen. Solltet Ihr von ihnen verlangen, aurolanische Truppennester auszuräuchern, werden sie das ebenso tun, wie sie auf Euren Wunsch mögliche Kollaborateure verhören.«

»Und falls ich von ihnen verlange, Aurolansympathisanten zu töten?«

Tadurienne nickte. »Sie werden Eurem Befehl folgen.«

»Ihr garantiert mir also tätige Hilfe für meinen Platz auf dem Thron, indem Ihr mir geheime Vollstrecker zur Verfügung stellt, um meine Feinde auszuschalten. Das werdet Ihr sicher nicht umsonst tun.«

»Allerdings nicht, der Preis liegt jedoch durchaus innerhalb Eurer Möglichkeiten.« Die grau berobte Magisterin verschränkte die Arme und schob die Hände in die Ärmelöffnungen. »Wie Kjarrigan Lies erwähnte, hat Vilwan nach den Tagen Kajrûns die Kräfte seiner Schüler stark beschnitten. Das war ein offenkundiger Fehler, doch es geschah zu einer Zeit, als die Angst vor mächtigen Zauberern weit verbreitet war. Kjarrigan Lies selbst besitzt eine so erhebliche Macht, dass wir die

Möglichkeit nicht ausschließen können, sein Handeln könnte diese Ängste neu entfachen. Falls unsere Rolle beim Sieg über Kytrin als belanglos erscheint, könnte man auf den Gedanken kommen, man bräuchte uns nicht länger. Unsere Forderung an Euch ist einfach genug: Wir verlangen Eure Unterstützung bei einer Stärkung Vilwans. Ihr werdet unseren Einsatz gegen Kytrin hervorheben und fördern. Eure Unterstützung und die Einladung, in Oriosa eine Nebenstelle unserer Akademie zu eröffnen, wird beides andere Fürsten veranlassen, es Euch gleichzutun. Davon werden wir alle profitieren.«

»In der Tat.« Swindger drehte sich um und füllte den zweiten Pokal, den er Tadurienne anbot. »Bitte.«

Die Magisterin gestikulierte und das Weinglas schwebte in ihre wartende Hand. »Ihr seid sehr gütig, Hoheit.«

»Nein, das bin ich keineswegs, aber das wisst Ihr selbst. Wäre dem nicht so, wäret Ihr kaum hier.« Er hob das Glas. »Auf dass unsere Pläne reiche Frucht tragen.«

Alyx lehnte sich im Stuhl zurück und grunzte. Krähs kräftige Hände massierten ihr Nacken und Schultern. »Oh. Nicht aufhören.«

»Euer Wunsch ist mir Befehl, Hoheit.« Seine Daumen schoben sich den Nackenstrang hinauf und zwangen ihren Kopf nach vorn. Sie gruben sich tief in die Haut und entspannten die verkrampfte Muskulatur. Dann fühlte sie einen zarten Kuss. Er setzte ihn auf einen Fleck, der von ihrem Liebesspiel in der Nacht zuvor stammte, und sie musste lächeln. »Es ist beinahe Schlafenszeit.«

Wieder stöhnte sie. »Ich will auch, Kräh, und wie ich will. Aber ich muss noch so viele Berichte lesen. All diese Einheiten, und ich muss das, was ihre Herrscher über sie behaupten mit dem vergleichen, was Peri, Dranæ und du über sie sagen. Und dann sind da noch all die Nachschubberichte...«

»Die allesamt nicht weglaufen. Es wird dir gut tun, dich richtig auszuschlafen, und ich habe vor, dafür zu sorgen, dass du es tun kannst.«

Sie drehte sich zu ihm um. »Dann schläfst du woanders?«

Er lachte. »Ich würde es vorziehen, dich in den Armen zu halten, meine Liebste.« Seine Stimme wurde leiser. »Und ich bin mir ziemlich sicher, du wirst besser schlafen, wenn du das Geheimnis lüftest, das du seit zwei Tagen mit dir herumschleppst.«

Alyx erstarrte. »Wovon redest du?«

Krähs Hände gaben ihren Hals frei und er kniete neben ihr nieder. »Ich kenne dich. Als wir die Strategien für diesen Krieg besprachen, hast du Entschlossen erzählt, du hättest während deiner Traumjagd überhaupt nicht geträumt. Das war eine Lüge. Du hast geträumt, und dieser Traum ist in den letzten zwei Nächten zurückgekehrt. Du musst ihm Luft machen. Mir kannst du es sagen.«

»Nein, Kräh, das kann ich nicht.«

»Warum nicht?«

Sie drehte sich auf dem Stuhl um und nahm seine Hände. »Wenn es wahr wird…« Alyx presste die Lippen aufeinander, um ihre Tränen zurückzuhalten, eine einzelne rann jedoch trotzdem ihre rechte Wange hinab.

Er drückte ihre Finger. »Schhh, so schlimm kann es nicht sein.«

»Doch, das kann es.«

»Sag es mir, Alexia. Falls es mich betrifft, musst du mir erlauben, die Last mit dir zu teilen.«

»Nein. Wenn ich nicht daran glaube, kann er sich nicht erfüllen.«

Kräh lächelte zu ihr auf. »Schatz, wenn es deinen Schlaf stört, dann glaubst du schon daran. Sag es mir.«

Sie atmete tief ein, hielt kurz die Luft an, dann stieß sie den Atem heftig aus. »Ich war damals siebzehn, deshalb habe ich vieles an meinem Traum nicht verstanden. Er war verwirrend, wie es Träume meistens sind. Ich lag auf dem Rücken im Bett. Mein Geliebter schlief neben mir. Wir hielten uns an der Hand.« Sie lächelte ihn an und streichelte seine Wange. »Damals wusste ich nicht, wer er war, und bis vorgestern Nacht habe ich nie darüber nachgedacht. Er hatte weißes Haar und einen Bart, genau wie du. Er war du. *Ist* du. Ich war glücklich. Dann erschien eine Gestalt neben dem Bett und ich war gelähmt. Ich konnte mich nicht bewegen. Sie zog das Kissen unter deinem Kopf hervor und legte es dir aufs Gesicht. Du konntest auch nichts tun, hast dich nicht gewehrt. Sie hat dich erstickt.«

Krähs Augen wurden groß. »Puh. Jetzt hoffen wir beide, dass sich dein Traum nicht erfüllt.«

»Aber er ist noch nicht zu Ende.« Wieder schluckte Alyx. »Wie gesagt, es war ein Traum. Mein Vater erschien und zerstörte die Gestalt, die dich erstickte. Das ist unmöglich, ich weiß es, aber so habe ich es geträumt.«

»Ging der Traum weiter? Haben wir überlebt?«

Sie schüttelte den Kopf. »Nein, das war alles. Ich wurde gestört und konnte danach nicht wieder einschlafen. Als Mischa mir seinen Traum erzählte, konnte ich nicht auch von meinem sprechen. Ich habe nicht gelogen, als ich sagte, ich hätte meinen Traum erfunden. Das stimmt schon.«

Kräh rieb sich das Kinn und zupfte an seinem Bart. »Der Traum gefällt mir nicht, aber genau wie bei der Norderstett-Prophezeiung müssen die Umstände stimmen, damit so etwas in Erfüllung gehen kann. Vielleicht sollten wir dafür sorgen, dass die Umstände nicht stimmen.«

»Dann schläfst du heute woanders?«

»Also bitte, deshalb wollen wir doch nicht gleich verrückt werden.« Er griff ihr ins Haar und zog ihr Gesicht hinab, um es zu küsses. Ihre Lippen berührten sich, öffneten sich. Er strich sanft darüber, sie erwiderte und ergab sich ganz dem Kuss. Als sie sich endlich wieder lösten, lächelten sie beide.

»Oh, Kräh, dieses Gefühl ist mir sehr viel lieber als die Angst.«

»Da bin ich ganz deiner Meinung.« Er stand auf und zog sie zu sich hoch. Er legte die Arme um ihre Taille und drückte ihren Körper an sich. »Erinnerst du dich, ob du in deinem Traum das Gefühl hattest, ihr hättet euch geliebt, bevor du einschliefst?«

»Damals hatte ich keine Ahnung, wie sich das anfühlt, Kräh, also nein.«

»Gut, dann ist dieses Gefühl kein Teil deines Traums.« Er küsste ihren Hals und murmelte: »Was bedeutet…«

»Statt getrennt zu sein sollten wir möglichst miteinander schlafen?«

»Du nimmst mir die Worte aus dem Mund.«

Alyx grinste. »Jetzt ist mir klar, wie du ein Vierteljahrhundert Krieg gegen Kytrin überlebt hast.«

»Nichts als animalische Schläue.« Er schaute zum Bett hin. »Was meinst du, Liebes, wollen wir auf Nummer Sicher gehen?«

»Da alle darauf zählen, dass ich die Welt rette, wäre es bestimmt das Klügste.« Sie lachte und drückte ihm einen Kuss aufs Ohr. »Danke, Geliebter. In deinen Armen werde ich wunderbar schlafen.«

Kapitel Sechsundzwanzig

Kjarrigan hörte den Anweisungen, die Prinzessin Alexia den versammelten Soldaten gab, nur mit halbem Ohr zu. Obwohl es sieben Tage her war, seit er Kytrins Zauber besiegt hatte, fühlte er sich noch immer nicht wohl in seiner Haut. Seine Zehen sehen zu können, blieb ungewohnt, und er hatte sich vorher nie ausgemalt, wie lose Haut herabhängen konnte. Sein Körper hing überall in Falten herab, und daran gewöhnte man sich nicht so leicht.

Andererseits besaß er weit mehr Muskeln, als er gedacht hatte. Obwohl, auf eine seltsame Art und Weise ergab das durchaus einen Sinn. Er hatte allein dadurch Muskeln aufgebaut, dass er seine Körpermassen herumschleppte. Er wog jetzt weniger als Dranæ, und die Anstrengung hatte nur das angesammelte Fett aufgezehrt, ohne es durch irgendetwas anderes zu ersetzen. Es stimmte, er fühlte sich besser und war beweglicher, aber diese Veränderung lenkte ihn ab, obwohl er Ablenkung doch gerade überhaupt nicht gebrauchen konnte.

Das Vorhaben, das Prinzessin Alexia beschrieb, war faszinierend, doch er hatte ihre Ansprache schon gehört und hatte ihr sogar mit den Zahlen geholfen. Sie befehligte demnächst dreizehntausend Soldaten. Dreitausend sollten Ermenbrecht begleiten, wobei sie den versammelten Offizieren jedoch nicht mitteilte, worin dessen Auftrag bestand. Eine zweite Teilarmee unter der salnischen Generalin Pandiculia bestand ebenfalls aus dreitausend Mann, die weit nach Westen zum Varasena marschieren und den Flusslauf entlang nach Norden ziehen würden. Krähs zwei Bataillone sollten in den Bergen des Oberlandes operieren und waren durch eine Legion vilwanische Kampfmagiker verstärkt worden, was sie zu einer effektiveren Streitmacht machte, als es bloße Reitertruppen sein konnten.

Die Hauptstreitmacht unter Alexias direktem Befehl sollte das Flusstal des Delasena hinaufmarschieren. Dort warteten sie dann auf Pandiculias nach Osten schwenkendes Heer und stießen nach Fronosa vor. Falls alles wie geplant verlief, erreichte Alexias Armee Bacirro fünf Tage nach dem Aufbruch aus Narriz, und vierzehn Tage später müssten Pandiculias Truppen nach ihrem langen Marsch ebenfalls dort eintreffen. Weitere fünf Tage Marsch, und sie stünden vor Fronosa, ungefähr einen Monat nach dem Auszug aus Narriz.

Das Problem dabei war, dass alles Mögliche schief gehen konnte. Beim Aufbruch aus Narriz bestand die Armee aus grob dreitausend Reitern, Ersatzpferde und Nachschubwagen eingeschlossen. Eine solche Kavalleriekolonne erstreckt sich über zwölf Meilen und die letzte Einheit würde erst vier Stunden nach der ersten das Stadttor passieren. Bei dieser Geschwindigkeit ließ die Reiterei ihre Nachschubwagen weit hinter sich. Doch sie hatten vorgesorgt. Man transportierte Futter über den Fluss voraus und lagerte es ein.

Die Infanterie konnte den Nachschub nicht hinter sich lassen, dazu marschierte sie zu langsam. Aber während die Reiter schon nach zwei Tagen Bacirro erreichten, brauchten die Fußtruppen fünf Tage. Die Infanteriekolonne würde zwei Meilen lang werden und das Vergnügen haben, über eine Straße zu marschieren, die von Tausenden Pferden zu Matsch zertrampelt worden war.

All diese Truppen zu versammeln und in Bewegung zu setzen, war schon eine gigantische Aufgabe, aber im Vergleich zu der, sie mit Nachschub zu versorgen, verblasste jene zur Bedeutungslosigkeit. Ein Kavallerieregiment brauchte für die Pferde achtzehn Tonnen Futter am Tag. Obwohl sich der Schnee allmählich zurückzog, bot ihnen die Ebene so früh ihm Jahr noch kaum Nahrung, also musste das gesamte Futter über den Fluss verschifft werden. Die Soldaten vertilgten pro Tag fünf Tonnen Nahrung. Sie versorgt zu halten, erforderte einen beständigen Schiffsverkehr zwischen einer Nachschubstadt wie Bacirro und dem jeweiligen Standort der Truppen. Genau wie es Entschlossen und Kräh in Muroso beim Feind vorgeführt hatten, konnten Angriffe auf diese Nachschublinie das Heer bremsen und schwächen.

Bei ihrer Ansprache erweckte Alexia den Eindruck, Entschlossen würde Kräh im Oberland helfen. Kjarrigan wusste jedoch, dass das nicht stimmte. Entschlossen war zusammen mit Orakel unterwegs nach Vorquellyn und würde Pandiculias Heer bis Sanurval begleiten. Wenn es nach Osten schwenkte, zog er weiter nach Norden, nach Loquellyn. Dort schiffte er sich nach Vorquellyn ein und suchte nach Will.

Die Nachricht, dass Will in Vorquellyn auf sie wartete, hatte Kjarrigan erschüttert. Er hatte Will auf Vael sterben sehen, und dieser Tod hatte ihn tief getroffen. Nicht nur hatte er ihn durch seine Untätigkeit erst möglich gemacht, Will war auch sein Freund gewesen. Erst nach dessen Tod war Kjarrigan bewusst geworden, dass er sogar sein erster Freund gewesen war – oder zumindest sein erster menschlicher Freund, denn auch Lombo war sein Freund gewesen. Alexia, Kräh und die anderen waren für ihn ebenfalls zu Freunden geworden, doch das war nicht dasselbe wie mit Will.

Ich frage mich, ob er wütend auf mich sein wird, wenn sie ihn finden. Irgendwie schien die Frage absurd. Will hatte den Tod überlebt, im Vergleich dazu mussten Kleinigkeiten wie die Wut auf einen Freund belanglos erscheinen. Aber gleichzeitig nagte es an Kjarrigan, dass er diesen Tod nicht verhindert hatte.

Genau hier, in dem Saal, in dem Alexia zu ihren Offizieren sprach, hatte Kjarrigan Kytrin gestellt. All ihren Einwänden zum Trotz hatte er gewusst, dass Tatjana die Nordlandhexe war. Er hätte sie packen und mit dem schlimmsten Zauber rösten sollen, den er sich vorstellen konnte. Das hätte die Welt ein für alle Mal von ihr befreit.

Vielleicht. Es gab zwei gute Gründe – und einen ziemlich schlechten –, warum er sie nicht angegriffen hatte. In erster

Linie hatte er sie deswegen nicht mit einem furchtbaren Vernichtungszauber attackiert, weil er keinen derartigen Spruch kannte, den er unter Druck zuverlässig einsetzen konnte. Seine Lehrer hatten ihm ein paar grundlegende Kampfzauber beigebracht, ihn aber nie ermutigt, sie auch zu üben. Angesichts der magischen Macht, über die er verfügte, hätte dabei jeder Unfall ernste Folgen haben können, also war diese Vorsicht wahrscheinlich sogar klug gewesen.

Außerdem hatte Kytrin seltsam auf ihn gewirkt. Er hatte eine Weile gebraucht, es sich zu erklären, aber angesichts ihrer Drachennatur war er zu dem Schluss gekommen, dass sie ihren Wahrstein irgendwo zurückgelassen hatte, vermutlich in Aurolan. Und das bedeutete: Sie hätte überlebt, was immer ihrer körperlichen Hülle auch angetan worden war. Hätte alle Welt sie für tot gehalten und sie wäre einen Monat, ein Jahr oder ein Jahrzehnt später, sobald sich ihr Körper wiederhergestellt hatte, zurückgekehrt – eine Katastrophe.

Und schließlich hatte er das unwürdige Bedürfnis gehabt, all jenen, die sie nur für eine verbitterte alte Hexe hielten, zu beweisen, dass sie wirklich Kytrin war. Außerdem hatte er es für schlau gehalten, sie mit dem Zauber zu überrumpeln, den sie reflexartig abgewehrt hatte. Er hatte sie übertölpeln wollen, um ihr zu zeigen, wie schlau er war. Das war ja auch gelungen, doch sie hatte zurückgeschlagen, und zwar brutal.

An der Stirnseite des Raums klatschte Alexia in die Hände. »Das war's. Ihr habt alle eure Befehle. Ich weiß, ihr werdet euren Fürsten mitteilen wollen, was ich euch gesagt habe, aber ich bitte euch, davon abzusehen. Morgen werde ich unseren Plan vollständig dem Rat vorlegen. Ich weiß, es wird Einwände geben, aber ich würde es vorziehen, wenn es sich um spontane Einwände handelte und nicht um vorbereitete. Wir haben diesen Plan gemeinsam ausgearbeitet. Wir wissen, er wird aufgehen, und wir wissen, er muss gelingen. Wenn wir die Nordlandhexe besiegen wollen, müssen politische Bedenken hinter unseren Bedürfnissen zurückstehen.«

Hauptmann Venes nickte. »In Anbetracht dessen, dass

Kytrin mitten unter den Monarchen steckte, dürfte eine zu große Redseligkeit mein Leben verkürzen. Ich halte den Mund.«

»Gut. Und danke.« Sie lächelte. »In zwei Tagen feiern wir das Neue Jahr. Danach brechen wir auf. Sagt euren Leuten, sie werden hier feiern können, bevor sie dieses neue Jahr zu einem echten Freudenjahr machen dürfen. Ihr könnt wegtreten. Amüsiert euch gut, denn bevor wir wieder die Gelegenheit dazu bekommen, steht uns ein langer Weg bevor.«

Die Soldaten applaudierten und Kjarrigan stimmte ein. Alexia wurde rot, dann lachte sie, als sie der Sprijt Qwc mit schwirrenden Flügeln umkreiste und mit allen vier Händen klatschte. Viele der Offiziere gingen auf dem Weg zur Tür an ihr vorbei, schüttelten ihr die Hand, salutierten oder nickten ihr respektvoll zu. Sie erwiderte sämtliche Gesten, grüßte sie alle mit Namen, wünschte ihnen viel Glück und erklärte, sich darauf zu freuen, mit ihnen in den Kampf zu ziehen.

Es dauerte nicht lange, und der Raum hatte sich bis auf die alten und ein paar neue Gefährten der Prinzessin geleert. Entschlossen verriegelte die Tür hinter dem letzten Soldaten, während sich die anderen um den Tisch versammelten, auf dem Alexia eine große Karte ausgebreitet hatte. Sobald Entschlossen ebenfalls herangetreten war, ergriff sie mit gedämpfter Stimme das Wort.

»Das ist der schwierigste Teil der ganzen Operation. Wir haben vier verschiedene Aufgaben, und um sie erfüllen zu können, müssen wir uns trennen, so sehr ich mir auch wünschen würde, es ginge anders. Manche von euch kenne ich gut, andere weniger, doch ich habe Respekt vor euer aller Mut und Klugheit. Unglücklicherweise bleibt uns nichts anderes übrig, als diese hervorragende Gruppe aufzuteilen.«

Entschlossen streckte die Hand aus und tippte auf das Kartenbild Vorquellyns. »Ich nehme Orakel mit. Wir beeilen uns, gehen rein, holen Will, und fahren nach Norden in Richtung Aurolan. Da töten wir Kytrin und retten Sayce.«

Alexias Kopf zuckte hoch. »Du gehst nicht allein.«

»Ich sagte bereits, ich nehme Orakel mit. Wir holen Will.«

»Stell dich nicht dumm, Entschlossen. Ich weiß, du legst Wert auf Geschwindigkeit, aber du begleitest eine Blinde und reitest in das denkbar gefährlichste Gebiet. Ich habe keinen Zweifel an deinen Fähigkeiten, aber ich bleibe auf dem Boden der Tatsachen. Ich möchte, dass du Bok, Rym und Kjarrigan mitnimmst.«

Der Vorqælf verschränkte die Arme. »Einen urZreð, eine Puppe und Kjarrigan? Warum spannst du mich nicht gleich vor einen Pflug und lässt mich den ganzen Weg entlang eine Furche ziehen? Bok ist gar nicht hier, weil er sich noch von seinen Verletzungen erholt. Rym ist, bei allem Respekt, nicht mehr als eine Holzpuppe. Und Kjarrigan scheint auch nicht bei Kräften zu sein.«

Alexia schaute Kjarrigan an. »Hast du dazu etwas zu sagen?«

Kjarrigan verzog das Gesicht, dann schluckte er mühsam den Kloß herunter, der ihm im Hals steckte. »Ja.« Seine Stimme krächzte. Er schluckte noch einmal und unterdrückte die Tränen, bevor er zu Entschlossen aufschaute. »Ihr geht Will holen. Ich muss dabei sein. Ich muss sehen, ob es ihm gut geht. Und … und du kannst mir nicht erzählen, dass wozu ich fähig bin, keine Hilfe wäre. Vielleicht ist es bei dieser Sache wichtig, dass ich auf Vorquellyn geboren wurde.«

Entschlossens Gesichtsausdruck wirkte äußerst undurchdringlich. Er drehte den Kopf zu Alexia. »Das gefällt mir nicht.«

»Aber du tust es?«

»Nur weil ich muss.«

Kräh grinste seinen Freund an. »Orakel hat dir gesagt, du wirst Hilfe haben, richtig?«

Die Nasenflügel des Vorqælfen bebten. »›Hilfe‹ ist ein dehnbarer Begriff.«

»Nimm die Hilfe an, Entschlossen.« Alexia seufzte, dann wandte sie sich an Ermenbrecht. »Deine Aufgabe ist die schwierigste. Ich möchte, dass du Net und Borghelm mitnimmst. Außerdem wird dich Preiknosery mit einem Geschwader Gyrkyme-Kundschaftern begleiten.«

Der Prinz nickte. »Das trifft sich gut. Wenn ich mich mit BokaSreiði verbünden soll, werden die Gyrkyme eine große Hilfe sein.«

Dranæ, der neben Arimtara stand, hob die Hand. »Hoheit, ich würde auch gern am Orioser Auftrag teilnehmen. Wir sind davon ausgegangen, dass Kytrin sie angreift, sobald sie davon erfährt, und die wirksamste Methode wäre, einen Drachen zu schicken, der die Truppen des Prinzen niederbrennt. Ich schätze, ich könnte ihrem Schoßtier einen schönen Empfang bereiten.«

Ermenbrecht grinste. »Soll mir recht sein. Mir gefällt auch, wie du mit einer Draconette umgehst, und ich würde mich freuen, dich dabei zu haben.«

Net und sein Sohn, die zwischen Entschlossen und Dranæ standen, nickten beide. »Wollte ohnehin wieder heim. Ich bin dankbar für die Eskorte.«

Alexia schmunzelte. »Du wirst mehr sein als nur ein Reisender, Net. Borghelm hat einen Sullanciri erschlagen. Er ist ein Held, auf den Oriosa stolz sein kann.«

Borghelm wurde rot und sagte nichts.

Der Prinz nickte ihm zu. »Freut mich, dass ihr mitkommt.«

Kräh hakte die Daumen hinter den Gürtel. »Perrine wird dich begleiten, Alexia. Du solltest auch Arimtara mitnehmen, falls sie bereit ist zu kämpfen. Du weißt, du wirst gegen Drachen antreten müssen, da wird es eine Hilfe sein, einen an deiner Seite zu haben.«

»Aber dann bleibt niemand, der dich begleitet.«

»Du vergisst Qwc.«

Der Sprijt stieß herab, dann landete er auf Krähs rechter Schulter und legte die Arme um dessen Kopf. »Danke, aber nein. Qwc kann nicht.«

Alexia runzelte die Stirn. »Was soll denn das heißen?«

Qwc hüpfte von Krähs Schulter auf den Tisch und ging über die Karte zu Entschlossen. »Hilfe. Qwc hilft Entschlossen.«

Der ernste Tonfall in der Stimme des Sprijts überraschte Kjarrigan. Sonst war Qwcs Stimme immer hell und fröhlich. Die Sprijsa waren für ihre unerklärliche Fähigkeit bekannt, in wichtigen Augenblicken zu wissen, wann und wo sie gebraucht wurden. Falls Qwc sich aufgrund einer solchen Vorahnung entschieden hatte, Entschlossen zu begleiten, konnte ihn niemand davon abbringen. Also versuchte es auch keiner.

Kräh zuckte die Achseln. »Ich habe die Vilwaner dabei. Ich kenne Adept Jarmy von Vilwan her, er war auch in Swojin. Dass die Vilwaner ihn aus Swarskija abgezogen und ihm den Befehl über ihre Kompanie Kampfmagiker gegeben haben, ist eine große Ehre. Ich komme schon zurecht, auch wenn ich euch vermissen werde.«

Peri lächelte. »Du wirst uns recht bald in Pronosa wiedersehen.«

»Das werde ich.«

Alexia schaute zu der Drachin hinüber. »Arimtara, schließt du dich uns an?«

Die Drachenfrau sah zu Peri hin, zu Alexia, und dann nickte sie. »Wir drei, wir Schwestern der Vernichtung. Das gefällt mir.«

Kjarrigan schüttelte sich. Ein kalter Schauer lief ihm über den Rücken. Er schaute sich am Tisch um und wusste, er würde einige der hier Versammelten nicht wiedersehen. Er hatte keine Angst um sein eigenes Leben, und das lag nicht an irgendeiner überzogenen Selbstsicherheit. Er ging einfach davon aus, dass gleichgültig, was auch geschah, Entschlossen überleben und ihn aus der Gefahrenzone schleppen würde. Kräh, Alexia, Peri, Ermenbrecht. So sehr er auch daran glauben wollte, dass sie alle diesen Krieg überlebten, er konnte das Gefühl nicht abschütteln, dass dem nicht so wahr. *Will, Orla und Lombo sind tot. Sie alle drei waren etwas ganz Besonderes.*

Fast hätte er laut aufgelacht, als ihn die Erkenntnis traf. Vilwan hatte ihn als Waffe geschaffen. Die Magiker hatten ihn gezüchtet. Sie hatten genau darauf geachtet, wo er zur Welt kam. Sie hatten ihn ausgebildet, ohne je daran zu denken, er könnte mehr sein als eben diese Waffe. Er hatte keine Freunde gehabt, keine Bindung an die Welt, und sie hatten geglaubt, ihn dadurch umso leichter kontrollieren zu können.

Sie hatten allerdings nicht damit gerechnet, dass mehr aus ihm wurde als eine Waffe. Was sie von ihm verlangten, war eine selbstlose Hingabe an Kytrins Vernichtung. Das hätte er niemals getan, oder zumindest hätte er niemals Erfolg gehabt, weil Kytrins Niederlage für ihn ohne Bedeutung gewesen wäre.

Jetzt aber konnte er durch sein Handeln den Tod seiner Freunde verhindern. Er konnte den Tod von Tausenden verhindern. Außerhalb der Kontrolle durch Vilwan war er zu einem Teil der Welt geworden. Orla hatte Recht gehabt: Er musste sich von der Magikerinsel fern halten. Er musste bei Gefährten bleiben, die ihn um seiner selbst willen mochten und respektierten. Ihretwegen und auf Grund seiner Beziehung zu ihnen konnte er umso härter kämpfen.

Er würde Kytrin aufhalten. Nicht, weil die, die ihn erschaffen hatten, das verlangten, sondern weil das Wohl derer, die er liebte, davon abhing.

Alexia stützte sich mit flachen Händen auf die Karte und schaute sie alle an. »Morgen werden sich die Fürsten gegen diesen Plan aussprechen. Wir werden standhaft bleiben, und dann werden wir losziehen und ihre Reiche für sie sichern. Ich gehe davon aus: Falls wir Erfolg haben, wird das folgende politische Ränkespiel das Beste davon zunichte machen. Aber das spielt keine Rolle. Wir werden Kytrins Pläne von einer Weltherrschaft begraben. Mögen die Götter dabei mit uns sein oder, falls nicht, wegsehen und uns tun lassen, was getan werden muss.«

Kapitel Siebenundzwanzig

Für die Anführer der Streitmacht war ein zusätzlicher Tisch in den Kreis der Delegationen geschoben worden. Daran saß Ermenbrecht, links neben ihm stand ein leerer Stuhl. Dahinter, auf dem dritten Platz, saß Generalin Pandiculia in der Uniform der Salnischen Schweren Reitergarde und wirkte ausgesprochen martialisch. Die rote Uniformjacke brachte Farbe in ihr sonnengebräuntes Gesicht und passte gut zu ihrem schwarzen Haar.

Der mittlere Platz war der von Alexia, die jedoch in der Mitte des Saales an einer Staffelei stand, an der eine große Karte aufgerollt war. Sie erklärte gewissenhaft den Aufbau ihrer Armee und führte genau und in allen Einzelheiten die Namen und den Hintergrund der Offiziere sowie die Anzahl und Art der Truppen aller Einheiten auf. Dann erläuterte sie alle Aspekte des Nachschubs für diese Armee. Nach einer Stunde waren einige Minister bereits eingeschlafen, und nicht wenige Kronen rutschten, weil ihnen die Träger wegsackten.

Auch als sie zur Beschreibung des Feldzugs selbst überging, hatte das wenig Wirkung, denn sie verzichtete auf alle übertriebenen oder erregenden Beschreibungen der zu erwartenden Geschehnisse. Dennoch, obwohl die Fürsten von ihrem bisherigen Vortrag eingelullt, um nicht zu sagen betäubt waren, machte sich Ermenbrecht auf Reaktionen gefasst, als sie seine Rolle in dem Abenteuer ansprach.

»Es ist natürlich von entscheidender Bedeutung für uns, dass wir die östliche Flanke sichern. Falls uns das nicht gelingt, müssen wir damit rechnen, Narriz und die Nachschublinien zu verlieren. Sollte das geschehen, verhungert unsere Streitmacht und stirbt.« Alexia deutete mit der rechten Hand auf die

Grenze zu Oriosa. »Unter der Führung von Prinz Ermenbrecht wird eine bescheidene Streitmacht durch Oriosa nach Norden marschieren.«

»Was?« König Swindger beugte sich über den Tisch und starrte mit zusammengekniffenen Augen auf die Karte. »Truppen marschieren durch mein Reich? Unmöglich. Wir waren uns einig, dass keine Truppen Oriosa betreten.«

Alexia richtete sich auf. »Hoheit, der Wortlaut der Resolution, auf die Ihr Euch bezieht, verbietet es *ausländischen* Truppen, Oriosa zu betreten. Die Truppen, die wir schicken, stehen unter dem Befehl Eures Sohnes. Wir alle hier wissen, dass er kein Interesse daran hat, Euch zu entmachten, sondern nur der ganzen Welt einen Dienst erweisen will.«

Swindger schleuderte Ermenbrecht einen giftigen Blick zu. »Wir alle hier wissen, dass er sich von Oriosa losgesagt hat. Er *ist* ein Ausländer.«

Augustus hob die rechte Braue. »Bei unseren bisherigen Debatten saß er doch zu Eurer Rechten, Swindger.«

»Habt Ihr ihn dazu aufgestachelt, falscher Freund?« Swindger sprang auf. »Genau das haben wir befürchtet. Die Schnauze der Frostkralle befindet sich bereits im Zelt, und der Rest wird bald folgen. Wir haben eben erst diese Resolution verabschiedet, um die Souveränität der kleineren Staaten zu garantieren, und schon haben sie einen Weg gefunden, sie zu unterwandern. Das ist ganz und gar nicht hinnehmbar!«

Ermenbrecht stand gelassen auf. »Vater, es ist nicht das, was du denkst.«

»Nicht? Habe ich mich verhört? Führt mein Sohn ein Heer ausländischer Soldaten auf oriosischen Boden? Wirst du mit ihnen durch mein Reich marschieren und aurolanische Truppen angreifen? Diese Truppen werden nur einmarschieren, um sich dir entgegenzustellen, weil sie einen Flankenangriff befürchten. Die Behauptung, du wolltest ein derartiges Manöver von Kytrins Seite verhindern, ist vorgeschoben.«

»Du magst vollstes Vertrauen darin haben, dass sie Oriosa nicht angreift, Vater, aber wie die Prinzessin festgestellt hat, können wir uns diese Zuversicht nicht leisten. Falls ich nicht durch mein Heimatland marschiere, laden wir Kytrin ein, uns hier in Narriz anzugreifen, und falls es dir entgangen sein sollte, Meredo liegt auf ihrem Weg.«

»Dein *Heimatland*?« Swindger schlug mit der Faust auf den Tisch. »Du bist fünf Jahre nicht dort gewesen und hast kaum die Hälfte deines Lebens dort verbracht. Du kennst das Volk nicht, das stolze Volk, das nicht bereit ist, sich von wem auch immer überfallen zu lassen. Ich werde das nicht zulassen. *Wir* werden das nicht zulassen. Die Entscheidung ist bereits getroffen.«

Die Herrscher der kleineren Staaten nickten. Ihre wieder aufgeschreckten Minister taten es ihnen gleich und schauten mit düsteren Mienen auf. Ihre Ängste waren unübersehbar, denn jede Missachtung der Grenzen eines Reiches war für sie der Auftakt für das Errichten eines Imperiums. Sie fragten sich unwillkürlich, ob Alexia ebenso unersättlich sein konnte wie Adrogans. Sie fragten sich außerdem, ob ihr Land der Ort werden würde, an dem zwei wachsende Imperien aufeinander prallten.

Prinzessin Alexia trat in die Mitte der Tische und starrte Ermenbrechts Vater an. »Hoheit, bei allem Respekt...«

»Ha! Du hast keinen Respekt vor mir. Du hasst mich, gib dir keine Mühe, es zu verbergen. Deine Verachtung ist mit Händen greifbar.«

»Ich richtete mich an Euch, den König von Oriosa, nicht an den Mann, der unter der Krone lauert.« Sie öffnete die Arme. »Ich richte mich an euch alle. Ihr habt Truppen für ein gewaltiges Heer zur Verfügung gestellt, das Kytrin vernichten wird. Von dem Augenblick an, in dem ihr diese Truppen bereitgestellt habt, waren es nicht mehr die euren, denn die Männer und Frauen, denen ihr unserer Sache anvertrautet, sind Krieger. Sie verstehen Gefahren – und nehmen sie in Kauf –, die nur wenige von euch kennen und die *keiner* von euch bereit ist zu erdulden. Zumindest hat sich niemand dahingehend erklärt. Sie ziehen nicht nur aus, um den Ruhm ihres Landes zu mehren, sondern auch um die Zukunft der Welt zu sichern. Damit sind sie eurer Kontrolle entzogen und meiner unterstellt. Ich bin mir bewusst, was ihr beschlossen habt und mit welcher Absicht. Ich weiß, was ihr befürchtet. Die Frage, die ihr euch stellen solltet, die Frage, die ihr euch schon vor einer Generation hättet stellen sollen, lautet: Was ist die größere Gefahr für eure Reiche ? Die anderen Südstaaten oder die Herrscherin Aurolans ? Vor einem Vierteljahrhundert habt ihr die falsche Antwort gegeben, doch diesmal haben eure Soldaten und ich die richtige gefunden. Wir werden uns darum kümmern.« Ihre violetten Augen wurden kalt. »Ihr habt gute Truppen in den Kampf geschickt, damit sie kämpfen, bluten, sterben. Sie sind dazu bereit, nicht weil ihr es ihnen befehlt, sondern weil sie wissen, dass es sein muss. Sie kämpfen nicht für ihre eigene Unsterblichkeit, sondern für das Leben ihrer Kinder und Enkel. Sie kämpfen für eure Untertanen, nicht für euch. Und sie werden auch trotz euch kämpfen, weil sie wissen: Kytrin ist eine größere Gefahr als kleinliche politische Streitereien.«

Venebulius, der König von Salnia, stand auf. »Generalin Pandiculia, ich befehle Ihr, unsere Truppen aus diesem Bündnis zurückzuziehen.«

Die salnische Offizierin machte sich nicht einmal die Mühe aufzustehen. Sie schüttelte nur den Kopf. »Nein, mein König.«

»Sie hat mir die Treue geschworen, Generalin.«

Pandiculia setzte sich auf. »Ich schwöre Euch die Treue, mein König, aber ich diene Salnia.«

Der König schlug sich mit der Faust auf die breite Brust. »Ich bin Salnia.«

»Nein, mein König. Salnia gab es schon vor Euch, und es wird auch nach Euch noch bestehen. Wenn Ihr mich zwingt, mich zwischen Euch und dem Reich zu entscheiden, wähle ich das Reich. Meine Leute bleiben bei mir.« Sie zuckte die Achseln. »Das gilt für alle Truppen dieser Armee. Wie die Prinzessin sagte, wir sind bereit, unser Blut für die Heimat zu vergießen, und das werden wir tun, ob Ihr es für richtig haltet oder nicht.«

Venebulius' braune Augen funkelten. »Dann falle Sie in der Schlacht, denn in Salnia ist Sie nicht mehr willkommen.«

»Falls das Euer Befehl ist, mein König, habe ich keine Heimat mehr, solange Ihr auf dem Thron sitzt.«

König Augustus schüttelte den Kopf. »Ich spreche nur für mich selbst, obwohl ich vermute, dass König Fidelius mir zustimmen wird, wenn ich sage, dass tapfere Soldaten wie Ihr in vielen dankbaren Reichen ein Zuhause finden werden.«

Swindger fletschte die Zähne. »Das ist Meuterei, und du unterstützt es noch, Augustus. Ich habe dich für einen Freund gehalten, doch du ermutigst meinen Sohn, mich abzusetzen. Du heißt die Nattern noch willkommen, mit denen er sich verbündet hat.«

»Das ist keine Meuterei, Vater, nur Realismus.« Ermenbrecht stützte sich mit beiden Händen auf den Tisch und lehnte sich vor. »Muroso ist gefallen. Sebtia ist gefallen. Festung Draconis ist gefallen. Vorquellyn, Okrannel, die Geistermark, sie alle waren einmal unabhängige, freie Staaten. Nach und nach hat Kytrin sie unterworfen. Ja, Okrannel haben wir zurückerobert, doch diesen Sieg haben wir teuer erkauft. Jetzt ist Saporitia bedroht. Ihr seid alle Politiker. Käme Nefrai-kesh in diesen Saal geritten und behauptete, Kytrin wünschte Frieden, ihr würdet ihm zuhören. Behauptete sie selbst, sie wünschte sich Muroso als Pufferstaat zwischen ihrem Reich und den unseren, und verspräche euch Frieden für Generationen, würdet ihr es annehmen? Jeder hier, der jetzt den Kopf schüttelt, lügt. Ihr *würdet* es annehmen. Und warum? Weil ihr euch einreden könntet, ihr hättet das Beste für euer Land getan, indem ihr den Krieg abgewendet habt.« Er richtete sich auf. »Ihr seid Schafe, die den Wölfen glauben, wenn sie euch erzählen, sie wären satt. Und Schafe können nicht gegen Wölfe kämpfen. Ihr glaubt ihren Lügen, weil ihr keine Wahl habt. Aber wir, die Krieger, sind eure Wolfshunde. Wir können und werden die Wölfe töten. Ihr mögt euch entscheiden, uns das zu verbieten, doch wir tun es trotzdem. Wir haben zugesehen, wie die Herde schrumpft, aber wir werden es nicht länger dulden.« Ermenbrecht hielt seinen Vater fest im Blick. »Ich bringe Truppen durch Oriosa, Vater. Stell dich mir nicht in den Weg.«

»Die Grenze wird dir ebenso verschlossen sein wie die Herzen Oriosas, wenn du das versuchst, Ermenbrecht. Du drohst mit Bürgerkrieg.«

»Nein, Vater, ich verspreche ein Ende der Angst. Ich will deinen Thron nicht. Zwing mich nicht, ihn dir trotzdem zu nehmen.«

Wieder donnerte Swindger die Faust auf den Tisch, dann schaute er sich unter den anderen Monarchen um. »Schaut her, Brüder und Schwestern, seht mich an. Bald werdet ihr in derselben Lage sein wie ich. Ihr werdet euer Reich verlieren, nicht an Kytrin, sondern an die, die sie als Entschuldigung dafür benutzen, zu tun, was ihnen beliebt. Falls ihr ihn nicht aufhaltet, macht ihr euch zu Komplizen seines Verbrechens. Und meine Vergeltung wird euch Grund geben, das zu bedauern.«

Der König Oriosas stampfte aus dem Saal, hastig gefolgt von Kabot Marstamm.

Nachdem sie den Raum verlassen hatten, ergriff Alexia wieder das Wort. Sie sprach leise und gelassen. »Die Entscheidung, wie, wann und wo wir Kytrin angreifen, liegt nicht länger in unserer Hand. Die Frage, die sich euch allen jetzt stellt, ist folgende: Werdet ihr eure Landsleute mit zusätzlichen Truppen, zusätzlichem Nachschub und zusätzlichem Geld unterstützen, oder werdet ihr den Sieg über Kytrin aus Eitelkeit und Furcht gefährden? König Swindger hat seine Wahl getroffen. Seid ihr ebenso verbohrt wie er oder besitzt ihr das notwendige Rückgrat, die Welt zu retten, selbst wenn es euer eigenes Leben kosten könnte – so wie das eurer Krieger?«

Leises Raunen wurde hörbar. Königin Carus räusperte sich. »Wie sicher seid Ihr Euch des Sieges?«

Alexia schüttelte den Kopf. »Wir haben den besten Plan ausgearbeitet, zu dem wir fähig sind, unter Verwendung aller Kenntnisse über den Feind. Kytrin kann zwar Überraschungen in der Hinterhand haben, und wir werden unsere Pläne entsprechend anpassen müssen. Ich kann keinen Sieg versprechen, aber wenn ich nur Verderben voraussagen könnte, stünde ich jetzt nicht hier, sondern wäre noch damit beschäftigt, einen besseren Plan zu schmieden.«

Die jeranische Königin lächelte. »Ich bin zwar keine Militärstrategin, aber ich finde keine Schwachstellen in Eurem Plan. Ihr habt meine *volle* Unterstützung.«

Ermenbrecht war sich nicht sicher, warum sie das Wort »volle« so betonte, doch die Fürsten der Nachbarländer von Jerana schienen eine besondere Bedeutung darin zu lesen. Gurol und Valitia unterstützten den Plan. Langsam und mit großem Getue folgten die meisten der noch anwesenden Fürsten. Der salnische König weigerte sich, da Generalin Pandiculia aber ohnehin das Wertvollste war, was er hätte anbieten können, war seine Ablehnung ohne Bedeutung.

Nachdem der Plan damit angenommen war, löste König Fidelius die Ratssitzung auf und lud alle Anwesenden ein, das zweitägige Neujahrsfest hier an seinem Hofe zu feiern. Er versprach unvergleichliche Festgelage und Unterhaltung. Da die wenigsten Fürsten rechtzeitig nach Hause zurückkehren konnten – selbst wenn sie mit der nächsten Flut und günstigem Wind ausliefen –, erntete seine Einladung allgemeinen Beifall.

Ermenbrecht schmunzelte Pandiculia an. »Die Feiern interessieren sie mehr als unser Plan.«

»Hier und jetzt geht es mir genauso.« Sie zuckte die Achseln. »Ich beneide Euch nicht um Euren Part.«

»Ich vermute stark, Ihr werdet es noch schwerer haben.« Bevor er weitersprechen konnte, tauchte ein maskierter Magiker neben ihm auf. »Hoheit, falls Ihr einen Augenblick Zeit habt?«

»Sicher.« An Maske und Akzent erkannte er, dass der Mann aus Muroso stammte, und angesichts der Markierungen auf seiner Maske hatte er bereits eine Vermutung, was er wollte. »Aber ich muss Euch warnen, dass ich die Prinzessin ganz sicher nicht werde überreden können, dir und deinen Ottermagikern die Erlaubnis zu geben, nach Aurolan zu ziehen und Prinzessin Sayce zu befreien.«

Der Magiker, ein Mann von Mitte dreißig, mit schütterem braunem Haar und dunklen Augen, lachte. »Es freut mich, dass Ihr von uns gehört habt, Hoheit, aber deswegen bin ich nicht hier. Ich heiße übrigens Rumbelo.«

»Freut mich, dich kennen zu lernen, Rumbelo.« Falls er glauben konnte, was man sich erzählte, hatte der murosonische Magiker ganz allein eine Truppe aurolanischer Sklavenhändler getötet und deren ehemalige Gefangene nach Süden geführt. Er hatte dreißig Murosoner Magiker unterschiedlicher Güte um sich versammelt, die Sayce Gefolgschaft geschworen und nach ihrer Gefangennahme verlangt hatten, ihr nachsetzen zu dürfen. »Was kann ich für dich und die Ottern tun?«

»Wir möchten Euch nach Oriosa begleiten.«

»Was?«

»Wir wollen Teil Eurer Streitmacht werden, mein Fürst.«

Ermenbrecht verzog das Gesicht unter der Maske. »In Oriosa werdet ihr Sayce nicht finden.«

»Das wissen wir.« Rumbelo senkte die Stimme. »Gestern Nacht hatten wir uns versammelt, um auf eigene Faust nach Aurolan aufzubrechen, als eine Vorqælfe zu uns kam. Kupferne Augen, aber blind. Sie erklärte, sie sähe zwei Wege für uns. Einer sei der, den unsere Füße bereits betreten hatten. Sie sagte, er führe zu Sayces Tod, unserer Verwandlung in Sullanciri und zum Untergang der Welt. Der andere bestünde darin, sich Euch anzuschließen. Falls wir das täten, gäbe es eine Chance auf Sayces Rettung.«

»Orakel. Ihr habt mit Orakel gesprochen.«

»Ja, mein Fürst.« Der Magiker nickte. »Die Ottern sind nicht ganz so gefährlich, wie es die Schlange gleichen Namens vermuten lässt, aber wir haben überlebt, als unsere Heimat überrannt wurde. Das sollte zumindest etwas wert sein.«

Ermenbrecht grinste. »Ich habe viel zu viel Zeit damit verbracht, vor den Aurolanen zu fliehen. Ich weiß sehr gut, wie schwierig es ist, ihnen zu entkommen. Dass es euch gelungen ist, zählt für mich mehr, als du ahnst. Es wird mir eine Freude sein, dich und die Ottern unter meinem Befehl zu begrüßen.«

»Ihr werdet es nicht bedauern, Prinz Ermenbrecht.«

»Das glaube ich dir.«

Der Magiker drehte um, doch Ermenbrecht legte ihm die Hand auf die Schulter. »Rumbelo, sag deinen Ottern, falls es einen Weg gibt, Sayce zu retten, werden wir sie retten. Sie ist klug und gewitzt, und wir sind es auch.«

Der Mann lächelte. »Ja, mein Fürst, danke. Frohes Neues Jahr.«

»Dir ebenfalls, Rumbelo.«

Als der Murosone sich entfernte, kam Alexia herüber. »Die Antwort ist nein.«

»Falsche Frage. Die Ottern haben sich meinem Befehl unterstellt.«

Die Prinzessin schmunzelte. »Darum beneide ich dich nicht, aber es bedeutet eine Sorge weniger für mich. Ich beneide dich auch nicht um …«

»Sag es nicht, Alexia. Wir wussten, wie er reagieren würde.«

»Ja, aber ich hatte gehofft …«

Ermenbrecht schüttelte den Kopf. »Ich habe schon seit langem gelernt, keine Hoffnung auf meinen Vater zu setzen. Er hofft darauf, dass ich nicht bereit bin, Oriosen zu töten. Das ist für ihn die einzige Möglichkeit zu gewinnen, denn einen Bürgerkrieg kann er nicht führen.«

»Wirst du es?«

»Ich würde vorziehen, es nicht zu müssen.« Müde hob er die Schultern. »Wenn sie sich zwischen mich und Kytrin stellen, bleibt mir keine Wahl. Wenn sie mir nicht helfen, helfen sie ihr, und für diesen Fehler werden sie teuer bezahlen müssen.«

Kapitel Achtundzwanzig

Alyx stand auf dem Balkon des Zimmers, das König Swindger als Empfangsraum benutzt hatte. Nach der überhasteten Abreise des Königs hatte Rauns Spilfair sein Gut wieder in Besitz genommen und Krähs gesamten Freundeskreis für das zweitägige Neujahrsfest eingeladen. Wie es Sitte war, hatten sie in der vergangenen Nacht alle den Galaempfang besucht, den König Fidelius im Schloss gegeben hatte. Die zweite Nacht war den privateren Begegnungen echter Freunde vorbehalten.

Sie trug ein weniger modisches Kleid als in der letzten Nacht, und auch die langen Haare waren diesmal nicht hoch gesteckt, um ihren Hals freizugeben. Das war ihr wesentlich bequemer. Vielleicht nicht so locker wie in Lederkluft oder Kettenhemd, aber eine solche Kleidung schien ungeeignet für den Aufbruch in ein neues Jahr. Außerdem würde sie diesen Kram noch früh genug tragen, und zwar für lange Zeit.

Sie schaute hinaus über Narriz und sah ein Lichtermeer, in den Häusern ebenso wie auf den Straßen, wo die Menschen in kleinen Fackelumzügen wanderten und fröhliche Festlieder sangen. Diese Lieder waren mehr als ein Geschenk an die Zuhörer, sie sollten für ein gutes Jahr sorgen. Alexia zumindest hoffte von ganzem Herzen, dass sie ihren Zweck erfüllten und die Menschen das ganze Jahr über Grund haben würden, vor Freude zu singen. Doch sie war zu sehr Realistin, um so recht daran zu glauben. Selbst wenn ihre Armee den Sieg errang, viele Familien würden einen Verlust beklagen und ihre Lieder mochten alles andere als fröhlich klingen.

Aus der Ferne drangen auch die kehligeren Gesänge der Soldaten an ihr Ohr. Feurig geschmetterte Berichte von Heldentaten, Einheitsgeschichten und Balladen großer Heroen erfüllten ebenso die Nacht. Die Krieger hatten eine ziemlich genaue Vorstellung davon, wie ihr neues Jahr aussehen würde, und ihre Neujahrslieder beschworen Mut und Tapferkeit. Manche hofften auf Standhaftigkeit, andere lachten dem Tod ins Gesicht. Welcher Art ihre Wünsche aber auch waren, der Gesang brachte sie einander näher, und dieses Gemeinschaftsgefühl war ein wichtiger Schritt auf dem Weg zum Sieg.

Sie fragte sich einen Moment, ob irgendjemand dort draußen ein Lied über Kräh oder Will sang. Sie hoffte es. Die Nachricht von Wills Tod hatte die Runde gemacht, doch Orakels Erklärung, er warte auf Vorquellyn, raste ebenso schnell durch die Stadt. Alle Krieger hier wussten, dass Will wartete, und jeder Einzelne von ihnen glaubte offenbar, der Norderstett warte auf ihn persönlich. »Bringt uns nur auf den Weg, Frau General«, hörte sie oft genug, »dann werden wir dem Norderstett schon helfen, die Nordlandhexe zu erledigen.«

Alyx nippte an ihrem Wein. Ein trockener Roter mit einem bitteren Unterton. Er schmeckte nach Winter, hatte aber genug Körper, um einen prachtvollen Frühling zu versprechen. Preiknosery hatte eine schnelle Wetterwende vorhergesagt, und das bedeutete, die Straßen verwandelten sich vermutlich in Matsch und behinderten das Fortkommen erheblich. Aber so mühsam der Marsch unter diesen Bedingungen auch sein würde, das war ihr immer noch lieber als Soldaten mit Erfrierungen.

Sie schüttelte sich bei dem Gedanken, was geworden wäre, hätte Kjarrigan Tatjana nicht entlarvt. Kytrin selbst hätte die Strategie des Südens mit geprägt. Sie hätte früher als erwartet Truppen nach Oriosa bewegt und Ermenbrechts Heer in einen Hinterhalt gelockt. Nach einem Verlust dieses Flügels ihrer Armee wäre Alyx gezwungen gewesen, sich zurückzuziehen und zu warten, bis Kytrin nach Saporitia vorstieß. Und genau in diesem Augenblick hätte die Aurolanenherrscherin einen Waffenstillstand vorgeschlagen, die Fürsten hätten ihn angenommen und das Problem wäre erneut zu Lasten einer kommenden Generation vertagt worden.

Sie hörte das Schlurfen von Stiefelleder auf dem Stein hinter sich und musste lächeln. Diesen Schritt hätte sie überall erkannt. »Ich habe mich gefragt, ob du meine Abwesenheit bemerkst.«

»Auf der Stelle, Geliebte.« Kräh lehnte sich neben ihr auf die Balustrade. »Rauns hat mich gebeten, die Geschichte seiner Verletzung zu erzählen. Nach den Ausschmückungen zu urteilen, die er dabei zufügte, hat er das Ganze etwas anders in Erinnerung als ich. Er hat eine Posse daraus gemacht.«

»Ich habe gehört, wie du lachtest.«

Kräh grinste. »Das habe ich, in der Tat. Seit dem ersten Feldzug habe ich ihn nicht mehr gesehen. Nur Entschlossen hat mit ihm geredet. Ich hätte erwartet, dass er verbittert ist. Aber nein. Er hat sich mit seiner Verwundung ganz ähnlich abgefunden wie mein Bruder. Weder der eine noch der andere hat sich von der Versehrung das Leben zerstören lassen. Sie konnten über ihre Tragik siegen.«

Sie drehte sich um und strich ihm über die narbige Wange. »So wie du.«

Er küsste ihre Finger, dann sah er auf die eigenen Hände hinunter. »Ich war erst vollständig, als ich dich traf. Als ich dich zum zweiten Mal traf. Ich war vor Valkener auf der Flucht. Ich hatte den völlig aufgegeben, der ich einmal gewesen war, und war nur noch Kedyns Krähe. Bis ich dich kennen lernte, hatte ich nie das Bedürfnis, jemanden wissen zu lassen, dass Valkener mehr getan hatte als sich umzubringen.«

Alyx lächelte. »Als du mich getroffen hast. Das war in Stellin. Du hast mir mit einem Schuss deines Bogens das Leben gerettet.«

»So ein Schuss wäre mir für niemanden sonst geglückt. Ich war außer mir, dass ein Vylæn es wagte, dich aus dem Hinterhalt anzugreifen. Und später hast du mir vor Swojin und noch einmal vor Tolsin das Leben gerettet.«

»Da war ich beflügelt.« Alyx löste einen kleinen Lederbeutel vom Gürtel des Kleides und reichte ihn Kräh. »Das ist für dich, Geliebter. Zum Neuen Jahr.«

Er stellte den Weinpokal auf die Balustrade und öffnete den Beutel. Er schüttete den Inhalt auf die linke Hand. »Das ist dein Fußreif.«

Sie nickte. Wie viele adlige Frauen besaß auch sie ein vor Empfängnis schützendes Ælfenamulett. »So sehr begehre ich dich und unsere gemeinsame Zukunft, Kräh.«

»Ich habe nichts, was ich dir schenken könnte, Alexia.«

Sie zog die rechte Augenbraue hoch. »Wie kannst du das sagen, angesichts dessen, was du da in der Hand hast?«

»Äh, o ja.« Er wurde rot. »Was ich sagen wollte, mein Geschenk für dich befindet sich in unserem Zimmer. Ich wollte es dir unter vier Augen geben.«

»Dir ist klar, dass du dabei bist, dich noch tiefer in den Schlamassel zu reiten?«

Kräh lachte. »Ja, so sieht es aus.« Er richtete sich auf, drehte sich um und nahm sie in die Arme. »Du sollst alles von mir bekommen, was du dir wünschst, Alexia. Ich werde dir alles geben, was ich bin. Meine Zukunft, alles. Ich will dich immer und in jeder Weise lieben.«

Sie beugte sich vor und küsste ihn. Seine Lippen schmeckten weit besser als der Wein. »Ich weiß, Kräh. Mir geht es genauso.«

Er drückte sie an sich. »Ist dir kalt, Geliebte? Sollen wir wieder hineingehen?«

»An deinem Arm wäre es ein Vergnügen.« Sie schob die Hand durch seine Armbeuge und ließ sich in den Saal führen. Zur Linken waren Tische aufgestellt, auf denen sich das Essen türmte. Kjarrigan hielt sich zusammen mit Orakel, Rym und Bok ständig in ihrer Nähe. Net und sein Sohn unterhielten sich mit Dranæ, Arimtara und Prinz Ermenbrecht. Rauns und einige andere Oriosen aus seinem Bekanntenkreis waren in der Mitte des Raums um Perrine versammelt, während Entschlossen in einer Ecke vor sich hin brütete. In der Ecke, die dem Vorqælfen gegenüberlag, spielten vier Musikanten auf und füllten den Saal mit fröhlicher Musik. Qwc schwirrte durch die Luft – wie ein Kolibri zwischen Orchideen –, lauschte kurz jeder

Unterhaltung und flog wieder weiter, bevor er sich auf einen Tisch mit Essen stürzte.

Die beiden gingen hinüber zu Entschlossen. »Dir das fröhlichste Neue Jahr, Entschlossen.«

»Euch ebenfalls, Prinzessin.«

Der Ernst seiner Stimme beunruhigte sie. »Bist du unfähig, dich zu amüsieren, Entschlossen, oder hindert dich gerade etwas am Feiern?«

»Verzeiht mir, falls mein Benehmen die Festatmosphäre stört, Hoheit.«

»So habe ich es nicht gemeint, Entschlossen. Ich möchte wissen, was du denkst. Von all unseren Unternehmungen dieses Jahr ist deines das mühsamste.«

Der Vorqælf sagte eine Weile nichts, dann nickte er bedächtig. »Ich muss viele unbekannte Größen berücksichtigen, und Orakels Visionen verändern sich ständig. Heute hat sie Mechanisch mitgeteilt, dass er mich begleitet. Er ist eine logische Wahl, weil er sich bereits früher auf Vorquellyn befand. Aber er wollte nicht. Die Truppe, die ich anführe, ist blind, krank, schwach, widerwillig oder aus Holz. Und Rymramoch ist dabei noch am meisten wert, weil man aus ihm wenigstens Feuer machen kann.«

Kräh schüttelte den Kopf. »Mit Kjarrigan in der Gruppe wirst du kein Problem haben Feuer zu machen.«

»Ich wünschte, dem wäre so, Kräh. Aber es stimmt nicht.« Der Vorqælf schaute hinüber auf die andere Seite des Saals. »Er ist mächtig, ja, aber er ist kein Kampfmagiker. Prinzessin, Ihr habt gesehen, wie er Neskartu getötet hat. Er hat keinen Kampfzauber benutzt. Zugegeben, die Art, wie er es getan hat, war unorthodox. Aber in Anbetracht dessen, was uns erwartet, könnte ich jemanden gebrauchen, der diese Art von Macht für offensivere Zauber nutzt.« Entschlossen zuckte die Achseln. »Andererseits bin ich mir nicht sicher, ob ich Kjarrigan diese Veränderung zumuten will. Er ist kein Mörder. Wenn er töten müsste, könnte ihn das verändern – und ich weiß nicht, was er dann täte.«

Kräh legte ihm die Hand auf die Schulter. »Du machst dir keine Sorgen darüber, was dich erwartet, du machst dir Sorgen, weil du Gefährten mitnehmen musst. Du würdest es mit Freuden alleine auf dich nehmen. Aber die Verantwortung für andere zu tragen...«

»Ja, mein Freund, das bringt es auf den Punkt.« Entschlossen zwang sich zu einem dünnen Lächeln. »Will hat mir das Schwert gegeben, das von mir verlangt, eine derartige Verantwortung zu tragen. Auf Vorquellyn werde ich mich dafür noch einmal bei ihm bedanken können.«

Alyx grinste, doch ihre Heiterkeit verblasste schnell. »Du musst ihm von Sayce und seinem Kind erzählen.«

»Ich weiß.« Die silbernen Augen des Vorqælfen glitzerten. »Sie werden gerettet, beide, Mutter und Kind. Das schwöre ich.«

»Vorsicht mit derartigen Schwüren, Entschlossen.« Kräh kicherte. »Ich habe geschworen, Vorquellyn zu meinen Lebzeiten befreit zu sehen, und du siehst ja, was mir das eingebracht hat.«

»Dessen bin ich mir wohl bewusst, mein Freund.«

Ein Gelächter aus der Nähe der Speisetische veranlasste Alyx sich umzuschauen. Eine blaue Winterbeere hüpfte über den Boden, verfolgt von Qwc, der mit einer Gabel, die halb so groß war wie er selbst, Jagd auf sie machte. Der Sprijt flog einen Looping aufwärts, drehte sich und stieß auf die Frucht hinab. Die Gabel kratzte über den Boden, aber die Beere prallte ab und rollte auf Kjarrigan zu.

Der Magiker stoppte sie mit dem Fuß, dann nahm er eine zweite Gabel vom Tisch. Er hielt sie zwischen den Fingerspitzen und Magik schimmerte um seine Hände. Als er sie voneinander entfernte, folgte ihnen das Metall, wurde länger und dünner. Beinahe mühelos verformte er die Gabel und warf sie dem Sprijt zu. »Hier, Qwc. Fang.«

Qwc ließ seine Gabel scheppernd zu Boden fallen und schnappte sich den gute zwei Spannen langen Silberspeer. Mit einem schrillen Kichern stieg er in die Höhe, legte den Kopf in den Nacken und kippte rückwärts in einen Sturzflug. Sobald er sich seinem Ziel näherte, fuhr er die Flügel aus. Er lehnte sich erst nach links, dann nach rechts, und stieß die mit Widerhaken versehene Spitze mitten durch die Winterbeere.

Der Sprijt lachte triumphierend, dann leckte er den blauvioletten Saft auf, der am Schaft des Speers herablief.

Alle Anwesenden applaudierten, obwohl Alyx nicht hätte sagen können, ob der Beifall Kjarrigan oder Qwc galt. Der Magiker schaute zu Rauns hinüber. »Bitte verzeiht mir, dass ich die Gabel ruiniert habe, Meister Spilfair.«

Rauns wedelte beruhigend mit der Hand. »Keine Sorge, Adept Lies. Ich lasse den Rest einschmelzen und zu Winterbeerenstechern formen. Und du, Qwc, kannst den behalten, als mein Neujahrsgeschenk. Ich hoffe, er wird dir gute Dienste leisten.«

Qwc nickte nachdrücklich.

Entschlossen runzelte die Stirn. »Falls Qwc den für irgendetwas anderes als für Winterbeeren benutzt, bekommen wir gewaltige Schwierigkeiten.«

»Überlass die Vorhersagen mir, Entschlossen.« Während alle anderen Qwcs Kapriolen verfolgt hatten, war Orakel an seine Seite getreten. »Die Lage ist nicht so schlimm, wie du befürchtest.«

»Im Augenblick nicht, meinst du. Du warst es selbst, die mir erklärt hat, dass sich die Zukunft ständig verändert. Schon die Herstellung dieses Speers könnte sie verändern.«

»Das könnte sie. Das hat sie.« Orakel wandte die blinden Augen Alyx zu. »Keine Angst, Prinzessin, ich werde keine kryptische Bemerkung über das Schicksal Eurer Expedition fallen lassen. Wenn es um Schlachten geht, ist die Zukunft so im Fluss, dass sich deren Ausgang nicht vorhersagen lässt.«

»Es ist meine Aufgabe, dafür zu sorgen, dass die Anzahl der möglichen Ergebnisse begrenzt ist.«

»Ihr habt Euch eine äußerst schwierige Aufgabe gestellt.« Orakel schloss kurz die Augen. »Wenn ein Leben endet, werden all seine Möglichkeiten frei. Deshalb ist der Krieg so chaotisch.«

Die Prinzessin nickte. Dann fiel ihr ein, dass Orakel dies ja nicht sehen konnte. »Ich weiß.«

Die kupfernen Augen der Vorqælfe flogen auf. »Kytrin genießt das Chaos. Selbst in der Niederlage kann sie siegreich bleiben.«

Alyx schmunzelte. »Habt Ihr nicht gesagt, Ihr wolltet keine kryptischen Bemerkungen von Euch geben?«

»Ich hielt das nicht für eine. Führt Euren Krieg mit Sorgfalt, Prinzessin, scheut aber nicht davor zurück, das Chaos zu benutzen. Kytrin mag es genießen, doch beherrschen kann sie es auch nicht. Haltet Euch an das, was Ihr am besten könnt, und Ihr werdet die Siegerin bleiben.«

Dann drehte sich Orakel zu Kräh um und trat näher an ihn heran. Sie küsste ihn auf die vernarbte Wange. »Und du, Bruder Kräh, stehst kurz davor, deinen Schwur zu erfüllen. Bleibe wachsam, beeile dich und vertraue denen, die sich dein Vertrauen verdienen.«

Kräh erwiderte den Kuss. »Eine sichere Reise, Orakel. Viel Glück im Neuen Jahr, und Frieden.«

»Habe ich das eine, habe ich auch das andere.« Sie wandte sich zu Entschlossen um und nahm dessen Rechte in ihre linke Hand. »Und jetzt, Vetter mein, habe ich eine Vision, dass du mit mir tanzt.«

Entschlossens Gesicht versteinerte. »Ich habe nicht mehr getanzt, seit wir Kinder waren.«

»Falls deine Augen sich nicht verändert haben, Entschlossen, sind wir das noch.«

»Du weißt, was ich meine.«

»Und du weißt, dass meine Visionen niemals trügen.« Orakel zog an seiner Hand. »Komm, tanz mit mir. Die anderen werden uns Gesellschaft leisten. So wie wir heute gemeinsam tanzen, werden wir es auch in einem Jahr tun.«

Entschlossen schaute sie an. »Ist auch das eine Vision?«

»Es ist eine Hoffnung, Entschlossen. Eine Hoffnung.« Orakel lächelte. »Und ein neues Jahr beginnt man am besten mit einer Hoffnung.«

Kapitel Neunundzwanzig

Der erste Tag des Neuen Jahres begann klar und frostig, Entschlossen hatte jedoch schon genug Jahre hinter sich, um das letzte Aufkeuchen des Winters darin zu erkennen. Schon bald stand die Sonne hoch am Himmel, und in ihrer Wärme würden Pflanzen sprießen. Nach einem harten Winter standen immer Überflutungen ins Haus, aber Überflutungen brachten einen warmen Frühling und frühe Ernte.

Dieses Jahr würde mit einer Bluternte beginnen. Er hatte schon viele Felder gedeihen sehen, nachdem sie mit Blut gedüngt worden waren. *Mit Blut, Kot und Aas.* Die Pflanzen wuchsen auch dann. Er fragte sich nur, ob noch genug Menschen da sein würden, um sie zu ernten.

Die Kolonne von Generalin Pandiculias Truppen erstreckte sich von den Stadttoren Narriz' über die Küstenstraße, die zunächst nach Norden verlief und später westwärts abknickte. Sie zogen dann am Westufer des Delasena entlang, während Alexias Männer die Flussstraße im Osten benutzten. Um einer möglichen Verwirrung vorzubeugen, machte Pandiculias Heer den Anfang, und die Soldaten, deren Abmarsch erst für später am Tag vorgesehen war, jubelten ihren Kameraden zu.

Entschlossen und seine Begleiter schlossen sich der Kolonne an. Ihm wäre es sehr viel lieber gewesen, allein und schneller zu reisen, doch Bok war dazu noch nicht in der Lage. Außerdem hatte er Bedenken, ob Orakel einen solchen Gewaltritt durchhielt. Mechanisch hatte pflichtbewusst ihre Betreuung übernommen, was Entschlossen zusätzlich ärgerte. Wenigstens hatte der schwarzhaarige Vorqælf so etwas zu tun, und das machte seine Anwesenheit weniger aufdringlich. Rymramoch reiste in einem großen Kasten auf dem Rücken eines Lasttiers und störte ebenfalls nicht.

Der Vorqælf schaute zu Kjarrigan hinüber und bemerkte, dass er schon unbehaglich auf dem Sattel herumrutschte, obwohl sie gerade erst eine Stunde unterwegs waren. Da seine Knochen nicht mehr von dicken Fettpolstern geschützt waren, ritt er sich schneller wund. Seltsamerweise ertrug der Adept dies klaglos und verzichtete auch darauf, einen Zauber zu sprechen und sich Linderung zu verschaffen.

Zumindest eines von beiden, Beschwerden oder Magik, hätte Entschlossen nach den anfänglichen Erfahrungen mit dem fülligen Magiker erwartet. Der erste Eindruck war ein sehr schlechter und ein äußerst nachhaltiger gewesen. Doch die Verwandlung, die in ihm vorgegangen war, überraschte den Vorqælfen. Sie war noch tiefgehender als die bei Will Norderstett. Will war ein grobschlächtiger Dieb aus Yslin gewesen, der kaum etwas von der Welt wusste, aber ein geborener Draufgänger mit Lust am Abenteuer war. Er hatte zunächst Reißaus vor jeder Verantwortung genommen, aber als er schließlich reif genug geworden war, hatte es ihm diese natürliche Neigung leicht gemacht, Verantwortung zu übernehmen und auch zu tragen.

Kjarrigan war das genaue Gegenteil von Will gewesen, verantwortungsbewusst und bedächtig bis zur Pedanterie. Er hatte Fehler gemacht, die sie teuer zu stehen gekommen waren und sich davon erschüttern lassen. Doch im Gegensatz zu anderen hatte er sich von seinem Scheitern nicht unterkriegen lassen. So wie Will in die Verantwortung gewachsen war, so war in Kjarrigan das Verständnis seiner Kräfte und Möglichkeiten gewachsen. Er gestand sich seine Fehler ein, um eine Wiederholung zu vermeiden. Bei einem so jungen Burschen, der sein ganzes Leben umhegt und von der Wirklichkeit abgeschirmt worden war, schien dies ebenso selten wie kostbar.

Kjarrigan schaute auf und einen Moment lang trafen sich ihre Blicke. Der junge Manne sah ihn fragend an und reflexartig verdüsterten sich Entschlossens Züge. Augenblicklich senkte Kjarrigan den Kopf und sackte so unvermittelt in sich zusammen, dass Qwc ihm fast von der Schulter fiel.

Entschlossen räusperte sich. »Kjarrigan, komm her.«

Der Kopf des Adepten kam wieder hoch, und er trieb sein Pferd vorwärts, bis er auf Entschlossens Höhe war. »Ja?«

»Irgendwas macht dir Sorgen.«

»Es ist bloß… Ich will dich damit nicht belästigen.«

Entschlossen unterdrückte ein Stirnrunzeln. »Worüber hast du nachgedacht?«

»Na ja, da mir vorerst niemand erlauben wird, einen meiner Suchzauber zu sprechen, habe ich versucht herauszufinden, wie wir Will finden und aus dem Corijes holen wollen. Du hast einen Plan, nehme ich an?«

»Nein.«

»Nein?« Kjarrigan verzog das Gesicht. »Du musst einen Plan haben.«

»Bitte, Kjarrigan. Wir suchen nach Will. Es ist nicht notwendig, dass du mir Vorwürfe machst, so wie er das tun würde.«

»Verzeihung.«

Der Vorqælf drehte sich zu Kjarrigan um und bemühte sich nach Kräften, weniger verärgert auszusehen, wenn es auch nicht zu einem Lächeln reichte. »Orakel hat gesagt, Will erwartet uns. Sie hat keine bestimmte Vision darüber gehabt, wie wir ihn finden werden, aber die Norderstett-Prophezeiung gibt Grund zu vermuten, dass es einen Weg geben muss. Möglicherweise ist es ganz einfach. Will könnte sich dort versteckt halten und nur auf unsere Ankunft warten, um zu entkommen. Es könnte ebenso sein, dass wir zu drastischeren Maßnahmen greifen müssen. Wir sind noch lange nicht dort.«

»In Ordnung. Gut. Aber ich habe nachgedacht…«

»Möchtest du deine Überlegungen mit mir teilen?«

Kjarrigan nickte, dann senkte er den Blick, bevor er weitersprach. »Mechanisch hat viel von dem beschrieben, was er dort gesehen hat. Die Rituale, die jemanden an Vorquellyn binden, hören sich überaus mächtig an.«

»Falls sie scheitern, können sie töten.«

»Ich erinnere mich. Aber da waren zwei entscheidende Punkte: Bei den erfolgreichen Zeremonien mussten nicht unbedingt Ælfen die Zeremonie leiten.«

Entschlossen schüttelte den Kopf. »Nein, das ist nicht erforderlich. Vorquellyn selbst nimmt den Kandidaten an oder lehnt ihn ab. Das ist ein Punkt. Welcher ist der andere?«

»Ich vermute, man braucht nur auf Vorquellyn geboren worden zu sein, um sich für das Ritual zu eignen. Ich will damit sagen, Vorquellyn könnte mich annehmen.«

Eine kitzelnde Erregung stieg in Entschlossen auf. »Willst du damit vorschlagen, dass wir das Ritual auf dich anwenden, damit du den Corijes betreten kannst?«

»Also, ja. Ich wurde dort geboren, nachdem Kytrin die Insel eroberte, meine Verbindung ist also frischer als deine.«

»Das galt auch für die Kryalni, von deren Ablehnung Mechanisch erzählt hat.«

»Ich weiß.« Kjarrigan schaute mit feuchten grünen Augen zu ihm auf. »Aber wenn ... nein, *weil* Will dort auf uns wartet, bin ich bereit, dieses Risiko auf mich zu nehmen.«

»Um für seinen Tod zu büßen?«

»Das hört sich an, als würdest du das für dumm halten.«

Entschlossen schüttelte den Kopf und schaute die Kolonne der Soldaten hinauf. »In einem gewissen Sinne ist es dumm, Kjarrigan. Denn es gibt nichts, wofür du Buße tun müsstest.«

»Wie kannst du das sagen?«, quetschte Kjarrigan schrill hervor. »Ich hätte seinen Tod verhindern können.«

»Nein, hättest du nicht. Habe ich Recht, Qwc?«

Der Sprijt drückte sich an den Schaffellkragen des Magikers. »Recht, Recht.«

»Was?«

»Kjarrigan, die Sprijsa wissen, wo sie in wichtigen Momenten benötigt werden. Du bist etwas später in die Ratskammer gekommen. Qwc flog augenblicklich dorthin, wo er Rymramochs Wahrstein auffangen konnte. Er wusste, wo er zu sein hatte, und als der Zeitpunkt gekommen war,

war er zur Stelle. Du musstest sicherstellen, dass er den Wahrstein nicht verlor.«

»Aber ich hätte den Stein zuerst fangen sollen.«

»Nein, und deshalb gibt es nichts, wofür du büßen müsstest. Will wusste genau, was er tat, als er zu dem Stein hechtete. Er zeigte den Drachen, dass wir bereit sind, uns für andere zu opfern. Er hat ein Leben gerettet, wo Nefrai-laysh nur eines zerstören wollte. Das war entscheidend. Da die Drachen die Krone wieder zusammensetzen wollen und wir versprochen hatten, unser Fragment bei ihnen zu lassen, hätten sie sich augenblicklich auf Kytrins Seite schlagen müssen. Sie besitzt die meisten Fragmente. Für sie wäre das die am nächsten liegende Entscheidung gewesen. Sie haben es nur wegen Wills Opfer nicht getan.«

»Wie können sie Kytrin trauen?«

»Möglicherweise sehen sie sich dazu gezwungen. Sie war Kajrûns Schülerin. Sie glauben vielleicht, dadurch kann sie als Einzige die Krone zerstören. Aber ihre Gründe sind ebenso unwichtig wie fehlerhaft. Die Prophezeiung ist der Schlüssel zu allem und an sie müssen wir uns halten.« Der Vorqælf sah Kjarrigan unverwandt an. »Außerdem gibt es dabei noch etwas zu bedenken, und Orakels Neuigkeit bestätigt das. Als sie die Prophezeiung sprach, glaubten wir, sie würde für Baron Norderstett oder für Leif gelten. Vielleicht war dem auch so. Beide machten eine Verwandlung durch. Wir wissen: Will wartet auf uns. Und der Tod ist eine erhebliche Verwandlung. Möglicherweise musste er erst zum Norderstett der Prophezeiung werden, und seine Bereitschaft zu diesem Opfer war die letzte Schwelle, die er dafür überschreiten musste.«

Kjarrigans Augen suchten auf seinem Gesicht. »Glaubst du das wirklich?«

»Ich habe eine lange Zeit nur an sehr wenige Wahrheiten geglaubt, Kjarrigan. Eine davon ist: Je mehr Aurolanen ich töte, desto weniger stehen zwischen mir und der Rückkehr in meine Heimat. Eine andere ist: dass ich zu Krähs Lebzeiten Erfolg haben werde. Und zum Dritten akzeptiere ich, dass Will

Norderstett eine Rolle dabei spielt, dass ich meine Heimstatt wiedererlange. Kleinigkeiten spielen dabei keine Rolle.«

Der Magiker zuckte die Achseln. »Vermutlich nicht. Aber du hast ihn wirklich hart rangenommen.«

»Kjarrigan, ich nehme jeden hart ran.«

»Warum?«

Entschlossen spürte, wie sich ein Lächeln auf seinem Gesicht ausbreitete. »Vermutlich aus Gewohnheit.«

»Nicht dass ich neugierig sein will, nur... du bist heute sehr gesprächig.«

Der Vorqælf nickte langsam, und ein leises Lachen von Orakel drang an sein Ohr. In der vergangenen Nacht, als er mit ihr getanzt hatte, hatte er Gefühle empfunden, die er über hundert Jahre nicht zugelassen hatte. Einen Abend war er nicht durch Rache, Blut und Gedärm gewatet, das zu seinem Leben geworden war, und hatte frische, saubere Luft geatmet. Es war berauschend gewesen – und gefährlich. Denn es hatte ihn seine Deckung vernachlässigen lassen. Er hatte die Last auf den Schultern nicht vergessen, aber er hatte sie kurz an der Wand abgestellt. Und es hatte ihm gefallen.

»Ich lebe schon sehr lange, Kjarrigan. Ich habe den Schmerz der Erwachsenen gesehen, die Vorquellyns Schändung überlebten. Ich habe sie fortgehen sehen. Ich habe viele guten Willens ausziehen sehen, um gegen Kytrin oder ihre Kreaturen zu kämpfen, und ich habe sie sterben sehen. Wenn ich die Leute hart rannehme, werden sie entweder richtig gut oder sie lernen, zu Hause zu bleiben.«

Kjarrigan nickte. »Und du lässt sie nicht an dich ran, bis sie richtig gut sind, so dass sie weniger Gefahr laufen zu sterben.«

»Nicht immer. Ich bin es gewohnt, dass sie mir wegsterben. Ich wünschte nur, es könnte ausnahmsweise an Altersschwäche sein.«

Der junge Magiker schüttelte den Kopf. »Du hast dich entschlossen, keine Freunde zu haben, und mir hat man keine erlaubt. Will war genau genommen mein erster Freund. Ich hätte es nicht erwartet. Anfangs konnte ich ihn nicht leiden.«

»So war Will eben.«

»Aber mit der Zeit fand ich ihn immer netter, vermutlich, weil er reifer wurde.« Kjarrigans Augen blitzten. »Glaubst du, er ist wütend?«

»Wütend?«

»Ja, verstehst du, wegen seines Todes?«

Entschlossen schloss kurz die Augen, dann schüttelte er den Kopf. »Nein. Er hat seine Wahl getroffen und war zufrieden damit. Ich vermute, er wird sich freuen, zurück zu sein, und wie ich ihn kenne, hat er eine dicke Handvoll Juwelen aus Turics Reich mitgebracht – und massenweise Geschichten über seine Zeit dort.«

Kjarrigan lachte. »Das stimmt.«

»Und ich würde mir keine Sorgen darüber machen, ob er wütend auf dich ist. Vermutlich wird er dich gar nicht wiedererkennen.«

»Ob er mich wiedererkennt, ist mir gleich. Ich hoffe nur, Kytrin tut es nicht.«

Entschlossens Lippen fletschten sich zu einem Raubtiergrinsen. »Oh, bis wir bei ihr ankommen, wird sie uns alle kennen lernen.«

Kjarrigan schaute sich um. »Sieben gegen ein Imperium.«

»Acht, Will eingerechnet.«

»Richtig.« Kjarrigans Stimme wurde leise. »Es werden am Ende doch noch acht sein?«

Der Vorqælf machte den Arm lang und versetzte ihm einen Klaps auf die Schulter. »Das ist mein einziger Befehl an diese Truppe: Keiner stirbt!«

»Und wenn wir nicht gehorchen, bringst du uns um?«

»Schlimmer. Ich hole euch zurück.«

Kjarrigan runzelte die Stirn. »Wenn du wieder zum Schweigenden wirst, verschwindet dann auch dein Sinn für Humor?«

»Das war kein Witz.«

»In Ordnung, ja, ich schätze, wir haben genug geredet.«

Entschlossen lachte und stellte fest: Ihm war der Klang, der da aus seiner Kehle aufstieg, gar nicht unangenehm, so ungewohnt sich das auch anfühlte. »Wir werden tun, was getan werden muss, Kjarrigan. Wir sind vielleicht die kleinste Truppe in diesem Krieg, aber unsere Aufgabe ist die wichtigste. Wir dürfen nicht versagen, und wir werden nicht versagen. Jeder, der sich zwischen uns und unser Ziel stellt, wird erfahren, wie humorlos ich sein kann. Und es wird mir nichts ausmachen, daran keinen Zweifel zu lassen.«

Kapitel Dreissig

General Markus Adrogans war ein wenig beunruhigt darüber, wie ruhig sich Schmerz verhielt. Sein Heer hatte Swarskija vor fast einer Woche verlassen und sich auf den mühsamen Marsch in die Berge gemacht, die Okrannel von der Geistermark trennten. Die Okraner, die unter seinem Befehl standen, konnten jede Nacht neue Geschichten über die Schlachten erzählen, die in dieser Wildnis stattgefunden hatten, sowohl gegen die Aurolanen wie davor gegen die Norivesen. Sie versuchten gar nicht erst, die Verachtung vor dem Volk zu verbergen, dass sein Reich zur selben Zeit verloren hatte, als Vorquellyn gefallen war – obwohl ihre Erzählungen deutlich machten, dass die Norivesen einst gefährliche Feinde gewesen waren.

Als Jeranser wusste Adrogans nicht viel über die Norivesen. In früheren Zeiten waren sie oft an der Küste südwärts gesegelt, um Beute zu machen, waren aber selten weiter als bis zu den reichen Häfen Okrannels gefahren. Ihre Galeeren hatten schwarze Segel getragen, in deren Mitte ein großer roter Vollkreis prangte. Und sie waren so gefürchtete Seeräuber gewesen, dass die Jeranser ihren Untergang nicht bedauert hatten. In Okrannel waren die Gefühle weit hitziger gewesen, was nur verständlich war, da das Königreich wesentlich häufiger Opfer norivesischer Raubzüge geworden war. Obwohl auf den ersten Blick kaum nachvollziehbar, lag doch eine gewisse Logik darin, dass den Okranern die Aurolanen als Nachbarn lieber gewesen waren als die Norivesen.

Immerhin hatten die Aurolanen nichts dagegen, dass die Okraner dieses Gebirge besetzen. Vor der Eroberung Norivas waren die Berge eine Art Niemandsland gewesen. Beide Reiche hatten Anspruch auf das Massiv erhoben und regelmäßig um seinen Besitz gekämpft, auch wenn es selten mehr als einzelne Scharmützel oder Überfälle gegeben hatte. Die Norivesen hatten es vorgezogen, übers Meer anzugreifen, und die Okraner hatten genug Truppen aufbieten können, um Überlandangriffe schnell zurückzuschlagen. Als Noriva von den Aurolanen überrannt wurde, hatte Okrannel die Berge besetzt. Zu seinem Unglück hatte man nur Vorkehrungen zur Abwehr von Überfall-Kommandos getroffen, und als Kytrin die Okraner schließlich angriff, kam sie mit ganzen Armeen.

Er stellte sich in die Steigbügel und betrachtete die lange Schlange von Soldaten, Pferden und Ausrüstung, die sich das Tal heraufarbeitete. Zum Schutz vor Überraschungen hatte er Kundschafter und Vorausreiter ins ganze Gebirge und Gyrkyme in die Luft geschickt. Doch obwohl er wusste, dass der Weg frei war, kam er deswegen noch nicht schneller voran. Der Winter würde sich zwar bald zurückziehen, aber so weit nördlich und dazu im Gebirge konnte sich dieser Rückzug lange hinziehen. Noch mühten sich seine Soldaten durch tiefe Schneewehen und verbrauchten viel Proviant, um bei Kräften zu bleiben.

Letztlich kamen sie ohnehin nicht schneller voran als Ausrüstung und Nachschub, und der Tross schleppte sich mit gemächlichen acht Meilen pro Tag dahin. Und das bei einem langen Reisetag, der vor dem Morgengrauen begann und erst nach dem Abendrot endete, wenn die von den Voraustrupps entzündeten Leuchtfeuer die Truppen ins Lager lockten.

Die zwanzig Draconellen waren schwer zu transportieren, denn sie hatten ein beträchtliches Gewicht, und für ihren Nachschub galt dasselbe. Die Soldaten murrten, weil sich nichts davon essen ließ, und sie hatten die Draconellen zu selten im Einsatz erlebt, um zu begreifen, welche Gewalt sie darstellten. Im Gegenteil, seine Leute neigten dazu, ihre Gefahr zu unterschätzen, da sie bereits einen mit Draconellen bewaffneten Feind besiegt hatten. Sie vergaßen dabei der Einfachheit halber, dass jener Feind diese Waffen gar nicht gegen sie eingesetzt hatte.

Trotz des Murrens – und wann hatte es je eine Armee gegeben, in der nicht über irgendetwas gemurrt wurde – war die Moral in der Truppe ausgezeichnet. Wie könnte es auch anders sein. Immerhin hatten diese Männer und Frauen einen Winterfeldzug gegen einen Feind durchgestanden und gewonnen, der besser auf den Winterkampf vorbereitet war als sie. Bis auf den letzten Mann warteten sie nur darauf, das schwere Winterzeug loszuwerden und bei *normalem Wetter* zu kämpfen. Dass sie mit ihrem Feldzug gegen nebulöse Befehle aus dem fernen Narriz verstießen, gefiel ihnen ganz ausgezeichnet. Keiner von ihnen kämpfte hier für sein Heimatland, sie kämpften für ihn und ihre Kameraden.

Ph'fas ritt heran und ein gelbliches Grinsen stand ihm auf dem ledrigen Gesicht. »Wir kommen gut voran.«

»Macht es dir keine Sorgen, wie schweigsam die Yrûn sind?«

Der Shuskenschamane schüttelte den Kopf. »So fern von Zuhause werden sie müde.«

Adrogans runzelte die Stirn. »Ich hätte nicht gedacht, dass sie wie Weirun an einen Ort gebunden sind.«

»Sie sind an den Ort gebunden, an dem du an sie gebunden wurdest, so wie du.« Der hagere kleine Mann zuckte die Achseln. »Wenn du angestrengt lauschst, hörst du sie.«

Der jeranische General strich sich über die Augen. »Dann werden sie mir nicht so viel nützen wie bisher?«

Ph'fas schüttelte knapp den Kopf. »Die Shusken können sich weit von ihrer Heimat entfernen, die Yrûn aber nicht.«

Der Ärger verursachte ihm Bauchgrimmen. Schmerz war ungeheuer nützlich dabei gewesen, am Unbehagen der auf ihn wartenden Truppen die Position feindlicher Formationen zu erkennen. Ihr als Reittier zu dienen, war nicht gerade angenehm gewesen, während sie im Schmerz der Schlacht schwelgte, aber die Möglichkeit, feindliche Kreaturen durch sie entsetzliche Schmerzen erleiden zu lassen, war äußerst nützlich gewesen und hatte viele, viele Leben gerettet.

Er dachte kurz nach. Seine Reaktion überraschte ihn. Der

Verlust der Nachrichten aus dem Schlachtfeld wog in seiner Lage besonders schwer, denn diese Neuigkeiten machten ihn zu einem besseren General. Das Wissen über seinen Feind, den Zustand seiner Truppen, die Möglichkeit versteckter Reserven, all das gestattete ihm, Befehle zu erteilen, die seine Streitmacht weit wirkungsvoller machten.

Die Fähigkeit, Schmerzen auszuteilen andererseits machte ihn zu einem besseren Krieger, einem überlegenen Krieger. Oberflächlich mochte das als ein großer Vorteil erscheinen. Sicherlich hatte es seinen Leuten geholfen, als der Feind sie an der Swarbrücke mit Feuersäcken angriff. Ohne diese Fähigkeit hätten die Aurolanen seinen Truppen schweren Schaden zugefügt und ihn möglicherweise daran gehindert, Swarskija einzunehmen.

Doch was ihn als Krieger überlegen machte, wirkte sich gleichzeitig schlecht auf seine Fähigkeiten als General aus. Er hatte keine Angst vor dem Kampf und hatte in seiner langen Laufbahn hinreichend davon erlebt. Selbst auf diesem Winterfeldzug hatte er mitgekämpft und sich in direkte Gefahr begeben. Trotzdem verlangte seine Aufgabe eigentlich von ihm, sich über das brodelnde Chaos der Schlacht zu erheben und die notwendigen Befehle zu erteilen, um den Sieg zu erringen. Von Schmerz oder anderen Yrûn gestärkt, lief er Gefahr zu vergessen, wo seine Stärke lag und auch, wozu seine Leute fähig waren.

Er blickte hinab auf Ph'fas. »Warum hast du davon nichts erwähnt?«

Wieder ein Schulterzucken, dann ein schmales Grinsen. »Ich war noch nie so fern von Shusk.«

Adrogans lachte. »Wie fühlt es sich an, wieder sterblich zu sein?«

»Ich war länger mit Yrûn verbunden als nicht. Ich fühle mich nackt und alt.«

»Falls das ein Problem für dich und deine Leute wird, kann ich euch zurück nach Okrannel bringen lassen.«

Der kleine Mann rieb sich mit der knochigen Hand die Nase.

»Nein. Es gibt Erzählungen, dass die Shusken aus dem Norden kamen. Wir haben vor den Okranern in diesem Land gejagt. Ich will sehen, woher wir stammen.«

»Meinst du, du findest einen Ort, an dem du den Kontakt mit den Yrûn wiederherstellen kannst?«

Ph'fas zuckte die Achseln. »Es ist gleich. Das ist kein Krieg der Yrûn mehr. Es ist auch kein Krieg der Shusken mehr.«

»Warum bist du dann mitgekommen?«

Der Schamane warf den Kopf in den Nacken und stieß ein meckerndes Lachen aus. »Bist du wie die anderen, Neffe?«

Adrogans knurrte. »Sprich nicht in Rätseln.«

»Denk klar. Es ist kein Rätsel.«

Er strich sich über die Bartstoppeln. Die Shusken waren ein Urvolk, das im Shuskenhochland nahe der okranschen Grenze zu Jerana lebte. Sie erkannten keine Herren an, zahlten keinen Tribut, und innerhalb ihrer Heimat waren sie überaus gefährliche Gegner. Adrogans hatte angenommen, dass sich Ph'fas und die anderen aus einem Gefühl persönlicher Loyalität dem Kampf angeschlossen hatten, weil er selbst Halbshuske war und so lange gegen die Aurolanen gekämpft hatte. Jetzt, da ihre Heimat nicht länger gefährdet war, fragte er sich, warum sie nicht umkehrten.

»Es ist für mich immer noch ein Rätsel.«

Ph'fas schüttelte den Kopf. Dann legte er Adrogans die linke Hand aufs Knie. »Selbst du vergisst, dass Shusken Menschen sind. Dies ist ein Krieg der Menschen. Die Shusken mögen keine anderen Menschen. Wir sehen Feinde in ihnen, aber sie bleiben Menschen. Wenn wir den Aurolanen unseresgleichen ausliefern, sind wir keine Menschen mehr.«

Adrogans legte seine Rechte auf Ph'fas' Hand. »Verzeih mir, Onkel. Du hast Recht. Ich hatte aufgehört, Menschen in euch zu sehen.«

»Das ist eine verbreitete Krankheit.« Der Schamane fuhr mit dem Finger die lange Spur der Soldaten ab, die sich durch das Tal mühten. »Sind alle fern von daheim. Keiner von ihnen hat Yrûn. Solange sie weitergehen, tun wir es auch.«

Die Kundschafter fanden einen guten Lagerplatz, bevor sie acht Meilen zurückgelegt hatten, und Adrogans befahl einen frühen Halt, damit Mensch und Tier sich ausruhen konnten. Er fragte sich, ob ihn die Verbindung zu Schmerz blind für die Härten gemacht hatte, die er seinen Leuten auferlegte. Die frühe Rast verbunden mit zusätzlicher Essensausgabe verbesserte jedenfalls die Stimmung.

Duranlaun, ein Gyrkyme-Kriegsfalke, erstattete unmittelbar nach Sonnenuntergang Bericht. »Meine Kundschafter sind der Kolonne weit vorausgeeilt. Es sind noch vier Marschtage, bevor Ihr die Berge verlasst.«

Adrogans nickte und rollte eine Karte aus, auf der er den Vormarsch des Heeres eingezeichnet hatte. »Wir werden in ein Vorgebirge kommen, aus dem Bäche ostwärts fließen, aber nichts ist vorhanden, was befahrbar wäre. Was haben sie hinter den Bergen gesehen?«

Der Gyrkymu tippte mit einer Kralle auf einen Punkt etwa einen Zoll hinter dem Gebirge, in der Nähe eines Deltas, das von einem aus den Borealbergen Aurolans kommenden Fluss gespeist wurde. »Hier befindet sich eine große Siedlung. Sie ist über den Ruinen einer Stadt gebaut. Sie wirkt nicht alt, aber es gibt Befestigungen. Holzpalisaden, ein paar Erdwälle. Nichts Großartiges.«

»Glaubt Er, wir können sie ohne Draconellen einnehmen?«

»Möglich. Ich werde mehr Leute hinüberschicken, und dann werden wir die besten Pläne mitbringen, die wir zeichnen können.«

»Wie weit entfernt sind die Nalisker Bergläufer?«

»Einen Tag.«

»Gut. Am Morgen habe ich Befehle, die Er ihnen bringen kann. Sie sollen die Lage am Boden auskundschaften.« Adrogans kratzte sich die Bartstoppeln. »Irgendetwas Bemerkenswertes?«

Der Gyrkymu blinzelte mit großen gelben Augen. »Eine Straße nach Osten. Sie ist unbefestigt, aber gut genug benutzt, um schneefrei zu sein. Es liegen Kähne an der Siedlung, doch sie sind auf dem Fluss festgefroren.«

»Das bedeutet, was sonst auch immer auf den Kähnen transportiert wird, es ist so begehrt, dass es auch im Winter geliefert wird, um nicht warten zu müssen, bis der Fluss wieder befahrbar ist. Seine Leute sollen das Delta nach einer Stelle absuchen, wo die Fracht auf Schiffe umgeladen werden kann.« Der General überlegte kurz. »Es muss Holz sein. Erz würde man gleich vor Ort veredeln und dann verschiffen. Wir hätten den Rauch der Essen und des Schmelzofens gesehen.«

Duranlaun nickte. »In den Wäldern ist Holz geschlagen worden. Sicher für die Palisaden und Brennholz, aber auch darüber hinaus.«

Adrogans nickte. Wenn sie Holz hackten, diente es vermutlich zum Schiffsbau. Der Gedanke erregte ihn. »Achtet auch darauf, was sie einführen. Sie müssen die Leute dort doch irgendwie ernähren.«

»Wie Ihr wünscht, General.« Der Gyrkymu salutierte, Adrogans erwiderte den Gruß, dann verließ der geflügelte Krieger das Zelt.

Adrogans starrte auf die Karte. Siebenhundertzwanzig Meilen trennten ihn von Sebtia, falls er den ganzen Weg durch die Geistermark marschierte, vorbei an Festung Draconis und den Weg hinab, auf dem Prinzessin Alexia nach Oriosa gezogen war. Bei seiner gegenwärtigen Geschwindigkeit würde er für diesen Weg drei Monate brauchen – und auch das nur, wenn ihn unterwegs keine Kampfhandlungen aufhielten. Realistischerweise musste er damit rechnen, um jeden Schritt kämpfen zu müssen, und Kytrin konnte ihm unter Umständen eine so gewaltige Streitmacht in den Weg stellen, dass sein ganzes Heer ausgelöscht wurde.

Das hatte er von Anfang an mit eingerechnet. In erster Linie wollten sie eine Invasionsflotte finden und vernichten, aber auch alles in ihrer Macht Stehende zu tun, damit Kytrin von anderen Fronten Truppen für den Kampf gegen ihn abzog, was ein äußerst wichtiger Nebenaspekt war. Es schien für seine

Truppen so gut wie unmöglich, Sebtia zu erreichen und dort irgendeine Rolle im Kampf gegen Kytrin zu spielen, es sei denn, sie schifften sich ein und segelten an Vorquellyn vorbei ans westliche Ende des Kreszentmeeres.

Das kam nicht in Frage, aber möglicherweise konnte er das Meer auch anders nutzen. Im Augenblick war seine Versorgungslinie durch das Gebirge besonders ausgedünnt. Der gesamte nach Swarskija kommende Nachschub konnte in die Geistermark umgeleitet werden. Es war von entscheidender Bedeutung, diese erste Stadt einzunehmen und zur Nachschubbasis auszubauen. Sobald ihm das gelungen war, wurde der Vorstoß nach Osten einfacher. Außerdem gab ihm das eine Rückzugsbasis, und von dort aus war es sogar möglich, bis ins Gebirge zurückzuweichen.

Adrogans tippte mit dem Finger auf die Stelle, an der der Gyrkymu die Siedlung platziert hatte. »Ich weiß nicht, wie du heißt, aber du wirst berühmt werden. Du wirst der erste Sieg des Geistermarkfeldzugs sein, und dein Ruhm wird mich lange überleben.«

Kapitel Einunddreissig

Isaura war zu dem Treffen zwar nicht eingeladen, aber sie war auch nicht ausgeschlossen. Die Sullanciri ihrer Mutter hatten sich im Großen Saal der Festung versammelt. Morgenlicht fiel schräg durch die von Eisblumen bedeckten Fenster – und die Kreaturen, die ihre Mutter erschaffen hatte, damit sie ihr dienten, warfen lange, dünne Schatten. Isaura wusste: Die Bewohner des Südens fürchteten die Generäle ihrer Mutter, und manche von ihnen bereiteten auch ihr Unbehagen, aber sie hatte in ihnen nie die Albtraumbestien gesehen, die sie in den Augen anderer waren.

Isaura war auch nicht ihretwegen gekommen, sondern um ihre Mutter zu sehen. In der Woche, seit sie den Oromisen vorgestellt worden war, hatte sie Kytrin praktisch nicht zu Gesicht bekommen. Dieser ausbleibende Kontakt beunruhigte sie vor allem deshalb, weil die Imperatrix sich verändert hatte. Dass sie zum Opfer eines Zaubers geworden war, der auf ein Drachenkronenfragment gelegt wurde, hatte sie sichtlich überrascht und verärgert. Isaura befürchtete, dass ihre Reaktion den Verfolgungswahn noch verstärkte, den der Zauber ausgelöst hatte.

Der Anblick ihrer Mutter beim Betreten des Saals verscheuchte solche Befürchtungen schnell. Kytrin hatte die Proportionen einer Ælfe angenommen, auch wenn sie Quiarsca um eine halbe Fingerlänge überragte. Zudem hatte die Imperatrix den schlanken Körper mit wuchtigen Muskeln ausgestattet, so wie auch manche Vorqælfen aussahen. Und die schwachblaue Zeichnung geheimnisvoller Symbole bedeckte die fahle Haut beider Arme.

Nur an Armen und Gesicht war ihre Haut zu sehen. Kytrin

trug ein Kleid aus Reifreißerleder, bis auf den Pelzbesatz an Taille, Kragen und Saum hellbraun und weich. Es musste ein beträchtliches Gewicht haben, doch sie bewegte sich, als bemerkte sie es überhaupt nicht. Ihr goldenes Haar fiel lose über die bloßen Schultern des ärmellosen Kleides. Sie trug keine Waffen, wirkte jedoch nicht einmal andeutungsweise verletzlich.

Die Herrscherin von Aurolan nahm am Scheitelpunkt der hufeisenförmigen Tafel Platz. »Ihr alle hier habt mich mit euren Taten erfreut. Anarus, trotz mancher Rückschläge war die Eroberung Murosos ein Glanzstück. Ich erwarte, dass deine Leistung unter der Führung Nefrai-keshs weiterhin leuchtend sein wird, denn er übernimmt von nun an den Befehl über mein Ostheer.«

Der wolfsköpfige Sullanciri nickte, dann knurrte er Nefrai-kesh an. Ein Teil dieses Knurrens erklärte sich aus der Verärgerung darüber, einem anderen Dunklen Lanzenreiter unterstellt zu sein, besonders, nachdem Nefrai-kesh Okrannel verloren hatte. Doch Nefrai-kesh war der Erste von Kytrins neuen Sullanciri gewesen und ihr treuester General, so dass seine Beförderung niemanden überraschen konnte.

Isaura vermutete, dass der größte Teil des Knurrens für Nekaamii gedacht war, die wie ein Katzenfellmantel an Nefrai-kesh hing und ihn schnurrend liebkoste. Irgendwie schaffte es der König der Sullanciri, sie nicht zu beachten. Unangenehm konnte ihr Verhalten ihm jedoch nicht sein. Er hätte sie mit einer einzigen Handbewegung davonschleudern können. Dass ihre Vorstellung Anarus ärgerte, war unübersehbar, und aus irgendeinem Grund wollte Nefrai-kesh ihn ablenken, auch wenn sich Isaura nicht erklären konnte, weshalb.

Ihre Mutter sprach weiter. »Unser Krieg gegen den Süden verläuft bestens. So gut, dass wir unsere Mittel verlegen und unseren Vorstoß konzentrieren können. Nekaamii, du wirst nach Süden reisen, wo die Vorbereitungen zu einem amphibischen Angriff laufen. Die Flotte versammelt sich in der Geistermark und ist größer als jede, die du jemals befehligt hast.

Nefrai-kesh wird deinen Angriff dorthin steuern, wo er die größte Wirkung erzielt. Aber du musst in zwei Monaten einsatzbereit sein.«

Die katzenhafte Piratensullanciri schleckte Nefrai-kesh über die rechte Wange. »Ich werde alles tun, was du von mir verlangst, mein Fürst.«

Nefrai-kesh hob den Arm und kraulte sie hinter dem Ohr, dann glitt seine Hand abwärts und legte sich ihr um den Hals. »Natürlich wirst du das, und du wirst erfolgreich sein oder bei dem Versuch dein Leben geben.«

Sie versuchte zu maunzen, doch es drang nur ein ersticktes Geräusch aus ihrer Kehle, bevor er sie freigab.

Auf Kytrins Zügen machte sich ein Lächeln breit, und Isaura lächelte ebenfalls. Ihre Mutter hatte ihre Gelassenheit wiedergefunden – und mit ihr eine Sicherheit, die sich auch auf Isaura auswirkte. Sie erinnerte sich noch immer, dass ihre Mutter erwartete, verraten zu werden, aber nun hoffte sie, dass dies nur eine Auswirkung des Zaubers gewesen war. *Ich will nicht diejenige sein, die sie verrät.*

Die Imperatrix nickte Ferxigo zu, der urSreiði-Sullanciri, die am Ende der Tafel Myral'mara gegenübersaß. »Du hast deine Aufgabe großartig gelöst, und ich vertraue dir die Verteidigung Aurolans an. Hlucri und meine Tochter Isaura werden dir dabei helfen.«

Isaura keuchte auf und Kytrin sah zu ihr auf. »Was ist, Tochter? Hast du erwartet, ich würde dich mit den Truppen ins Feld schicken?«

»Nein, Mutter, so weit hatte ich nicht gedacht. Was mich überrascht ist der Gedanke, wir könnten in Gefahr sein.«

Nefrai-kesh nickte ernst. »Aurolan ist nicht leicht zu bedrohen, aber anzunehmen, wir wären unverwundbar, dies würde uns verletzlich machen. Es ist zweifelhaft, dass der Süden eine ausreichende Streitmacht auf die Beine stellen könnte, um unser Heimatland anzugreifen und zu zerstören, während er zugleich unsere Heere abwehrt. Aber die Südländer sind verschlagen und könnten durchaus versuchen, die Dummheiten der Vergangenheit zu wiederholen. Wir müssen dagegen gewappnet sein.«

Myral'mara, leuchtend, groß und schlank, zischte fast lautlos: »Es wird Entschlossen sein.«

Die schwefelgelbe Sullanciri zuckte mit den Achseln und veränderte ihre Gestalt, so dass ein kurzer weißer Haarkamm auf ihrem Schädel wuchs. »Er versucht seit über hundert Jahren vergeblich, Aurolan zu vernichten. Er wird auch diesmal scheitern.«

Nefrai-kesh schüttelte den Kopf. »So gefährlich Entschlossen auch ist, er stellt nicht die wahre Bedrohung dar. Das ist Markus Adrogans.«

Anarus knurrte laut. »Du hättest ihn vor Swarskija zerschmettern sollen.«

Kytrin schlug mit der flachen Hand auf den Tisch – der Knall erinnerte an berstendes Eis. »Nefrai-kesh hat den Okrannelfeldzug so geführt, wie ich es ihm befohlen habe. Wir müssen Adrogans im Auge behalten, aber die Südländer werden das ebenfalls tun. Sie werden ihn an der kurzen Leine halten. Doch Adrogans soll deine Sorge nicht sein. Du, Anarus, wirst Muroso befestigen und dann warten. Tyhtsai wird die Operationen in Saporitia übernehmen und du wirst dich an Nefrai-keshs Anweisungen halten.«

Der Wolfsmensch bleckte die Fangzähne. »Worauf warte ich, Herrin?«

Kytrin lächelte entspannt. »Prinz Ermenbrecht wird ein Heer nach Oriosa führen, um uns in den Rücken zu fallen. Ich will dieses Heer restlos vernichten. Du wirst zum Instrument seiner Vernichtung werden und danach durch Oriosa zurückstoßen und Narriz angreifen.«

Anarus stieg ein dumpfes Knurren aus der Kehle. »Verzeiht mir, Imperatrix, aber diese Strategie liegt auf der Hand. Sie werden darauf vorbereitet sein. Falls Prinzessin Alexia nach Muroso vorstößt, verliere ich meine Nachschublinie.«

»Es liegt vieles auf der Hand, Anarus, weil wir das so wünschen.« Die Aurolanenherrscherin legte die Hände wie zum

Gebet zusammen. »Die Südländer neigen zu dem Glauben, dass sich bestimmte prophetische Träume bewahrheiten werden. Das wird aber nicht geschehen. Ihr Irrglaube wird sie geradewegs in eine Falle führen, die ihrer Armee das Rückgrat bricht. Saporitia wird untergehen und sie werden in Panik geraten. So sehr in Panik, dass sie das Offensichtliche übersehen. Auf Vael haben die Südländer darauf hingewiesen, dass meine Heere marschieren und Länder erobern, obwohl diese nichts mit der Wiederbeschaffung der Drachenkrone zu tun haben. Sie glauben, ich wolle die Welt beherrschen. Dabei geht es in Wahrheit sehr wohl darum, alle Stücke der Drachenkrone zu finden. Sie glauben, das bezweckte ich, um den Drachen befehlen zu können, sie zu vernichten. Und es stimmt auch, ich werde die Krone dazu benutzen, aber sie ist noch für so viel mehr geeignet.«

Sie schaute von einem der Sullanciri zum nächsten und auch kurz hinüber zu Isaura, die abseits der Tafel saß. »Ich will mit diesem Krieg nicht die Welt erobern, um sie zu besitzen, sondern um ihr den Frieden zurückzugeben, den sie einst kannte. Ein solcher Friede ist im Angesicht abgrundtiefer Ungerechtigkeit nicht möglich – und die Wiederherstellung der Krone wird es mir erlauben, für Gerechtigkeit zu sorgen. Dann wird die Welt wieder gesund werden. Wie ihr wisst, suchen unsere Truppen nach Fragmenten der Drachenkrone, wohin auch immer wir gehen. Unsere Magik war in dieser Hinsicht nicht recht erfolgreich, aber ein Spruch, der zum Einsatz kam, um mich aufzuspüren, hat mir eine neue Möglichkeit der Suche aufgezeigt. Während ihr unterwegs seid und eure Aufgaben erfüllt, werde ich hier arbeiten und diesen Spruch zu einem anderen umarbeiten, der uns alle Bruchstücke zeigt, auch das Schlussfragment, wo und *wann* immer das sein mag. So lange der Süden um sein Überleben kämpft, ist er abgelenkt genug, uns nicht auf ernsthafte Weise Widerstand zu leisten, und unser Erfolg ist sicher.«

Die Imperatrix warf einen Blick nach links auf die dort sitzende ælfische Sullanciri. Von allen Dunklen Lanzenreitern, die Isauras Mutter dienten, wirkte Quiarsca am wenigsten verändert. Goldenes Haar fiel ihr bis zur schlanken Taille, wo ein Gürtel das Kleid fest raffte. Nicht einmal die Färbung der Haut wirkte ungewöhnlich, was man von ihren Augen allerdings nicht sagen konnte. Sie schienen nur hohle Löcher in ihrem Schädel zu sein, nicht so, als wären sie herausgerissen, sondern eher wie unsichtbare Augäpfel.

»Deine Arbeit, Quiarsca, hat sehr gute Fortschritte gemacht. Die Kryalniri waren eine wertvolle Bereicherung unserer Streitkräfte. Unser neues Projekt hat sich sogar als noch erfolgreicher erwiesen. Du warst zufrieden, Ferxigo?«

»Ja, Herrin, alles ist höchst zufrieden stellend gewesen, wie ich berichtet habe.«

»Ausgezeichnet. Bitte mach so weiter.«

Die Ælfe nickte und wandte ihr Gesicht zu Kytrin um. »Wünscht Ihr im Licht der Nachrichten aus dem Süden weitere Bemühungen um die Öffnung des Corijes in Saslynnæ?«

»Nein. Natürlich wirst du ihn bewachen lassen, verschwende aber keine Kräfte mehr darauf. Er hat uns schon lange widerstanden und wird es wohl auch weiter tun.«

Isaura hob die Hand. »Mutter, ich bin sicher, ich könnte ihn öffnen.«

»Wirklich, Kind?«

Sie nickte. Obwohl seit dem Ritual, das sie an Vorquellyn gebunden hatte, einige Jahre verstrichen waren, fühlte Isaura weiterhin die Verbindung mit der Insel. Nach der erfolgreichen Bindung hatte sie sofort ein Verlangen gespürt, den Corijes zu betreten. Es war ein Gefühl von Geborgenheit gewesen, das sie überraschte, denn der Ort war ihr als ein Zentrum feindlicher Macht beschrieben worden.

»Er wird sich mir öffnen, Mutter.«

»Es freut mich, das zu hören, Isaura, und ich glaube dir, aber ich werde dich dort keinem Risiko aussetzen. Du bist jetzt wahrhaft meine Erbin, die Erbin meines Reiches und meiner Geheimnisse, und dir fällt die keineswegs beneidenswerte Aufgabe zu, hier zu warten und meine Aufgabe zu vollenden, sollte es zum Schlimmsten kommen.« Kytrin lächelte. »Außerdem, Kind, sind unsere Feinde bereits auf dem Weg, ihn für uns zu öffnen. Ich will ihnen diese Ehre nicht vorenthalten.«

Durch die Maske aus Panqhaut war Nefrai-keshs Stirnrunzeln zu sehen. »Behandelt Ihr diese Nachricht nicht zu leichtfertig, Herrin?«

»Wohl kaum. Orakel hat erklärt, der Norderstett warte im Corijes. Um ihn zu befreien, müssen sie in den Corijes gelangen. Das ist der Moment, in dem sie am verwundbarsten sind.« Während sie sprach, hob Kytrin die geöffnete rechte Hand, die Handfläche nach oben gedreht. Als sich ihre Finger einwärts krümmten, veränderten sie sich zu den schuppigen Krallen eines Drachen. »Sie werden einen brillanten Empfang erhalten, daran habe ich keinen Zweifel. Ist es nicht so, Quiarsca?«

Die Sullanciri nickte. »Ihr braucht Euch keine Sorgen zu machen, Imperatrix.«

»Nichts macht mir Sorgen.« Die Herrscherin wandte den Kopf und schaute zum Schluss des Treffens an der untoten Kriegerin Tyhtsai vorbei zu Myral'mara. »Und dir, meine tödliche Schönheit, gebührt die größte Ehre.«

Die vorqælfische Sullanciri hob den Kopf. »Ja, Herrin? Ich habe Eure Erlaubnis?«

»Die hast du.« Kytrins Stimme wurde leiser. »Wie gut ich mich daran erinnere, was du dir erbeten hast, als ich dich zu einer Dunklen Lanzenreiterin machte. Du hattest nur einen Wunsch: die Beleidigung zu rächen, die Tarrant Valkener mir zufügte, als er mich zurückwies. Damals sagte ich dir, ich würde dir die Erlaubnis, mich zu rächen, erst geben, wenn die Zeit dafür gekommen sei. Ich finde, nun ist es so weit.«

Myral'maras Lächeln wurde breiter und für einen Pulsschlag erhaschte Isaura einen Blick auf ihre reine Schönheit. Jedoch verblasste dieser Eindruck schnell genug, als Düsternis das Gesicht der Sullanciri überzog. Trotzdem zwang sich Isaura, sich an diesen Augenblick zu erinnern. Myral'mara, die sie nur kalt und abweisend kennen gelernt hatte, war bloß einen winzigen Augenblick lang warm erschienen.

»Es wird geschehen, Herrin. Ihr werdet stolz auf mich sein.«

»Das bin ich bereits, Kleines.« Kytrin ließ den Blick über ihre Generäle schweifen. »Sie haben ihren Mut zusammengenommen und werden zuschlagen. Wir werden sie in unsere Fänge locken und vernichten. Die Überlebenden werden die Pracht unseres wahren Zieles erfahren. Die anderen wird man zu Recht als irregeleitete Narren vergessen. Nun zieht hinaus und erobert. Seid schnell und gnadenlos, denn auf dem Weg zum Sieg gibt es kein Verbrechen.«

Kapitel Zweiunddreissig

»Es wäre mir lieber, Kjarrigan würde sich um mich kümmern.«

Der Kopf des Magikers erhob sich, als er Orakel hörte. Mechanisch stand mit gestreckten Armen neben ihrem Pferd, bereit, der blinden Vorqælfe aus dem Sattel zu helfen. Er war auf der ganzen Reise ihr treuer Diener gewesen, und Kjarrigan hatte keine Erklärung dafür, warum sich das gerade hier in Otedo ändern sollte.

Er lächelte trotzdem. »Ich helfe gerne.«

Orakel schenkte Mechanisch ein Lächeln und wartete geduldig. Der Vorqælf starrte Kjarrigan einen Moment lang wütend an, dann bellte ihn Entschlossen an: »Trotziges Starren hilft nichts. Geh und leiste echte Arbeit.«

Kjarrigan stieg vom Pferd und faste Orakel um die schlanke Taille. Er fühlte ihre Hände auf den Schultern, als sie aus dem Sattel glitt. Sie war viel leichter, als er erwartet hätte – wobei er bemerkte, dass er sich kaum Gedanken über sie gemacht hatte. Genau genommen hatte er eine gewisse Furcht vor ihr verspürt und auf der Reise reichlich Abstand gehalten, ohne unhöflich zu sein.

Abgesehen von Qwc und Bok hatte er von so ziemlich allen anderen Abstand gehalten. Entschlossen war langsam wieder in seine gewohnte Verdrießlichkeit versunken. Das war zwar kaum angenehm, doch etwas beruhigender, als ihn lächeln zu sehen und lachen zu hören. Kjarrigan bewunderte Entschlossens Fähigkeit, sich auf das vorliegende Problem zu konzentrieren, aber es war kaum fassbar, dass er dies für über hundert Jahre lang tagein, tagaus getan hatte.

Die Reise nach Otedo war zum größten Teil ereignislos verlaufen. An ein paar Stellen hatten Überschwemmungen die Straße ausgewaschen und die ganze Marschkolonne hatte warten müssen, während die Löcher aufgefüllt oder überbrückt wurden. Kjarrigan hätte mit Magik aushelfen können, aber Entschlossen hatte ihm das ausdrücklich verboten. Bok hatte dem nur zugestimmt, und so war Kjarrigan ziemlich untätig geblieben, bis auf die Gelegenheiten, als er sich wie alle anderen turnusmäßig am Graben oder Schleppen beteiligt hatte.

Entschlossens Argumentation hatte Hand und Fuß. Kytrin wusste, dass Kjarrigan ein mächtiger Magiker war. Sie hatte gehofft, ihn mit ihrem Zauberspruch zu töten. Früher oder später würde sie jedoch erfahren, dass ihr das nicht gelungen war. Indem er darauf verzichtete, Magik einzusetzen, machte er es ihren Spionen schwerer, ihn ausfindig zu machen und seinen Aufenthaltsort zu melden. Der Gedanke, dass Kytrin noch immer über Agenten im Süden verfügte, missfiel Kjarrigan zwar, doch er nahm ihn als Tatsache hin und gehorchte.

Nach zehn Tagen Reise kam die Kolonne endlich in Otedo an. Gerochen hatten sie es allerdings schon lange vorher. Der Varasena floss in ein riesiges Sumpfdelta mit mehreren schiffbaren Kanälen. Otedo lag am Übergang vom Fluss zum Delta, und unter diesen Bedingungen trug der Strom die Abwässer der Stadt zwar mit ins Meer, aber nur ausgesprochen träge. Die Einheimischen behaupteten, der Sumpf biete dank der ständigen Düngung hervorragende Fische und Krustentiere, Kjarrigan war sich aber keineswegs sicher, ob er in der Lage war, irgendetwas schmackhaft zu finden, das sein Dasein in Jauche gefristet hatte.

Die Stadt selbst war einst Saporitias Hauptstadt gewesen, doch die Jahrhunderte hatten es nicht gut mit Otedo gemeint. Schimmel bedeckte aufgerissene Farbe und Putz, und selbst die neuesten Gebäude waren stark verwittert. Obwohl Otedo noch immer Provinzhauptstadt war, machten die Beamten, die sie am Stadttor empfingen, eher einen müden als einen stolzen Eindruck und betrachteten es erkennbar als Pflicht, sie aufzunehmen, und nicht als Privileg.

Die Soldaten wurden auf Privathäuser verteilt, was bei den Stadtbewohnern keine Freude weckte. Entschlossens Gefährten nahmen gemeinsam mit Generalin Pandiculia eine Einladung in den Palast des Oberbürgermeisters an. Das Haus wäre für eine Taverne groß gewesen und hatte auch von der Unterbringung her kaum mehr zu bieten. Immerhin gab es Dienstboten, die sich um die Pferde und ihre sonstigen Bedürfnisse kümmerten, was nach einer Woche Reise durchaus angenehm war.

Orakel drückte Kjarrigans Schultern. »Bitte reich mir deinen Arm und führe mich hinein, Kjarrigan.«

Er gehorchte, wartete, bis sie sich innen an seinem rechten Ellbogen festhielt, und setzte sich dann vorsichtig in Bewegung. Er warnte sie vor den Stufen hinauf zur Tür und hielt sich bereit, sie aufzufangen, falls sie stolperte.

Die Vorqælfe lachte. »Ich zerbreche schon nicht, Kjarrigan. Ich mag nach deinen Begriffen alt sein, aber ich bin keine Greisin.«

»Nein, natürlich nicht. Verzeiht.« Der junge Adept war froh, dass sie nicht sehen konnte, wie er rot wurde. Einen Augenblick lang fragte er sich, weshalb er sich eigentlich schämte, dann fand er heraus, dass er einen Fehler begangen hatte. Zugegeben, die Lage war neu für ihn und er hatte noch viel zu lernen, aber er hätte sie nach ihren Wünschen fragen sollen, statt einfach davon auszugehen, er wüsste selbst, was das Beste für sie war.

»Bitte, Meisterin Orakel, wohin wollt ihr gehen? Sagt mir, wie ich Euch behilflich sein kann.«

»Mein Zimmer wird die rechte Treppe hinauf liegen und den Gang hinab, die vorletzte Tür auf der linken Seite.«

»Dann wollen wir dorthin gehen.« Kjarrigan nickte. Er spannte die Muskeln des Unterarms an, um ihr zu zeigen, dass er bereit war, und sie begaben sich in den Palast. Auf der linken Seite boten ein paar Stufen Zugang zu einem tiefer liegenden Raum, auf der rechten führte eine feste Holztreppe nach oben. Sie stiegen die Stufen hinauf, dann führte er Orakel einen engen Gang hinunter zu dem Zimmer, von dem sie gesprochen hatte. Es war klein, lag aber nach Süden und bekam viel Sonne ab. Zudem bot es den Blick auf einen dicht bewachsenen Garten voll von frühlingsgrünen Pflanzen.

Orakel ließ seinen Arm los und tastete sich zum Bett. Sie drehte sich um und setzte sich. Das Stroh der Matratze knirschte laut unter ihrem Gewicht. »Das wird für ein, zwei Nächte reichen.«

Kjarrigan nickte, dann wurde er wieder rot. »Ja, Meisterin. Das wird es.«

Sie schaute ihn mit blinden Kupferaugen an. »Du hast Angst vor mir, Kjarrigan. Warum?«

Die Frage überraschte ihn, doch er antwortete beinahe ohne nachzudenken. »Ihr seht mehr, als Ihr sagt.«

Orakel nickte. »Es liegt im Wesen meiner Gabe, vieles zu sehen. Du hast auf Vilwan auch die hellsichtigen Künste studiert. Hast du nicht ebenfalls vieles gesehen?«

»Manches, ja, aber man wollte dort nicht, dass ich in die Zukunft schaue.«

»Oder hatte man Angst, dass du in die Vergangenheit blickst?«

Ein Schauder lief ihm den Rücken hinab. »Vermutlich war es das, ja. Man wollte meine Herkunft und meinen Zweck vor mir verbergen.«

Sie lachte fröhlich, fast wie ein Singvogel. »Das haben sie getan und sich damit selbst einen Bärendienst erwiesen. Hätten sie dir erklärt, worin deine Pflicht bestand, und dir von dem Ruhm erzählt, der dabei zu gewinnen war, so stündest du heute noch unter ihrer Kontrolle. Aber sie hatten Angst, du könntest die Fähigkeit entwickeln, selbständig zu denken und dich auflehnen, wenn du erfährst, dass du eine Waffe bist. Stattdessen haben sie dir erlaubt, selbständig zu denken, und nun weigerst du dich, eine Waffe zu sein.«

Kjarrigan sank in einen hölzernen Lehnstuhl an der Wand und war ein wenig überrascht, weniger laut zu knirschen, als er erwartet hatte. »Ich bin keine Waffe. Ich bin kein Mörder.

Ich meine, ja, Menschen und Kreaturen sind wegen Dingen gestorben, die ich getan habe, aber…«

»Aber du bist nicht wie Entschlossen.«

»Nein.« Kjarrigan beugte sich vor, die Hände verschränkt, die Ellbogen auf die Knie gestützt. »Entschlossen ist so, so…heftig. Aber in Eurer Nähe…Ich glaube, das ist auch ein Grund, warum ich Euch fürchte. Entschlossen hat Angst vor Euch.«

Wieder lachte sie und klatschte in die Hände. »Entschlossen? Angst vor mir? Oh, du bist so wundervoll unschuldig, Kjarrigan. Entschlossen hat nicht mehr Angst vor mir als du vor Qwc.«

»Aber wenn Ihr in der Nähe seid, benimmt er sich so anders.«

»Natürlich tut er das. Vor langer Zeit, beim Fall Vorquellyns, sind wir drei gemeinsam geflohen. Ich war die Älteste, um ein paar Jahre, dann kamen meine Schwester und Entschlossen, die gleich alt waren. Er ist mein Vetter und er war jung und noch weniger auf ein Leben fern von unserer Insel vorbereitet als du es warst, als du Vilwan verlassen hast.«

»Unmöglich.«

»O doch, es ist möglich. Entschlossen war ein Träumer. Er liebte es, Legenden zu lesen. Er schrieb Gedichte. Er hat Preise damit gewonnen und hatte sogar ein Gedicht als Geschenk für mich geschrieben, weil die Zeit sich näherte, da ich an Vorquellyn gebunden wurde. Er hat sich viel Mühe damit gegeben, doch er weigerte sich, es mir vorzulesen, bevor die Zeit gekommen war.«

»Entschlossen? *Gedichte?*«

»Viele hielten Entschlossen für einen äußerst flatterhaften Jüngling. Er verbrachte Tage draußen in den Bergen und spielte Raisasel oder einen anderen großen Ælfenheld, der Drachen erschlug und Jungfrauen errettete. Gelegentlich überredete er sogar meine Schwester und mich mitzuspielen. Nicht dass dies besonders schwierig gewesen wäre.«

»Eure Schwester? Wo ist sie?«

Orakel senkte den Kopf. »Sie ist jetzt die Sullanciri Myral'mara.«

»Oh. Das tut mir Leid.«

»Mir ebenfalls.« Sie schaute wieder auf, und eine Träne lief ihr über die Wange. »Es gibt Augenblicke, da sehe ich Dinge, über die ich nicht sprechen kann. Wo wir jetzt sind, das war eines dieser Dinge. Ich sah es vor vielen Jahren und wusste, damit es wahr werden konnte, musste sie dem Bösen erliegen. Hätte ich sie gewarnt, so hätte ich diese Zukunft vernichtet – und mit ihr die Rettung der Welt.«

Kjarrigan schauderte. Orakels Gabe hatte ihr eine gewaltige Verantwortung aufgebürdet. Er hatte es nicht geschafft, andere vor dem Tod zu bewahren, doch sie hatte es weit schwerer. Sie musste sich zurückhalten und andere sterben lassen – oder Schlimmeres –, um sicherzugehen, dass sich die bestmögliche Zukunft entfaltete. *Falls das möglich ist.*

»Seht Ihr in meiner Zukunft ein ähnliches Verderben?«

»Ich habe bemerkt, wie du diese Frage stellst, und damals schon gewusst, dass ich sie nicht beantworten kann, ob ich die Antwort kenne oder nicht.« Sie verlagerte das Gewicht, zog das rechte Bein an und legte die Arme um das Knie. »Ich kann dir sagen, Kjarrigan, dass deine Reise noch lange nicht vorbei ist. Du hast dich sehr verändert, körperlich und geistig. Du hast viel gelernt, aber du bist noch jung.« Sie tippte sich auf die Brust. »Hier drinnen, Kjarrigan, in deinem Herzen, bist du noch ein Kind. Das ist auf so vielfältige Weise etwas Wunderbares. Deine Unschuld beschützt dich. Entschlossen war auch einmal so unschuldig, und tief in seinem Innern gibt es dieses Kind noch heute.«

»Ich habe Schlimmes gesehen, doch er muss noch viel Schlimmeres gesehen haben.«

»Manchmal kommt es nicht so sehr darauf an, was man sieht, sondern auf die Perspektive, aus der man es sieht.« Ein trauriges Lächeln huschte über ihr Gesicht. »Entschlossen hat von Helden geträumt. Er hat Legenden als Wahrheit betrachtet, aber du kannst dir vorstellen, wie sich die Erzählungen von der Wirklichkeit unterscheiden. Natürlich wird für deine Abenteuer eines Tages dasselbe gelten, doch du kennst die Wirklichkeit schon. Für Entschlossen verwandelten sich Ruhm, Pflicht und Ehre in Flammen, Blut, Schmerz und Entsetzen. Was er als wahr und schön verehrt hatte, verwandelte sich in eine Lüge, die ihn verspottete.«

Kjarrigan verzog das Gesicht. »Und jetzt ist er ins andere Extrem gefallen?«

»Nicht völlig. Er hofft noch immer. Der Teil seines Wesens, der den Glanz vergangener Heldentaten verehrte, hat es ihm ermöglicht, nach dem Norderstett zu suchen. Dieser Teil sagt ihm, wir werden auf Vorquellyn den Norderstett finden – und wir werden ihn befreien. Wenn er Will gegenüber so hart war und wenn er dir und Mechanisch gegenüber so hart ist, dann liegt das daran, dass er diese ursprüngliche Sicht beweisen will. Beweisen *muss.*«

»Ist er deshalb auch so hart gegenüber den Aurolanen?«

Orakel schmunzelte. »Nein. Er bringt sie nur gerne um.« Dann schaute sie ihn offen an, fast, als besäße sie ihr Augenlicht noch. »Er hat viel dafür geleistet, dich und den Norderstett dahin zu bringen, dass ihr Kytrin vernichten und Vorquellyn erlösen könnt, aber Ihr werdet nicht so weit gehen müssen wie er. Ich weiß, dir macht die Vorstellung Angst, so zu töten wie er.«

»Seht Ihr das?«

Orakel schüttelte den Kopf. »Nein, ich fühle es. Aber das macht es nicht weniger wahr.«

Der junge Magiker senkte den Blick. »Das werde ich nicht zulassen, ich weiß es. Ich kann es nicht.«

»Es wäre ein düsterer Pfad, der dich an diesen Ort führt, Kjarrigan. Kein breiter Weg. Und der Eingang ist noch weit entfernt.«

Er hob den Kopf. »Aber er liegt in meiner Zukunft?«

»So ist es.«

»Na, dann werde ich wohl aufpassen müssen, wohin ich gehe.« Er beugte die Schultern zurück und stieß den Atem aus.

»Vilwan hat Angst, ich könnte ein zweiter Kajrûn werden, aber sie haben nicht annähernd so viel Angst davor wie ich.«

»Sieh dich vor, Kjarrigan. Es ist Angst, die dich auf jenen Weg führt.« Sie lächelte. »Dein Herz ist stark und gut, auch wenn es noch jung ist. Nutze seine Kraft, um die Angst zu besiegen, und du brauchst diese dunkelste Zukunft nie zu erleben.«

Kapitel Dreiunddreißig

Regentropfen prasselten auf Ermenbrechts Ölzeugkapuze wie fernes, ungleichmäßiges Trommeln. Sein Pferd schüttelte den Kopf und schleuderte das Wasser davon. Dann schaute es zurück, als fragte es sich, warum sein Reiter gerade hier angehalten hatte. Der Regen fiel nicht dicht, doch es war ein kühler Tag, und mit jedem Augenblick kühlten Ross und Reiter weiter ab.

Der Prinz strich sich übers Gesicht. Sein Heer war nach Alexias Abmarsch aus Narriz ebenfalls ausgerückt und hatte sich langsam auf Oriosa zubewegt. Weil er nicht gewusst hatte, was sie erwartete, hatte er seine Leute nicht allzu hart angetrieben. Sie sollten sich nicht verausgaben. Und nur für den Fall, dass die Grenze geschlossen war, hatte er sie an diesem Morgen aufgefordert, Waffen und Rüstungen zu überprüfen.

Da er nicht genau wusste, wie sein Vater reagierte, hatte er Kundschafter vorausgeschickt. Die meisten waren mit guten Neuigkeiten zurückgekehrt. Sie waren bis an die Außenbezirke von Meredo vorgedrungen und hatten die Dörfer in der Nähe erkundet. Zwei waren in die Hauptstadt selbst vorgedrungen. Dabei handelte es sich um die beiden, die nicht zurückgekehrt waren.

Die beiden, die jetzt von einer kahlen Eiche an der Grenze herabbaumelten. Ein Mann und eine Frau. Sie waren an Händen und Füßen gefesselt, man hatte ihnen Höflichkeitsmasken aus weißer Spitze vors Gesicht gebunden. Der Stoff stand in scharfem Kontrast zu ihrer grauen Haut.

Ermenbrecht drehte sich im Sattel zu Dranæ um. »Es gibt Stimmen, die behaupten, Oriosen suchen in allem nach zu viel Symbolik, doch ich glaube, diese Botschaft ist kaum misszuverstehen. Sie wurden als Spione hingerichtet. Die Masken gelten als Anerkennung ihres Mutes. Wir sind unerwünscht. Wir sind Eindringlinge.«

Der Hüne grinste. »Das wusstet Ihr von Anfang an. Habt Ihr wirklich gehofft, Euer Vater habe sich in der einen Woche, die wir für den Weg brauchten, geändert?«

»Gehofft wohl nicht. Aber gewünscht habe ich es mir.« Er winkte zwei Kundschaftern und deutete auf die Leichen. »Schneidet sie ab und lasst sie beerdigen.«

Die Männer machten sich an die Arbeit. Weiter die Straße hinauf, wo die Wiesen in Bergland übergingen, das mit Nadelwald bewachsen war, tauchte eine kleine Reitergruppe auf und trabte heran. Diese Gruppe bestand aus einem halben Dutzend Meredo-Gardisten und zwei anderen, einem Jüngling und einem älteren Mann, den Ermenbrecht erkannte.

Der Prinz hob die Hand – zum Zeichen für seine Soldaten anzuhalten. Dann ritt er vorwärts. Dranæ, Rauns, Net, Borghelm und Rumbelo folgten ihm, hielten aber gebührenden Abstand zu den Ankömmlingen. Über ihnen zog der Gyrkymu Preiknosery träge Kreise. Ermenbrecht bemerkte erfreut, dass zwei Kundschaftergruppen links und rechts vom Galgenbaum Aufstellung nahmen, scheinbar als Ehrung für die Toten, aber auch in Schussweite, sollte es notwendig werden, die sich nähernden Reiter mit Pfeilen aus dem Sattel zu holen.

Immerhin führen sie keine Parlamentärsfahne mit.

Die oriosische Einheit hielt vor der Grenze an. Ihre Rösser stampften, dann senkten sie den Kopf und fraßen die mutigen Grashalme, die sich durch den dünnen Schnee geschoben hatten. Die Gardisten, von deren Lanzen grüne Wimpel hingen, behielten ihre Gegenüber wachsam im Blick, machten aber keinerlei drohende Bewegungen. Der ältere Mann trieb sein Pferd weiter, dann forderte er den Knaben mit einem knappen Kopfnicken auf, ihn zu begleiten.

Ermenbrecht schob die Kapuze in den Nacken. »Kabot Marstamm. Es überrascht mich, Ihn bei diesem Wetter zu Pferd zu sehen. Aber nasskalte Bedingungen müssen einem Wurm wie Ihm ja zusagen.«

Der Adjutant seines Vaters verzog den Mund zu einem höhnischen Grinsen. »Beleidige mich nur, Ermenbrecht. Jeder wahre Oriose wird deine Beschimpfungen als Kompliment auffassen.«

»›Ermenbrecht‹? Und ›du‹?« Der Blick des Prinzen wurde kalt. »Er redet sich um Kopf und Kragen. Hat Er vergessen, wer ich bin?«

»Ein Freibeuter, mehr nicht. Und kein wahrer Oriose mehr.« Marstamm griff unter den Mantel und zog ein in Ölpapier gewickeltes Päckchen hervor, das er vor Ermenbrecht auf den Boden warf. »Hier. Dein Vater hat dich und deinen wertlosen Bruder per Erlass enterbt. Er hat die Dame Norderstett zur Gemahlin genommen und ihre Söhne als seine rechtmäßigen Erben anerkannt. Verneige dich vor Prinz Rutfried.«

Ermenbrecht lachte laut und der Knabe lief rot an. Der Prinz blickte von Rutfried zu Marstamm. »Es wurmt Ihn, dass Er übergangen wurde und nur zu Botengängen im Regen für fähig erachtet wird. Jetzt gebe Er mir das Päckchen.«

Marstamm schnaubte. »Du hast mir gar nichts zu befehlen, Ermenbrecht Ohneland. Dort drin ist ein Befehl, dir und allen, die dich begleiten, die Maske abzunehmen. Es ist alles gesetzmäßig und tritt in Kraft, sobald du Orioser Boden betrittst.«

Net war aus dem Sattel gestiegen und hob das dicke Bündel Papiere auf. »Hier drin?«

»Lass es dir von jemandem vorlesen, Hauer. Du wirst feststellen, dass dein Haus beschlagnahmt ist. Und du, Meister Spilfair, bist jetzt Meister von gar nichts mehr.«

Net schaute sich zu Ermenbrecht um. Der Prinz hatte keinen Zweifel daran, dass Nethard Hauer nur auf die Erlaubnis wartete, Kabot Marstamm niederzuschlagen. Er kämpfte gegen die Versuchung an zu nicken. »Meister Hauer, wenn du so freundlich bist. Reich mir die Papiere.«

Net nickte, dann deutete er mit dem Päckchen auf Marstamm. »Ich will dir mal was sagen: Eine Maske muss man sich verdienen. Ein Geburtsrecht darauf reicht nicht.« Der Schmied reckte sich und starrte zu den Gardisten hinüber. »Die Pflicht gegenüber Oriosa, damit hat es angefangen, und daran hängt es noch immer. Du hast nichts dafür geleistet.«

Der kleine Mann rückte seine Maske zurecht. »Ich habe meinem König treu gedient.«

Der Prinz streckte die Hand aus und nahm das Päckchen entgegen. »Du wirst noch erkennen, dass es nicht dasselbe ist, meinem Vater oder Oriosa zu dienen. Danke, Meister Hauer.«

Net nickte kurz. »Ich brauche niemanden, der es mir vorliest.«

»Ich weiß, aber es wäre ohnehin Zeitverschwendung, sie zu lesen.« Ermenbrecht drehte das Bündel um und sah, dass es mit dem Ring seines Vaters versiegelt war. Er warf das ganze Päckchen Rumbelo zu. »Tu mir den Gefallen und äschere es ein.«

Der Ottermagier grinste und fing das Päckchen mit einer Hand auf. Seine Lippen bewegten sich kaum, doch die Papiere gingen augenblicklich in hellen Flammen auf. Rumbelo warf das lodernde Bündel zurück auf die Orioser Seite der Grenze.

Marstamm starrte zitternd, bleich und durchnässt auf die Papiere. »Ihr seid gewarnt. Wenn ihr Oriosa betretet, seid ihr vogelfrei. Ihr werdet euch jeden Schritt erkämpfen müssen und eure Leichen werden im Straßengraben verrotten.«

»Das bezweifle ich.« Der Prinz sprach zwei der Gardisten an. »An den Markierungen auf ihren Masken sehe ich, dass sie aus dem Osten kommen. Taloso?«

Einer der beiden, ein schlaksiger Blondschopf, wirkte entgeistert. »Ich, Hoheit, äh, mein Fürst, äh …«

»Er wird heute noch dorthin reiten. Er wird Graf Storson melden, dass ich nach Oriosa zurückgekehrt und gekommen bin, um das Reich zu verteidigen. Er wird ihm mitteilen, dass ich nicht komme, um Krieg zu führen, sondern um ihn zu verhindern.«

»Er lügt!« Marstamm riss sein Pferd herum und packte die Zügel des Soldaten. »Er wird keine derartige Nachricht überbringen. Er ist ein Verräter, sollte Er es tun. Er und seine Familie verlieren die Masken.«

Ermenbrecht nickte. »Das wird er. Gleich nachdem Graf Marstamm *mir* die Maske abnimmt.«

Marstamm schnitt eine wütende Grimasse, als Ermenbrechts Begleiter näher kamen. »Damit kommst du nicht durch, Ermenbrecht.«

»Ich an seiner Stelle wäre mir da nicht so sicher, Graf Marstamm. Überlege Er. Auf Befehl meines Vaters wurden diese beiden hier erhängt. Er wurde geschickt, mir und meinem Heer zu einem Zeitpunkt gegenüberzutreten, an dem ich zurecht wütend bin. Er ist nicht einmal von einer Parlamentärsfahne geschützt. Mein Vater hat damit gerechnet, dass ich ihn erschlage, und diesen Knaben vermutlich gleich mit.«

Marstamm wurde kreidebleich.

»Mein Vater weiß sehr genau, dass Er ein Intrigant ist. Er traut Ihm nicht und will Ihn loswerden. Er ist davon ausgegangen, dass mir Sein Leben nichts bedeutet. Vermutlich geht in Meredo bereits um, dass Er hier ist, um mir die Treue zu schwören. Wenn ich Ihn umgebracht hätte, würde mir keiner Seiner Verbündeten noch trauen, und ich wäre von denen getrennt, die bereit wären, gegen meinen Vater zu kämpfen. Sein Leben ist ein kleiner Preis für die Möglichkeit, Seine Landsleute davon abzuhalten, sich mir anzuschließen.« Wieder schaute er hinüber zu den Gardisten. »Wer von ihnen hat den Befehl, dafür zu sorgen, dass Graf Marstamm von diesem Auftrag nicht zurückkehrt?«

Zwei der Soldaten grinsten und hoben die Hand.

»Danke.« Ermenbrecht nickte dem Hauptmann seiner Kundschafter zu. »Tötet sie.«

Augenblicklich zischten zwei Dutzend Pfeile durch die Luft und schlugen in die Brüste der beiden Männer ein. Beide sackten im Sattel zusammen, dann stürzten sie mit scheppernden Kettenhemden zu Boden. Rutfried taumelte aus dem Sattel und übergab sich.

Ermenbrechts nussbraune Augen wurden hart. »Oriosen

sind keine Meuchelmörder. Ich werde ein derartiges Verhalten nicht tolerieren. Die beiden aus dem Ostland werden jetzt losreiten und meine Botschaft überbringen. Los.«

Die beiden Soldaten drehte die Pferde und galoppierten davon. Die beiden verbliebenen Gardisten wirkten sehr nervös, jedoch nicht halb so ängstlich wie Marstamm. Er konnte den Blick nicht von den mit Pfeilen gespickten Leichen der Attentäter lösen.

»Graf Marstamm.«

Der kleinwüchsige Adlige hörte ihn offenbar nicht.

»Hierher, Graf Marstamm!« Ermenbrechts Stimme zerschnitt die Stille, und der Graf erzitterte. Er drehte sich um. »Er ist ein verräterischer Hund – und ich entschuldige mich für diesen Vergleich bei allen Hunden. Ich weiß, ich kann Ihm nicht trauen, sobald Er mir aus den Augen ist. Von Rechts wegen sollte ich Ihn für die Beleidigungen erschlagen, die Er mir hier an den Kopf geworfen hat, doch ich werde darauf verzichten. Ich gebe Ihm die Möglichkeit zu überleben. Das ist mehr, als mein Vater für Ihn übrig hatte. Wird Er sich mir als nützlich erweisen?«

»Befehlt – und ich werde gehorchen.«

»Nicht ganz die Antwort, die ich mir gewünscht hätte, aber es wird genügen müssen.« Der Prinz strich sich übers Kinn. »Ich weiß, Er hat gegen meinen Vater intrigiert. Er wird zu seinen Anhängern gehen und sie für meine Sache verpflichten. Sie sind allesamt des Hochverrats schuldig, doch ich kann verzeihen und sogar Verständnis beweisen. Das wird Er ihnen von mir ausrichten. Er wird mit ihren Antworten zurückkehren, und ich werde ihre Loyalität an den Lanzen und Schwertern messen, die sie mir zur Unterstützung senden. Hat Er verstanden?«

»Ja, Hoheit, ganz und gar. Ich bin der Eure, mit Herz und Seele.«

»Ein Schwur der Feigheit und Verderbtheit. Äußerst beruhigend.«

Rutfried richtete sich zögernd auf, gestützt von Borghelm. »Was ist mit mir, Hoheit?«

»Du, Bruder, bist weit entfernt von deinem Zuhause in Valsina. Möchtest du Geleit dorthin zurück?«

Der hagere junge Mann nickte. »Bitte, ja. Danke.«

Der Prinz hob die linke Augenbraue. »Du kannst auch zurück nach Meredo gehen, falls dir das lieber ist.«

Rutfried schüttelte den Kopf. »Ich glaube kaum, dass Euer Vater meine Rückkehr eingeplant hat.«

»Vermutlich nicht, da er weiß: Ich halte dich nicht für den Norderstett.« Ermenbrecht schmunzelte. »Aber du bist *ein* Norderstett, und wir hätten nichts dagegen, dich mitzunehmen. Bis wir Valsina erreichen, kannst du dir überlegen, ob du uns noch weiter begleiten möchtest.«

»Danke, Hoheit.« Mit Borghelms Hilfe kletterte der junge Bursche zurück in den Sattel. »Ich begleite Euch, so weit es nötig ist.«

»Gut.« Der Prinz schaute zu Marstamm. »Jetzt mache Er sich an die Arbeit. Schnell, bevor ich es mir anders überlege.«

Marstamm zog das Pferd herum und trabte die Straße hinauf.

Einer der beiden verbliebenen Gardisten zog den Kopf ängstlich ein. »Was ist mit uns, Hoheit? Was sollen wir tun?«

»Sie haben die einfachste Aufgabe von allen.« Ermenbrecht grinste. »Sie werden ihre Pflicht tun, uns in Oriosa willkommen heißen und uns bei all unseren Unternehmungen Erfolg wünschen.«

Kapitel Vierunddreissig

Der Augenblick war gekommen, vor dem Alyx sich gefürchtet hatte, seit sie von Narriz aufgebrochen waren. Sie versuchte, Haltung zu bewahren, doch es fiel ihr schwer. Angst und Schmerzen konnte sie besiegen und das würde sie auch auf diesem Feldzug wieder beweisen. Aber dies, das Gefühl des Verlustes, riss eine Leere in ihr Inneres, die sich einfach nicht schließen wollte.

Ihr war klar, dass dies zum Teil daran lag, wie herrlich die zweite Hälfte der vergangenen Woche gewesen war. Die Truppen hatten den Weg nach Bacirro schnell hinter sich gebracht. Der Delasena war noch nicht über die Ufer getreten und das Wasser floss schnell genug ab, um ein Auswaschen der Straßen zu verhindern. Es lag zwar noch genug Schnee, der sich unter den Hufen der Pferde mit dem Erdreich zu kaltem Matsch verband und nachts gefror, aber es wurde nicht schlammig genug, um Wagen und Soldaten ernsthaft aufzuhalten. Sie hatten nur sechs Tage gebraucht, die Stadt zu erreichen, und deren Bürger, die durch die Flüchtlinge in Zeltstädten südlich und westlich Bacirros über die Ereignisse in Muroso in Kenntnis gesetzt waren, nahmen die Truppen gern bei sich auf.

Alyx hatte strikte Verhaltensregeln aufgestellt und keinen Zweifel daran gelassen, dass die Soldaten, die sich wie der Feind aufführten, drakonische Strafen erwarteten. Der weitaus größte Teil der Armee verhielt sich so, wie man es von Gästen erwarten durfte, aber natürlich gab es wie immer ein paar Unbelehrbare, die sich nicht beherrschen konnten. Die jeweiligen Einheitsführer statuierten Exempel an den Übeltätern – und der Rest der Einheit bemühte sich, den angerichteten Schaden wieder gutzumachen. Alles in allem herrschte Ordnung, und die meisten Truppen konnten sich mit dem Aufbau von Verteidigungsanlagen für die Stadt und die Flüchtlingslager beschäftigen.

Alyx sandte Kundschafter aus, jedoch nicht Krähs Gruppe. Die behielt sie in der Nähe, aber verteilt, damit kein Spion erkennen konnte, dass es sich um eine Einheit handelte. Die Prinzessin wollte Kräh und seine Leute zurück nach Süden schicken, so als sollten sie zusätzliche Truppen zusammenziehen und nach Norden bringen. Auf halber Strecke nach Narriz sollten sie nach Osten in die Berge abschwenken und untertauchen.

Die Kundschafter, die sie losschickte, trafen im Osten bei mehreren Scharmützeln auf aurolanische Truppen. Gyrkyme meldeten im Gebiet um Fronosa Rauch, jedoch nicht aus der Stadt selbst. Man verbrannte Leichen, und die Anwesenheit aurolanischer Späher westlich des Passes zeigte, dass die Stadt gefallen war.

Eine beunruhigendere Nachricht war, dass es den Kundschaftern, die sie nach Westen geschickt hatte, nicht gelungen war, Generalin Pandiculias Einheiten zu finden. Ihr Heer sollte Bacirro in nicht einmal einer Woche erreichen, um für die Abwehr der von Fronosa anrückenden Feinde in Stellung zu gehen. Falls Pandiculia nicht rechtzeitig eintraf, musste Alyx den Gegner allein aufhalten. Und eine Belagerung von Bacirro nahm sicherlich mit dem Abschlachten der Flüchtlinge ihren Anfang, oder mit deren Flucht in die Stadt, was dann dazu führte, dass die eingelagerten Nahrungsvorräte in Windeseile verbraucht wären.

All diese Sorgen beschäftigten sie zwar, trotz alledem aber hatte sie Kräh. Sie hatten im Haus eines angesehenen Kaufmanns Quartier erhalten, dessen Bruder die Bacirrer Reitergarde befehligte. Es waren zwar nicht die prächtigsten Räumlichkeiten, die sie je geteilt hatten, doch irgendwie die behaglichsten. Das Bett war groß und warm und ein Kamin in der Nähe spendete mehr als genug Wärme, um die Kälte abzuhalten. Der Raum verfügte sogar über eine Badenische mit einer riesigen Holzwanne, und nach sechs Reisetagen verspürte Alyx das dringende Bedürfnis, sich abzuschrubben.

Während sie sich an jenem ersten Abend ums Geschäft kümmerte, hatte Kräh das Wasser erhitzt und mit Sandelholz parfümiert. Dann hatte er sie zurück in ihr Quartier geholt, solange noch Dampf aus der Wanne stieg. Er hatte ihr die Stiefel ausgezogen und sie langsam entkleidet. Sie wollte ihm das Hemd ausziehen, doch er schob ihre Hände sanft beiseite.

»Geduld, meine Geliebte.«

Sie beobachtete ihn aufmerksam und biss sich auf die Unterlippe, um ein Lächeln zurückzuhalten, als er sie vom letzten Kleidungsstück befreite und langsam um sie herum ging. Er küsste sie auf die Schultern, vorne und hinten, und wieder drückte er ihre sich nach ihm ausstreckenden Hände sanft zurück. Er trat hinter sie, hob den schweren Zopf beiseite und küsste ihren Nacken. Sie fühlte den warmen Atem auf der Haut und drückte sich an ihn. Schon das Gefühl seines Körpers hinter ihr, seiner Brust an den Schulterblättern, ließ sie wohlig schaudern.

Er flüsterte ihr ins Ohr. »Prinzessin Alexia, Ihr seid alles, was ich auf dieser Welt begehre, was ich brauche und was ich liebe. Erlaubt mir, für Euch zu sorgen.« Wieder küsste er sie in den Nacken und strich mit den Zähnen über ihre Haut. Dann führte er sie, die Hände auf ihren Hüften, langsam zur Wanne und hielt ihr die Hand, als sie ins Wasser stieg.

Sie stöhnte laut, als die Wärme sie umschloss. Sie legte sich zurück und konnte nicht anders als lächeln. Sie hatte längst hingenommen, dass ihr ein Leben voll von langen Märschen, harten Sätteln, noch härterem Boden und alles durchdringender Kälte bestimmt war, aber die luxuriöse Wärme eines heißen Bades und ein Duft, der nichts mit Schweiß, Blut und Exkrementen zu tun hatte, war ein Genuss. Sie entspannte die Schultern und krümmte den Rücken zu einem Hohlkreuz, spürte, wie die Wirbel knackten.

Krähs starke Hände zogen ihren rechten Fuß aus dem Wasser. Die kalte Luft traf ihn wie ein Schock, doch dann legten sich Krähs Finger um den Fuß, rieben, glätteten, schmeichelten, liebkosten und kneteten.

Alexia keuchte und riss die Augen auf. »Oh! Woher hast du das gewusst?«

»Gut geraten. Du hast doch nichts dagegen?«

»Dagegen? Mein anderer Fuß ist eifersüchtig.«

Er zwinkerte ihr zu. »Der kommt auch noch dran.«

Er stand zu seinem Wort, massierte auch den linken Fuß, und dann ihre Waden. Starke Finger fanden verknotete Muskeln und lösten die Verspannung. Dann angelte er Seife und einen weichen Lappen hervor, wusch ihr Füße und Unterschenkel. Er rutschte vor und wiederholte die Massage an ihren Händen und Armen, bevor er sie ebenfalls wusch.

Je länger die Behandlung dauerte, desto mehr verlor sich Alyx in dem Erlebnis. Die Hitze und der feste Druck seiner Hände, das Gewicht des feuchten Tuchs auf der Haut – es war ein einziger Genuss. Sie hob das Kinn, als er ihr den Hals wusch, dann ließ sie sich etwas herunterrutschen, bis ihr das Wasser übers Schlüsselbein schwappte.

Er bewegte sich in ihrem Rücken und hob den nassen Zopf aus dem Wasser. Er löste die Flechten und wusch ihr das Haar. Er hob die nasse Masse auf ihren Kopf, rieb und massierte. Eine Hand glitt ihr ständig den Nacken hinauf und in die Haare. Warmer Seifenschaum tropfte ihr über Gesicht und Schultern. Mit geschlossenen Augen fühlte sie ihn Stück für Stück über ihre Haut gleiten.

Dann nahm Kräh mit einer kleinen Schale Wasser aus der Wanne und spülte ihr Haar. Er sammelte es und wrang den größten Teil des Wasser heraus, bevor er es über den Wannenrand hängen ließ, auf dem ein Handtuch das meiste der restlichen Feuchtigkeit aufsaugte.

Er beugte sich vor und küsste Alyx auf die Wange. »Ich sollte dich da besser rausholen, bevor das Wasser kalt wird.«

Sie öffnete ein Auge und lachte ihn an. »Man kann es auch aufwärmen. Hier drin ist mehr als genug Platz für dich.«

Sein Lächeln kitzelte ihre Wange. »In einer anderen

Nacht, Geliebte. Jetzt ist es unser Bett, das gewärmt werden will.«

Sie stand auf und er hüllte sie in ein flauschiges Badetuch. Mit einem zweiten Handtuch sammelte er ihr Haar und trocknete es, dann rieb er Alyx selbst ab und sank auf die Knie, um sich ihrer Beine anzunehmen. Beim Reiben breitete sich ein rosiger Glanz auf ihrer Haut aus. Immer wieder unterbrach er seine Tätigkeit für sanfte Küsse, unter denen sich ihr Atem beschleunigte.

Sie war nicht in der Lage, sich noch länger zu beherrschen, und packte ihn im Haar. »Bring mich auf der Stelle ins Bett, Kräh, oder ich bin nicht für das verantwortlich, was ich tue.«

Er grinste zu ihr auf und sein Bart strich ihr über die Schenkel. »Euer Wunsch ist mir Befehl, Prinzessin.«

In jener Nacht brauchten sie keinen Kamin, der sie wärmte. In den nächsten Nächten hatten sie Feuer gemacht, doch mehr wegen des warmen Lichtscheins und des Spiels der Schatten, die es über ihre Körper warf. Die Pflichten des Tages mochten sie zwingen, sich zu trennen, aber die Nächte gehörten ihnen gemeinsam. Wenn sie am Morgen in den Armen des anderen erwachten, machte nur das Versprechen der kommenden Nacht die Trennung erträglich.

Doch jetzt musste Kräh fort. An diesem Morgen hatten sie beide versucht, die Tatsache zu verdrängen und hatten sich benommen wie an jedem Tag zuvor. Fast war es ihnen gelungen, bis ihm die Stimme versagte und er sie nur an sich drückte. Sie presste ihm das Gesicht an den Hals und weinte.

Sie war aufgestanden, hatte sich angezogen und war aufgebrochen, um ihren Pflichten nachzukommen. Sie hatte ihre Arbeit getan, auch wenn Peri und Arimtara bemerkten, dass sie nicht recht bei der Sache war und ihr einen Teil der Verpflichtungen abnahmen. Der größte Teil der Arbeit bestand aus Buchhaltung. Nachschub strömte in die Stadt und musste zugeteilt werden. Auch wenn kein Barde je in seinen Liedern den Quartiermeister pries, konnte ein Krieg ohne Lager, die aus den Nähten platzten und die Möglichkeit, deren Inhalt zu den Soldaten zu schaffen, verloren gehen, noch bevor der erste Streich geführt wurde.

Am Mittag, als Kräh und seine Leute aufbrechen mussten, war sie fertig und kehrte in ihr Quartier zurück. Seine Satteltaschen lagen auf dem Bett, Alarien neben ihnen. Kräh saß auf dem Rand der leeren Wanne und knotete einen Rest Sandelholz in einen kleinen Seidenlappen.

Er lächelte, als er sie sah. »Das wird besser riechen als irgendetwas sonst unterwegs.«

»Ich hoffe, es erinnert dich an mich.«

»Das wird es.« Er stand auf und kam zu ihr, nahm sie in die Arme. »Ich liebe dich, Alexia. Ich will nicht fort, aber wenn dein Plan Erfolg haben soll, wenn *wir* eine Zukunft haben wollen, dann muss ich.«

Sie verzog das Gesicht. »Als ich diesen Plan ausgearbeitet hatte, habe ich Entschlossen als Anführer dieser Truppe vorgesehen. Du solltest bei mir bleiben.«

»Und ich werde bei dir sein. In Pronosa, schon bald.« Er drückte sie an sich.

Sie strich mit den Händen über das weiche Rehleder seines Hemdes. »Ich weiß, du kennst den Plan, und ich habe volles Vertrauen, dass du ihn umsetzen kannst, aber geh kein unnötiges Risiko ein.«

Kräh grinste. »Ich weiß, diesen Befehl gibst du all deinen Offizieren. Aber ich möchte glauben, dass er in diesem Fall eine besondere Bedeutung hat.«

»Die hat er, Kräh. Ich liebe dich, aber mehr als das, ich vertraue dir. Tu, was nötig ist, und bald werden wir uns in Pronosa wiedersehen. Nicht bald genug, doch bald.«

Er nickte, dann gab er ihr einen leidenschaftlichen, langen Kuss. Nicht annähernd lang genug für ihren Geschmack, aber doch lang genug, um seinen Duft und den von Sandelholz in ihrem Geist zu verbinden. Widerwillig ließ sie ihn ziehen und schaute aus dem Fenster hinterher, als er mit fünf Legionen nach Süden ritt.

Am Tor drehte er sich im Sattel um und winkte, dann, auf

der Kuppe eines fernen Berges, noch einmal. Sie winkte beide Male zurück, und sie nickte, als er außer Sicht ritt. *In Pronosa, mein Gemahl. Dort werde ich dich baden.*

Kapitel Fünfunddreissig

Als sich im Lagerhallenbezirk Otedos zahlreiche Gestalten aus den Schatten lösten, zischte Entschlossen Mechanisch zu: »Für diese Falle wirst du sterben.«

Der schwarzhaarige Vorqælf hob die Hand. »Es ist keine Falle, Entschlossen.«

»Ach nein?« Entschlossen hob den Kopf und hakte die Daumen in den Schwertgurt. »Es sind zwölf, mit dir dreizehn. Warum arbeitest du noch immer für sie, obwohl sie verlieren wird?«

Einer der Schatten trat vor. Im schwachen gelblichen Licht einer flackernden Straßenlaterne trat sein Gesicht aus dem Dunkel hervor. Wie bei allen Vorqælfen besaßen auch seine Augen keine Pupille. Im schwachen Licht war nur eine Andeutung von Saphir zu erkennen und die Dunkelheit ließ auch das braune Haar fast schwarz erscheinen. Entschlossen brauchte keine Farben, um ihn zu erkennen, und er befand, dieser würde als Erster sterben. *Nicht weil er eine größere Gefahr wäre als irgendein anderer, sondern weil ich ihn schon längst hätte umbringen sollen.*

Raubtier hob die leeren Hände. »Es ist keine Falle, Entschlossen. Wir haben einen langen Weg hinter uns, um dich zu finden.«

Entschlossens silberne Augen wurden schmal. »Verschwindet zurück in die Düsterdünen von Yslin. Otedo hat euch nichts zu bieten. Ebenso wenig wie ich. Den Weg hättet ihr euch sparen können.«

»Warte.«

»Wozu?« Entschlossens Nasenflügel bebten. »Warum sollte

mich irgendetwas interessieren, das ihr zu sagen habt? Wo habt ihr gesteckt, seit unsere Heimstatt fiel? Ihr seid ein Krebsgeschwür. Alcida hat uns aufgenommen, ihr aber raubt die Bürger Yslins aus. Schlimmer noch: Als der Ruf erging, alle Erinnerungen an Vorquellyn zusammenzutragen, hast du etwas Bedeutendes zurückgehalten. Ihr habt nichts getan, um bei der Rettung unserer Heimat zu helfen, und ich schulde euch nichts.«

Entschlossen hatte erwartet, Raubtier würde wütend reagieren. Er hatte sogar erwartet, der Dieb würde ihn anspringen, zusammen mit dem Rest der Bande des Grauen Nebels. Er hatte Raubtier mit seinen Worten aufstacheln wollen, stattdessen schienen sie ihn wie Fausthiebe zu treffen.

»Du hast Recht. Du schuldest uns nichts. Wir haben Schwierigkeiten gemacht. Was wir getan haben, hätte die Menschen davon überzeugen können, dass unsere Heimstatt keine Rettung verdient. Wir haben in Yslin den Norderstett gerettet, aber das war möglicherweise zu wenig und zu spät.«

Entschlossen nickte misstrauisch. »Und was willst du jetzt hier?«

»Ganz einfach.« Raubtier schaute sich zu den Gestalten um, die noch in der Dunkelheit warteten. »Es wird Zeit, dass wir etwas leisten. Wir begleiten dich nach Vorquellyn.«

»Ihr ... was?« Entschlossen konnte seine Überraschung nicht verbergen. Er war sich nicht sicher, was schlimmer war: eine Bande von Dieben als Begleiter oder dass sein Reiseziel selbst dem schlimmsten Abschaum Yslins so offensichtlich war, und zwar früh genug, um ihm nach Otedo entgegenreisen zu können. »Ich verlange eine Erklärung, und zwar sofort.«

»Es verkehren viele Schiffe zwischen Narriz und Yslin, und sie haben andere Schiffe gesehen. Alle Welt weiß, dass der Kampf in Saporitia ausgetragen wird.« Raubtiers Züge spannten sich. »Vergütet stellt noch immer eine Art Miliz zusammen, alle prächtig herausgeputzt für den Krieg. Uns war klar, dass du mitten drin sein wirst, wenn der Tanz losgeht. Wir haben die Norderstett-Prophezeiung nicht vergessen. Vorquellyn wird erlöst werden. Wir wissen, du wirst dabei mithelfen, also sind wir gekommen, um uns dir anzuschließen.«

»Der Norderstett ist tot.«

Bei dieser Eröffnung zuckte Raubtier zusammen. »Tot? Will? Die kleine Dachratte?«

Entschlossen nickte ernst. »Er starb, als er seinen Vater daran hinderte, einen Drachen zu töten.«

Raubtier schüttelte den Kopf. »Das kann nicht sein. Wenn er tot ist…«

»War eure Reise umsonst«, beendete Entschlossen den Satz.

Mechanisch hob beide Hände. »Hör sie an, Entschlossen.«

»Im Gegensatz zu dir, Mechanisch, habe ich keine Zeit mit Gossenabschaum zu verschwenden, der sich von glitzernden Blättern und saurem Bier ablenken lässt.« Er starrte Raubtier an. »Geht nach Hause.«

Raubtier hob den Kopf. »Nein.«

Der silberäugige Vorqælf verschränkte die Arme vor der Brust. »Hier gibt es nichts für euch zu tun. Verschwindet.«

Der Dieb wirkte verwirrt. »Aber Orakel hat gesagt…«

»Was hat sie gesagt? Sie hat euch gesagt, ihr sollt herkommen?« Orakel war der Anlass für seine Reise und hatte ihm schon Mechanisch aufgehalst. Jetzt hatte ihre Einmischung ihm auch noch ein Dutzend Stadtælfen zugeführt. Für einen Augenblick stieg der ganze Ärger wieder in ihm hoch, den er bei dem Versuch, Will Norderstett das Überleben in der Wildnis beizubringen, geschluckt hatte. Und der Wut folgte eine Woge der Trauer, die seinen Zorn erstickte.

Raubtier antwortete schüchtern: »Sie hat uns gar nichts gesagt, Entschlossen. Ich erinnere mich nur an die Prophezeiung. Sie hat gesagt, Vorquellyn wird erlöst. Du hast das auch lange geglaubt. Du bist nicht der Einzige, der sich das erhofft.« Er drehte sich um und breitete die Arme aus, um die anderen in seine Worte einzuschließen. »Du glaubst, uns wäre das gleich, nur weil wir in den Elendsvierteln von Yslin geblieben sind und uns um nichts als uns selbst und unsere Sorgen gekümmert haben. Du misst uns an dir selbst, aber wir sind nicht so stark wie du. Du glaubst, uns wäre es gleichgültig, doch das war es nie und ist es auch jetzt nicht. Es war nur schmerzhaft, daran zu denken, wie fern diese Erlösung war.«

»Ihr hättet etwas dafür tun können, Raubtier.«

»Was, Entschlossen?« Der Dieb lachte. »Vergütet und seinesgleichen haben Menschengenerationen daran gearbeitet, sich einzuschmeicheln. Es hat nichts genutzt, und sie haben weder die Menschen noch unsere anderen Brüder dazu gebracht, einen Angriff auch nur zu versuchen. Was sonst wäre uns geblieben? Es dir nachzumachen?«

Entschlossen nickte. »Allerdings.«

»Ach, Entschlossen. Du hast sie vergessen, nicht wahr? Die Brüder Recht und Macht, Sieg – du kanntest sie –, sogar Siede und Dutzende andere. Sie sind alle deinen Weg gegangen, und heute gehst du ihn allein. Sie alle sind tot, und Vorquellyn ist der Erlösung keinen Schritt näher.«

»Es ist kein Weg für Schwächlinge.«

»Ich weiß.« Raubtier streckte die Hand aus. »Zeig uns, wie man stark ist.«

Entschlossen knurrte und ballte die Fäuste. »Dafür ist keine Zeit.«

»Wir sind nicht völlig hilflos.«

Entschlossen schüttelte den Kopf. »Das hier erfordert mehr, als sich auf einem alcidischen Nachschubschiff zu verstecken.«

Leises Gelächter drang aus den Schatten.

Raubtier grinste. »Wir sind nicht als Blinde Passagiere gekommen.«

»Wie dann?«

»Loquellyn machte den Königen von Alcida einmal eine seiner Galeeren zum Geschenk.« Raubtier zuckte die Achseln. »Sie konnten nichts damit anfangen, also haben wir sie uns ausgeliehen.«

»Wie habt ihr ...?«

Raubtier schob das Kinn vor. »Du warst noch sehr jung, als wir die Heimstatt verließen. Ich war vielleicht noch nicht gebunden, allerdings hatte ich schon unter dem Befehl meines Onkels auf einer Galeere gedient.«

Entschlossen runzelte die Stirn. »Ich habe keinen Silberholzhai im Hafen gesehen.«

»Natürlich nicht. Wir haben ihn in den Sümpfen versteckt. Der größte Teil der Besatzung befindet sich noch beim Schiff.«

»Wie viele?«

»Etwa eine Legion, einschließlich ein paar Heilern, die mitkommen wollten.«

Entschlossens Augen wurden schmal. »Woher wusstet ihr, dass ich hier bin?«

Wieder drang Gelächter aus der Dunkelheit und Raubtier wurde rot. »Wir haben uns verfahren. Ich weiß, wie man das Schiff fährt. Aber die Navigation … Wir wollten nach Narriz und landeten hier. Orakel hat gesagt …«

»Orakel hat gesagt, es war bestimmt, dass ihr hierher kommt.«

»Ja. Pass auf, Entschlossen, ich habe vielleicht Narriz nicht gefunden, aber ich weiß, ich kann uns nach Vorquellyn bringen.«

»Dann ist euer Weg der meine. Ich habe meine Befehle.« Er dachte kurz nach, dann nickte er. »Bringt euer Schiff in den Hafen. Wir brechen in ein, zwei Tagen auf, sobald wir Proviant geladen haben. Habt ihr irgendwelche Probleme damit?«

»Nein, nein, das schaffen wir.« Raubtier starrte ihn an. »Ist der Norderstett wirklich tot?«

»Der Norderstett ist *gestorben*. Orakel sagt, er wartet in Vorquellyn auf uns.«

»Umso mehr Grund, auf dem schnellsten Weg dorthin aufzubrechen.«

»Das werden wir.« Entschlossen lächelte.

Generalin Pandiculia überließ ihnen, was sie an Proviant brauchten. Sie stand am Kai, als die Vorqælfen das Silberholzschiff den Varasena heraufbrachten, anlegten und beluden. Sie schüttelte den Kopf, während sie ihnen zuschaute, dann lächelte sie Entschlossen an. »Eine interessante Besatzung hast du da.«

»Ohne jede Disziplin, Skrupel oder Kampferfahrung.« Er seufzte. »Ich werde sie aus der Stadt heraushalten, damit Ihr keine Probleme mit den Folgen ihrer Gaunereien habt.«

»Ehrlich gesagt, ich wollte dir einen Tausch gegen Elitesoldaten vorschlagen. Sie arbeiten gut zusammen. Meine Truppen sind einfach nur langsam, wie du auf dem Weg ja selbst feststellen konntest. Wir werden das Treffen mit Alexia niemals rechtzeitig schaffen.«

»Ihr habt mein Mitgefühl.«

»Und du das meine.« Sie schaute gen Nordosten in unbestimmte Fernen. »Ich bezweifle, dass sich unsere Wege noch einmal kreuzen werden. Viel Glück.«

»Ebenfalls. Ich werde Berichte schicken, falls es möglich ist.«

Sie zuckte die Achseln. »Spar dir die Berichte. Bring lieber ein paar Aurolanen mehr um.«

Entschlossen lachte. »Wie Ihr wünscht, Generalin.«

Sie machte sich auf den Weg, ihre eigenen Truppen in Marsch zu setzen, also half Entschlossen beim Beladen und sorgte für Tempo. Gegen Mittag war das Schiff zum Aufbruch bereit. Die Graunebler setzten sich an die Riemen und steuerten es den Fluss hinauf. Zwar war es ziemlich beengt, doch der Platz reichte für alle. Ryms Kiste wurde zwischen Mast und Achterdeck vertäut.

Vom Vordeck aus konnte Entschlossen zu den Ruderern hinabblicken und zusehen, wie sie kräftig an langen, ruderähnlichen Hebeln zogen, die über ein Getriebe aus Zahnrädern und Treibriemen ein Schaufelrad am Heck des Schiffes antrieben. Das Schiff lag deutlich tiefer im Wasser als irgendein Menschenschiff, es glitt aber trotzdem mit beträchtlicher Geschwindigkeit über den Fluss – und das, obwohl es gegen den Strom fuhr.

Raubtiers Schätzung der Mannschaftsstärke war recht zutreffend gewesen, auch wenn es eine Vergewaltigung des Wortes darstellte, diesen Haufen als Legion zu bezeichnen.

Mindestens ein Viertel bestand aus zwangsrekrutierten Nichtsnutzen. An die Insel gebundene Vorqælfen hatten bei deren Schändung solche furchtbaren Schmerzen gelitten, dass sie der Welt den Rücken gekehrt hatten und weitergezogen waren. Andere, jüngere Vorqælfen, hatte der Schmerz der Vertreibung in die Trunksucht und andere Laster getrieben, um sich abzulenken oder restlos zu betäuben. Frische Luft und ausreichend Abstand vom Laster ihrer Wahl schienen einigen gut zu tun. Doch bestimmt zwanzig von ihnen waren ohne Zweifel wertlos, sobald es über Land ging.

Vom Rest waren etwa ein Dutzend reine Zivilisten, entweder Heiler oder ehemalige Mitglieder von Vergütets Gruppe. Entschlossen ging mit ziemlicher Sicherheit davon aus, sie würden sich endlos beschweren oder – noch schlimmer – versuchen, die Expedition unter ihre Kontrolle zu bringen.

Der Rest der Besatzung besaß immerhin ein Maß an Möglichkeiten, wenn auch kein hohes. Der Graue Nebel war zwar eine gefährliche Straßenbande, das machte seine Mitglieder aber noch lange nicht zu Kriegern. Sie alle hatten ein, zwei Dolche, doch die wenigsten besaßen ein Schwert, und nicht einem stand ein Bogen zur Verfügung. Ein paar hatten magische Tätowierungen, so wie er, aber Entschlossen sah nichts darunter, was ihnen im Kampf eine Hilfe sein würde. Selbst ihre Lederkluft war wenig wert. Er konnte nur hoffen, dass sie nicht auf nennenswerten Widerstand trafen, oder dass er und die anderen den Grauen Nebel weit hinter sich ließen, bevor es ernst wurde.

Den politischen Flüchtlingen war, wie man sich leicht denken konnte, sehr an einer Audienz bei Orakel gelegen. Entschlossen war sich nicht sicher, ob sie irgendetwas sah, was diese Bittsteller betraf, aber sie alle kamen nach und nach zu ihm und schworen ihm Gefolgschaft. Er machte sich keinerlei Illusionen, was ihren zu erwartenden Gehorsam betraf, aber zumindest brauchte er sich um dieses Problem nicht sofort zu kümmern.

Die Reise den Fluss hinauf verlief recht flott: In den acht Stunden Tageslicht legten sie täglich fünfundzwanzig Meilen zurück. Sie suchten sich Anlegestellen am Flussufer und lagerten abseits der Siedlungen. Entschlossen hätte gern in Sanurval Halt gemacht, sie erreichten die Stadt jedoch am Mittag, also bogen sie in den Westarm des Flusses ab und fuhren weiter. Der Gedanke, dass Kytrins Spione ihr von einem ælfischen Schiff berichteten, das den Fluss hinauffuhr, störte ihn nicht, sie durfte nur nicht erfahren, wer sich an Bord befand.

Nach fünf Tagen erreichten sie die Quelle des Varasena, einen kleinen See im Vorgebirge des Massivs, das die Grenze zwischen Saporitia und Loquellyn bildete. Hier schlugen sie ihr letztes Lager auf und ließen die nutzlosesten Mannschaftsmitglieder und einen Teil der Politiker zurück, um das Schiff wieder nach Otedo zu bringen. Entschlossen setzte eine Nachricht für König Fidelius in Narriz auf, ohne ernsthaft zu erwarten, dass er sie auch erhielt. Es spielte keine Rolle, da sie jede Menge falsche Nachrichten darüber enthielt, wo seine Gruppe sich befand und wohin sie unterwegs war.

Am nächsten Morgen verabschiedete sich der Graue Nebel freundschaftlich von seinen Kameraden, dann schulterten sie die Tornister, die sie aus dem Lagerraum des Schiffes geholt hatten. Sie machten Witze darüber, wie sie ihre Truppe nennen sollten, und etwa die Hälfte bevorzugte Entschlossens Legion.

Der hauptsächliche Gegenvorschlag war die Himmelfahrtslegion.

Entschlossen zog diesen Namen vor, entschied sich dann aber dagegen. Er musterte seine zufällig zusammengewürfelte Ansammlung von Briganten, Halsabschneidern, Unschuldslämmern und Intriganten, dann schüttelte er den Kopf. »Wir sind die *Erste* Legion. Die Erste, die in den Kampf gegen Kytrin zieht, die Erste, die heimkehrt nach Vorquellyn. Und jetzt lasst uns losziehen und unser Bestes geben, damit wir nicht zur *Letzten* Legion werden.«

Die Geschichte vom Krieg um die Drachenkrone geht weiter im Abschlussband »Die Macht der Drachenkrone – Düsterer Ruhm 7«.

Danksagungen

Wie immer stehen auch diesmal alle Fehler in diesem Buch unter der alleinigen Verantwortung des Autors. Dass es so wenige sind, ist den Bemühungen von Freunden zu verdanken. An erster und hervorragendster Stelle ist dabei Anne Lesley Groell zu nennen, die mehr Geduld als ein ganzes Pantheon von Heiligen bewiesen hat, während sie auf dieses äußerst verspätete Buch wartete. Ihr sanftes, aber bestimmtes Insistieren, es zu Ende zu bringen, hat mir ebenso erlaubt, es zu einem Ganzen zu machen, wie ihre Bereitschaft, es etappenweise entgegenzunehmen. T. A. Trainor und Kassie Klaybourne haben mir unschätzbare Ratschläge über die Logistik und Schwierigkeiten zukommen lassen, die damit verbunden sind, wenn Unmassen von Personen, Pferden und Wagen in den Krieg ziehen. Und Robert M. Wolanim (*www.nuada-music.com*) schickte mir ein wundervolles, von *Zu den Waffen!* inspiriertes Musikstück, das mich an den Zauber erinnerte, der in Worten stecken kann.

Vor allem aber muss ich mich bei all den Lesern bedanken, die so geduldig auf dieses Buch gewartet haben. Zuzeiten glaubte ich angesichts privater Schwierigkeiten schon, dass Will und seine Gefährten es ziemlich leicht hätten. Es waren Ihre freundlichen Erinnerungen, Ihr Warten auf die versprochene Fortsetzung, die mich daran gehindert haben, alles einfach hinzuwerfen. Ich schreibe Geschichten, wie ich sie gerne lese. Dass sie Ihnen dort draußen auch gefallen, erstaunt und inspiriert mich immer wieder.

PIPER

Markus Heitz

Der Krieg der Zwerge

Roman. 605 Seiten. Broschur

Im Geborgenen Land herrscht Festtagsstimmung. Während Zwerg Tungdil mit seinen Freunden den Sieg über den verräterischen Magus Nôd'onn feiert, wälzt sich ein Heer hinterhältiger Orks heran, um das Zwergenreich zu zermalmen. Das Schwarze Wasser, ein düsteres Geheimnis, hat sie unsterblich gemacht, und schon bald müssen Tungdil und seine Gefährten ihre ganze Tapferkeit aufbieten, um sich den Bösewichtern entgegenzuwerfen. Inzwischen braut sich ein entsetzliches Unheil zusammen: Elf Verkörperungen des Gottes des Bösen stehen mit ihrem Heer an der Westgrenze. Doch ein Zwerg gibt sein Land erst auf, wenn die letzte Axt geschwungen ist …
Wer »Die Zwerge« gelesen hat, wird die Fortsetzung verschlingen – ein neues Meisterwerk aus der Bestseller-Schmiede von Markus Heitz.

»Für alle Zwergen-Fans ein Muss!«
amazon.de

01/1399/02/R

SERIE PIPER

Markus Heitz

Schatten über Ulldart

Ulldart – Die dunkle Zeit 1.
399 Seiten. Serie Piper

Kurz vor seinem Tod prophezeit ein Mönch, dass die Dunkle Zeit den Kontinent Ulldart erneut mit Leid und Zerstörung überrollen werde. Der verwöhnte Prinz Lodrik wird unterdessen in die Provinz gesandt, um die Stelle des neuen Statthalters einzunehmen. Noch ahnt Lodrik nicht, dass er das Schicksal seiner Welt entscheiden wird – denn die Dunkle Zeit droht zurückzukehren, und er wird der Retter oder Zerstörer Ulldarts sein …

Der Auftakt zum sensationellen Epos »Ulldart – Die Dunkle Zeit« – ausgezeichnet mit dem Deutschen Phantastik Preis

05/1755/02/L

Markus Heitz

Der Orden der Schwerter

Ulldart – Die dunkle Zeit 2.
495 Seiten. Serie Piper

Lodrik wird neuer Herrscher des Reiches Tarpol. Doch seine Reformen rufen Neider, Intriganten und falsche Freunde auf den Plan. Bald weiß Lodrik nicht mehr, wem er trauen kann, und ist auf die Hilfe finsterer Gestalten angewiesen, um seine Macht zu verteidigen. Und über allem schwebt die verhängnisvolle Prophezeiung, dass die Dunkle Zeit wiederkehren und die Welt in Leid und Zerstörung versinken wird …

Die spektakuläre Fortsetzung der großen Fantasy-Saga »Ulldart – Die Dunkle Zeit«

05/1756/02/R

Markus Heitz

Das Zeichen des dunklen Gottes

*Ulldart – Die dunkle Zeit 3.
525 Seiten. Serie Piper*

Das Böse droht, die Überhand auf dem Kontinent Ulldart zu gewinnen. Die eigene Machtstellung wird dem jungen Herrscher Lodrik zum Verhängnis: Unter dem Einfluss verräterischer Freunde und intriganter Berater hat er sich in einen unberechenbaren Kriegstreiber verwandelt. Seine wahren Gefährten werden verfolgt und geraten in Lebensgefahr. Doch sie geben nicht auf: In der Ebene von Telmaran stellen sie sich Lodriks Herr, und eine vernichtende Schlacht beginnt …

»Markus Heitz hat eine große Zukunft vor sich.«
Saarländischer Rundfunk

05/1757/02/L

Robert Jordan

Der neue Frühling

*Das Rad der Zeit 29.
Aus dem Amerikanischen von Andreas Decker. 429 Seiten.
Serie Piper*

Was geschah vor der Rückkehr Rand al'Thors, des legendären Wiedergeborenen Drachen? Welche Ereignisse führten zu Rands Flucht aus seiner Heimat? Das langerwartete Prequel über die Vorgeschichte und die Hintergründe zum Welterfolg »Das Rad der Zeit« ist eine faszinierende Reise in die Vergangenheit, eine Zeit voll düsterer Schlachten und mystischer Magie. Endlich lüftet Robert Jordan eines der bestgehüteten Geheimnisse seiner Welt – unverzichtbar für Robert Jordan-Fans und alle, die es werden wollen!

»Jeder Roman dieses Zyklus ist wie der Satz einer Sinfonie!«
Interzone

05/1784/01/R

SERIE PIPER